디셉션 포인트
Deception Point

DECEPTION POINT
Copyright ⓒ 2001 by Dan Brown
All rights reserved.

Korean translation copyright ⓒ 2010 by Moonhak Soochup Publishing Co., Ltd.
Korean translation rights arranged with Sanford J. Greenburger Associates, Inc.
through EYA(Eric Yang Agency), Seoul, Korea.

이 책의 한국어판 저작권은 EYA(Eric Yang Agency)를 통해
Sanford J. Greenburger Associates, Inc.와
독점계약한 (주)문학수첩이 소유합니다.
저작권법에 의하여 한국 내에서 보호를 받는 저작물이므로
무단 전재와 복제를 금합니다.

디셉션 포인트
Deception Point
❶

댄 브라운 지음 | 유소영 옮김

문학수첩

만약 이 발견이 확인된다면, 그것은 우주에서 과학이 아직 밝혀내지 못한
가장 놀라운 통찰이 될 것이다. 또한 그것이 암시하는 바는
우리의 상상을 초월할 만큼 깊고 경이로운 것이다.
그것은 우리의 해묵은 문제에 해답을 주는 동시에
더욱 더 근본적인 문제들을 던지고 있다.

−빌 클린턴 대통령, 1997년 8월 7일,
ALH84001로 알려진 것이 발견된 후 가진 기자회견에서

작가 노트

델타 포스, 국가정찰국, 우주개척재단 등은 실제 조직이다. 이 소설에서 묘사된 모든 테크놀로지는 실재한다.

감사의 글

제이슨 카우프만의 탁월한 안내와 통찰력 있는 편집 기술에 대해, 블라이드 브라운의 지칠 줄 모르는 연구와 창의적 기여에 대해 감사드린다. 스탠포드 J. 그린버거의 헤이드 랭, 내 친구 제이크 엘웰에게도 감사드린다. 국가안보문서 보관소와 NASA의 공보관실에도 감사의 말을 전한다. 모든 정보를 제공해 준 스탠 플랜턴, 국가안보국, 빙하학자 마틴 O. 제프리, 탁월한 식견을 지닌 브렛 트로터, 토머스 D. 네이도, 짐 배링턴에게도 감사드린다.

또한 코니와 딕 브라운 부부, 미국 정보정책 문서기획처, 수잔 오닐, 매기 워치텔, 모리 스테트너, 오웬 킹, 앨리슨 매키널, 매리와 스티븐 고먼 부부, 칼 싱어 박사, 스크립스 해양연구소의 마이클 I. 래츠 박사, 마이크론 일렉트로닉의 에이프릴, 에스더 성, 미국 항공우주 박물관, 진 올멘딩어 박사, 미국 과학자협의회의 존 파이크에게도 감사드린다.

댄 브라운

일러두기

1. 한글 맞춤법은 국립국어원 《표준국어대사전》에 따랐다. 외래어 표기법도 국립국어원 〈외래어 표기법〉에 따라 표기하였다.
2. 마일, 야드, 피트, 에이커, 제곱피트 등의 단위는 센티미터, 미터, 킬로미터, 제곱미터 등의 단위로 환산하였다.

프롤로그

이 황량하고 외진 곳에서는 죽음이 수많은 형태로 다가올 수 있다. 지질학자 찰스 브로피는 오랫동안 이 잔혹한 땅을 견뎌 왔지만 자신에게 곧 다가올 야만스럽고 기괴한 운명은 전혀 예상하지 못했다.

지질 탐사 장비를 실은 썰매를 끌고 툰드라를 건너던 허스키 네 마리가 하늘을 쳐다보며 갑자기 속도를 늦추었다.

"왜 그래?"

브로피는 썰매에서 내리며 물었다.

몰려오는 먹구름 너머로 트윈 로터 수송 헬기 한 대가 빙하 정상을 끼고 군용기답게 날렵한 곡선을 그리며 낮게 선회하고 있었다.

'이상하군.'

이렇게 먼 북극 지방에서 헬기를 보는 것은 처음이었다. 헬기는 따끔거리는 얼음 눈 입자를 사방에 흩날리며 45미터 정도 떨어진 지점에 착륙했다. 개들은 경계심을 드러내며 낑낑거렸다.

헬기 문이 열리고 두 남자가 내렸다. 그들은 흰색 방한복 차림에 라이플을 들고 브로피 쪽으로 신속하고 절도 있게 다가왔다.

"브로피 박사님?"

지질학자는 어리둥절했다.

"내 이름을 어떻게 아시오? 당신들은 누구요?"

"무전기를 꺼내 주십시오."

"뭐라고요?"

"꺼내 보십시오."

브로피는 영문을 알 수 없었지만 파카에서 무전기를 꺼냈다.

"긴급 통신문을 송신해야 합니다. 주파수를 100킬로헤르츠로 내려 주십시오."

'100킬로헤르츠라니? 그렇게 낮은 주파수는 아무도 수신하지 못할 텐데.'

도무지 알 수 없는 노릇이었다.

"사고가 났소?"

두 번째 남자가 라이플을 들어 올리고 브로피의 이마를 겨누었다.

"설명할 시간이 없어. 시키는 대로 해."

브로피는 부들부들 떨며 주파수를 맞추었다.

첫 번째 남자가 몇 줄 타이핑 된 쪽지를 건넸다.

"이 메시지를 송신해. 빨리."

브로피는 쪽지를 보았다.

"이해할 수 없군요. 이건 부정확한 정보요. 난……."

남자는 라이플로 그의 관자놀이를 꾹 눌렀다.

브로피는 떨리는 목소리로 이상한 메시지를 송신했다. 첫 번째 남자가 말했다.

"좋아. 이제 개를 데리고 헬기에 타."

총구 앞에서, 브로피는 타지 않으려고 뻗대는 개들을 달래 썰매와 함께 짐칸에 밀어 올렸다. 그들이 타자마자 헬기는 이륙해서 서쪽으로 기수를 돌렸다.

"당신들 도대체 누구요!"

브로피가 물었다. 파카 안에서 땀이 흐르고 있었다.

'이 메시지는 도대체 뭐야!'

남자들은 아무 말도 하지 않았다.

헬기가 고도를 높이자 열린 문으로 바람이 세차게 불어 들어왔다. 브로피의 허스키 네 마리는 짐이 가득 찬 썰매에 묶인 채 낑낑거리고 있었다.

"문이라도 닫아 주시오. 개들이 겁을 먹었잖소!"

남자들은 반응이 없었다.

헬기는 1,200미터까지 고도를 올린 뒤 연이은 빙하 계곡과 크레바스 상공에서 급격하게 선회했다. 남자들이 갑자기 일어섰다. 한마디 말도 없이, 그들은 무거운 짐을 실은 썰매를 붙잡고 열린 문으로 밀어냈다. 브로피는 개들이 어마어마한 무게를 지탱하려고 몸부림치는 것을 경악한 눈으로 쳐다보았다. 순식간에 헬기 밖으로 질질 끌려 나간 개들은 울부짖으며 사라졌다.

남자들은 비명을 지르며 벌떡 일어선 브로피를 붙잡고 문으로 끌고 갔다. 겁에 질린 브로피는 자신을 밖으로 밀어내려는 힘센 손을 뿌리치려고 주먹을 휘두르며 발버둥 쳤다.

소용없었다. 잠시 후 그는 아득한 심연을 향해 굴러떨어지고 있었다.

1

 의사당에 인접한 툴로스 레스토랑은 어린 송아지 고기와 이탈리아식 말고기 육회 등 정치적으로 논란의 소지가 있는 메뉴를 자랑하는 곳이지만, 오히려 이 점 때문에 워싱턴 거물들의 전형적인 조찬 장소로 인기를 끌고 있었다. 오늘 아침 툴로스는 은식기 부딪치는 소리, 에스프레소 기계 돌아가는 소리, 휴대전화로 통화하는 소리 등 온갖 불협화음으로 시끄럽고 분주했다.
 지배인이 오늘 아침의 블러디 메리를 한 모금 마시고 있을 때 한 여자가 들어왔다. 그는 훈련된 미소를 띠며 돌아섰다.
 "좋은 아침입니다. 무엇을 도와드릴까요?"
 30대 중반의 매력적인 여자는 주름을 잡은 회색 플란넬 바지와 보수적인 단화, 아이보리색 로라 애쉴리 블라우스 차림이었다. 자세는 꼿꼿했고 턱을 살짝 들어 올리고 있었지만, 오만하기보다는 강한 인상을 주었다. 연갈색 머리카락은 워싱턴에서 가장 인기 있는 앵커우먼 스타일로써 풍성하게 층을 낸 머리를 어깨 바로 아래 길이에서 돌돌 말아

올린 모습이었다. 섹시해 보일 정도로 긴 머리인 동시에, 상대에게 자기보다 영리할 것 같다는 인상을 줄 수 있을 정도로 짧은 길이였다.

여자는 겸손하게 말했다.

"조금 늦었습니다. 섹스턴 상원의원과 아침 약속이 있어요."

지배인은 퍼뜩 놀랐다. 세지윅 섹스턴 상원의원이라니. 그는 이 식당 단골이었고 현재 미국 최고의 유명 인사 중 한 사람이었다. 지난주 슈퍼 화요일에 치러진 12군데의 공화당 예비선거를 휩쓴 그는 이미 공화당 미국 대통령 후보로 지명된 것이나 다름없었다. 내년 가을에는 현직 대통령을 누르고 백악관을 빼앗을 가능성이 높다고 생각하는 사람도 많았다. 최근에는 잡지마다 모조리 그의 얼굴이 실렸고, "지출을 중단하고 잘못된 곳을 고치자"는 그의 선거 구호는 미국 전역을 도배하고 있었다.

"섹스턴 상원의원 님은 이미 와 계십니다. 누구라고 전해 드릴까요?"

"레이첼 섹스턴. 딸이에요."

'이런 멍청한!'

지배인은 속으로 자책했다. 다시 보니 닮은 인상이었다. 그녀는 상원의원의 강렬한 눈빛과 세련된 태도, 귀족적이고 강인한 분위기를 지니고 있었다. 고전적인 외모의 유전인자도 세대를 거르지 않고 전달된 것 같았지만, 레이첼 섹스턴에게는 오히려 아버지가 배워야 할 품위와 겸손함이 있는 것 같았다.

"모시게 되어 영광입니다, 섹스턴 양."

지배인이 상원의원의 딸을 식당으로 안내하자 당황스럽게도 온갖 남자들의 시선이 집중되었다. 몰래 살펴보는 사람도 있었고, 대 놓고 쳐다보는 사람도 있었다. 툴로스에서 식사하는 여자가 드문 데다, 레이첼 섹스턴만 한 미인은 더욱 없었다.

"몸매 좋은데. 섹스턴이 벌써 새 장가를 간 건가?"

손님 한 사람이 수군거리자 친구가 대꾸했다.
"딸이야, 이 친구야."
남자는 킬킬 웃었다.
"섹스턴을 아니까 하는 말이지만 그 작자는 딸이라도 안 가릴걸."

레이첼이 식탁에 도착했을 때, 상원의원은 휴대전화에 대고 최근 거둔 승리에 대해 시끄럽게 떠들어 대고 있었다. 그는 딸을 힐끗 보며 늦었다는 뜻으로 손목에 찬 카르티에 시계만 툭툭 두드렸다.
'나도 반가워요.'
레이첼은 생각했다.
아버지의 원래 이름은 토머스였지만, 그는 오래전부터 중간 이름을 사용하고 있었다. 레이첼은 아버지가 첫 글자의 두운을 좋아하기 때문일 거라고 짐작했다. 세지윅 섹스턴 상원의원. 은발에 능수능란한 화술의 소유자인 그는 미끈한 외모로 보나 연기적 재능으로 보나 텔레비전 연속극에 의사로 출연해도 될 만한 정치적인 동물이었다.
"레이첼!"
아버지는 휴대전화를 끄고 일어서서 딸의 뺨에 키스했다.
"안녕, 아빠."
레이첼은 그의 키스에 답례하지 않았다.
"피곤해 보이는구나."
'또 시작이시군.'
레이첼은 말을 돌렸다.
"메시지를 받았어요. 무슨 일이세요?"
"딸한테 아침 먹자고 연락도 못 하니?"
아버지가 별다른 이유 없이 만나자고 할 사람이 아니라는 것은 오래전부터 알고 있었다.

섹스턴은 커피를 한 모금 마셨다.

"그래, 요즘 어떻게 지내니?"

"바빠요. 선거운동은 잘되고 있으시더군요."

"아, 일 이야기는 하지 말자."

섹스턴은 식탁 위로 몸을 내밀며 목소리를 낮췄다.

"내가 소개시켜 준 국무부의 그 친구하고는 어떻게 됐니?"

레이첼은 벌써부터 시계를 들여다보고 싶은 충동을 억누르며 숨을 내쉬었다.

"아빠, 전화 걸 시간도 없었어요. 그리고 제발 남자 이야기는……."

"중요한 일에는 시간을 내야지, 레이첼. 사랑이 없으면 다른 모든 게 무의미하단다."

온갖 대꾸가 머릿속에 떠올랐지만, 레이첼은 침묵을 지켰다. 아버지보다 마음을 넓게 쓰는 것은 어렵지 않은 일이었다.

"아빠가 절 만나자고 하셨잖아요? 중요한 일이라면서요."

"그래, 중요한 일이다."

아버지의 눈이 딸을 찬찬히 살폈다.

레이첼은 아버지의 시선 앞에서 방어막이 무너져 내리기 시작하는 것을 느끼고 그 능력에 속으로 욕을 퍼부었다. 상원의원의 눈빛은 그의 재산이었다. 레이첼은 이 재산이 그를 백악관으로 데려다 주지 않을까 생각하고 있었다. 때가 되면 눈물을 글썽이다가도 순식간에 언제 그랬냐는 듯 다시 맑게 반짝이며 열정적인 영혼을 보여 주는 그 눈은 사람들에게 신뢰감을 주는 바탕이 되었다.

"중요한 것은 신뢰입니다."

아버지는 늘 말하곤 했다. 딸의 신뢰는 이미 오래전에 잃어버렸지만, 국민들에게는 빠른 속도로 신뢰를 얻고 있었다.

"네게 제안할 게 있다."

"어디 알아맞혀 볼까요?"

레이첼은 마음의 문을 다시 닫아걸며 대꾸했다.

"돈 많은 이혼남이 젊은 아내를 찾고 있죠?"

"착각하지 마라. 넌 이제 젊지 않아."

아버지와 만날 때면 이렇게 초라한 기분이 드는 일이 다반사였다.

"난 너한테 구명보트를 던져 주려는 거야."

"제가 물에 빠진 줄은 미처 몰랐네요."

"물에 빠진 건 네가 아니라 대통령이지. 늦기 전에 배를 갈아타라는 거다."

"이 이야기는 예전에 하지 않았나요?"

"네 미래를 생각해라, 레이첼. 내 편에서 일할 수도 있어."

"그 이야길 하려고 불러내신 건 아니겠죠?"

상원의원의 침착한 표정이 살짝 허물어졌다.

"레이첼, 네가 대통령을 위해 일하고 있다는 사실이 내 선거운동에 얼마나 나쁜 영향을 미치는지 정말 몰라서 하는 소리냐?"

레이첼은 한숨을 쉬었다. 예전에 이미 끝낸 얘기였다.

"아빠, 전 대통령을 위해 일하지 않아요. 대통령은 만난 적도 없다고요. 전 페어팩스에서 일할 뿐이에요, 참 나!"

"정치는 이미지다, 레이첼. 어쨌든 넌 대통령을 위해 일하는 것처럼 보여."

레이첼은 평정을 유지하려고 애쓰며 숨을 내쉬었다.

"전 이 일자리를 얻기 위해 엄청나게 노력했어요. 지금 그만둘 수는 없어요."

상원의원의 눈이 가늘어졌다.

"가끔 네가 그렇게 이기적으로 행동할 때면 정말······."

"섹스턴 상원의원님?"

기자 한 사람이 식탁 옆에 나타났다.

섹스턴의 태도는 순식간에 누그러졌다. 레이첼은 한숨을 쉬며 식탁에 놓인 바구니에서 크루아상을 집어 들었다.

"〈워싱턴 포스트〉의 랠프 스니든입니다. 몇 가지 질문을 좀 드려도 되겠습니까?"

상원의원은 미소 지으며 냅킨으로 입가를 두드렸다.

"그러십시다, 랠프. 한데 빨리 끝내 주시오. 커피가 식으면 곤란하니까."

기자는 약속이나 한 듯 웃었다.

"물론입니다."

그는 소형 녹음기를 꺼내 버튼을 눌렀다.

"상원의원님, 여성에게 동등한 임금을 보장하고 초산 가정에 세금을 감면하는 법안을 공약으로 내세우신 텔레비전 광고 말씀입니다. 그 이유를 설명해 주실 수 있겠습니까?"

"강한 여성과 강한 가정을 적극 지지하기 때문입니다."

레이첼은 크루아상이 목에 걸리는 기분이었다. 기자는 질문을 이었다.

"가정 이야기가 나왔으니 말인데, 의원님은 교육 문제를 자주 말씀하시지요. 학교에 보다 많은 지원금을 보장하기 위해 대단히 민감한 부문의 예산 삭감을 제안하셨습니다."

"난 어린이가 우리의 미래라고 믿고 있습니다."

아버지가 팝송 가사를 인용할 정도로 유치하다는 건 레이첼도 미처 몰랐던 사실이었다.

"마지막으로, 지난 몇 주 동안 지지율이 어마어마하게 뛰어올랐습니다. 대통령도 걱정을 할 텐데요. 최근의 성공에 대해 어떻게 생각하십니까?"

"신뢰를 쌓았기 때문이라고 생각합니다. 국가가 당면한 힘든 결정을 현 대통령에게 믿고 맡길 수 없다고 국민들이 생각하기 시작한 겁니다. 방만한 정부 지출이 이 나라를 매일같이 더욱 깊은 부채의 수렁에 빠뜨리고 있습니다. 국민들은 이제 지출을 중단하고 잘못된 곳을 고쳐야 한다는 것을 깨달은 거죠."

그때 핸드백에서 울린 호출기가 그녀를 아버지의 장광설에서 구출해 주었다. 보통 때라면 날카로운 전자음이 달갑지 않은 방해로 여겨졌겠지만, 지금 이 순간만은 달콤한 멜로디처럼 들려왔다.

상원의원은 방해받은 것이 짜증 나는 듯 이쪽을 쏘아보았다.

레이첼은 호출기를 핸드백에서 꺼낸 다음, 호출기를 소지하고 있는 것이 본인이라는 사실을 확인시켜 주기 위해 미리 지정된 다섯 개 버튼을 눌렀다. 전자음은 멈췄고, 액정이 깜빡이기 시작했다. 15초 뒤 보안 문자 메시지가 날아올 것이다.

스니든 기자는 상원의원에게 씩 웃었다.

"따님은 정말 바쁜 분인가 봅니다. 그래도 두 분이 이렇게 시간을 내서 오붓하게 식사를 함께하시는 걸 보니 좋습니다."

"말씀드렸지만, 가정이 우선이니까."

스니든은 고개를 끄덕였다. 눈빛이 차가워졌다.

"의원님과 따님은 서로 충돌하는 이해관계를 어떻게 해소하십니까?"

"충돌이라?"

섹스턴 상원의원은 무슨 말인지 혼란스럽다는 듯 고개를 갸웃했다.

"무슨 충돌을 말씀하시는지?"

레이첼은 아버지의 연기에 미간을 찌푸렸다. 그녀는 이 질문의 의도가 무엇인지 정확히 알고 있었다.

'빌어먹을 기자들.'

기자들 절반은 정치인에게서 돈을 받고 있었다. 이것은 언론종사자들이 흔히 '띄우기'라고 부르는 질문, 즉 까다롭게 들리지만 실제로는 상원의원을 돋보이게 해 주기 위해 미리 계산된 질문으로서, 상원의원이 몇 가지 의혹을 해소하고 담장 밖으로 홈런을 때려 낼 수 있도록 쉽고 느리게 던져 주는 공이었다.

"흠, 의원님……."

기자는 민감한 질문을 해서 죄송하다는 듯 헛기침을 했다.

"따님이 의원님의 적수를 위해 일하고 계시다는 점을 말씀드린 겁니다."

섹스턴 상원의원은 웃음을 터뜨리며 즉각 긴장감을 해소했다.

"랠프, 첫째로 대통령과 나는 적이 아닙니다. 우리는 그저 사랑하는 국가를 운영하는 방식에 있어서 서로 다른 생각을 가지고 있는 두 애국자일 뿐이죠."

기자는 활짝 웃었다. 듣기 좋은 코멘트를 따낸 것이다.

"두 번째는요?"

"두 번째로, 내 딸은 대통령에게 고용된 것이 아닙니다. 정보계에 고용된 것이죠. 내 딸은 정보 보고서를 작성해서 백악관에 보내는 일을 합니다. 상당히 하위직이죠."

그는 잠시 말을 끊고 레이첼을 보았다.

"솔직히 대통령을 직접 만나 본 적도 없지 않니?"

레이첼은 이글거리는 눈으로 아버지를 노려보았다.

호출기가 울렸다. 레이첼의 시선은 액정에 뜬 메시지로 향했다.

―RPRT DIRNRO STAT―

레이첼은 속기를 즉시 해독하고는 이맛살을 찌푸렸다. 예상치 못한 메시지였고, 분명 좋지 않은 소식이었다. 그나마 빠져나갈 핑계는 생긴 셈이다.

"여러분, 정말 죄송하지만 이만 가 봐야겠어요. 출근 시간에 늦었거든요."

기자가 얼른 말했다.

"섹스턴 양, 가기 전에 한 가지만 말씀해 주시죠. 섹스턴 양이 현재 몸담고 있는 기관을 떠나서 아버지의 선거운동본부에서 일할 가능성을 타진하기 위해 오늘 아침 이 자리를 마련한 거라는 소문이 있던데, 사실입니까?"

누가 얼굴에 뜨거운 커피를 쏟아부은 기분이었다. 전혀 예상하지 못한 질문이었다. 아버지의 빙긋 웃는 표정을 보니 이 또한 미리 준비된 질문인 듯했다. 식탁을 기어 올라가서 아버지를 포크로 찌르고 싶은 심정이었다.

기자는 레이첼의 얼굴에 녹음기를 들이밀며 재촉했다.

"섹스턴 양?"

레이첼은 기자의 눈을 똑바로 쳐다보았다.

"랠프, 아니, 누구시든 상관없지만 똑똑히 말씀드리죠. 난 내 기관을 떠나서 섹스턴 상원의원을 위해 일할 생각은 추호도 없습니다. 혹시 이와 반대되는 내용이 기사화된다면 상당히 곤란한 일이 벌어질 테니까 그렇게 아세요."

기자는 눈을 둥그렇게 떴다. 그러고는 미소를 숨기려고 애쓰며 녹음기를 껐다.

"두 분 다 감사합니다."

그는 자리를 떴다.

레이첼은 감정을 드러낸 것을 즉시 후회했다. 그녀는 아버지의 성미를 그대로 물려받았고, 그 사실이 싫었다.

'냉정하게 굴어야지, 레이첼. 냉정하게.'

아버지도 꾸짖듯이 노려보았다.

"침착하게 처신하는 걸 배워야겠구나."

레이첼은 물건을 챙기기 시작했다.

"가 볼게요."

상원의원도 용건은 끝난 모양이었다. 그는 전화를 걸려는지 휴대전화를 꺼냈다.

"잘 가거라, 아가야. 가끔 사무실에 들러서 인사라도 해. 제발 결혼 좀 하고. 벌써 서른셋이다."

"서른넷이에요. 아버지 비서가 생일 카드를 보냈더군요."

레이첼은 쏘아붙였다. 그는 안타깝다는 듯 혀를 찼다.

"서른넷이라. 벌써 한참 노처녀로군. 나는 서른네 살에 이미……."

"엄마랑 결혼하고 옆집 여자랑 놀아났나요?"

목소리가 의도했던 것보다 더 크게 터져 나오는 바람에 마침 조용하던 식당에 또렷이 울려 퍼졌다. 근처에 있던 손님들이 이쪽을 돌아보았다.

섹스턴 상원의원은 이글이글 타오르는 얼음 같은 눈동자로 딸을 노려보았다.

"말조심해라."

레이첼은 문을 향했다.

'아니, 당신이나 말조심하시지, 상원의원님.'

2

세 남자는 서머텍 방풍 텐트 안에 조용히 앉아 있었다. 밖에서는 얼음 같은 바람이 텐트를 고정시킨 줄을 끊어 버릴 기세로 휘몰아치고 있었지만 셋 다 폭풍에는 신경조차 쓰지 않았다. 모두 이보다 훨씬 위험한 상황을 경험한 사람들이었다.

텐트는 새하얀색이었고, 약간 오목하게 꺼져서 남의 눈에 띄지 않는 지형에 설치되어 있었다. 통신 장비, 수송 수단, 무기는 모두 최첨단이었다. 그룹의 지휘자는 암호명 델타 원이었다. 근육질의 유연한 몸매를 지닌 그의 눈빛은 지금 그들이 주둔한 지형보다 더 황량했다.

델타 원이 손목에 찬 군용 크로노그래프가 날카롭게 소리를 냈다. 다른 두 대원이 찬 크로노그래프도 정확히 동시에 소리를 냈다.

다시 30분이 지난 것이다.

시간이 돌아왔다.

델타 원은 반사적으로 동료 둘을 남겨 놓고 바깥의 어둠과 휘몰아치는 바람 속으로 나왔다. 그는 달빛에 물든 지평선을 적외선 망원경으로 훑어보았다. 언제나처럼 그는 그 구조물에 집중했다. 1천 미터 떨어진 곳에, 이 불모의 땅과 어울리지 않는 거대한 구조물이 솟아 있었다. 그와 그의 팀은 구조물이 건설된 뒤로 벌써 열흘째 감시를 계속하고 있었다. 그 안에 있는 정보가 세상을 바꾸어 놓을 정도라는 것은 의심할 여지가 없었다. 벌써 그 비밀을 지키기 위해 여러 생명이 희생당했다.

지금 구조물 외부는 조용하기만 했다.

그러나 진정 중요한 것은 그 안에서 벌어지고 있는 일이었다.

델타 원은 텐트 안에 들어가서 두 동료 군인에게 말했다.

"비행할 시간이야."

둘 다 고개를 끄덕였다. 그중 키가 큰 델타 투가 랩톱 컴퓨터를 펼치고 전원을 켰다. 그는 스크린 앞에 자리를 잡은 뒤 조이스틱을 잡고 살짝 옆으로 제꼈다. 1킬로미터 떨어진 건물 안 깊숙히 숨겨져 있던 모기 크기만 한 감시로봇이 전파를 수신하고 움직이기 시작했다.

3

 레이첼 섹스턴은 아직도 노기를 누르지 못한 채 씩씩거리며 흰색 인테그라를 몰고 리즈버그 고속도로를 달리고 있었다. 폴스 교회당 산기슭의 단풍나무가 청명한 3월 하늘을 배경으로 앙상하게 서 있었지만, 평화로운 풍경조차 분노를 잠재워 주지 못했다. 최근 지지율도 치솟았으니 품위가 조금이나마 생길 법도 하건만, 그것이 오히려 아버지의 자만심만 북돋운 것 같았다.
 아버지의 위선이 더욱 마음 아픈 것은 그가 레이첼에게 남아 있는 유일한 직계가족이기 때문이었다. 어머니는 3년 전에 돌아가셨고, 그 죽음은 아직도 레이첼의 가슴에 상처로 남아 있었다. 어머니가 상원의원과의 불행한 결혼생활에서 마침내 해방되었다는 점이 그나마 유일한 위안이었다.
 호출기가 다시 울렸고, 덕분에 레이첼은 상념에서 벗어나 눈앞의 도로를 주시했다. 메시지는 똑같은 내용이었다.

―RPRT DIRNRO STAT―

'국가정찰국(NRO) 국장에게 즉각 출두할 것.'
레이첼은 한숨을 쉬었다.
'가고 있잖아, 젠장!'
레이첼은 점점 심해지는 불안감을 안고 늘 이용하는 출구로 빠져나와 사유지 도로로 접어든 뒤 중무장한 경비가 지키는 초소 앞에 차를 세웠다. 미국 내 최고 기밀 장소 중 하나인 리즈버그 14225번지였다.
경비가 차에서 도청 장비를 수색하는 동안, 레이첼은 저 멀리 우뚝 서 있는 거대한 건물을 바라보았다. 93제곱킬로미터에 이르는 단지는 워싱턴 외곽 버지니아 주 페어팩스에 위치한 275제곱킬로미터의 숲 속에 들어서 있었다. 건물 전면을 요새처럼 두른 반사 유리에 안 그래도 많은 주변의 위성 수신기, 안테나, 레이돔 등이 비쳐서 실제보다 두 배는 많아 보였다.
2분 후, 레이첼은 차를 세워 놓고 잘 손질된 경내를 지나 건물 현관에 도착했다. 현관에는 화강암을 깎아 만든 표지가 있었다.

국가정찰국(National Reconnaissance Office)

방탄 회전문 양옆을 지키는 무장한 해병 둘은 레이첼이 지나가는데도 똑바로 앞만 바라보고 있었다. 그녀는 이 문을 통과할 때마다 잠든 거인의 배 속으로 들어가는 듯한 기분을 느끼곤 했다.
천장이 둥근 로비로 들어서자, 주위에서 속삭이는 목소리들이 마치 위층 사무실에서 새어 나오는 것처럼 희미한 반향을 일으키는 것이 느껴졌다. 국가정찰국의 소명이 거대한 모자이크 타일로 표시되어 있었다.

평화시와 전시를 막론하고 미국을 세계 최고의 정보강국으로 우뚝 세운다.

벽에는 오직 이 건물 안에서만 자랑할 수 있는 로켓 발사, 잠수함 진수, 도청 장비 등의 위대한 업적을 담은 사진이 걸려 있었다.

늘 그렇듯 바깥세상의 문제들이 뒷전으로 밀려나는 기분이 들었다. 지금부터는 음지의 세상으로 들어서는 것이다. 문제들이 화물열차처럼 시끄럽게 들어오면 해결책이 속삭임으로 흘러 나가는 세상 속으로.

최종 검문소로 다가가면서, 레이첼은 도대체 무슨 문제가 호출기를 30분 동안 두 번이나 울리게 했을까 궁금했다.

"안녕하십니까, 섹스턴 요원."

레이첼이 강철 문간으로 다가가자 경비가 미소 지었다.

레이첼은 미소로 답했고, 경비는 작은 면봉을 내밀었다.

"절차는 아시죠."

레이첼은 밀봉된 면봉을 받아 들고 비닐 포장을 뜯었다. 그녀는 면봉을 체온계처럼 입에 집어넣고 2분간 기다린 뒤 경비가 면봉을 가져갈 수 있도록 몸을 앞으로 내밀었다. 경비는 젖은 면봉을 자기 뒤에 있는 기계의 홈에 밀어 넣었다. 기계가 타액 속의 DNA를 판독하는 데는 4초가 걸렸다. 모니터가 켜지더니 레이첼의 사진과 출입 허가가 떴다.

경비는 윙크했다.

"여전히 당신인 것 같군요."

그가 사용한 면봉을 기계에서 빼내 구멍 안에 던져 넣자, 면봉은 즉시 소각되었다.

"좋은 하루 되십시오."

경비가 버튼 하나를 누르자 거대한 철문이 열렸다.

문 너머의 미로 같은 소란한 복도를 걷노라니, 여기서 일한 지 6년이나 됐는데도 여전히 이 방대한 업무 범위가 위압적으로 다가온다는 사실이 새삼 신기했다. 정찰국 산하에는 여섯 개 국내 지부가 있고, 요원은 1만 명이 넘으며, 연간 운영비는 100억 달러가 넘는다.

국가정찰국에서는 놀랄 정도로 방대한 최첨단 첩보 기술 장비를 극비리에 개발, 유지하고 있다. 전지구 규모의 전자 도청 장치, 첩보 위성, 통신 장비 속에 내장된 무음 릴레이 칩, 심지어 전 세계 해저 1,456개 지점에 설치된 비밀 수중청음기를 통해 지구상 모든 선박의 움직임을 감시할 수 있는 '클래식 위저드'라는 해군 정찰 네트워크도 있다.

국가정찰국 기술은 미국 군사작전의 성공을 도울 뿐 아니라, 평화시에도 CIA, NSA, 국방성 등의 연방 기관에 쉴 새 없이 정보를 제공하여 테러를 예방하고 환경 관련 범죄를 적발하며 다양한 분야의 정책입안자들이 사실에 기반한 판단을 내릴 수 있도록 해 준다.

레이첼은 여기서 '지스터'로 일하고 있었다. 지스트, 즉 데이터 축소란 복잡한 보고서를 분석하고 핵심을 추출하여 간결하게 1페이지로 요약하는 업무를 말한다. 레이첼은 이 일에 타고난 재능을 보였다.

'워낙 오랫동안 아버지의 헛소리를 알아듣는 데 단련된 덕분이겠지.'
그녀는 생각했다.

현재 레이첼은 NRO 최정예 지스트 직책, 백악관 정보 담당관이었다. 국가정찰국의 일일 정보 보고서를 검토하고 대통령에게 전달할 내용을 결정하여 그 내용을 1페이지로 요약한 다음 대통령 국가 안보 보좌관에게 보내는 업무였다. NRO식으로 표현하자면, 레이첼 섹스턴은 '상품을 제조하여 고객에게 제공'하고 있었다.

힘들고 많은 시간이 소모되는 일이었지만, 이 일은 그녀에게 아버지로부터 독립했다는 사실을 증명하는 훈장과 같았다. 섹스턴 상원의원은 딸에게 일을 그만두면 경제적인 지원을 하겠다고 여러 번 달랬지만, 레이첼은 세지윅 섹스턴 같은 남자에게 금전적인 신세를 지고 싶은 마음이 전혀 없었다. 그런 남자에게 너무 많은 약점을 보이면 어떻게 되는지는 어머니가 충분히 보여 주었다.
 호출기 소리가 대리석 복도에 메아리쳤다.
 '또?'
 이번에는 메시지를 확인할 생각도 들지 않았다.
 '도대체 무슨 일이 생긴 거야?'
 엘리베이터에 오른 레이첼은 자기 사무실이 있는 층을 지나쳐 꼭대기 층으로 곧장 올라갔다.

4

　NRO 국장을 평범한 사람이라고 한다면 그 자체가 과장된 표현이다. NRO 국장 윌리엄 피커링은 왜소한 체구와 창백한 피부, 지극히 평범한 얼굴, 대머리, 미국의 가장 깊은 비밀을 들여다보았으면서도 얕은 우물처럼 보이는 갈색 눈동자를 가지고 있었다. 그러나 밑에서 일하는 사람들에게는 하늘 같은 존재였다. 그의 차분한 성격과 간결한 철학은 NRO의 전설이었다. 조용하고 성실한 태도와 평범한 검은 정장 차림 때문에 '퀘이커 교도'라는 별명을 얻은 국장은 탁월한 전략가이자 효율성 그 자체로, 타의 추종을 불허할 정도로 명석하게 자신의 세상을 다스리고 있었다. "진실을 찾아내라. 그에 따라 행동하라"가 그의 좌우명이었다.

　레이첼이 국장실에 들어갔을 때, 그는 통화중이었다. 레이첼은 국장을 보면 언제나 조금씩 놀라곤 했다. 시간을 불문하고 대통령을 깨울 수 있는 권력을 가진 사람으로는 보이지 않았기 때문이다.

　피커링은 전화를 끊고 레이첼에게 들어오라고 손짓했다.

"섹스턴 요원, 거기 앉아."
냉철하고 싸늘한 기운이 감도는 목소리였다.
"감사합니다, 국장님."
레이첼은 자리에 앉았다.
대부분의 사람들은 윌리엄 피커링의 무뚝뚝한 태도를 불편해했지만, 레이첼은 언제나 그가 좋았다. 그는 아버지와 정반대 유형이었다. 외모에서 풍기는 위압감이나 카리스마가 전혀 없고, 레이첼의 아버지가 그렇게도 사랑하는 남의 이목을 꺼리며 희생적인 애국심으로 임무를 수행했다.
피커링은 안경을 벗고 레이첼을 응시했다.
"섹스턴 요원, 대통령이 30분 전에 전화했어. 자네를 직접 거론하면서 말이지."
레이첼은 자세를 바꿔 앉았다. 피커링은 본론으로 바로 들어가는 것으로 유명했다.
'시작부터 거창하군.'
"제 지스트 보고서에 문제가 있는 건 아니겠지요."
"반대야. 백악관은 자네 업무에 감탄하고 있다고 했어."
레이첼은 소리 없이 안도의 한숨을 내쉬었다.
"한데 무슨 용건이셨는지요?"
"자네와 만나고 싶다고 했어. 직접. 즉시."
레이첼은 순간 불안해졌다.
"직접 만나겠다고요? 무슨 일로요?"
"좋은 질문이야. 나한테는 말씀 안 하셨어."
영문을 알 수 없었다. NRO 국장에게 비밀로 한다는 것은 바티칸이 교황에게 뭔가 숨긴다는 것과 같은 이야기다. 정보업계에서는 윌리엄 피커링이 모르는 일이라면 없었던 일이나 마찬가지라는 농담이 있을 정도였다.

피커링은 일어서서 창가를 서성거리기 시작했다.

"즉시 자네한테 연락해서 백악관으로 보내라고 하셨어."

"지금 바로요?"

"교통수단이 와 있어. 밖에 기다리고 있네."

레이첼은 미간을 찌푸렸다. 대통령의 지시 자체도 심상치 않았지만, 정말 걱정스러웠던 것은 피커링의 얼굴에 어린 근심이었다.

"신경 쓰이는 부분이 있으시군요."

"당연하지!"

피커링은 그답지 않게 감정을 드러내며 말했다.

"미숙해 보일 정도로 너무 속 보이는 타이밍이야. 자네는 차기 대통령에 도전하는 경쟁 후보의 딸인데, 그런 친구를 따로 만나겠다니. 이건 대단히 부적절한 처신이야. 자네 아버지도 분명 동감할 테지."

아버지가 무슨 생각을 할지는 조금도 관심이 없었지만, 피커링의 말이 옳다는 것은 알고 있었다.

"대통령의 의도를 신뢰하지 못하겠다는 말씀입니까?"

"내 임무는 현 백악관 행정부에 정보를 제공하는 것이지, 저들의 정략을 판단하는 것이 아니야."

'전형적인 피커링 식 답변이군.'

윌리엄 피커링은 정치가들이란 체스판을 잠시 스쳐 가는 말일 뿐 실제로 말을 움직이는 사람은 피커링 자신처럼 오랫동안 이 판에 몸담은, 게임의 규칙을 잘 아는 노련한 선수들이라는 견해를 숨기지 않는 사람이었다. 그는 복잡다단한 세계 정치 지형을 꿰뚫어 보려면 대통령 임기 두 번조차 부족하다고 말하곤 했다.

"사심 없이 그냥 부르셨을 수도 있죠."

대통령이 싸구려 선거운동 정치 쇼로 자신을 이용하려는 것이 아니기를 바라는 마음이었다.

"민감한 자료를 축약해야 할 일이 있을 수도 있지 않을까요."

"자넬 무시하려는 건 아니지만 필요하면 연락할 만한 지스트 요원은 백악관에도 많아. 백악관 내부 자료라면 대통령이 굳이 자네를 부를 이유가 없어. 내부 자료가 아니라 해도, NRO의 자산을 호출하면서 무슨 용건인지 밝히지 않는 건 도리가 아니야."

피커링은 부하 요원들을 늘 '자산'이라고 불렀는데, 많은 사람들은 이 표현을 불편해했다.

"자네 아버지의 정치적 영향력은 점점 커지고 있어. 상당히. 백악관도 분명 초조할 거야."

그는 한숨을 쉬었다.

"정치는 필사적인 사업이지. 대통령이 경쟁 후보의 딸을 비밀리에 초청했다면 분명 정보 분석 이상의 용건이 있다고 생각하지 않을 수 없어."

오싹하는 한기가 엄습했다. 피커링의 직감은 소름 끼칠 정도로 정확한 경우가 많았다.

"백악관이 저를 정치판의 진흙탕에 끌어들이려 할 정도로 필사적일 거라고 생각하세요?"

피커링은 잠시 사이를 두었다.

"자네가 아버지를 어떻게 생각하는지는 비밀이 아니지. 대통령의 선거운동 참모들도 불화가 있다는 건 분명 알고 있을 거야. 자네를 이용하려 할 수도 있겠다는 생각이 들어."

"제가 어느 편을 들어야 할까요?"

레이첼은 농담처럼 말했다.

피커링의 표정은 변하지 않았다. 그는 그녀에게 엄한 시선을 보냈다.

"경고 차원에서 이야기해 두는데, 섹스턴 요원. 대통령과 독대할 때 아버지에 대한 개인적인 감정이 판단을 흐릴 수도 있다고 생각된다면, 이번 회합 요구는 거부하라고 강력히 권하고 싶네."

"거부해요?"

레이첼은 신경질적으로 웃었다.

"제가 대통령의 요청을 거부할 수는 없죠."

"자네는 못 해도 난 할 수 있지."

나직하게 울리는 목소리를 들으니, 문득 피커링이 '퀘이커 교도'라는 별명으로 불리는 다른 하나의 이유가 떠올랐다. 윌리엄 피커링은 비록 덩치는 작지만 한번 성질을 건드렸다 하면 지진을 일으켜서 정치판을 흔들어 놓을 수 있는 인물이었다.

"내 걱정은 간단해. 내게는 내 밑에서 일하는 사람들을 보호해야 할 책임이 있고, 부하 중 누구 한 사람이 혹시라도 정치놀음에 이용되는 상황은 두고 볼 수 없어."

"제가 어떻게 해야 한다고 생각하세요?"

피커링은 한숨을 쉬었다.

"대통령을 만나되 아무것도 확답하지 마. 대통령이 속셈을 털어놓으면 나한테 전화해. 자네를 정치에 이용하려는 것으로 판단되면, 즉시 대통령 본인조차 모르도록 자네를 빼내 줄 테니까."

"감사합니다, 국장님."

레이첼은 국장이 든든한 보호자로 느껴졌다. 아버지에게서 그토록 기대했던 감정이었다.

"대통령이 차를 보내셨다고요?"

"차라기보다는."

피커링은 미간을 찌푸리며 창밖을 가리켰다.

레이첼은 어리둥절해서 피커링의 손가락이 가리키는 쪽으로 다가갔다.

기수가 뭉툭한 MH-60G 페이브호크 헬기가 시동을 켠 채 정원에 내려앉아 있었다. 사상 최고로 빠른 헬기 중 하나인 페이브호크에는 백악관 문양이 선명하게 찍혀 있었다. 기장이 옆에 서서 손목시계를 들여다보고 있었다.

레이첼은 믿을 수 없다는 눈빛으로 피커링을 돌아보았다.

"25킬로미터 떨어진 워싱턴까지 오라고 백악관에서 저한테 페이브호크를 보낸 건가요?"

"자네한테 감동을 주고 싶었든지, 위압감을 주고 싶었든지 둘 중 하나겠지."

피커링은 레이첼을 응시하며 말을 이었다.

"자넨 어느 쪽도 느낄 필요가 없네."

레이첼은 고개를 끄덕였다. 하지만 그녀가 지금 느끼는 감정은 양쪽 다였다.

4분 뒤, 레이첼 섹스턴은 NRO 건물을 나와서 기다리고 있는 헬기에 올라탔다. 헬기는 레이첼이 안전벨트도 미처 매기 전에 이륙해서 버지니아 숲 상공으로 급선회했다. 발아래 나무들을 내려다보고 있으니 심장박동이 점차 빨라지는 것이 느껴졌다. 이 헬기가 백악관에 도착하지 않는다는 사실을 알고 있었다면, 맥박은 더 빨라졌을 것이다.

5

얼음 같은 바람이 서머텍 텐트를 두드렸지만, 델타 원은 거의 의식조차 하지 못했다. 그와 델타 스리는 외과의사 같은 손놀림으로 조이스틱을 다루는 동료에게 집중하고 있었다. 스크린에는 초소형 로봇에 장착된 초소형 카메라에서 전송되는 실시간 비디오가 펼쳐지고 있었다.

'궁극의 정찰 도구야.'

델타 원은 이 기계가 활동하는 모습을 볼 때마다 감탄하곤 했다. 최근 들어 초소형 공학 분야에서는 현실이 소설을 앞지르는 것 같았다.

마이크로 전자공학 시스템(MEMS)—초소형 로봇—은 첨단 정찰 분야의 최신 기술로, '벽에 붙은 파리'라는 별명으로 불리기도 했다.

문자 그대로였다.

초소형 원격조종 로봇이라고 하면 공상과학 소설에나 나오는 것으로 생각하기 쉽지만, 실은 1990년경부터 사용되기 시작했다. 1997년 5월 《디스커버리》는 초소형 로봇에 대한 커버 기사에서 '비행' 모델과 '유영' 모델을 둘 다 다루었다. 소금 알갱이 크기만 한 미세 잠수함인 유영 모델은 영화 〈마이크로 결사대〉처럼 인간의 혈관 안에 주사할 수 있다. 현재 이 모델은 리모콘으로 환자의 혈관 속을 돌아다니게 하여 메스를 들지 않고도 실시간 비디오를 통해 혈관이 막힌 부위를 찾아내는 데 사용되고 있다.

일반적인 상상과는 달리 비행형 초소형 로봇 개발이 더 간단했다. 기계가 비행하는 것을 가능하게 하는 유체역학 기술은 라이트 형제의 키티호크 비행 이래 계속 발달해 왔기 때문에, 남은 과제는 소형화 작업뿐이었다. NASA에서 화성 무인탐사 도구로 개발했던 최초의 비행형 초소형 로봇은 몇 센티미터 길이였다. 그러나 나노 기술과 초경량 에너지 흡수재, 마이크로 공학의 발달로 비행형 초소형 로봇이 현실화되었다.

진정한 도약은 자연을 모방하는 새로운 분야, 바이오미믹에서 이루어졌다. 작은 잠자리는 민첩하고 효율적인 비행형 초소형 로봇의 이상적인 원형이었다. 현재 실제로 비행하고 있는 PH2 모델은 길이가 모기 수준인 1센티미터에 지나지 않으며, 투명한 실리콘으로 제작된 날개가 공기 중에서 기동성과 효율성을 보장한다.

초소형 로봇의 충전 기법 또한 획기적인 발전을 이루었다. 초창기 초소형 로봇은 밝은 광원 아래에서만 충전할 수 있었기 때문에 스텔스 장비나 어두운 지역에서 사용하기에는 적합하지 않았다. 그러나 새로운 모델은 자기장 몇 센티미터 근처에 세워 놓기만 해도 충전이 가능했다. 편리하게도 현대사회는 전원, 컴퓨터 모니터, 전기 모터, 오디오 스피커, 휴대전화 등 사람의 눈에 띄지 않는 자기장이 도처에 있기 때문에 은밀하게 충전할 만한 장소는 얼마든지 있다. 초소형 로봇이 성공적으로 작전 지역에 진입만 하면 거의 무제한으로 음성과 영상을 전송할 수 있는 것이다. 델타 포스의 PH2는 벌써 일주일 이상 아무 문제 없이 정보를 보내고 있었다.

지금 초소형 로봇은 넓은 헛간 안을 맴도는 곤충처럼 구조물 내부 거대한 중앙 홀의 조용한 공기 속에 떠 있었다. 그리고 소리 없이 원을 그리며 전혀 눈치조차 채지 못하고 있는 기술자들과 과학자들, 다양한 분야의 전문가들을 내려다보고 있었다. PH2가 선회하는 동안, 델타 원은 낯익은 얼굴 둘이 대화를 나누고 있는 것을 보았다. 저들은 결정적인 정보를 가지고 있을 것이다. 그는 델타 투에게 초소형 로봇을 하강시켜 들어 보라고 지시했다.

델타 투는 조종기로 로봇의 음향 센서를 작동시키고 파라볼라 증폭기를 두 사람 쪽으로 향하게 한 뒤 머리 위 3미터 지점까지 고도를 낮추었다. 목소리는 희미했지만 알아들을 수는 있었다.

"아직도 믿을 수가 없어."

한 과학자가 말하고 있었다. 48시간 전에 도착한 이후 아직도 흥분이 가시지 않은 목소리였다.

그와 대화하고 있는 남자 역시 들뜬 것은 마찬가지였다.

"평생 살면서 이런 걸 목격하게 될 거라고 상상이나 해 봤나?"

"당연히 못 했지."

과학자는 활짝 웃으며 대답했다.

"정말 황홀한 꿈 같아."

이 정도면 충분했다. 안에서는 모든 일이 예정대로 진행되고 있었다. 델타 투는 초소형 로봇을 다시 원래 숨어 있던 곳으로 이동시켰다. 그는 작은 장치를 남의 눈에 띄지 않는 발전기 실린더 옆에 세웠다. PH2의 전지는 즉시 다음 임무를 위해 재충전을 시작했다.

6

페이브호크 헬기가 아침 하늘을 가르는 동안, 레이첼 섹스턴은 오늘 아침에 있었던 이상한 일들을 곱씹어 보고 있었다. 헬기가 체사피크 만 상공으로 접어들었을 때에야 그녀는 헬기가 전혀 엉뚱한 방향으로 가고 있다는 것을 깨달았다. 어리둥절했던 것도 잠시, 불안감이 엄습했다.

"이봐요!"

레이첼은 조종사에게 소리쳤다.

"지금 뭐 하는 거예요?"

엔진 소리에 묻혀 목소리는 거의 들리지 않았다.

"백악관으로 간다고 했잖아요!"

조종사는 고개를 저었다.

"아닙니다. 대통령께서는 오늘 아침 백악관에 안 계십니다."

레이첼은 피커링이 정확히 백악관이라고 말했는지, 그냥 혼자 당연히 그럴 거라고 짐작했던 건지 기억을 더듬었다.

"그럼 대통령은 어디 계시죠?"
"다른 곳에서 만나시게 될 예정입니다."
'이건 무슨 소리야.'
"다른 곳 어디요?"
"이제 거의 다 왔습니다."
"제가 물어본 건 그게 아니잖아요."
"26킬로미터만 더 가면 됩니다."
레이첼은 조종사를 노려보았다.
'화술이 정치가 못지않군.'
"총알도 질문 피하듯 요리조리 잘 피하나요?"
조종사는 대답하지 않았다.

체사피크 만을 가로지르는 데는 7분도 채 걸리지 않았다. 육지가 다시 시야에 들어오자, 조종사는 북쪽으로 기수를 돌리더니 활주로와 군용 시설로 보이는 건물들이 들어선 좁은 반도를 우회했다. 기수는 시설을 향해 하강하기 시작했고, 레이첼은 그제야 그곳의 정체를 알 수 있었다. 여섯 개의 발사대와 그을린 발사탑도 좋은 실마리였지만, 그것도 모자라 한 건물의 지붕에 거대한 활자가 칠해져 있었다. 월롭스 아일랜드였다.

월롭스 아일랜드는 NASA에서 가장 오래된 로켓 발사 시설 중 하나였다. 그러나 현재는 위성 발사와 연구용 비행기 실험에 사용되면서 사람들의 관심에서 멀어져 있었다.

'대통령이 월롭스 아일랜드에?'
이해하기 힘든 상황이었다.
조종사는 좁은 반도 한쪽 끝에서 끝까지 이어진 세 개의 활주로 쪽으로 진입하기 시작했다. 가운데 활주로 반대쪽 끝에 착륙할 모양이었다.

조종사는 속도를 늦추기 시작했다.

"대통령께서는 집무실에 계십니다."

레이첼은 농담이 아닌가 싶어 조종사를 돌아보았다.

"미합중국 대통령 집무실이 월롭스 아일랜드에도 있다고요?"

조종사는 더할 나위 없이 진지한 표정이었다.

"미합중국 대통령은 원하는 곳 어디든 집무실을 둘 수 있습니다."

그는 활주로 끝을 가리켰다. 저 멀리 빛나는 거대한 형체를 본 순간, 레이첼은 심장이 멎을 뻔했다. 270미터쯤 떨어진 거리에서도 대통령 전용으로 개조한 연파란색 747 비행기의 동체를 알아볼 수 있었다.

"그럼 저기서 대통령 님을······."

"네. 대통령의 별장이죠."

레이첼은 거대한 기체를 내다보았다. 군대에서 이 특별한 비행기를 일컫는 용어는 VC-25-A였지만, 바깥세상에는 '에어포스 원'이라는 이름으로 알려져 있었다.

"오늘 아침에는 새 기체를 구경하실 것 같군요."

조종사는 기체의 꼬리에 새겨진 숫자를 가리켰다.

레이첼은 멍하니 고개를 끄덕였다. 에어포스 원이 두 대라는 사실을 아는 미국인은 거의 없다. 에어포스 원은 동일하게 특수 개조한 747-20-B 기종으로서, 하나는 꼬리번호가 28000, 다른 하나는 29000이었다. 둘 다 최대 시속이 960킬로미터고, 공중 급유가 가능하도록 개조해서 사실상 비행거리에 제약이 없었다.

페이브호크가 대통령 전용기 옆 활주로에 착륙하자, 레이첼은 에어포스 원을 가리켜 대통령의 '휴대용 홈 어드밴티지'라고 부르는 이유를 알 수 있었다. 기체는 바라보는 것만으로도 엄청난 위압감을 뿜어내고 있었다.

외국 정상을 만나기 위해 다른 나라에 갔을 때, 미합중국 대통령은 보안 문제를 이유로 이 제트기 안에서 정상회담을 요구하곤 한다. 물론 보안 문제도 이유이긴 하지만, 상대에게 위압감을 주어서 협상에서 유리한 고지를 점하겠다는 동기도 분명 있다. 에어포스 원에 탑승하는 것은 백악관을 방문하는 것보다 훨씬 더 위협적이었다. 동체에는 '미 합중국'이라는 글자가 6미터 크기로 당당하게 찍혀 있었다. 영국의 한 여성 장관은 닉슨 대통령이 에어포스 원에 탑승할 것을 요청하자 "대놓고 남성성을 과시했다"고 비난했다. 이후 승무원들은 농담 삼아 비행기를 '커다란 음경'이라고 부르게 되었다.

"섹스턴 요원?"

캐주얼한 재킷 차림의 대통령 경호원이 헬기 밖에 나타나서 문을 열어 주었다.

"대통령 님이 기다리십니다."

레이첼은 헬기에서 내린 뒤 동체와 이어지는 가파른 계단을 올려다보았다.

'하늘을 나는 음경 속으로 들어가는 거로군.'

레이첼은 날아다니는 '대통령 집무실'의 실내 면적이 378제곱미터에 달하고, 안에는 개인 침실 네 개와 승무원용 침상 26개, 50명 분의 음식을 공급할 수 있는 취사실이 있다고 들은 적이 있었다.

계단을 오르던 레이첼은 대통령 경호원이 바짝 뒤따라오며 그녀를 재촉하는 것을 느꼈다. 저 위에는 출입구가 마치 거대한 은색 고래의 옆구리에 난 작은 상처처럼 열려 있었다. 어두운 입구가 가까워지자 차츰 자신감이 사라지기 시작했다.

'긴장하지 마, 레이첼. 그냥 비행기일 뿐이야.'

경호원은 입구에서 정중하게 레이첼의 팔을 잡고 놀랄 정도로 좁은 복도로 안내했다. 오른쪽으로 꺾어서 잠시 걸으니 호화롭고 널찍한 객실이 나타났다. 사진에서 본 기억이 났다.

"여기서 기다리십시오."

경호원은 이렇게 말하고 사라졌다.

레이첼은 목재로 내벽을 깐 에어포스 원의 유명한 전방 객실에 혼자서 있었다. 이 방이 바로 회의를 열고, 저명인사를 접대하고, 처음 에어포스 원에 찾아오는 승객들의 기를 죽이기 위해 이용되는 그곳이었다. 객실은 비행기 좌우 폭 전체를 차지하고 있었고, 두꺼운 갈색 양탄자가 깔려 있었다. 가구도 완벽했다. 단풍나무 나이테가 선명한 회의용 탁자 주위에 코르도바 가죽 안락의자들이 놓여 있었고, 유럽식 소파 옆에는 윤기가 흐르는 청동 스탠드가 세워져 있었으며, 마호가니 바 위에는 수공으로 무늬를 새긴 크리스털 제품들이 놓여 있었다.

아마 승객들에게 '질서와 평온함이 어우러진 분위기'를 선사하기 위해 보잉 사 디자이너들이 섬세하게 설계한 듯했다. 그러나 지금 이 순간 '평온함'은 레이첼 섹스턴이 느끼는 감정과는 거리가 멀었다. 얼마나 많은 세계 지도자들이 바로 이 방에 앉아서 세상을 움직인 결정을 내렸을까 하는 생각밖에 할 수 없었다.

희미한 고급 파이프 담배 향부터 사방에 널린 대통령 문장에 이르기까지, 방 안의 모든 것들이 권력의 냄새를 풍기고 있었다. 화살과 올리브 가지를 붙잡은 독수리는 쿠션에도 수놓아져 있고, 얼음통에도 새겨져 있고, 심지어 바의 코르크 술잔 받침대에도 그려져 있었다. 레이첼은 받침대를 집어 들고 들여다보았다.

"벌써 기념품부터 슬쩍하시나?"

등 뒤에서 묵직한 목소리가 들렸다.

깜짝 놀라 돌아서는 순간, 코르크가 바닥에 떨어졌다. 레이첼은 받침대를 주우려고 어색하게 무릎을 꿇었다. 받침대를 집어 들면서 돌아보니, 미합중국 대통령이 재미있다는 듯 미소 띤 얼굴로 내려다보았다.

"난 왕족이 아니야, 섹스턴 요원. 무릎을 꿇을 것까지는 없어."

7

 세지윅 섹스턴 상원의원은 워싱턴의 아침 출근 차량 사이를 누비며 사무실로 향하는 링컨 리무진 안에서 프라이버시를 즐기고 있었다. 맞은편에서는 24세의 개인비서 가브리엘 애쉬가 하루 일정을 읽어 주고 있었지만 섹스턴은 귀를 기울이지 않았다.
 '워싱턴이 좋아.'
 그는 캐시미어 스웨터 안에 숨겨진 비서의 완벽한 몸매를 감상하며 생각했다.
 '권력은 최고의 최음제지. 덕분에 이런 여자들이 속속 워싱턴에 몰려들지 않나.'
 가브리엘은 언젠가 상원의원이 되겠다는 꿈을 가진 뉴욕 아이비리그 출신이었다.
 '이 친구는 성공할 거야.'
 섹스턴은 생각했다. 그녀는 멋진 외모와 빈틈없는 두뇌의 소유자였다. 무엇보다 게임의 규칙을 알고 있었다.

가브리엘 애쉬는 흑인이었지만, 황갈색 피부는 진한 계피나 마호가니 색에 가까웠기 때문에 동정심에 불타는 '백인'들이 자기 영역을 내준다는 피해의식을 느끼지 않고 편안하게 받아들일 수 있는 중간 정도의 위치였다. 섹스턴은 가브리엘이 할리 베리의 외모에 힐러리 클린턴의 두뇌와 야망을 겸비했다고 친구들에게 소개하곤 했지만, 가끔 이런 표현조차 부족하다고 느껴지는 때가 있었다.

가브리엘은 석 달 전 섹스턴의 선거운동 개인 보좌관으로 승진한 이후로 엄청난 도움이 되고 있었다. 게다가 급여도 없이 일하고 있었다. 하루 열여섯 시간씩 일하는 대가로 노련한 정치가에게서 정치의 요령을 배우자는 것이었다.

'물론 단순한 업무 관계보다는 좀 더 나갔지.'

섹스턴은 혼자 히죽 웃었다. 가브리엘을 승진시킨 뒤, 섹스턴은 '업무 소개' 명목으로 늦은 밤에 그녀를 개인 사무실로 불렀다. 예상대로 젊은 보좌관은 설레는 눈빛으로 달려왔다. 섹스턴은 수십 년 동안 갈고 닦은 참을성 있는 솜씨로 마술을 부렸다. 신뢰를 쌓아 가고, 경계심을 조심스럽게 하나씩 해제하고, 상대를 애타게 하는 심리적 수법을 발휘하여, 마침내 바로 그 자리에서 유혹하는 데 성공했던 것이다.

섹스턴은 그날의 정사가 젊은 여인의 인생에서 성적으로 가장 만족스러운 경험 중 하나였을 거라고 확신했지만, 밝은 햇빛 속에서 정신이 든 가브리엘은 분명 경솔했던 행동을 후회하고 있는 것 같았다. 그녀는 당혹스러워서 사직을 신청했다. 섹스턴은 거부했다. 가브리엘은 일을 계속했지만 태도는 보다 명확히 했다. 이후로 두 사람은 엄격하게 업무적인 관계를 유지했다.

가브리엘의 도톰한 입술은 계속 움직이고 있었다.

"오늘 오후 CNN 토론회에 무기력한 모습으로 들어가시면 안 되니까요. 백악관에서 상대로 누구를 내세울지 아직 모릅니다. 제가 작성한 이 메모를 참고하십시오."

섹스턴은 호화로운 가죽 의자 냄새와 섞여 떠도는 그녀의 향수 냄새를 음미하며 폴더를 받아 들었다.

"제 말을 듣지 않고 계시는군요."

"듣고 있어."

그는 씩 웃었다.

'CNN 토론은 잊어버려. 최악의 경우 백악관에서는 인턴 선거운동원을 내세워서 날 무시하려 할 거야. 최상의 시나리오는 그들이 거물급 정치인을 내보내 주면 내가 한입에 삼켜 버리는 거고."

가브리엘은 미간을 찌푸렸다.

"알겠습니다. 이쪽에 가장 적대적인 토론 주제 목록도 거기 적어 놨습니다."

"늘 보던 주제겠지."

"한 가지 새 항목이 있어요. 어젯밤 래리 킹에서 하신 발언 때문에 동성애 단체에서 공격해 올 수도 있습니다."

섹스턴은 듣는 둥 마는 둥 어깨만 으쓱했다.

"그래. 동성 결혼 문제였지."

가브리엘은 질책하는 듯한 눈길을 보냈다.

"상당히 강도 높게 반대하셨지요."

'동성 결혼이라니.'

섹스턴은 역겹다고 생각했다.

'더러운 호모 새끼들한테는 투표권도 아까워.'

"알았어, 조금 자제하지."

"좋습니다. 최근 이런 민감한 주제에 대해 좀 과감하게 발언하고 계세요. 오만하다는 인상을 주면 안 됩니다. 여론이 등 돌리는 건 한순간입니다. 지금 의원님은 순풍을 타고 계십니다. 그냥 대세를 따라 무난하게 흘러가세요. 오늘 굳이 홈런을 쳐야 할 필요는 없어요. 정석대로 차분하게 하시면 됩니다."

"백악관에서는 소식이 없나?"

가브리엘은 의기양양하게 의아하다는 듯한 표정을 지었다.

"침묵만 지키고 있네요. 사실상 의원님의 경쟁자는 투명인간이 돼 버렸어요."

섹스턴은 최근 굴러 들어온 행운을 믿을 수가 없을 지경이었다. 몇 달 동안이나 대통령은 가열찬 선거운동을 해 왔다. 그러다 일주일 전 갑자기 집무실에 틀어박힌 이후, 그를 보았거나 이야기를 했다는 사람이 아무도 없었다. 마치 섹스턴의 엄청난 지지율 상승세를 감당할 자신이 없다는 듯한 인상이었다.

가브리엘은 곧게 편 검은 머리를 손으로 쓸어 넘겼다.

"백악관 선거운동 참모들 역시 우리 못지않게 당황스러워 한다고 들었어요. 대통령에게서도 왜 갑자기 자취를 감춘 것인지 아무 설명이 없어서, 그쪽 사람들도 잔뜩 화가 나 있답니다."

"짐작 가는 이유는?"

가브리엘은 학자풍의 안경 너머로 섹스턴을 응시했다.

"사실은 오늘 아침 백악관에 있는 정보통한테서 흥미로운 정보를 받았습니다."

섹스턴은 그 눈빛에 담긴 뜻을 읽을 수 있었다. 가브리엘 애쉬가 이번에도 내부 정보를 얻어 낸 것이다. 혹시 기밀 선거운동 정보를 받는 대가로 자동차 뒷자리에서 대통령 보좌관에게 성적인 서비스라도 제공한 것이 아닌가 하는 궁금증이 일었다. 섹스턴으로서는 상관없었다. 정보만 계속 얻어 낼 수 있다면.

보좌관은 목소리를 낮추었다.

"소문에 따르면, 대통령이 이상한 행동을 하기 시작한 것은 지난주

NASA 국장과 은밀하게 긴급 회동을 가진 뒤부터랍니다. 회의를 마치고 나오는 대통령의 표정이 멍했다는군요. 그는 즉시 일정을 취소했고, 이후 NASA와 계속 긴밀한 연락을 취하고 있는 모양입니다."

마음에 드는 소식이었다.

"NASA에서 또 안 좋은 소식이 온 거라고 생각하나?"

"논리적으로 그런 결론을 내릴 수밖에 없죠. 대통령이 모든 업무를 놓아 버릴 정도로 중대한 일일 겁니다."

섹스턴은 생각에 잠겼다.

'NASA와 오가는 이야기는 나쁜 소식일 수밖에 없어. 그렇지 않았다면 대통령이 나한테 대 놓고 밝혔겠지.'

섹스턴은 최근 NASA의 예산 문제로 대통령을 상당히 강하게 비판하고 있었다. 우주항공국은 최근의 임무 실패와 천문학적인 예산 초과로 인해 거대 정부의 과소비와 비효율성을 선전하는 섹스턴의 무기로 활용되는 불명예를 얻고 있었다. 대부분의 정치인들은 미국의 자존심을 상징하는 NASA를 공격해서 표를 얻겠다는 생각을 하지 못했지만, 섹스턴에게는 다른 정치인들이 가지지 못한 무기가 있었다. 바로 가브리엘 애쉬, 그리고 그녀의 완벽한 직감이었다.

이 영리한 젊은 여자가 섹스턴의 주의를 끈 것은 몇 달 전, 그녀가 섹스턴의 워싱턴 선거운동본부 조직위원으로 일할 때였다. 예비선거 득표율은 보잘것없고 정부의 과소비에 대한 비판에도 유권자들이 귀를 기울이지 않는 상황에서, 가브리엘 애쉬는 섹스턴에게 완전히 새로운 선거운동 전략을 제시하는 보고서를 보냈다. 그녀는 NASA의 엄청난 예산 초과와 백악관의 계속된 자금 지원이야말로 허니 대통령의 무절제한 과소비를 상징적으로 보여 주는 실례이며, 바로 이 점을 주장해야 한다고 제안했다.

"NASA는 미국에게 엄청난 부담이 되고 있습니다."

가브리엘은 예산 수치와 실패 사례, 자금 지원 목록도 첨부했다.

"유권자들은 모르고 있습니다. 현실을 알게 되면 충격을 받을 겁니다. NASA를 정치 쟁점으로 활용하셔야 합니다."

섹스턴은 가브리엘의 순진함에 한숨을 쉬었다.

"왜, 차라리 야구장에서 미국 국가를 부르는 관례를 비판하라고 하지?"

이후 몇 주 동안 가브리엘은 NASA에 대한 정보를 계속해서 상원의원의 책상에 갖다 놓았다. 읽으면 읽을수록, 섹스턴은 젊은 가브리엘 애쉬의 주장에 일리가 있다는 것을 깨닫게 되었다. 여타 연방 기관과 비교해도, NASA는 엄청난 돈을 잡아먹는 구덩이였다. 돈이 많이 들고, 비효율적이었으며, 최근에는 심히 무능했다.

어느 날 오후 섹스턴이 교육에 대한 방송 인터뷰를 하고 있을 때였다. 사회자는 섹스턴에게 공립학교 개혁 공약을 위한 자금은 어디서 확보할 것이냐고 물었다. 섹스턴은 대답 대신 가브리엘의 NASA 이론을 농담처럼 시험해 보기로 했다.

"교육 자금 말씀입니까? 뭐, 우주 개발 프로그램을 절반으로 줄이지요. NASA가 우주 개발을 위해서 1년에 150억 달러를 쓴다면, 제가 지구 위의 어린아이들을 위해서 75억 달러를 사용하지 못할 것도 없지 않겠습니까."

조정실 안에 있던 섹스턴의 선거운동 참모들은 이 부주의한 발언에 경악했다. 그렇지 않아도 선거운동 분위기가 가라앉아 있었기 때문에 NASA에 대한 무책임한 공격까지 날릴 때가 아니었던 것이다. 즉시 라디오 방송국 안의 전화들에 불이 붙었다. 이제 우주 개발을 지지하는 애국자들이 독수리 떼처럼 공격해 올 거라는 생각에 섹스턴의 선거운동 참모들은 잔뜩 움츠러들었다.

한데 전혀 예상치 못했던 일이 일어났다.

"1년에 150억 달러요?"

첫 번째로 전화를 걸어 온 사람은 충격받은 목소리로 말했다.

"100억 단위라고요? 우리 아들 학교에서는 교사를 채용할 예산이 부족해서 수학 교실이 비좁을 지경인데, NASA에서는 우주 먼지 사진을 찍으려고 1년에 150억 달러를 쓴단 말인가요?"

"음…… 그렇습니다."

섹스턴은 조심스럽게 대답했다.

"말도 안 돼요! 대통령한테 그런 일을 막을 권한이 있나요?"

"당연하죠."

섹스턴의 자신감이 차츰 되살아났다.

"대통령은 예산을 지나치게 많이 사용한다고 생각되는 연방 기관의 예산안을 거부할 권한을 가지고 있습니다."

"그럼 내 표는 당신한테 드릴게요, 섹스턴 의원님. 우주 개발에 150억 달러를 쓰는데, 우리 아이들은 교사가 없어서 쩔쩔매다니, 말도 안 되는 일이네요! 행운을 빕니다. 당신이 당선되길 바라겠어요."

다음 전화가 연결되었다.

"상원의원님, NASA의 국제 우주정거장 사업이 예산을 심하게 초과해서 대통령이 긴급 자금 지원을 고려하고 있다는 기사를 방금 읽었습니다. 사실입니까?"

섹스턴은 얼른 말을 받았다.

"사실입니다!"

그는 우주정거장은 원래 12개국이 비용을 분담하는 합작 사업이었다고 설명했다. 그러나 실제 건설에 들어간 뒤 예산이 감당할 수 없을 정도로 불어나자 많은 나라들이 고개를 저으며 물러났다. 대통령은 사업을 백지화하는 대신, 다른 나라의 비용까지 대기로 결정했다.

"결국 국제 우주정거장 프로젝트 비용은 애초의 80억 달러에서 1천억 달러라는 어마어마한 액수로 증가했습니다!"

전화를 건 사람은 격분한 목소리였다.

"도대체 대통령은 왜 발을 빼지 않는 겁니까!"

섹스턴은 이 남자에게 키스라도 해 주고 싶은 심정이었다.

"정말 좋은 질문입니다. 불행히도 공사 물자의 3분의 1이 이미 우주에 가 있고 대통령은 그걸 보내는 데 여러분의 세금을 사용했습니다. 그러니 지금 발을 뺀다는 것은 수십억 달러에 달하는 여러분의 돈을 낭비했다는 사실을 인정하는 것과 마찬가지일 겁니다."

전화는 계속 걸려 왔다. 국민들은 NASA가 국가에 당연히 있어야 할 기관이 아니라 선택 사항일 뿐이라는 사실을 그제야 깨달은 것 같았다.

몇몇 우주광들이 인간의 끝없는 지식 추구에 대해 통렬한 사설을 늘어놓았을 뿐, 프로그램이 끝나자 대략적인 결론이 났다. 섹스턴 선거 운동 진영이 유권자들의 심기를 건드리는 새로운 쟁점, 성배를 찾아낸 것이다.

다음 몇 주 동안 섹스턴은 다섯 개 지역의 중요한 예비 선거에서 압승을 거두었다. 그는 NASA 문제를 유권자들에게 제기한 공로로 가브리엘 애쉬를 새 선거운동 참모로 임명했다. 손짓 한번으로 젊은 흑인 여성을 정계의 떠오르는 스타로 만들어 주자, 인종차별과 성차별적인 투표 이력 때문에 받던 비판적인 시선 역시 하룻밤 사이에 사라졌다.

리무진 안에 이렇게 앉아 있는 동안, 섹스턴은 가브리엘이 이번에도 자신의 가치를 증명해 냈다는 것을 깨달았다. 지난주 NASA 국장과 대통령이 비밀 회동을 가졌다는 정보는 분명 NASA 문제가 점점 커지고 있다는 것을 반증하고 있었다. 우주정거장 사업에서 또 한 나라가 물러났는지도 모른다.

리무진이 워싱턴 기념탑을 지나자, 섹스턴 상원의원은 자신이 대통령이 되지 않으면 안 되는 운명이라고 느끼지 않을 수 없었다.

8

 세계에서 가장 막강한 지위에 올라섰음에도 불구하고, 재커리 허니 대통령은 보통 키에 왜소한 체구, 좁은 어깨의 소유자였다. 얼굴에는 주근깨가 나 있었고, 이중 초점 안경을 끼고 있었으며, 검은 머리는 숱이 점점 적어지고 있었다. 이 보잘것없는 체구는 그가 그를 아는 사람들에게서 받는 무조건적인 충성과 뚜렷한 대비를 이루었다. 잭 허니를 한번이라도 만난 사람들은 그를 위해 지구 끝까지라도 걷게 된다는 말도 있었다.
 "와 주어서 기쁘네."
 허니 대통령은 레이첼의 손을 잡고 악수를 하며 말했다. 그의 손은 따뜻했고 악수에는 진심이 담겨 있었다.
 레이첼은 목구멍이 탁 막히는 느낌이었다.
 "아…… 네. 만나 뵙게 되어서 영광입니다."
 대통령은 격의 없는 미소를 보냈고, 레이첼은 전설적인 허니의 친화력을 처음으로 실감했다. 그는 정치 만평가들이 좋아하는 편안한 외모를 가지고 있었다. 따뜻하고 친근감 있는 미소는 아무리 왜곡되게 그려도 모든 사람들이 다 알아보기 때문이었다. 게다가 그의 눈빛에는 언제나 진실함과 품위가 깃들어 있었다.

그는 활기찬 목소리로 말했다.

"이쪽으로 오게. 자네 이름이 적힌 커피 잔을 준비해 놓았어."

"감사합니다."

대통령은 인터콤을 눌러 사무실에 커피를 가져오라고 지시했다.

대통령을 따라 비행기를 걷는 동안, 레이첼은 지지율이 떨어져 있는 대통령 치고 극도로 행복하고 마음 편해 보인다는 느낌을 받지 않을 수 없었다. 옷차림도 청바지와 폴로 셔츠, 엘엘빈 등산화로 캐주얼했다.

레이첼은 대화를 이어 가려고 해 보았다.

"무슨…… 하이킹을 하셨나요?"

"아냐. 선거운동 참모들이 앞으로는 이런 차림으로 다니라고 했어. 어떤가?"

제발 진지하게 묻는 말이 아니었으면 하는 생각이 들었다.

"음, 아주…… 남자답습니다."

허니는 심각한 표정이었다.

"잘됐군. 자네 아버지에게서 여성표를 좀 빼앗아 오는 데 도움이 될 거라고 생각했네."

잠시 후 대통령의 얼굴에 환한 미소가 떠올랐다.

"섹스턴 요원, 농담이었어. 폴로 셔츠와 청바지로는 선거에서 이길 수 없지. 그건 우리 둘 다 잘 알지 않나."

대통령의 개방적인 성격과 유머감각이 에어포스 원에 들어왔다는 긴장감을 빠르게 녹이고 있었다. 외모에서 풍기는 매력이 부족하다 해도 외교적인 화술로 보완하고도 남았다. 외교력은 인간을 다루는 기술인데, 잭 허니는 여기에 타고난 재능을 가지고 있었다.

레이첼은 대통령을 따라 비행기 뒤쪽으로 향했다. 깊숙이 들어갈수록 내부 형태는 비행기 같지가 않았다. 굽은 복도, 벽에 깔린 벽지, 심지어 스테어마스터와 로잉머신을 갖춘 운동실까지 있었다. 묘하게도 비행기 안에는 사람이 전혀 없는 것 같았다.

"혼자 여행하십니까?"

그는 고개를 저었다.

"아니, 방금 착륙했네."

레이첼은 놀랐다.

'어디 있다가 착륙했다는 거지?'

레이첼이 가지고 있던 이번 주 정보 보고서에는 대통령의 여행 일정이 전혀 없었다. 아마 은밀한 여행에 월롭스 아일랜드를 이용하고 있는 것 같았다.

"보좌관들은 자네가 도착하기 직전에 내렸어. 곧 그 친구들과 합류하기 위해 백악관으로 가야 하는데, 자네는 집무실 말고 여기서 만나고 싶었네."

"위압감이라도 주시려고요?"

"그 반대야. 자넬 존중하는 뜻에서야, 섹스턴 요원. 백악관은 사적인 공간이 전혀 아니라서, 우리 둘이 만났다는 소식이 새어 나가면 자네 아버지 앞에서 자네 입장이 곤란해질 것 같았네."

"감사합니다."

"자네는 민감한 상황에서 상당히 품위 있게 균형을 유지하고 있는 것 같은데, 내가 그 균형을 깰 이유는 없지."

아버지와 가졌던 아침 식사 자리가 떠올랐다. 그것을 과연 '품위 있다'고 말할 수 있을지 의문스러웠다. 어쨌든 잭 허니는 그럴 이유가 없는데도 상대를 배려하느라 지나치게 노력하고 있었다.

"레이첼이라고 불러도 될까?"

대통령이 물었다.
"그럼요."
'잭이라고 불러도 될까요?'
레이첼은 속으로 말했다.
"내 집무실이야."
대통령은 단풍나무를 깎아 만든 문 안으로 레이첼을 안내했다.
에어포스 원의 집무실은 백악관 대통령 집무실보다 분명 더 편안한 분위기였지만, 집기는 역시 근엄한 분위기를 풍기고 있었다. 책상 위에는 서류가 쌓여 있었고, 그 뒤에는 돛대 세 개짜리 전통적인 범선이 돛을 활짝 펼친 채 휘몰아치는 폭풍을 헤치고 나아가는 장면을 그린 거대한 유화가 걸려 있었다. 잭 허니가 지금 처해 있는 상황을 단적으로 은유하는 듯했다.
대통령은 레이첼에게 책상을 바라보게 놓인 고급 의자 세 개 중 하나를 권했다. 그녀는 앉았다. 대통령이 책상에 앉을 거라고 생각했지만, 그는 옆의 의자를 빼서 레이첼 옆에 나란히 앉았다.
'동등한 관계라는 거지. 정말이지 친화력이 대단하군.'
레이첼은 속으로 감탄했다.
"음, 레이첼."
허니는 의자에 앉으며 피곤한 듯 한숨을 쉬었다.
"지금 여기 앉아 있는 이 상황이 상당히 혼란스러울 테지."
그나마 남아 있던 경계심마저 대통령의 솔직한 말투에 무너졌다.
"솔직히 말씀드리면 당황스럽습니다."
허니는 크게 소리 내어 웃었다.
"기분 좋군. NRO 요원을 당황하게 만드는 건 흔한 일이 아니지."
"NRO 요원이 등산화 차림의 대통령을 에어포스 원에서 만나는 것도 흔한 일은 아니지요."

대통령은 다시 웃었다.

집무실 문을 두드리는 나직한 노크 소리가 커피가 도착했음을 알렸다. 승무원 한 사람이 김이 오르는 백랍 주전자와 백랍 머그 두 개를 쟁반에 받쳐 들고 들어왔다. 그녀는 대통령의 지시대로 쟁반을 책상에 놓고 사라졌다.

"크림과 설탕은?"

대통령은 커피를 따르기 위해 일어서며 물었다.

"크림만 넣어 주십시오."

레이첼은 풍성한 커피 향을 음미했다.

'미국 대통령이 직접 나한테 커피를 따라 주는 거야?'

잭 허니는 묵직한 백랍 머그를 건넸다.

"폴 리비어 진품이야. 소소한 호사 중의 하나지."

레이첼은 커피를 한 모금 마셨다. 지금까지 맛본 커피 중에 최고였다. 대통령은 자신도 커피를 따라서 다시 의자에 앉았다.

"어쨌든 시간 여유가 별로 없으니 본론으로 들어가겠네."

그는 커피 잔 안에 각설탕 하나를 넣고 레이첼을 응시했다.

"아마 빌 피커링이 내가 자네를 호출한 유일한 이유는 자넬 정치적으로 이용하기 위해서일 거라고 경고했겠지."

"솔직히 말씀드리면, 정확히 그렇게 말했습니다."

대통령은 클클 웃었다.

"늘 냉소적인 사람이란 말이야."

"아닙니까?"

"농담인가?"

대통령은 웃었다.

"빌 피커링의 판단은 틀린 적이 없어. 이번에도 정확하게 봤네."

9

　가브리엘 애쉬는 출근 차량 사이를 뚫고 섹스턴 상원의원 사무실 건물로 향하는 리무진에 앉아 창밖을 멍하니 응시하고 있었다. 도대체 어떻게 해서 이런 위치까지 오게 되었는지 어리둥절했다.
　'세지윅 섹스턴 상원의원 개인 보좌관이라니. 정확히 내가 원하던 바로 그것 아니었나?'
　'난 차기 미합중국 대통령과 같이 리무진을 타고 있어.'
　가브리엘은 호화로운 차 안 맞은편에 앉은 상원의원을 바라보았다. 그는 혼자 깊은 생각에 잠겨 있는 것 같았다. 그녀는 섹스턴의 잘생긴 얼굴과 완벽한 옷차림에 감탄했다. 대통령에 어울리는 모습이었다.
　가브리엘은 3년 전 코넬 대학에서 정치사회학을 공부하던 시절 처음으로 섹스턴이 연설하는 것을 보았다. 마치 '날 믿으라'는 메시지를 그녀에게 직접 보내는 듯 관객을 탐색하던 그의 눈빛은 평생 잊을 수 없을 것이다. 연설을 들은 뒤, 가브리엘은 의원을 직접 만나기 위해 줄을 서서 기다렸다.

"가브리엘 애쉬."

상원의원은 이름표를 읽었다.

"사랑스러운 젊은 여성에게 어울리는 사랑스러운 이름이군요."

눈빛에는 진심이 담겨 있었다.

"감사합니다."

상원의원의 악수에서는 남자다운 힘이 느껴졌다.

"의원님의 메시지에 깊은 감명을 받았습니다."

"기쁘군요!"

섹스턴은 가브리엘의 손에 명함 한 장을 밀어 넣었다.

"난 언제나 나와 같은 시각을 가진 영리한 젊은이들을 기다리고 있습니다. 졸업하면 연락하세요. 우리 진영에서 일할 기회가 있을지도 모르니까요."

감사 인사를 하려고 입을 벌렸지만, 상원의원은 벌써 다음 사람을 바라보고 있었다. 하지만 이후 몇 달 동안, 가브리엘은 텔레비전을 통해 섹스턴의 활약을 꾸준히 챙겨 보았다. 그녀는 효과적인 운영을 위한 국세청 조직 개편, 마약단속국의 거품 제거, 심지어 중복되는 복지 정책 폐지 등 거대 연방 정부의 지출을 앞장서서 비판하는 섹스턴을 존경의 눈으로 지켜보았다. 그러던 어느 날 섹스턴의 아내가 자동차 사고로 갑자기 사망했을 때, 가브리엘은 섹스턴이 부정적인 상황을 긍정적인 국면으로 전환하는 모습에 경탄했다. 섹스턴은 개인적인 아픔을 딛고 남은 정치 인생을 아내에게 바친다는 연설과 함께 대통령 출마를 선언했다. 가브리엘이 섹스턴 상원의원의 대통령 선거운동 진영에서 일하고 싶다고 마음먹은 것은 바로 그 순간이었다.

이제 그녀는 그 어느 누구보다 가까운 위치에 와 있었다.

섹스턴의 호화로운 사무실에서 그와 보낸 밤이 떠오르자, 가브리엘은 당혹스러운 기억을 머릿속에서 몰아내려고 애썼다.

'도대체 무슨 생각으로 그랬을까?'

저항해야 한다는 것은 알고 있었지만, 어째서인지 그럴 수가 없었다. 세지윅 섹스턴은 너무나 오랫동안 그녀의 우상이었다. 그런 사람이 그녀를 원한다는 데야.

리무진이 덜컹 하고 흔들렸고, 가브리엘의 상념은 다시 현재로 돌아왔다.

"괜찮나?"

섹스턴이 그녀를 바라보고 있었다.

가브리엘은 급히 미소를 지어 보였다.

"괜찮습니다."

"아직 그 추문을 마음에 두고 있는 건 아니겠지."

그녀는 어깨를 으쓱했다.

"조금 걱정은 됩니다."

"잊어버려. 그 추문은 선거운동 최고의 행운 중 하나였으니까."

가브리엘은 정치에서 추문이란 경쟁 상대가 음경 확대 기구를 이용한다거나 《스터드 머핀》 같은 포르노 잡지를 구독한다는 식의 지저분한 정보를 흘리는 것임을 경험으로 배웠다. 추문은 점잖은 수법은 아니지만, 일단 먹히면 약효가 좋다.

역효과 역시 마찬가지다.

실제로 역효과가 났다. 백악관이 오히려 역풍을 맞은 것이다. 한 달 전 대통령의 선거운동 참모는 떨어지는 지지율에 고심하던 중 공격적인 전략을 쓰기로 결정하고 내부적으로 사실이라고 판단된 소문을 흘렸다. 상원의원 섹스턴이 개인 보좌관 가브리엘 애쉬와 은밀한 관계를 가졌다는 추문이었다. 하지만 불행히도 백악관은 구체적인 증거를 가지고 있지 않았다. 강한 공격이야말로 최선의 방어라는 신념을 지니고 있는 섹스턴은 기회를 놓치지 않고 반격을 가했다. 전국적인 기자회견을 열어서 결백을 주장하고 분노를 터뜨린 것이다. 그는 고통을 숨기지 않는 눈빛으로 카메라를 바라보며 말했다.

"대통령이 그렇게 악의적인 거짓말로 내 죽은 아내의 명예를 더럽히다니 믿을 수가 없습니다."

섹스턴 상원의원의 TV 연기는 가브리엘조차도 같이 잔 적이 없었다고 믿게 만들 정도로 설득력이 있었다. 그가 얼마나 능숙하게 거짓말을 하는지 바라보면서, 가브리엘은 섹스턴 상원의원이 진짜 위험한 사람이라는 것을 깨달았다.

가브리엘은 자신이 이번 선거전에서 최강의 말에 걸었다는 점은 확신하고 있었지만, 최근 들어서는 과연 '최선의 말'에 건 것인가 하는 의문이 생기기 시작했다. 섹스턴의 측근에서 일하는 것은 새롭게 눈을 뜨는 경험이었다. 마치 유니버설 스튜디오의 제작 과정 투어에서 영화에 대한 어린아이 같은 감탄이 산산조각나고 할리우드가 마술이 아니라는 사실을 깨닫게 되는 것과 비슷했다.

섹스턴의 메시지에 대한 믿음은 여전했지만, 가브리엘은 그 메시지를 전달하는 사람에 대해 의문을 품기 시작하고 있었다.

10

"지금부터 내가 자네에게 말하려는 것은 UMBRA급 기밀 정보야. 자네 보안등급을 한참 뛰어넘는 내용이지."

에어포스 원의 벽이 사방에서 조여드는 것 같았다. 대통령은 월롭스 아일랜드에 레이첼을 데려와서 에어포스 원에 초대하고 커피를 따라 주면서 그녀의 아버지를 정치적으로 물리치는 데 그녀를 이용할 생각이라고 대 놓고 이야기한 뒤, 이제는 불법적으로 기밀 정보까지 흘리겠다고 말하고 있었다. 레이첼 섹스턴은 잭 허니에 대해 중요한 점 하나를 깨달았다. 겉으로 아무리 친화력이 좋아 보여도 순식간에 주도권을 잡는다는 사실이었다.

대통령은 레이첼의 눈을 똑바로 바라보며 말했다.

"두 주 전, NASA가 한 가지 발견을 했어."

레이첼은 잠시 이 말을 이해할 수 없었다.

'NASA의 발견이라고?'

최근 정보보고에서는 NASA에 특별한 일이 있었다는 징후가 전혀 없었다. 물론 요즘 'NASA에서 뭔가 발견했다'라는 표현은 어떤 새 프로젝트 예산이 심하게 부족하다는 뜻인 경우가 많았다.

"자세히 이야기하기에 앞서, 우선 자네가 혹시 우주 개발에 대한 자네 아버지의 비판에 동의하는지 알고 싶네."

레이첼은 이 말이 불쾌했다.

"제 아버지가 NASA를 비판하는 것을 막아 달라고 저를 여기 부르신 건 아니겠지요."

대통령은 웃었다.

"절대 아니야. 난 세지윅 섹스턴을 막을 수 있는 사람은 아무도 없다는 걸 알 만큼 그를 오래 알고 지냈어."

"제 아버지는 기회주의자입니다. 성공하는 정치가들 대부분이 그렇지요. 불행히도 이런 비판은 NASA 스스로 초래한 측면이 있습니다."

최근 NASA의 연이은 실패는 웃어야 할지 울어야 할지 알 수 없을 정도로 답답했다. 궤도에서 분해된 위성, 지구로 귀환하지 않은 우주 탐사선, 열 배로 불어난 국제우주정거장 예산과 가라앉는 배에서 달아나는 쥐 떼처럼 발을 빼는 협력 국가들. 수십억 달러가 날아갔고, 섹스턴 요원은 이 점을 움켜잡아 파도를 타고 있었다. 이 파도는 그를 무난히 펜실베이니아 애비뉴 1600번지에 데려다 줄 것으로 보였다.

대통령은 말을 이었다.

"최근 NASA가 한심하기 짝이 없다는 건 나도 인정해. 돌아설 때마다 예산을 삭감할 이유만 보이거든."

레이첼은 곧바로 응수했다.

"한데 지난주에 다시 긴급 자금으로 300만 달러를 퍼 주셨다고 읽은 것 같은데요."

대통령은 가볍게 웃었다.

"자네 아버지가 이 대답을 들으면 좋아하겠군. 안 그런가?"

"사형을 집행할 사람에게 실탄을 보내는 것만큼 어리석은 일은 없죠."

"나이트라인에서 자네 아버지가 한 말 들었나? '잭 허니는 우주 중독자다' '납세자들은 그의 취미에 돈을 대고 있다'."

"하지만 대통령께서는 계속 그 비판에 근거를 대 주고 계십니다."

허니는 고개를 끄덕였다.

"내가 NASA의 엄청난 팬이라는 걸 비밀로 한 적은 없어. 아주 옛날부터 그랬어. 나는 스푸트니크, 존 글렌, 아폴로 11호, 난 우주 개발 경쟁을 보고 자란 세대고, 우주 개발 프로그램에 대한 존경심과 국가적 자부심에 대한 감정을 숨기지 않고 표현해 왔어. 내 관점에서 NASA의 과학자들은 현대 역사의 선구자라네. 국민들이 물러앉아 비판하는 가운데서도 끊임없이 불가능을 시도하고, 실패를 받아들이고, 처음부터 다시 시작하지."

레이첼은 침묵을 지켰다. 대통령의 평정한 겉모습 한 꺼풀 아래에는 아버지의 끝없는 NASA 비판에 대한 분노가 어른거리고 있었다. NASA가 무엇을 발견했다는 것인지 궁금해졌다. 대통령은 분명 곧장 본론으로 들어가지 않고 시간을 끌고 있었다.

허니의 목소리에 힘이 들어갔다.

"오늘 난 NASA에 대한 자네 의견을 완전히 바꿀 생각이네."

레이첼은 미심쩍은 눈으로 그를 바라보았다.

"제 표는 이미 대통령 님 겁니다. 나머지 국민에게 집중하시는 게 나을 텐데요."

"그럴 생각이야."

그는 커피를 한 모금 마시고 미소 지었다.

"그리고 자네에게 날 도와 달라고 부탁하고 싶네."

그는 잠시 말을 끊고 레이첼 쪽으로 몸을 기울였다.

"아주 독특한 방식으로 말이야."

마치 사냥감이 도망치려고 하는지 덤벼들려고 하는지 판단하려는 사냥꾼처럼, 잭 허니가 자신의 동작 하나하나를 관찰하고 있다는 느낌이 들었다. 불행히도 레이첼은 도망칠 곳이 없었다.

대통령은 두 사람의 머그에 커피를 더 따르며 말했다.

"EOS라는 NASA 프로젝트를 알고 있겠지?"

레이첼은 고개를 끄덕였다.

"지구 관찰 시스템이죠. 제 아버지가 한두 번 언급하셨던 것으로 알고 있습니다."

은근히 비꼬는 말투에 대통령의 미간에 주름이 잡혔다. 사실 레이첼의 아버지는 기회가 있을 때마다 EOS를 언급하고 있었다. EOS는 가장 논란이 많은 NASA의 초대형 사업 중 하나로서, 우주에 다섯 개 위성을 별자리처럼 쏘아 올려서 오존층 파괴, 북극의 얼음층 파괴, 지구 온난화, 열대림 파괴 등 지구 환경을 분석하려는 계획이었다. 환경보호 운동가들이 지구의 미래를 위해 보다 나은 계획을 세울 수 있도록 사상 최대의 거시적인 정보를 제공하는 것이 목적이었다.

안타깝게도 지금까지 EOS 프로젝트는 실패투성이였다. 최근 NASA의 수많은 프로젝트가 그렇듯 시작부터 예산 초과가 심각했고, 잭 허니가 부담을 고스란히 떠안았다. 환경보호단체의 로비를 이용해서 14억 달러에 달하는 EOS 프로젝트 예산을 국회에서 통과시켰다. 그러나 지구과학의 발전에 공헌하겠다던 약속 대신, EOS 프로젝트는 위성 발사 실패라는 값비싼 악몽, 컴퓨터 오작동, 우울한 NASA 기자회견 등으로 얼룩져 있었다. 덕분에 웃고 있는 사람은 섹스턴 상원의원 한 사람뿐이었다. 그는 대통령이 EOS에 세금을 얼마나 퍼부었는지, 그로 인한 이득이 얼마나 미미한지 기분 좋게 유권자들에게 설명하고 있었다.

대통령은 머그에 각설탕을 넣었다.

"놀랄지도 모르지만, 이번에 NASA가 발견한 것은 바로 EOS가 해

낸 거라네."

도무지 알 수가 없었다. EOS에서 최근 뭔가 발견해 냈다면 분명 NASA에서 발표하고도 남았을 것이다. 레이첼의 아버지는 언론에서 EOS를 매도해 왔고, NASA는 긍정적인 뉴스가 절실한 상황이었다.

"EOS를 통해 뭔가 발견되었다는 소식은 들은 바가 없습니다만."

"알고 있어. NASA는 좋은 뉴스를 한동안 묻어 두는 게 좋겠다는 입장이니까."

레이첼은 그 말이 의심스러웠다.

"제 경험상으로는, NASA에 관해서라면 보통 무소식이 나쁜 뉴스입니다."

신중함은 NASA 홍보팀의 장기가 아니었다. NASA는 소속 과학자가 방귀만 뀌어도 기자회견을 연다는 농담이 NRO 요원들 사이에서 돌 정도였다.

대통령은 미간을 찌푸렸다.

"아, 그래. 내가 피커링의 NRO 보안 신봉자를 상대하고 있다는 걸 잊고 있었군. 국장은 요즘도 NASA가 입이 싸다고 투덜대고 있나?"

"보안은 국장님의 업무입니다. 당연히 아주 심각한 문제로 다루죠."

"당연히 그렇겠지. 서로 공통점이 그렇게 많은 두 기관이 끊임없이 서로 싸울거리를 만들어 낸다는 게 믿기 힘들 뿐이야."

윌리엄 피커링 밑에서 일하면서, NASA와 NRO 둘 다 우주 관련 기관이지만 서로 철학은 상극이라는 사실은 일찍부터 알고 있었다. NRO는 국방 기관으로서 우주 관련 활동을 모두 극비 취급했지만, 학술 기관인 NASA는 성과가 있을 때마다 전 세계에 보란 듯이, 윌리엄 피커링이 볼 때는 종종 국가 안보에 위협이 될 때에도 아랑곳없이 선전하고 있었다. NASA의 최고급 기술은 적대국가의 정찰기기로 등장해서 미국을 정탐하는 데 사용되곤 했다. 그래서 피커링은 NASA 과학자들이 머리도 크지만 입은 더욱 크다고 투덜대곤 했다.

NASA가 NRO의 정찰위성 발사를 담당하고 있기 때문에 최근의 연이은 실패가 NRO에도 직접적인 영향을 끼친다는 사실이 두 기관 사이의 더욱 첨예한 문제였다. 1998년 8월 12일 NASA와 공군의 타이탄 4호 로켓이 발사 40초 만에 공중폭발하면서 거기에 탑재된 12억 달러짜리 보텍스 2 NRO 위성이 흔적도 없이 사라져 버린 것이 가장 극적인 실패 사례였다. 피커링은 무엇보다 그 사건을 두고두고 가슴에 새기고 있었다.

"그런데 NASA는 왜 이번 성공을 발표하지 않은 겁니까? 그쪽 입장에서도 좋은 뉴스가 절실한 시기인데요."

"NASA는 내 지시에 따라 침묵을 지키고 있는 거야."

레이첼은 귀를 의심했다. 만약 이게 사실이라면, 대통령은 이해할 수 없는 정치적 자살 행위를 저지르는 것이다. 대통령은 말을 이었다.

"이번 발견은…… 뭐라고 할까. 그 잠재적인 파급효과가 엄청나다네."

불길한 예감이 엄습했다. 정보계에서 '파급효과가 엄청나다'는 표현은 좋은 소식을 뜻하는 일이 거의 없었다. 혹시 NASA의 위성 시스템이 임박한 환경 재앙을 발견한 것이 아닌가 하는 생각이 들었다.

"무슨 문제가 있습니까?"

"문제는 아니야. EOS는 굉장한 것을 발견해 냈어."

레이첼은 침묵을 지켰다.

"만약에 말이야, 레이첼. NASA가 극히 중요한 과학적 발견을, 지구 전체를 흔들 수 있을 만한 발견을 해냈다면, 미국인이 지금까지 우주 개발에 투자한 돈이 한 푼도 아깝지 않은 발견을 해냈다면 어떨까?"

상상할 수조차 없었다.

대통령은 일어섰다.

"잠시 좀 걷지 않겠나?"

11

 레이첼은 허니 대통령을 따라 에어포스 원의 반짝이는 복도로 나섰다. 계단을 내려가자 3월의 황량한 바람이 머릿속을 맑게 해 주는 것 같았다. 불행히도 또렷한 정신으로 생각해 보니 대통령의 주장은 아까보다 한결 더 터무니없이 느껴졌다.
 'NASA에서 미국인이 지금까지 우주 개발에 투자한 돈이 한 푼도 아깝지 않은 발견을 해냈다고?'
 그 정도 규모의 발견이라면 단 하나, NASA의 성배나 마찬가지인 외계 생명체와의 교신 정도밖에 없다. 하지만 레이첼은 그럴 가능성은 거의 없다는 것을 알 정도로 그 분야를 알고 있었다.
 정보 분석가로서, 레이첼은 정부가 외계인과의 접촉을 은폐하고 있다는 소문에 대해 친구들에게서 지속적으로 질문을 받고 있었다. 그녀는 추락한 외계인의 비행접시가 비밀 정부 벙커에 숨겨져 있다는 둥, 외계인의 시체가 얼음 속에 보관되어 있다는 둥, 심지어 외계인이 아무것도 모르는 민간인을 납치해서 해부했다는 둥 하는 소문을 '교양 있다'는 친구들이 믿는 것을 볼 때마다 말문이 탁 막혔다.

모두 말도 안 되는 이야기들이었다. 외계인은 없었다. 은폐 사실도 없었다.

정보계에 종사하는 사람들은 외계인 목격담이나 납치담 대부분이 단순한 상상의 산물이거나 돈을 뜯어내기 위한 사기라는 것을 알고 있었다. UFO가 찍힌 진짜 사진들이 존재하기는 하지만, 이런 사진들은 희한하게도 첨단 비행기를 극비로 실험 중인 군기지 근처에서만 나왔다. 록히드 사가 스텔스 폭격기라는 혁신적인 신형 제트기 실험 비행을 시작했을 때, 에드워즈 공군기지 근처에서 UFO를 목격했다는 증언은 15배로 늘었다.

"회의적인 표정이로군."

대통령은 레이첼을 곁눈질하며 말했다.

레이첼은 그 음성에 흠칫 놀랐다. 그녀는 어떻게 대답해야 할지 몰라 그쪽을 쳐다보았다.

"음……."

그녀는 망설였다.

"외계인 비행 물체나 작은 녹색 인간 같은 이야기를 하시려는 건 아니겠지요?"

대통령은 은근히 재미있다는 표정이었다.

"레이첼, 아마 내 이야기를 들어 보면 공상과학 소설보다 더 흥미롭다고 할 걸세."

NASA가 아무리 절박해도 대통령에게 외계인 이야기를 팔아먹으려 들 정도는 아니라고 생각하자 마음이 놓였다. 하지만 대통령의 말을 들으니 궁금증은 더욱 커졌다.

"음, NASA에서 무엇을 발견했는지는 몰라도 타이밍이 너무 절묘하다는 걸 말씀드리지 않을 수 없네요."

허니는 복도에서 우뚝 멈췄다.
"절묘해? 어째서?"
'어째서라니?'
레이첼은 멈춰 서서 대통령을 쳐다보았다.
'NASA는 현재 스스로의 존재를 증명하기 위해 생사가 달린 전투를 벌이는 중이고, 대통령께서도 NASA에 계속 자금 지원을 했다는 비판을 받고 계십니다. 지금 NASA에서 큰 성과를 거두었다는 소식이 나온다면, NASA는 물론이고 선거운동에도 만병통치약이겠지요. 적들은 당연히 타이밍이 수상하다고 생각할 겁니다."
"그럼 내가 거짓말쟁이거나 바보라는 말인가?"
레이첼은 말문이 막혔다.
"모욕할 뜻은 없었습니다. 단지……."
"진정해."
희미한 미소가 허니의 입술에 떠올랐다. 그는 다시 계단을 내려가기 시작했다.
"NASA 국장에게서 처음 이야기를 들었을 때, 나 역시 말도 안 되는 이야기라고 퇴짜를 놓았으니까. 역사상 가장 뻔히 속이 들여다보이는 정치 조작을 하려는 거냐고 몰아세웠어."
긴장이 조금 풀리는 것 같았다.
계단을 다 내려와서, 허니는 멈춰 서서 그녀를 돌아보았다.
"내가 NASA에게 이번 발견을 비밀에 붙이라고 요청한 한 가지 이유는 그 발견을 보호하기 위해서야. 이번 발견은 NASA가 지금까지 발견해 낸 그 어떤 성과보다도 엄청난 규모니까. 나 자신을 포함한 모든 사람들이 얻을 것과 잃을 것이 너무나 많기 때문에, 공식 발표로 세계의 이목을 끌기 전에 다른 사람에게 데이터를 다시 검증하게 하는 것이 옳다고 생각했어."

레이첼은 놀랐다.

"저를 말씀하시는 건 아니겠지요?"

대통령은 웃었다.

"아니, 이건 자네 전문 분야가 아니잖나. 게다가 이미 비정부 채널을 통해 검증을 마쳤네."

안도감도 잠시, 새로운 의문이 생겨났다.

"비정부 채널이라고요? 민간 영역을 이용하셨다는 겁니까? 이 정도 극비 사안에?"

대통령은 자신감 있게 고개를 끄덕였다.

"민간 과학자 네 명으로 외부 검증 팀을 꾸렸네. 이름값도 있고 지켜야 할 명성도 있는 비 NASA 연구진으로. 검증팀은 자기들 장비로 관찰을 해서 독자적인 결론을 내렸어. 지난 48시간 동안 이 민간인 과학자들은 NASA의 발견이 한 점 의혹도 없는 진실이라는 것을 확인해 주었네."

레이첼은 감탄했다. 대통령은 특유의 침착성으로 자기 자신을 보호한 것이다. 최고의 회의론자들, NASA의 발견을 입증해서 개인적인 이익을 얻을 것이 없는 외부인들을 고용함으로써, 이번 발견이 예산 소비를 정당화하고 NASA 친화적인 대통령을 당선시켜서 섹스턴 상원의원의 공격을 물리치려는 NASA의 필사적인 책략일지도 모른다는 의심의 여지를 미리 차단했던 것이다.

"오늘 밤 8시에 백악관에서 기자회견을 열고 이 사실을 세상에 공표할 생각이네."

답답해졌다. 허니는 레이첼에게 사실상 아무것도 알려 주지 않고 있었다.

"한데 그 발견은 정확히 뭔가요?"

대통령은 미소 지었다.

"오늘 자네는 인내라는 미덕을 알게 될 거야. 이번 발견은 직접 눈으로 봐야 하는 것이라네. 일이 진행되기 전에 자네가 상황을 알고 있어야 해서 부른 거야. NASA 국장이 자네한테 설명하기 위해서 기다리고 있어. 자네가 알아야 할 모든 걸 알려 줄 거야. 그런 뒤에 다시 나랑 자네 역할에 대해 논의해 보세."

레이첼은 대통령의 눈빛에서 뭔가 극적인 상황이 펼쳐질 것이라는 사실을 직감했다. 백악관이 무슨 일을 꾸미고 있다는 피커링의 직감이 떠올랐다. 늘 그렇듯, 이번에도 피커링의 말이 옳았던 것 같았다.

허니는 가까운 격납고를 가리켰다.

"따라오게."

그는 그쪽으로 걷기 시작했다.

레이첼은 혼란스러운 기분으로 뒤따랐다. 눈앞의 건물에는 창문이 없었고, 높이 솟은 비행기 출입구는 굳게 닫혀 있었다. 유일한 출입구는 측면의 작은 문 하나인 것 같았다. 이 문은 열려 있었다. 대통령은 레이첼을 이끌고 문 안으로 몇 발짝 들어서더니 멈췄다.

"나는 여기서 돌아가겠네."

그는 문을 가리켰다.

"자네는 저기로 들어가면 돼."

레이첼은 망설였다.

"대통령께서는 안 들어가십니까?"

"난 백악관으로 돌아가야 해. 곧 다시 이야기하지. 휴대전화 갖고 있나?"

"물론입니다."

"줘 보게."

레이첼은 비밀 전화번호라도 입력하려는 모양이라고 생각하고 전화기를 꺼내 그에게 건넸다. 하지만 대통령은 그녀의 휴대전화를 자기

주머니에 넣었다.

"이제 자네는 연락망을 벗어났어. 자네 업무도 이미 다른 사람에게 맡겨 놓았네. 오늘은 나나 NASA 국장이 허락하지 않는 한 다른 누구와도 연락하면 안 돼. 알겠나?"

레이첼은 멍하니 그를 보았다.

'지금 대통령이 내 휴대전화를 빼앗은 건가?'

"이번 발견에 대해 설명한 뒤에, 국장이 비밀회선으로 다시 나와 연락하게 해 줄 걸세. 곧 다시 통화하지. 행운을 빌어."

허니 대통령은 격려하듯 레이첼의 어깨를 손으로 짚더니 문 쪽으로 고갯짓을 했다.

"확신하지만 레이첼, 이번에 날 도운 걸 절대 후회하지 않을 걸세."

그 말을 남기고, 대통령은 레이첼을 여기로 데려온 페이브호크 쪽으로 성큼성큼 걷기 시작했다. 그가 타자 헬기는 이륙했다. 대통령은 한 번도 뒤돌아보지 않았다.

12

레이첼 섹스턴은 격리된 월롭스 격납고 입구에 혼자 서서 컴컴한 안쪽을 들여다보았다. 다른 세상의 문턱에 서 있는 느낌이 들었다. 마치 건물이 숨을 쉬기라도 하는 듯, 동굴 같은 내부에서 서늘하고 곰팡내 나는 바람이 밖으로 불어 나왔다.

"누구 있어요?"

레이첼은 약간 떨리는 목소리로 불렀다.

정적.

점점 두려워지는 가슴을 안고, 그녀는 문지방을 넘어섰다. 눈이 어둠에 적응하는 동안 잠시 시야가 캄캄해졌다.

"섹스턴 요원?"

남자 목소리가 겨우 몇 미터 떨어진 곳에서 들렸다.

레이첼은 소스라치게 놀라 목소리가 들린 쪽으로 휙 돌아섰다.

"네, 그렇습니다."

흐릿한 남자의 윤곽이 이쪽으로 다가왔다.

눈이 어둠에 익숙해지자, NASA 비행복 차림에 젊고 단호한 입매를 가진 젊은 남자를 알아볼 수 있었다. 근육질의 몸은 탄탄했고, 가슴에는 온갖 견장이 붙어 있었다.

"웨인 루지기언 중령입니다. 놀라게 해 드렸다면 죄송합니다. 여기는 어두워서요. 아직 격납고 문을 열 기회가 없었습니다."

레이첼이 뭐라 대답하기도 전에 그가 덧붙였다.

"오늘 아침 제 비행기에 모시게 되어 영광입니다."

"비행기요?"

레이첼은 그를 멍하니 쳐다보았다.

'비행기는 방금 타고 왔잖아.'

"전 국장님을 만나러 왔습니다만."

"네, 맞습니다. 당신을 즉시 국장님이 있는 곳으로 데려가라는 명령을 받았습니다."

말뜻을 이해하는 데는 시간이 걸렸다. 어쩐지 속았다는 느낌이 들었다. 또다시 어딘가로 가야 하는 모양이었다.

"국장님은 어디 계시는 거죠?"

레이첼은 상대를 경계하며 물었다.

"그 정보는 갖고 있지 않습니다. 이륙한 뒤에 좌표를 받게 되어 있습니다."

상대가 진실을 이야기하고 있다는 느낌이 들었다. 오늘 아침 제대로 된 정보를 받지 못한 것은 레이첼과 피커링 국장 둘뿐만이 아닌 모양이었다. 대통령은 보안 문제를 극히 신중하게 다루고 있었고, 너무나 쉽고 빠르게 그에게 모든 통신망을 빼앗겼다는 것이 당혹스러웠다.

'외근 나온 지 겨우 30분 만에 모든 통신수단을 빼앗기고, 국장님조차 내가 어디 있는지 모른다니.'

오늘 아침 일정이 이미 돌이킬 수 없이 확정되어 있다는 데는 의심의 여지가 없었다. 레이첼이 원하든 원치 않든, 등을 꼿꼿하게 세운 NASA 조종사는 그녀를 비행기에 태우고 이륙할 것이다. 유일한 문제는 과연 어디로 가느냐 하는 것뿐이었다.

조종사는 벽으로 다가가서 버튼을 눌렀다. 격납고 한쪽 벽이 요란하게 한쪽으로 미끄러지며 열리기 시작했다. 바깥에서 빛이 쏟아져 들어오면서, 격납고 한가운데 자리 잡은 커다란 물체의 윤곽이 드러났다.

레이첼의 입이 떡 벌어졌다.

'하느님 맙소사.'

검고 용맹스러운 전투기가 격납고 한가운데 있었다. 이제껏 본 비행기 중에서 최고의 유선형을 자랑하는 비행기였다.

"설마 이걸 제가 탄다고요?"

"첫 반응은 대체로 다 그렇습니다만, F-14 톰캣 스플리트 테일은 안전성이 입증된 비행기입니다."

'이건 날개 달린 미사일이잖아.'

조종사는 레이첼을 비행기로 데려가 2인용 조종석을 가리켰다.

"뒤에 타십시오."

"정말요?"

그녀는 굳은 미소를 지었다.

"저한테 조종이라도 시키실 줄 알았네요."

레이첼은 옷 위에 보온 비행복을 껴입은 뒤 조종석으로 올라갔다. 그녀는 좁은 의자에 엉덩이를 불편하게 밀어 넣었다.

"NASA에는 엉덩이가 큰 조종사가 없나 보죠."

조종사는 씩 웃으며 안전벨트 착용을 도와주고, 헬멧도 씌워 주었다.

"상당히 높은 고도로 비행할 테니, 산소가 필요하실 겁니다."

그는 측면 대쉬보드에서 산소마스크를 꺼내 헬멧에 장착하기 시작했다.

"제가 할 수 있어요."

레이첼은 팔을 뻗어 마스크를 받아들었다.

"그러시지요."

레이첼은 마우스피스를 쥐고 헤매다가 마침내 헬멧에 끼웠다. 마스크는 놀랄 정도로 불편하고 답답했다.

중령은 은근히 재미있다는 표정으로 한참 그녀를 바라보았다.

"뭐가 잘못됐나요?"

"아닙니다."

그는 웃음을 감추려고 애쓰는 것 같았다.

"좌석 밑에 봉투가 있습니다. 전투기를 처음 타는 사람들은 대부분 구토를 합니다."

"전 괜찮을 거예요. 멀미를 잘 안 하거든요."

숨 막힐 정도로 답답한 마스크에 막혀 목소리가 잘 들리지 않았다.

조종사는 어깨를 으쓱했다.

"해병대원들도 흔히들 그렇게 말하지만, 제 조종석에 해병대원들이 토해 놓은 것도 많이 치워 봤습니다."

레이첼은 작게 고개를 끄덕였다.

'참, 듣기 좋군.'

"출발하기 전에 궁금하신 건 없습니까?"

레이첼은 잠시 망설이다가 턱을 누르는 마우스피스를 두드려 보였다.

"혈액순환이 잘 안 돼요. 이런 걸 장시간 비행에 어떻게 쓰고 다니세요?"

조종사는 참을성 있게 미소 지었다.

"음, 뭐. 저희야 아래위를 거꾸로 해서 쓰지는 않으니까요."

활주로 끝에서 이륙 태세를 갖추고 있는 제트기 엔진이 좌석 밑에서 고동치고 있었다. 마치 누군가 방아쇠를 당기기만을 기다리고 있는 총안의 실탄 같다는 느낌이 들었다. 조종사가 조종간을 앞으로 밀자, 톰캣의 록히드 345 쌍발 엔진은 굉음을 내며 잠에서 깨어났다. 온 세상이 흔들렸다. 브레이크를 놓는 순간, 레이첼의 몸이 좌석 뒤로 쏠렸다. 제트기는 활주로를 쏜살같이 가르더니 몇 초 후에 이륙했다. 창밖에서 땅이 어질할 정도의 속도로 멀어지고 있었다.

비행기가 하늘을 향해 치솟자, 레이첼은 눈을 감았다.

'도대체 오늘 아침은 어디서부터 잘못된 걸까. 지금쯤 책상 앞에서 글을 쓰고 있어야 하는데.'

한데 지금 그녀는 테스토스테론이 흘러넘치는 어뢰에 걸터앉아 산소마스크로 숨을 쉬고 있었다.

톰캣이 14킬로미터 상공에 도달하자 속이 울렁거리기 시작했다. 레이첼은 억지로 다른 생각을 하려고 애썼다. 14킬로미터 아래의 바다를 내려다보니, 갑자기 집에서 너무 멀리 떠나온 기분이 들었다.

앞좌석에 앉은 조종사는 무선으로 누군가와 교신하고 있었다. 대화가 끝나자, 조종사는 무전기를 끄고 즉시 톰캣의 기수를 왼쪽으로 급히 돌렸다. 비행기는 거의 수직으로 기울었고, 레이첼의 위장은 공중제비라도 도는 것 같았다. 마침내 기체가 다시 수평으로 돌아왔다.

레이첼은 신음 소리를 냈다.

"미리 경고해 줘서 고맙군요."

"죄송합니다. 방금 국장님과 당신이 만나는 극비 위치 좌표를 받았습니다."

"알아맞혀 볼까요? 북쪽이죠?"

조종사는 어리둥절한 것 같았다.

"어떻게 아셨습니까!"

레이첼은 한숨을 쉬었다.

'컴퓨터로 훈련받은 조종사들은 다 이렇다니까.'

"오전 9시잖아요. 태양이 오른쪽에 있고요. 그렇다면 우리는 북쪽으로 날아가고 있는 거죠."

잠시 조종석에는 침묵이 흘렀다.

"네, 맞습니다. 오늘 아침 우리는 북쪽으로 갈 겁니다."

"북쪽으로 얼마나 가나요?"

조종사는 좌표를 확인했다.

"대략 5천 킬로미터입니다."

레이첼은 상체를 벌떡 일으켜 세웠다.

"뭐라고요!"

지도를 머릿속에 그려 보았지만, 그 정도 북쪽이 어디쯤인지는 상상조차 할 수 없었다.

"네 시간이나 걸리잖아요!"

"현재 속도로는 그렇습니다. 준비하십시오."

레이첼이 미처 뭐라 대답하기도 전에, 조종사는 F14의 날개를 저항 감소 위치로 끌어내렸다. 순간 레이첼의 몸이 다시 의자에 밀어붙여지면서, 비행기는 마치 지금까지 정지해 있었던 것처럼 앞으로 튀어 나갔다. 1분 안에 비행기는 거의 시속 2,400킬로미터에 도달했다.

다시 현기증이 일었다. 비행기는 앞이 보이지 않을 정도의 속도로 하늘을 갈랐고, 참을 수 없는 구역질이 레이첼을 덮쳤다. 대통령의 목소리가 희미하게 들려왔다.

'확신하지만 레이첼, 이번에 날 도운 걸 절대 후회하지 않을 걸세.'

레이첼은 신음하며 구토 봉투에 손을 뻗었다.

'정치가는 절대 믿으면 안 돼.'

13

지저분한 일반 택시를 싫어하기는 했지만, 세지윅 섹스턴 상원의원은 영광된 자리로 나아가기 위해서는 가끔 구질구질한 순간도 견뎌야 한다는 것을 알고 있었다. 방금 그를 퍼듀 호텔 지하 주차장에 내려 준 더러운 메이플라워 택시는 섹스턴의 리무진으로는 누릴 수 없는 익명성을 보장해 주었다.

무수한 시멘트 기둥 사이사이에 먼지가 내려앉은 차 몇 대가 군데군데 서 있을 뿐, 지하 주차장이 거의 비어 있는 것이 흡족했다. 걸어서 주차장을 대각선으로 가로지르면서, 섹스턴은 손목시계를 들여다보았다.

오전 11시 15분.

'완벽하군.'

섹스턴이 만날 남자는 언제나 약속 시간에 민감했다.

'뭐, 그가 무엇을 대표하는지 감안한다면, 시간뿐 아니라 다른 모든 문제에 예민하게 군다고 해도 감수해야지.'

흰색 포드 윈드스타 미니밴이 늘 만나던 바로 그 자리, 주차장 동쪽 구석에 한 줄로 늘어선 쓰레기통 뒤에 정확히 서 있었다. 섹스턴은 위쪽 객실에서 만나고 싶었지만, 상대가 조심스러워하는 것도 이해할 수 있었다. 이 사람의 친구들이 부주의했다면 지금 같은 위치에 도달하지도 못했을 것이다.

밴으로 다가가면서, 섹스턴은 이런 만남이 있을 때면 늘 느끼는 익숙한 초조함을 다시 느꼈다. 어깨에서 힘을 빼려고 애쓰며, 그는 활기차게 손을 흔들며 조수석에 올랐다. 운전석에 앉은 검은 머리의 신사는 미소조차 짓지 않았다. 남자는 거의 일흔 살에 가까웠지만, 가죽처럼 주름진 얼굴에서는 용감한 기획가들과 인정사정없는 기업가들의 부대를 진두지휘하는 직책에 걸맞은 강인함이 배어 나왔다.

"문을 닫으시지요."

남자는 냉정한 목소리로 말했다.

섹스턴은 신사의 무뚝뚝한 태도를 공손히 참으며 지시에 따랐다. 어쨌든 엄청난 돈을 주무르는, 세지윅 섹스턴이 세상에서 가장 강력한 지위를 넘보는 데 큰돈을 쏟아부은 사람들을 대표하는 남자다. 이런 만남은 전략 회의라기보다는 상원의원이 후원자들에게 얼마나 큰 신세를 지고 있는지 매달 일깨워 주려는 자리에 가깝다는 것을 그도 알고 있었다. 후원자들은 자신들의 투자에 상당하는 보답을 원하고 있었다. 섹스턴은 그 '보답'이 충격적일 정도로 대담한 요구라는 것은 인정하지 않을 수 없었다. 하지만 어쨌든 일단 백악관을 차지하고 나면 그의 재량으로 충분히 실현 가능한 요구였다.

상대가 곧장 본론으로 들어가는 것을 좋아한다는 걸 아는 섹스턴이 먼저 입을 열었다.

"이번에도 후원금이 마련된 모양이지요?"

"그렇소. 여느 때처럼 선거운동에만 사용하셔야 하오. 지지율이 지속적으로 상승하는 것을 보고 흡족했소. 의원님의 선거운동 참모들이 우리 돈을 효과적으로 사용하고 있는 것 같더군."

"지지율은 빠르게 상승하고 있습니다."

"전화로 말씀드렸듯이, 오늘 밤 의원님을 만나도록 여섯 분을 더 설득했소."

"아주 좋습니다."

섹스턴은 시간 같은 것은 안중에도 없었다.

노인은 섹스턴에게 폴더를 건넸다.

"거기 후원자에 대한 정보가 있소. 살펴보시오. 그들은 의원께서 구체적으로 자기들의 관심사를 이해하고 있는지 알고 싶어 하오. 당신 자택에서 만나 보시라고 권하고 싶소."

"제 집이오? 하지만 보통은······."

"의원, 이 여섯 명은 지금까지 의원께서 만난 그 누구보다 자금력이 풍부한 회사를 경영하는 분들이오. 거물급이고, 조심스러워하지. 얻을 것도 많고 잃을 것도 많은 사람들이라, 설득하느라 나도 공을 들였소. 특별 대우가 필요해요. 친밀한 느낌을 주시라는 거요."

섹스턴은 얼른 고개를 끄덕였다.

"그렇군요. 집에 자리를 마련하겠습니다."

"물론 절대 비밀을 보장하셔야 하오."

"그건 저도 마찬가집니다."

"행운을 빌겠소. 오늘 밤 만남이 잘 되면, 더 이상은 필요 없을 거요. 이분들만으로도 섹스턴 선거운동을 고지로 끌어올리는 데 필요한 모든 자금을 대 드릴 수 있으니까."

마음에 들었다. 그는 노인에게 자신감 있는 미소를 보냈다.

"행운이 따른다면, 이번 선거에서 우리 모두 승리를 쟁취할 수 있을 겁니다."

"승리?"

노인은 음산한 눈빛으로 섹스턴을 쏘아보며 몸을 약간 옆으로 기울였다.

"당신을 백악관에 보내는 것은 승리를 향한 첫 발걸음일 뿐이오, 의원. 그 점은 잊지 않으셨겠지."

14

　백악관은 길이 52미터, 깊이 26미터, 넓이 72,800제곱미터인 세계에서 가장 작은 대통령 궁 중의 하나다. 건축가 제임스 호번이 설계한 이 석조 건물은 추녀와 난간이 달린 기둥 형태의 출입구가 있는 상자 모양으로, 분명 독창성이 없음에도 공모를 심사한 심사위원들에게서 '매력적이고, 위엄 있고, 융통성이 있다'는 찬사를 받으며 당선되었다.
　잭 허니 대통령은 백악관에서 3년 반을 보냈지만, 샹들리에와 골동품, 무장한 해병대들의 미궁 속에서 집처럼 편하다는 기분을 느낀 적이 별로 없었다. 그러나 웨스트 윙 쪽으로 걸어가는 지금 이 순간만큼은 호화로운 양탄자 위에서 발의 무게가 거의 느껴지지 않을 정도로 힘이 솟고 묘하게 편한 기분이었다.
　대통령이 다가오자 백악관 보좌관 몇 사람이 고개를 들었다. 허니는 손을 흔들고 일일이 이름을 부르며 인사했다. 그러나 보좌관들은 차분한 응답과 억지 미소로 회답할 뿐이었다.
　"좋은 아침입니다."

"잘 오셨습니다."

"좋은 하루 되십시오."

집무실로 향하는 동안, 대통령은 자신이 지나가는 곳마다 쑤군거리는 목소리를 느꼈다. 백악관 내부에서는 반란이 일어나고 있었다. 지난 2주 동안, 펜실베이니아 애비뉴 1600번지의 실망감은 허니 대통령으로 하여금 마치 반란을 계획하는 선원들을 이끌고 배를 지휘해야 하는 캡틴 블릭이라도 된 느낌이 들 정도로 커져 있었다.

보좌관들을 탓할 수는 없었다. 차기 대선에서 대통령을 당선시키기 위해 밤낮 없이 일해 왔는데, 갑자기 대통령이 서투른 짓을 하는 것이다.

'저들도 곧 이해하겠지. 나는 다시 영웅이 될 거야.'

허니는 스스로에게 말했다.

이렇게 오랫동안 보좌관들에게 비밀을 지켜야 했던 것이 유감스러웠지만, 이번 사안은 기밀이 절대적으로 중요했다. 비밀을 지키는 일에 있어서라면, 백악관은 워싱턴에서 가장 물이 잘 새는 배와 같았다.

허니는 집무실 바깥의 비서실에 들어서며 비서에게 활기차게 손을 흔들었다.

"오늘 아침에는 좋아 보이는군, 들로레스."

"대통령께서도 마찬가지십니다."

비서는 캐주얼한 옷차림이 못마땅하다는 눈치를 굳이 숨기지 않았다.

허니는 목소리를 낮추었다.

"회의를 소집해 주게."

"누구를 호출할까요?"

"백악관 직원들 전부 다."

비서는 시선을 들었다.

"전부 다 말씀입니까? 145명 전부 다요?"

"그래."

그녀는 약간 주저하며 말했다.

"네. 그럼…… 회의실에 모이게 할까요?"

허니는 고개를 저었다.

"아니. 내 사무실로 부르게."

비서는 대통령을 빤히 쳐다보았다.

"전 직원을 집무실 안에 들이라고요?"

"바로 그거야."

"동시에 말씀입니까?"

"안 될 것 없지. 오후 4시로 하세."

비서는 정신병자의 비위라도 맞추듯 고개를 끄덕였다.

"알겠습니다. 회의 주제는……."

"오늘 밤 미국 국민에게 알릴 중대 발표가 있어. 우리 직원들에게 가장 먼저 들려주고 싶네."

오랫동안 남몰래 이 순간을 두려워하고 있었다는 듯, 갑자기 비서의 얼굴에 절망감이 스쳤다. 그녀는 목소리를 낮췄다.

"선거를 포기할 생각이십니까?"

허니는 웃음을 터뜨렸다.

"무슨 소리야, 들로레스! 결전 준비를 하자는 거야!"

비서는 반신반의하는 표정이었다. 언론 보고서에는 온통 허니 대통령이 선거를 포기하려 한다는 내용만 들어 있었던 것이다. 대통령은 비서에게 안심하라는 듯 윙크를 보냈다.

"들로레스, 자네는 지난 몇 년 동안 날 위해서 훌륭하게 일해 줬어. 앞으로 4년 더 훌륭하게 일해 줘야 하지 않겠나. 우린 백악관을 지키게 될 거야. 장담하네."

비서는 믿고 싶다는 표정이었다.

"알겠습니다. 직원들에게 알리겠습니다. 오후 4시요."

집무실에 들어서면서, 잭 허니는 전 직원이 작은 방을 비좁도록 메우는 광경을 상상하며 미소 짓지 않을 수 없었다.

오랜 세월을 거치며 이 커다란 집무실에는 화장실, 딕의 서재, 클린턴의 침실 등 수많은 별명이 붙었지만, 그중 가장 마음에 드는 것은 '가재 덫'이었다. 가장 잘 어울리는 별명 같았다. 집무실에 처음 들어오는 사람은 누구나 즉각 혼란에 빠지곤 했다. 대칭형, 완만하게 곡선을 그리는 벽, 은밀하게 위장된 출입구, 이 모든 것이 마치 눈을 가리고 그 자리에서 맴을 돈 것처럼 어질어질한 느낌을 주었다. 집무실에서 회의를 마친 저명인사가 일어서서 대통령과 악수를 나눈 뒤 곧장 창고로 들어가는 경우도 종종 있었다. 그런 때 회의의 결과가 마음에 드느냐에 따라, 허니는 바른 길을 얼른 알려 주기도 하고 손님이 당황하는 모습을 재미있게 바라보기도 했다.

허니는 집무실의 가장 두드러진 특징은 타원형 양탄자에 새겨진, 미국을 상징하는 알록달록한 독수리라고 생각했다. 독수리는 왼쪽 발톱으로는 올리브 나뭇가지를, 오른쪽 발톱으로는 화살 한 다발을 움켜쥐고 있었다. 외부인들은 평화로운 시기에는 독수리가 왼쪽, 즉 올리브 나뭇가지 쪽을 바라보고 있다는 것을 거의 모른다. 그러나 전시가 되면 독수리는 신기하게도 오른쪽, 화살 쪽을 쳐다본다. 이 작은 마술은 전통적으로 대통령과 백악관 관리 담당자만이 알고 있는, 백악관 직원들 사이의 암묵적인 배려였다. 수수께끼의 독수리 뒤에 숨은 진실은 허니에게는 실망스러울 정도로 시시했다. 지하실 저장고에는 타원형 양탄자가 한 벌 더 있어서, 관리 담당자가 한밤중에 양탄자를 바꾸어 놓는 것이었다.

평화롭게 왼쪽을 바라보고 있는 독수리를 응시하며, 허니는 어쩌면 지금부터 세지윅 섹스턴 상원의원에 대항하여 일으킬 작은 전쟁을 기념하는 의미에서 양탄자를 바꾸어 놓는 게 어떨까 생각하며 미소 지었다.

15

　델타 포스는 대통령에 의해 법으로부터 철저한 면책특권을 부여받은 유일한 전투부대다.

　대통령명령 25항에 따르면, 델타 포스 대원들은 '모든 법적 책임으로부터의 자유'를 부여받는다. 개인적인 이익이나 국내 법집행, 승인되지 않은 기밀 작전을 위해 군대를 이용한 사람에 대한 형사처벌법, 1876년 연방군사행동제한법도 여기에 포함된다. 델타 포스 대원은 노스캐롤라이나 포트 브랙에 위치한 특수작전 지휘사령부 내의 기밀조직인 전투지원부대에서 일일이 선발한다. 델타 포스 대원은 살인 훈련을 비롯해, SWAT 작전, 인질 구조, 기습, 첩자 제거 등을 훈련받은 전문가들이다.

　델타 포스의 임무는 대체로 고도의 기밀을 요구하기 때문에, 전통적인 다단계 군 지휘 체계 대신 단 한 사람의 감독관에게 적절하다고 판단하는 대로 부대를 움직일 수 있는 지휘권이 주어진다. 감독관은 임무를 수행할 만한 계급이나 영향력을 지닌 군인이거나 정부 권력자인 경우가 많다. 감독관이 누구든 델타 포스 임무는 극비로 분류되며, 임무를 완수한 뒤 대원들은 그 임무에 대해 대원들끼리는 물론, 특수부대 내의 상급자에게도 입 밖에 낼 수 없게 되어 있다.

'날아라, 싸워라, 잊어라.'

현재 위도 82도선 위쪽에 주둔하고 있는 델타 부대는 비행도, 전투도 하지 않고 있었다. 그냥 지켜보기만 할 뿐이었다.

델타 원은 이번 임무가 지금까지의 그 어떤 임무보다 특이하다는 것을 인정하지 않을 수 없었지만, 명령받은 일에 대해서 절대 놀라지 않게 된 것은 이미 오래전부터였다. 지난 5년 동안 그는 중동 인질 구출 작전에도 참여했고, 미국 내에서 암약하는 테러 조직을 추적 및 제거했으며, 심지어 세계 각지에서 활동하던 남녀 위험인물들을 여러 번 비밀리에 암살하기도 했다.

지난 달 델타 팀은 비행형 초소형 로봇을 이용하여 남미의 악명 높은 마약왕에게 치명적인 심장마비를 일으켰다. 강력한 혈관수축제를 주입한 머리카락 굵기의 티타늄 주삿바늘을 초소형 로봇에 장착하여 마약왕의 열려 있는 2층 창문을 통해 집 안에 투입한 뒤, 침실을 찾아서, 상대가 자고 있는 동안 어깨에 주사한 것이다. 초소형 로봇이 다시 창밖으로 나와서 멀리 날아간 뒤에야 마약왕은 흉통을 느끼며 깨어났다. 그의 아내가 구조요원을 불렀을 때 이미 델타 팀은 미국으로 돌아가는 중이었다.

불법 가택 침입은 없었다.

자연사였다.

아름다운 작전이었다.

최근에는 저명한 상원의원의 개인적인 만남을 감시하기 위해 그의 사무실 안에 침투시켜 놓았던 초소형 로봇이 노골적인 성관계 장면을 찍어 내기도 했다. 델타 팀은 이 임무를 '전선 배후 침투'라고 농담조로 일컫기도 했다.

그러나 벌써 열흘 동안이나 텐트 안에 갇혀서 정찰 임무만 수행하고 있으려니, 임무가 얼른 끝나기만 바라는 심정이었다.

'숨어서 대기하라.'

'건물 안팎을 감시하라.'

'돌발 상황이 발생하면 감독관에게 보고하라.'

델타 원은 임무에 대해 어떤 감정도 갖지 않도록 훈련받았다. 그러나 이번 임무는 처음 설명을 들을 때부터 심장박동이 빨라졌다. 모든 설명은 직접 대면 없이 기밀 통신 채널을 통해서 전달되었고, 델타 원은 이번 임무를 책임지는 감독관을 한 번도 만난 적이 없었다.

건조 단백질로 된 식사를 준비하고 있는데, 대원들의 손목시계가 일제히 울리기 시작했다. 몇 초 뒤 옆에 있는 크립토크 통신 장비에도 불이 들어왔다. 델타 원은 하던 일을 중단하고 휴대용 통신기를 집어 들었다. 다른 두 대원은 조용히 지켜보았다.

"델타 원입니다."

그는 송신기에 대고 말했다.

통신 장비 안의 음성인식 소프트웨어가 두 단어를 즉각 인식했다. 각각의 단어에는 일련번호가 붙어서 암호화된 뒤 위성을 통해 송신자에게 전달된다. 송신자 쪽의 비슷한 장비에서 해독된 숫자는 미리 무작위적으로 설정된 사전을 참조해 다시 언어로 번역된 뒤 음성으로 합성된다. 총 소요 시간은 0.08초였다.

"감독관이다."

작전을 지휘하는 사람이 말했다. 크립토크에서 흘러나오는 기계로 합성된 음성은 섬뜩하고 무생물적이면서도 양성적이었다.

"작전 상황은?"

"모두 계획대로 진행 중입니다."

"좋아. 새로운 일정을 전달하겠다. 정보는 동부표준시로 오후 8시에 공개된다."

델타 원은 크로노그래프를 확인했다.

'겨우 8시간밖에 안 남았군.'

여기 임무도 이제 곧 끝난다. 반가운 소식이었다.

"한 가지 변화가 있다. 새로운 인물이 등장했다."

"어떤 인물입니까?"

델타 원은 귀를 기울였다.

'흥미롭군.'

누군가 진지한 도박을 하고 있는 것이다.

"그 여자를 믿어도 된다고 생각하십니까?"

"아주 신중하게 지켜볼 필요가 있다."

"문제가 생기면?"

망설임 없는 대답이 흘러나왔다.

"기존 지시대로 해."

16

 레이첼 섹스턴은 벌써 한 시간 넘게 북쪽으로 비행하고 있었다. 뉴펀들랜드가 얼핏 스쳐 지나갔을 뿐, 오는 내내 F14 아래로는 물밖에 보이지 않았다.
 '왜 하필 물이지?'
 레이첼 섹스턴은 미간을 찌푸렸다. 일곱 살 때 얼어붙은 연못 위에서 스케이트를 타다가 얼음 밑으로 빠진 적이 있었다. 얼음 밑에 갇힌 순간, 그녀는 꼼짝없이 죽었다고 생각했다. 물에 흠뻑 젖은 몸을 꺼내준 것은 어머니의 힘센 손길이었다. 그 끔찍한 경험 이후로 레이첼은 줄곧 물에 대한 공포증을 갖고 있었다. 넓은 물, 특히 차가운 물만 보면 경계하게 되었다. 시야가 닿는 곳까지 끝없이 펼쳐진 대서양을 보고 있으니, 오랜 두려움이 슬그머니 되살아났다.
 조종사가 북그린란드의 툴레 공군기지와 교신해서 위치를 확인하는 소리를 듣고, 레이첼은 비로소 얼마나 멀리 왔는지 깨달았다.
 '여기가 북극권 상공이란 말이야?'

불안감이 새삼 커졌다.

'날 어디로 데려가는 거지? NASA가 도대체 뭘 발견한 걸까?'

곧 청회색 바다에 삭막한 흰 점들이 수없이 나타나기 시작했다.

'빙산이다.'

6년 전 어머니의 설득에 못 이겨 같이 알래스카로 크루즈 여행을 갔을 때, 딱 한 번 빙산을 본 적이 있었다. 레이첼은 이런저런 육지 여행 코스를 제안했지만, 어머니는 막무가내였다.

"레이첼, 지구의 3분의 2가 물로 덮여 있어. 너도 어떻게든 극복해야지."

뉴잉글랜드 출신의 용감한 어머니는 딸을 강하게 키우고 싶어 했다.

그것이 레이첼과 어머니가 함께 떠난 마지막 여행이었다.

캐서린 웬트워스 섹스턴. 아련한 외로움이 밀려왔다. 울부짖듯 기체를 스치는 바깥바람처럼, 늘 그랬듯 추억이 세차게 밀려왔다. 어머니와의 마지막 대화는 전화를 통해서였다. 추수감사절 아침이었다.

"죄송해요, 엄마."

레이첼은 눈 덮인 오헤어 공항에서 집에 전화를 걸었다.

"추수감사절에는 한 번도 떨어져 있었던 적이 없는데. 올해 처음으로 그런 일이 생길 것 같아요."

어머니는 속상한 기색이었다.

"널 만날 생각만 하고 있었는데……."

"저도 그래요, 엄마. 아빠랑 같이 칠면조 포식하실 때, 제가 공항 음식을 먹고 있다는 것도 생각해 주세요."

수화기에서 잠시 침묵이 흘렀다.

"레이첼, 네가 여기 오면 말할 생각이었는데, 네 아버지도 올해는 일이 너무 많아서 못 오신다는구나. 휴가 기간 동안 워싱턴 호텔에 계실 거야."

"뭐라고요?"

놀라움은 곧 분노로 변했다.

"하지만 추수감사절이잖아요. 상원도 휴회 중이라고요! 두 시간도 안 되는 거리면서, 엄마 옆에 있어야죠!"

"알고 있어. 피곤하시단다. 운전하기 힘들대. 이번 주말에는 혼자 틀어박혀서 밀린 일이나 해야겠단다."

'일?'

믿기지 않았다. 밀린 일이 아니라 다른 여자와 틀어박혀 있을 거라는 쪽이 더 신빙성이 높을 것이다. 아버지의 불륜 행각은 은밀했지만 벌써 오래된 얘기였다. 섹스턴 부인도 바보는 아니었지만, 남편은 바람을 피울 때마다 설득력 있는 알리바이를 내세웠고 혹시 부정을 저지르고 있는 게 아니냐는 기색을 은근히 비치기만 해도 고통스러운 모욕이라는 듯 화를 냈다. 결국 섹스턴 부인은 눈 뜬 장님처럼 고통을 가슴속에 묻는 것 외에 도리가 없었다. 레이첼은 어머니에게 이혼을 생각해 보라고 권유했지만, 캐서린 웬트워스 섹스턴은 지조가 굳은 여인이었다.

"죽음이 우리를 갈라놓을 때까지 함께하겠다고 맹세했단다. 네 아버지는 내게 너라는 아름다운 딸을 선물했고, 그것만으로도 난 네 아버지에게 감사한다. 자신의 행동에 대한 대가는 언젠가 하느님 앞에서 치르게 될 거야."

공항에 선 레이첼의 가슴은 분노로 들끓었다.

"그럼 추수감사절에 엄마 혼자 있어야 한다는 거잖아요!"

속이 메슥거릴 정도로 불쾌했다. 추수감사절에 가족을 외면하다니, 아무리 아버지라지만 이럴 수는 없었다.

"음……."

섹스턴 부인은 실망스럽지만 단호한 목소리로 말했다.

"음식을 전부 버릴 수는 없지. 앤 이모 집에나 가야겠다. 추수감사절엔 늘 우리를 초대했으니까. 지금 전화를 걸어야겠어."

그래도 레이첼의 죄책감은 조금도 누그러지지 않았다.

"알았어요. 저도 최대한 빨리 집에 갈게요. 사랑해요, 엄마."

"조심해서 오거라."

레이첼이 탄 택시가 마침내 호화로운 섹스턴 저택의 굽이진 진입로에 멈춰 선 것은 그날 밤 10시 30분이었다. 곧장 뭔가 잘못되었다는 것을 알 수 있었다. 경찰차 석 대가 집 앞에 서 있었다. 방송 차량도 몇 대와 있었다. 집의 불은 모두 켜져 있었다. 가슴이 두근거렸다. 레이첼은 안으로 뛰어 들어갔다.

버지니아 주 경찰이 문간에서 그녀를 맞았다. 엄숙한 얼굴이었다. 그는 한마디도 하지 않았지만 레이첼은 알 수 있었다. 무슨 사고가 난 것이다.

"25번 국도는 빗물이 얼어서 빙판으로 변해 있었습니다. 어머님의 차량은 길을 벗어나 나무가 무성한 골짜기로 떨어졌습니다. 유감입니다. 즉사하셨습니다."

온몸의 감각이 사라졌다. 소식을 듣자마자 달려온 아버지는 거실에 작은 기자회견장을 마련하고 감정을 자제하는 표정으로 아내가 가족과 함께 추수감사절 만찬을 마치고 집으로 돌아오던 도중 자동차 사고로 사망했다고 말하고 있었다.

레이첼은 구석에 선 채 회견이 끝날 때까지 흐느끼고 있었다.

아버지는 눈물을 글썽이며 기자들에게 말했다.

"이번 주말에 내가 집에 왔더라면 이런 일이 없었을 텐데요."

'그 생각은 몇 년 전에 했어야지!'

레이첼은 속으로 절규했다. 아버지에 대한 혐오는 시시각각 더해 갔다.

그 순간부터 레이첼은 섹스턴 부인이 결코 하지 못했던 방식으로 아버지와 절연했다. 의원은 알아차리지도 못하는 것 같았다. 그는 죽은 아내가 남긴 유산으로 대통령 후보 경선에 참여하느라 갑자기 바빠졌다. 동정표도 적지 않았다.

3년이 지난 지금, 멀리 떨어져 있으면서도 상원의원은 레이첼의 인생을 외롭게 하고 있었다. 아버지가 대통령 선거에 출마한 덕분에 남자를 만나 가정을 꾸리겠다는 레이첼의 꿈은 무기한 연기되고 말았다. 앞으로 혹시 '대통령 영애'가 될지도 모르는 여자를 얼른 낚아채서 정계에 연줄을 대고자 하는 워싱턴 정계 입문자들을 끝없이 만나느니, 차라리 연애 사업에서 완전히 손을 떼는 것이 훨씬 쉬웠기 때문이다.

F14 창밖으로 햇빛이 점차 희미해지고 있었다. 북극은 늦겨울로, 하루 종일 어둠이 지속되는 시기였다. 레이첼은 자신이 영원한 밤의 땅으로 날아가고 있음을 깨달았다.

1분 또 1분이 지날수록 해는 완전히 저물어서 수평선 아래로 자취를 감췄다. 비행기는 계속 북쪽으로 날아갔고, 수정 같은 북극의 대기 속에 환한 하현달이 모습을 드러냈다. 저 멀리 발아래로 대양의 파도가 번득였고, 빙산은 검은 스팽글 위에 박힌 다이아몬드 같았다.

마침내 희미한 땅의 윤곽이 눈에 들어왔다. 하지만 레이첼이 기대했던 모습은 아니었다. 비행기 앞 바다 저편에 모습을 드러낸 것은 꼭대기에 눈이 덮인 거대한 산맥이었다.

레이첼은 어리둥절해서 물었다.

"산맥? 그린란드 북쪽에 산맥이 있어요?"

"그런 것 같습니다."

조종사도 마찬가지로 놀란 목소리였다.

F14가 기수를 아래로 향하자, 무중력상태 같은 으스스한 기분이 들

었다. 웅웅거리는 귓전으로 조종간에서 반복되는 기계음을 들을 수 있었다. 조종사는 방향지시등 같은 것을 켜고 그 신호를 따라가는 듯했다.

고도 900미터까지로 하강하면서, 레이첼은 저 아래 달빛에 물든 멋진 지형을 바라보았다. 산맥 기슭에는 눈 덮인 광활한 평야가 펼쳐져 있었다. 고원은 16킬로미터쯤 우아하게 경사져서 이어지다가 갑자기 수직으로 바다와 맞닿은 단단한 얼음 절벽에서 끝났다.

바로 그 순간, 그것이 보였다. 지구상 어느 곳에서도 본 적이 없는 광경이었다. 처음에는 달빛 때문에 보이는 환상이라고 생각했다. 레이첼은 도대체 저게 뭔가 싶어 미간을 찡그린 채 눈밭을 내려다보았다. 비행기가 고도를 낮출수록, 형상은 차츰 또렷해졌다.

'도대체 저게 뭐야?'

아래 고원에 줄무늬가 그려져 있었다. 마치 누군가 눈밭 위에 은색 페인트로 거대하게 줄을 세 개 그어 놓은 듯한 모습이었다. 반짝이는 줄무늬는 해안 절벽과 나란히 그어져 있었다. 비행기가 고도를 150미터까지 낮추자 그제야 시각적 환상이 정체를 드러냈다. 세 개의 은색 줄무늬는 각각 폭이 30미터가 넘는 깊은 골이었다. 골 안에는 물이 가득 차 있었고, 넓은 수로는 은빛으로 얼어붙은 채 고원을 끝에서 끝까지 평행으로 가로지르고 있었다. 물길 사이의 둔덕은 눈이 쌓인 제방이었다.

고원을 향해 고도를 낮추자, 비행기는 심한 난기류를 만나 덜컹거리며 흔들리기 시작했다. 착륙 기어가 육중하게 작동되는 소리가 들렸지만, 아직 활주로는 보이지 않았다. 조종사가 비행기를 통제하려고 애쓰는 동안, 레이첼은 가장 바깥쪽에 있는 얼음 띠를 따라 두 줄의 불빛이 반짝이는 것을 보았다. 레이첼은 그제야 조종사가 무슨 짓을 하려는지 알 수 있었다.

"얼음 위에 착륙하는 건가요?"

조종사는 대답하지 않았다. 그는 난기류에 집중하고 있었다. 기체가 속도를 늦추고 얼음 수로 쪽으로 고도를 낮추자, 속이 울렁거렸다. 높게 쌓인 눈 제방이 비행기 양쪽으로 솟았다. 레이첼은 숨도 쉴 수 없었다. 좁은 수로 안에서 조금이라도 계산을 잘못하면 꼼짝없이 죽는다. 흔들리는 기체가 제방 사이로 더 낮게 내려가자 난기류가 갑자기 사라졌고 비행기는 바람을 안전하게 막아 주는 수로 안 얼음 위에 완벽하게 착륙했다.

톰캣의 후방에 달린 반동 엔진이 우르릉거리며 비행기 속도를 늦추었다. 레이첼은 안도의 숨을 내쉬었다. 제트기는 100미터 정도 미끄러지다가 얼음 위에 스프레이 페인트로 굵게 그어 놓은 빨간 선에서 멈추었다.

오른쪽에는 달빛에 물든 눈 제방 외에는 볼 것이 없었다. 왼쪽 역시 마찬가지였다. 시야가 확보되는 것은 전방 유리창뿐이었지만, 이쪽은 끝없는 빙판이었다. 마치 죽은 행성에 착륙한 기분이었다. 얼음 위에 그어진 선 외에, 생명의 흔적이라고는 찾아볼 수 없었다.

그때 무슨 소리가 들렸다. 멀리서 다른 엔진 소리가 다가오고 있었다. 더 높고 날카로운 소리였다. 엔진 소리가 차츰 커지더니 마침내 기계가 시야에 들어왔다. 탱크 같은 바퀴가 달린 커다란 설상차가 얼음 골을 따라 우르릉거리며 이쪽으로 다가오고 있었다. 형태가 아래위로 길고 가느다란 차는 마치 미래형 곤충처럼 열심히 돌아가는 발로 얼음을 뭉개며 다가왔다. 몸체 위에는 밀폐된 플렉시글라스 조종실이 자리 잡고 있었고, 거기 잔뜩 달린 전조등이 앞길을 밝히고 있었다.

기계는 F14 바로 앞에서 덜덜 떨며 멈췄다. 플렉시글라스 조종실 문이 열리더니, 누군가 사다리를 타고 얼음 위로 내려왔다. 그는 마치 공기를 불어넣은 듯한 희고 푹신한 점프수트를 머리부터 발끝까지 뒤집어쓰고 있었다.

'경찰관 매드 맥스와 필스베리 광고에 나오는 밀가루 인간이 만났군.'

레이첼은 그나마 이 이상한 행성에 사람이 살고 있다는 게 다행이다 싶었다.

남자는 F14 조종사에게 해치를 열라는 손짓을 보냈다.

조종사는 문을 열었다.

F14조종석 문이 열리자 순식간에 몸속까지 얼려 버릴 듯한 세찬 바람이 레이첼의 몸을 휘감았다.

'문 닫아!'

"섹스턴 요원?"

밑에서 남자가 소리쳤다. 미국 억양이었다.

"NASA를 대신해서 환영합니다."

레이첼은 몸을 떨었다.

'고맙기도 해라.'

"비행 장구를 벗고 헬멧은 기체에 두시고 동체에 달린 발판을 이용해서 내리십시오. 질문 있습니까?"

"네."

레이첼은 마주 소리쳤다.

"도대체 여긴 어디죠?"

17

　대통령 수석 보좌관 마저리 텐치는 걸어 다니는 해골 같은 인상이었다. 180센티미터의 키에 깡마른 체형은 관절과 팔다리를 조립해 놓은 완구를 연상시켰고, 위태로운 몸체 위에 매달린 누런 얼굴은 양피지에 무감각한 눈구멍 두 개를 뚫어 놓은 듯했다. 그녀는 이제 겨우 쉰한 살이었지만 적어도 일흔은 되어 보였다.
　텐치는 워싱턴 정계의 여신으로 추앙받는 인물이었다. 천리안에 가까운 분석력을 지녔다는 평판도 있었다. 10년 동안 국무성 정보 연구소를 운영한 경험은 매서울 정도로 날카롭고 비판적인 사고를 연마하는 데 도움이 되었다. 정치적 수완은 뛰어났지만, 불행히도 그녀의 얼음처럼 차가운 성격을 몇 분 이상 견디는 사람은 드물었다. 마저리 텐치는 지능도 슈퍼컴퓨터 못지않았지만 인간미 역시 그 정도 수준이었다. 그럼에도 불구하고 잭 허니 대통령은 그녀의 독특한 성격을 참아 내고 있었다. 마저리의 명석한 두뇌와 노력이 아니었다면 애당초 허니는 대통령 자리에 올라서지도 못했을 것이다.

"마저리."

대통령은 자리에서 일어서며 집무실로 들어서는 마저리를 맞이했다.

"내가 해 줄 일이라도?"

그는 의자를 권하지 않았다. 일반적인 사회적 예법은 마저리 텐치 같은 여자에게는 적용되지 않았다. 텐치가 앉고 싶으면 앉는 것이었다.

"오늘 오후 4시에 전 직원을 소집하신다고 들었습니다."

담배 때문에 칼칼한 목소리였다.

"잘하셨습니다."

텐치는 잠시 서성거렸다. 그녀의 머릿속에서 정교한 톱니바퀴가 맞물려 돌아가는 소리가 들리는 듯했다. 허니는 감사했다. 마저리 텐치는 대통령 보좌관 중에서 NASA의 발견에 대해 알고 있는 몇 안 되는 인물들 중 하나였고, 그녀의 정치적 수완이 허니의 전략 구상을 돕고 있었다.

텐치는 헛기침을 하며 말했다.

"오늘 1시에 열리는 CNN 토론회 말씀입니다만. 섹스턴과 맞설 사람으로 누가 나가죠?"

허니는 미소 지었다.

"하급 선거운동 대변인이야."

절대 큰 사냥감을 주지 않음으로써 '사냥꾼'을 답답하게 만드는 것은 토론회만큼 역사 깊은 정치적 전술이었다.

"더 좋은 생각이 있습니다."

텐치는 인간미 없는 눈동자로 대통령과 눈을 맞추며 말했다.

"제가 직접 나가게 해 주십시오."

순간 잭 허니는 고개를 번쩍 들었다.

"자네가?"

'도대체 무슨 생각이지?'

"마저리, 자넨 언론에 직접 나서지 않잖아. 게다가 이건 낮에 방송되는 케이블 프로그램이야. 수석 보좌관을 내보내면 어떤 인상을 주겠나? 우리가 당황하고 있는 것처럼 보일 걸세."

"바로 그겁니다."

허니는 마저리를 찬찬히 지켜보았다. 도대체 무슨 복잡한 전략을 구상하고 있는지는 몰라도, 허니가 텐치를 CNN에 내보낼 일은 절대 없었다. 한 번이라도 마저리 텐치를 직접 본 사람이라면 그녀가 왜 '막후에서' 일하는지 알 수 있었다. 텐치는 무섭게 생긴 여자였고, 어떤 대통령이라도 백악관의 메시지를 전하는 얼굴로 선택할 만한 얼굴은 절대 아니었다.

"제가 CNN 토론회에 나가겠습니다."

텐치는 되풀이했다. 허락을 구하는 말투가 아니었다.

"마저리."

대통령은 불편한 기분으로 핑계를 찾았다.

"섹스턴의 선거운동본부는 자네가 CNN에 나타난 건 백악관이 겁을 먹고 있다는 증거라고 떠들어 댈 거야. 이렇게 초기부터 거물을 내보내면 우리 쪽이 필사적인 것처럼 보일 거라고."

텐치는 조용히 고개를 끄덕이며 담배에 불을 붙였다.

"필사적인 것처럼 보일수록 좋지요."

60초 동안, 마저리 텐치는 대통령이 신참 선거운동원 대신 자신을 CNN 토론회에 내보내야 하는 이유를 설명했다. 텐치의 설명이 끝나자, 대통령은 감탄의 눈빛으로 쳐다볼 수밖에 없었다.

다시 한 번 마저리 텐치는 자신이 정치적 천재라는 사실을 증명해 냈다.

18

밀른 빙붕은 북반구에 떠 있는 가장 큰 유빙이다. 캐나다 북극권의 엘즈미어 섬 북쪽 해안 북위 82도선에 자리 잡은 밀른 빙붕은 폭이 6.4킬로미터, 두께가 90미터 이상에 달한다.

설상차 꼭대기에 매달린 플렉시글라스 조종석 안에 들어서며, 레이첼은 자리 위에 여분의 파카와 장갑이 놓여 있고 히터에서 뜨거운 바람이 흘러나오는 것을 보고 감사했다. 바깥 얼음 활주로에서는 F14가 요란한 엔진 소리를 내며 미끄러지기 시작했다.

레이첼은 놀라 고개를 들었다.

"제트기는 돌아가는 건가요?"

새 안내인은 트랙터에 올라타며 고개를 끄덕였다.

"연구원과 NASA 지원팀만 현장에 출입할 수 있습니다."

F14가 해 저문 하늘을 가르며 날아오르자, 레이첼은 갑자기 고립된 기분에 휩싸였다. 안내인이 말했다.

"여기서부터 아이스로버를 타고 갈 겁니다. 국장님이 기다리고 계십니다."

레이첼은 눈앞에 펼쳐진 은색 길을 바라보며 도대체 NASA 국장이 여기서 뭘 하고 있는지 상상하려고 애썼다.

"꽉 잡으세요."

NASA 안내인은 조종간을 움직이며 외쳤다. 눈을 헤집는 소리와 함께, 기계는 군용 탱크처럼 제자리에서 90도 회전했다. 이제 설상차는 눈 쌓인 제방을 마주 보고 있었다.

가파른 경사를 바라보는 순간, 공포가 밀려왔다.

'설마 저기로 가려는 건······.'

"돌격!"

운전사가 클러치를 넣자, 차는 경사면을 향해 곧장 속도를 내기 시작했다. 레이첼은 나직한 비명 소리를 내며 의자를 꼭 붙잡았다. 설상차가 경사면에 부딪히는 순간, 뾰족한 징이 달린 바퀴가 눈 속으로 파고들며 육중한 차체를 밀어 올리기 시작했다. 몸이 뒤로 쏠릴 거라고 생각했지만, 조종석은 바퀴가 경사면을 올라가는 동안에도 수평을 유지했다. 거대한 차체가 제방 꼭대기에 올라서자, 운전사는 차를 멈추고 주먹을 꽉 부르쥔 승객에게 환히 웃어 보였다.

"이걸 SUV에 한번 장착해 보시죠! 우린 이놈한테 화성 탐사선 패스파인더 호의 충격 제어 장치를 달았습니다. 끝내주죠."

레이첼은 창백한 얼굴로 고개를 끄덕였다.

"좋네요."

눈 제방 꼭대기에 올라와 보니 믿기지 않는 풍경이 펼쳐졌다. 앞에는 눈 제방이 하나 더 있었고 그 뒤로는 평지였다. 번들거리는 얼음이 극히 완만한 경사를 이루며 이어지고 있었다. 달빛에 비친 빙판은 한없이 펼쳐지다가 결국 서서히 좁아지면서 산맥으로 흘러 들어가고 있었다.

"밀른 빙하입니다."

운전사는 산맥을 가리키며 말했다.

"저기서 시작된 빙하가 지금 우리가 서 있는 이 넓은 삼각주로 흘러내리죠."

운전사는 엔진을 다시 작동시켰다. 기계가 가파른 경사를 내려가자 레이첼은 다시 손잡이를 꽉 잡았다. 차는 골 바닥에 내려와서 다시 얼음 강을 건넌 뒤 쏜살같이 다음 경사면을 올랐다. 순식간에 꼭대기에 올랐다가 반대쪽으로 넘어온 뒤, 차는 매끄러운 빙판 위에 올라서서 뽀드득거리며 빙하를 가로지르기 시작했다.

"얼마나 더 가야 하죠?"

눈앞에 보이는 거라고는 온통 얼음뿐이었다.

"3킬로미터 정돕니다."

레이첼에게는 멀게만 느껴지는 거리였다. 바깥바람은 조종석을 바다로 밀어 떨어뜨릴 기세로 아이스로버를 사정없이 때리며 운전석을 흔들고 있었다. 조종사가 소리쳤다.

"카타바틱(Katabatic)입니다. 익숙해져야 해요!"

그는 이 지역에는 그리스어로 '아래로 흐른다' 는 뜻의 카타바틱이라는 강풍이 1년 내내 해안 쪽으로 분다고 설명했다. 마치 급류처럼 운하를 따라 '흐르는' 차갑고 무거운 공기 때문에 생기는 바람이라는 것이었다. 조종사는 웃으며 덧붙였다.

"여긴 지옥도 얼어붙게 만드는 지상 유일한 곳이죠!"

몇 분 뒤, 저 멀리 전방에 희미한 형체가 보이기 시작했다. 얼음에서 솟아 나온 거대한 흰 돔의 윤곽이었다. 레이첼은 눈을 비볐다.

'대체 저건 뭐지?'

"에스키모 집 치고는 크죠?"

조종사는 농담을 건넸다. 레이첼은 구조물의 형태를 식별하려고 애썼다. 규모가 좀 작은 휴스턴 애스트로돔 같은 모양이었다.

"일주일 반 전에 NASA에서 세웠습니다. 다단계 공기주입식 플렉시 폴리소르베이트죠. 부분별로 부풀려서 서로 고정시킨 뒤 쇠못과 철선으로 전체를 얼음에 연결시키는 겁니다. 밀폐된 대형 천막 모양이지만, 언젠가 인류가 화성에서 살게 될 때 이동식 주거지로 NASA에서 개발 중인 모형입니다. 우리는 해비스피어라고 부르죠."

"해비스피어라고요?"

"네. 아시겠습니까? 반구처럼 생겼으니까요."

레이첼은 미소 짓고 빙하 평원 위에서 점점 가까이 다가오는 괴상한 건축물을 응시했다.

"아직 화성에 가지 못한 NASA가 화성을 대신해 여기서 야영이라도 하는 건가요?"

남자는 웃었다.

"솔직히 타히티라면 좋았겠지만, 운명적으로 여기 오게 됐네요."

레이첼은 반신반의하는 기분으로 건물을 올려다보았다. 까만 하늘을 배경으로 회색을 띤 형체가 으스스한 분위기를 풍겼다. 건물에 다가간 아이스로버는 반구 옆면의 작은 문 앞에 멈췄다. 문이 열리고 있었다. 안에서 흘러나오는 불빛이 눈밭을 비췄다. 한 사람이 밖으로 나왔다. 덩치 큰 몸집에 검은 양털 스웨터 차림이라 몸이 거의 곰처럼 커 보였다. 그는 아이스로버 쪽으로 다가왔다.

이 덩치 큰 남자가 누구인지는 의심할 여지가 없었다. 로렌스 엑스트럼, NASA국장이었다.

운전사는 위로하듯 씩 웃었다.

"덩치에 속지 마십시오. 고양이 같은 사람입니다."

'호랑이겠지.'

레이첼은 자신의 야망을 방해하는 사람은 누구든 가차 없이 목덜미를 물어 버린다는 엑스트럼의 명성을 익히 알고 있었다.

아이스로버에서 내려서자, 바람에 몸이 날려갈 것 같았다. 레이첼은 코트를 단단히 여미고 돔 쪽으로 다가갔다.

NASA 국장은 반쯤 다가와서 장갑을 낀 커다란 손을 내밀었다.

"섹스턴 요원, 와 주어서 고맙소."

레이첼은 초조하게 고개를 끄덕이며 울부짖는 바람 너머로 소리쳤다.

"솔직히 선택의 여지가 없었습니다, 국장님."

1천 미터쯤 높은 빙하 위에서, 델타 원은 적외선 망원경을 통해 NASA 국장이 레이첼 섹스턴을 돔 안으로 데려가는 모습을 바라보고 있었다.

19

NASA 국장 로렌스 엑스트럼은 성난 고대 노르딕 신처럼 혈색 좋고 걸걸한 거인이었다. 주름진 이마 위로 금발머리를 군인처럼 짧고 까끌까끌하게 깎았고, 뭉툭한 코에는 실핏줄이 거미처럼 드러나 있었다. 연이은 수면 부족으로, 돌 같은 눈매는 피곤에 축 처져 있었다. NASA에 오기 전에는 국방성에서 영향력 있는 항공우주 전략가이자 작전자문위원이었던 엑스트럼은 당면한 임무를 수행할 때는 타의 추종을 불허하는 집념을 보여 준다는 평판과 함께 무뚝뚝한 성격으로도 명성을 떨치고 있었다.

로렌스 엑스트럼을 따라 해비스피어 안으로 들어가니, 투명하고 으스스한 미로 같은 복도가 끝없이 이어졌다. 철선으로 단단히 묶어서 지붕에서 늘어뜨린 불투명 플라스틱판이 거미줄 같은 미로를 형성하고 있었다. 바닥은 없었다. 그냥 단단한 얼음판 위에 미끄럼 방지를 위한 고무 매트를 길게 깔아 놓았을 뿐이었다. 두 사람은 침상과 간이 변기가 설치된 기본적인 주거 공간을 지났다.

해비스피어 안의 공기는 고맙게도 따뜻했지만, 사람들이 밀집해서 사는 좁은 공간 특유의 온갖 잡다한 냄새 때문에 몹시 탁했다. 어디선가 발전기 돌아가는 소리가 웅웅거렸다. 복도에 매달린 알전구에 전기를 공급하는 것 같았다.

"섹스턴 요원."

엑스트럼은 미지의 목적지로 성큼성큼 그녀를 안내하며 묵직한 목소리로 말했다.

"아예 처음부터 솔직하게 말하겠네."

레이첼을 손님으로 맞이한 것이 전혀 달갑지 않다는 말투였다.

"자네는 대통령이 보내서 여기 왔어. 잭 허니는 내 개인적인 친구고 NASA의 변치 않는 지지자이기도 하지. 나는 그를 존경하네. 신세도 졌고, 그를 믿어. 나는 대통령의 직접 지시라면 마음에 들지 않아도 반박하지 않아. 오해가 없었으면 하는 말인데, 이번 일에 자네를 끌어들인 대통령의 결정을 내가 그리 반가워하지 않는다는 점은 알아 두게."

레이첼은 할 말을 잃고 멍하니 쳐다보았다.

'이런 대접을 받으려고 5천 킬로미터를 날아왔단 말인가?'

국장은 마사 스튜어트의 사근사근한 태도와는 거리가 멀었다. 레이첼은 되받았다.

"명심하겠습니다만, 저 역시 대통령의 지시를 받고 왔습니다. 아직 제가 왜 여기 왔는지 이유를 듣지 못했어요. 오직 믿음 하나로 따라왔습니다."

"좋아. 그럼 단도직입적으로 말하지."

"이미 그렇게 말씀하셨습니다만."

거친 반응에 국장은 놀란 것 같았다. 그는 잠시 걸음을 늦추고 또렷한 눈으로 그녀를 뜯어보았다. 그러다 마치 또아리를 푸는 뱀처럼 길게 한숨을 내쉬고 다시 속도를 내어 걷기 시작했다.

"자네를 여기 NASA 기밀 프로젝트에 투입한 것은 내 판단과 반대되는 결정이라는 점을 이해해 주게. 자네는 NASA 직원들을 입 싼 어린아이 취급하길 좋아하는 국가정찰국 소속이기도 하지만, NASA를 없애는 것을 개인적인 사명으로 알고 있는 사람의 딸이기도 하지 않나. 이번 일은 NASA가 집중 조명을 받을 수 있는 기회가 되어야 해. 우리 직원들은 최근 많은 비판을 받았고 이 영광의 순간을 누릴 자격이 있어. 한데 자네 아버지가 선봉에 선 폭풍 같은 비판의 화살 때문에, NASA에서 열심히 일해 온 직원들은 무작위로 뽑혀 온 몇몇 민간인 과학자들과 우리를 파멸시키려는 인물의 딸과 영광을 나누어야 하는 정치적인 상황에 처해 있다네."

'난 내 아버지가 아니에요!'

레이첼은 소리치고 싶었지만 지금은 NASA 국장과 정치를 논할 때가 아니었다.

"전 주목을 받고 싶어서 온 게 아닙니다, 국장님."

엑스트럼은 그녀를 노려보았다.

"싫어도 받아야 할 걸세."

이 말에 레이첼은 놀랐다. 대통령이 특별히 '공적인' 방식으로 자신을 도와 달라는 말을 한 적은 없지만, 윌리엄 피커링은 분명 레이첼이 정치판의 말로 이용될지도 모른다는 의구심을 드러냈었다.

"제가 여기 왜 왔는지 알고 싶습니다."

"자네와 나 둘 다 마찬가지야. 나도 그 부분은 모르네."

"네?"

"대통령은 자네가 도착하면 곧바로 NASA의 발견에 대해 상세히 알리라고 내게 지시했어. 자네가 이번 서커스에서 어떤 역할을 해 주기를 원하는지는 대통령과 자네만 알겠지."

"대통령께서는 지구 관찰 시스템(EOS)이 무슨 발견을 했다고 말씀하셨습니다."

엑스트롬은 레이첼을 흘끗 쳐다보았다.

"EOS 프로젝트에 대해 얼마나 알고 있나?"

"EOS는 지구를 기존과 다른 방식으로 관찰하는 다섯 개의 NASA 위성으로서, 해양탐사, 지질 단층 분석, 극지 빙하 관찰, 화석연료 탐사……."

"좋아."

엑스트롬은 무덤덤한 태도로 말했다.

"최근 EOS 위성에 새로 도입된 장치도 알고 있겠지? PODS라고 하는데."

레이첼은 고개를 끄덕였다. 극지 궤도 밀도 탐색기(PODS)는 지구온난화의 영향을 측정하는 데 도움을 주기 위해 설계된 기계였다.

"PODS는 극지 빙하의 두께와 경도를 측정하는 걸로 알고 있습니다."

"사실상 그렇지. 스펙트럼 띠 기술로 넓은 지역의 복합 밀도를 측정하여 얼음 경도의 이상 현상을 발견해 내는 거라네. 얼음이 녹은 부분, 내부에서 녹는 부분, 거대한 균열 등. 모두 지구온난화의 징후들일세."

레이첼은 복합 밀도 측정기에 대해 잘 알고 있었다. 해저 초음파와 비슷한 원리였다. 국가정찰국 위성도 이 기술로 동유럽의 지하 밀도 변화를 측정하여 대량 학살이 일어난 지점을 찾아냈다. 대통령은 이 정보를 통해 인종 청소가 실제로 일어나고 있다는 것을 확인할 수 있었다.

엑스트롬이 말했다.

"2주 전, PODS는 이 빙붕 위를 지나가다가 예상에서 훨씬 벗어난 밀도 이상 지점을 찾아냈네. 얼음 표면 60미터 아래에서 단단한 얼음 안에 완벽하게 갇혀 있는 지름 3미터 정도의 무정형 구체를 발견했어."

"물주머니였나요?"

"아니, 액체가 아니야. 이상하게도 주위 얼음보다 더 단단했다네."

레이첼은 잠시 입을 다물었다.

"그럼…… 암석 같은 건가요?"

엑스트롬은 고개를 끄덕였다.

"근본적으로는."

레이첼은 확인 사살을 기다렸다. 하지만 국장은 말하지 않았다.

'NASA가 얼음 안에서 큰 돌을 발견한 것 때문에 내가 여기 불려 온 거야?'

"PODS가 이 돌의 밀도를 계산해 낸 뒤, 우린 흥분했어. 즉시 연구 팀을 여기로 보내 분석을 시작했네. 이 빙붕 아래 있는 돌은 엘즈미어 섬에 있는 그 어떤 종류의 돌보다 밀도가 확연히 높았어. 아니, 반경 650킬로미터 내에 있는 그 어떤 돌보다도 더."

레이첼은 발아래 얼음을 내려다보며 그 속 어딘가에 묻혀 있는 커다란 돌을 상상했다.

"누가 옮겨 놓은 거란 말씀인가요?"

엑스트롬은 희미하게 재미있다는 표정을 지었다.

"돌의 무게는 8톤 이상이야. 단단한 얼음 속 60미터 아래에 들어 있네. 즉 300년 이상 아무도 손을 대지 않았다는 뜻이지."

국장을 따라 무장한 NASA 직원 두 사람이 지키고 있는 길고 좁은 복도 입구로 들어서며, 레이첼은 피곤함을 느꼈다. 그녀는 엑스트롬을 쳐다보았다.

"돌이 거기 있게 된 논리적인 이유와 그걸 기밀로 하는 원인이 있겠지요?"

"당연히 있지."

엑스트롬은 표정 하나 바뀌지 않고 대답했다.

"PODS가 발견한 돌은 운석이야."

레이첼은 문간에서 우뚝 멈춰 서서 국장을 응시했다.

"운석?"

실망감이 온몸을 감쌌다. 운석이라면 대통령이 그렇게 거창하게 예고한 것과 전혀 어울리지 않았기 때문이다.

'이게 NASA가 지금까지 사용한 예산과 저질렀던 실패를 일거에 모두 정당화시켜 줄 수 있는 발견이라고? 도대체 대통령은 무슨 생각을 한 거지?'

운석은 물론 지구에서 가장 드문 암석 중 하나지만, NASA는 늘 운석을 발견해 왔다.

"이건 지금까지 발견된 운석 중에서 가장 큰 걸세."

엑스트럼은 레이첼 앞에 꿈쩍도 않고 서서 말했다.

"우리는 이것이 1700년대에 북극해에 떨어졌던 운석의 파편이라고 생각하고 있어. 대양에 부딪치는 충격에 의해 튀어나온 파편이 밀른 빙하에 떨어진 뒤 지난 300년 동안 서서히 눈에 묻혔을 가능성이 가장 높네."

레이첼은 이맛살을 찌푸렸다. 이번 발견으로 달라질 것은 아무것도 없었다. 필사적인 NASA와 백악관이 꾸며 낸 언론용 과잉 포장이 아닌가 하는 의심이 점점 강해졌다. 생존을 위해 발버둥치는 두 기관이 때마침 하나 발견한 것을 마치 지구를 뒤흔들 수 있는 NASA의 승리인 것처럼 선전하려는 것 같았다.

"자네는 그리 감동한 것 같지 않군."

엑스트럼이 말했다.

"저는 뭔가…… 다른 걸 예상하고 있었습니다."

엑스트럼은 눈을 가늘게 떴다.

"이 정도 크기의 운석은 대단히 드문 발견이야, 섹스턴 요원. 전 세계에서 이보다 더 큰 운석은 몇 개밖에 없다네."

"저도 압니다만······."

"하지만 우리를 흥분시킨 건 운석의 크기가 아니야."

레이첼은 시선을 들었다. 엑스트럼은 말을 이었다.

"끝까지 들어 보면, 이 운석이 지금까지의 그 어떤 운석에서도 볼 수 없었던 놀라운 특징을 보여 주고 있다는 걸 알게 될 걸세. 크든 작든."

그는 복도를 가리켰다.

"자, 이쪽으로 따라오면 나보다 이 발견에 대해 더 잘 설명할 자격이 있는 사람을 소개해 주겠네."

레이첼은 어리둥절했다.

"NASA 국장님보다 더 잘 설명할 자격이라니요?"

엑스트럼의 북유럽계 눈동자가 레이첼의 눈을 똑바로 쳐다보았다.

"민간인이므로 적임자라는 걸세, 섹스턴 요원. 자네는 전문 데이터 분석가이니 편견이 없는 정보원에게서 정보를 얻고 싶어 할 것 같았네."

'한 방 맞았군.'

레이첼은 물러섰다.

국장을 따라 좁은 복도 끝까지 걸어가자 묵직하고 검은 커튼이 나타났다. 커튼 너머에서 여러 사람의 목소리가 마치 아주 넓게 탁 트인 실내에서 반사되듯 메아리처럼 두런두런 들려왔다.

국장은 말없이 손을 뻗어 커튼을 옆으로 젖혔다. 강렬한 불빛이 눈부시게 흘러나왔다. 레이첼은 망설이며 발을 내딛고 눈을 찌푸린 채 안을 들여다보았다. 눈이 환한 빛에 익숙해지자 그녀는 앞에 펼쳐진 거대한 방을 보고 놀라 숨을 내쉬었다.

"맙소사."

'대체 여긴 뭐야?'

20

 워싱턴 외곽에 있는 CNN 제작 시설은 애틀랜타에 위치한 터너 방송국 본사와 위성으로 연결되는 전 세계 212개 스튜디오 중 하나다.
 세지윅 섹스턴 상원의원의 리무진이 주차장에 멈춘 것은 오후 1시 45분이었다. 그는 느긋한 태도로 차에서 내려 입구 쪽으로 걸어갔다. 배가 나온 CNN 프로듀서가 과장된 미소를 띠고 그와 가브리엘을 맞이했다.
 "섹스턴 의원님, 잘 오셨습니다. 좋은 소식이 있습니다. 백악관에서 오늘 의원님의 상대로 누구를 내보내는지 방금 전해 왔습니다."
 프로듀서는 기대하라는 듯 미소를 지었다.
 "만반의 준비는 하셨는지요?"
 그는 유리창 너머 스튜디오를 가리켜 보였다.
 안을 들여다본 섹스턴은 뒤로 넘어질 뻔했다. 부연 담배 연기 너머로 정계에서 가장 못생긴 얼굴이 그를 응시하고 있었던 것이다.
 "마저리 텐치? 저 여자가 왜 여기 온 거죠?"

가브리엘이 물었다. 섹스턴은 알 길이 없었다. 하지만 이유가 무엇이든 마저리 텐치가 왔다는 것은 복음이었다. 대통령이 궁지에 몰렸다는 확실한 징조였다. 그렇지 않다면 수석 보좌관을 전방에 내세울 리가 없지 않은가? 잭 허니 대통령이 주포를 꺼내 들었으니, 섹스턴으로서는 반가운 기회였다.

'큰 놈일수록 쓰러질 때 타격이 더 큰 법이지.'

텐치가 교활한 상대라는 것은 잘 알고 있었지만, 이렇게 그녀를 바라보고 있으니 대통령이 심각한 판단 착오를 범했다고 생각하지 않을 수 없었다. 마저리 텐치는 추녀였다. 지금 그녀는 의자에 구부정하게 앉아 담배를 피우며 거대한 사마귀처럼 나른한 리듬에 맞춰 오른팔을 얇은 입술에 가져갔다 뗐다 하고 있었다.

'맙소사, 라디오에나 나가야 할 얼굴이라니까.'

백악관 수석 보좌관의 누런 얼굴 사진을 잡지에서 몇 번 본 적이 있기는 했지만, 세지윅 섹스턴은 워싱턴에서 가장 강력한 인물 중 한 사람을 보고 있다는 것이 믿기지 않았다. 가브리엘이 속삭였다.

"예감이 안 좋은데요."

섹스턴은 그녀의 말이 귀에 들어오지 않았다. 생각하면 할수록 이번 기회가 마음에 들었다. 언론에 친화적이지 못한 얼굴보다 더 다행한 점은 한 가지 주요 쟁점에 대한 텐치의 입장이었다. 마저리 텐치는 미국의 세계 지도력은 오로지 기술적 우월성을 통해서 확보될 수 있다는 입장을 강경하게 주장하고 있었다. 그녀는 첨단 기술 관련 정부 연구 개발 사업, 특히 NASA의 열혈 지지자였다. 실패를 거듭하고 있는 NASA를 대통령이 변함없이 후원하고 있는 것도 텐치가 막후에서 영향력을 행사하고 있기 때문이라고 믿는 사람이 많았다.

NASA를 지지하라는 그릇된 충고에 대해 대통령이 텐치에게 벌을 주려는 건가? 그래서 자기 수석 보좌관을 늑대 먹이로 던져 주는 건가?

유리창을 통해 마저리 텐치를 바라보면 볼수록, 가브리엘 애쉬는 자꾸만 불길한 예감이 들었다. 텐치는 지독히 영리한 여자인 데다가, 이건 예상치 못한 반전이었다. 이 두 가지 사실이 본능적으로 마음에 걸렸다. NASA에 대한 텐치의 입장을 감안한다면, 대통령이 그녀를 섹스턴 의원의 상대로 내보낸 것은 오판인 것 같았다. 그러나 대통령 역시 분명 바보는 아니다. 뭔가 이번 토론회는 불길하다는 생각이 들었다.

상원의원은 자신이 유리하다고 생각하는 것 같았지만, 가브리엘의 걱정은 가시지 않았다. 섹스턴은 자신감이 지나치면 흥분하는 경향이 있었다. 지금까지 NASA 문제는 지지율을 끌어올리는 데 큰 공헌을 했지만, 최근 섹스턴은 너무 강하게 밀어붙이고 있었다. 침착하게 마무리하면 될 것을 상대를 때려눕히겠다고 덤벼들다가 다 잡은 승리를 놓치는 후보자가 수없이 많다.

프로듀서는 혈전을 눈앞에 두고 기대에 가득 찬 표정이었다.

"준비하시죠, 의원님."

섹스턴이 스튜디오로 들어가려는 순간, 가브리엘은 그의 소매를 잡았다.

"무슨 생각을 하시는지 압니다만, 이성을 잃지 마십시오. 흥분하지 마시고요."

"흥분해? 내가?"

섹스턴은 씩 웃었다.

"자기 일에 대해서는 굉장히 똑똑한 여자라는 걸 잊지 마세요."

섹스턴은 가브리엘에게 의미심장한 미소를 보냈다.

"나도 그래."

21

해비스피어 안의 동굴 같은 대강당은 지구상 어느 곳에 갖다 놓아도 이상할 만한 광경이었지만, 특히 북극 빙붕 위에 자리 잡고 있다는 사실은 더욱 실감하기 어려웠다.

흰색 삼각형 패드를 맞물리게 하여 건설한 미래지향적인 돔을 올려다보니, 거대한 요양소에 들어선 듯한 기분이 들었다. 비스듬히 아래로 이어지는 벽은 단단한 얼음 바닥과 만났고, 감시병처럼 바닥 가장자리를 둘러싼 할로겐 전등이 하늘을 향해 강렬한 빛을 발산하며 강당 전체를 밝히고 있었다.

얼음 바닥 위에 깔린 검은 고무 양탄자가 이동식 과학 장비 사이를 미로처럼 누비고 있었다. 전자 장비 사이에는 흰 옷차림의 NASA 직원 30,40명가량이 흥분된 목소리로 즐겁게 토론하며 일하고 있었다. 레이첼은 방 안에 가득한 전율을 곧장 감지할 수 있었다.

새로운 발견으로 인한 흥분이었다.

국장과 함께 돔 가장자리를 한 바퀴 도는 동안, 레이첼은 자신을 알아보는 사람들이 놀라는 한편으로 달갑지 않은 표정을 짓는 것을 보았다. 동굴처럼 메아리치는 강당 안에서 수군거리는 소리가 또렷이 들려왔다.

'섹스턴 상원의원 딸 아니야?'

'저 여자가 도대체 여기 왜 왔지?'

'국장이 저 여자랑 말을 섞다니 믿을 수 없어!'

아버지를 저주하는 인형이 사방에 매달려 있다 해도 놀랄 일은 아니었다. 그러나 적대감뿐만이 아니었다. 의기양양한 우월감도 확연히 느껴졌다. 최후의 승리자가 누구인지 NASA는 분명히 알고 있다는 듯한 분위기였다.

국장은 컴퓨터 앞에 앉아 있는 한 남자 쪽으로 레이첼을 데려갔다. 다른 사람들이 모두 입고 있는 NASA 방한복 대신 검은 터틀넥 스웨터와 굵은 코듀로이 바지, 고무 밑창을 댄 묵직한 신발 차림의 남자였다. 그는 이쪽으로 등을 보이고 있었다.

국장은 레이첼에게 기다리라고 한 뒤, 그쪽으로 다가가서 말을 걸었다. 잠시 후, 터틀넥 차림의 남자는 알겠다는 듯 고개를 끄덕이고 컴퓨터를 끄기 시작했다. 국장이 레이첼에게 돌아와 말했다.

"여기서부터는 톨랜드 씨가 안내할 걸세. 대통령이 선발한 민간인 중 한 사람이니까 자네와 잘 어울리겠지. 나는 나중에 다시 오겠네."

"감사합니다."

"마이클 톨랜드라는 이름은 들어 봤겠지?"

레이첼은 어깨를 으쓱했다. 아직 놀라운 주변 환경 때문에 어리둥절한 상태였다.

"잘 모르겠는데요."

터틀넥 차림의 남자가 미소 지으며 다가왔다.

"잘 몰라요?"

성량이 풍부하고 친근감 있는 목소리였다.

"오늘 하루 들은 소식 중 가장 반갑군요. 누군가에게 첫인상을 남길 기회가 이젠 없는 줄 알았습니다."

고개를 들어 상대를 본 순간, 레이첼은 얼어붙었다. 즉각 그 잘생긴 얼굴을 알아볼 수 있었던 것이다. 미국인이라면 누구나 아는 얼굴이었다. 레이첼은 얼굴을 붉히며 악수를 나누었다.

"아. 그 마이클 톨랜드 씨였군요."

NASA의 발견을 검증하기 위해 일급 민간인 과학자들을 불렀다는 대통령의 말을 들었을 때, 레이첼은 숫자에 찌든 공부벌레를 상상했다. 하지만 마이클 톨랜드는 정반대의 인물이었다. 오늘날 미국의 '유명 과학자' 중에서도 가장 잘 알려진 톨랜드는 해저 화산, 길이가 3미터나 되는 바다 벌레, 거대한 해일 등 다채로운 해양의 현상들을 일주일에 한 번씩 시청자들에게 전해 주는 〈놀라운 바다〉라는 다큐멘터리 진행자였다. 언론은 톨랜드를 자크 쿠스토와 칼 세이건을 섞어 놓은 인물로 칭찬하면서, 〈놀라운 바다〉가 최고의 시청률을 올릴 수 있었던 비결은 그의 전문 지식과 가식 없는 열정, 모험에 대한 사랑 때문이라고 평가했다. 물론 대부분의 비평가들은 남자답게 잘생긴 외모와 겸손한 카리스마도 여성 시청자들에게 인기를 얻는 데 도움이 되었을 거라는 점을 인정하고 있었다.

"톨랜드 씨……, 전 레이첼 섹스턴이라고 합니다."

레이첼은 말을 약간 더듬었다. 톨랜드는 유쾌하게 한쪽 입가를 치켜 올리며 미소 지었다.

"안녕하세요, 레이첼. 마이크라고 부르세요."

어울리지 않게 말문이 막혔다. 해비스피어, 운석, 기밀, 텔레비전 스타와의 느닷없는 대면 등 너무 많은 일이 한꺼번에 일어났던 것이다. 레이첼은 만회하기 위해 다시 입을 열었다.

"여기서 만나게 되다니, 놀랐어요. NASA의 발견을 검증하기 위해 민간인 과학자를 영입했다는 말을 듣고 저는……."

톨랜드는 씩 웃었다.

"진짜 과학자가 나올 줄 알았습니까?"

레이첼은 당황해서 얼굴을 붉혔다.

"그런 뜻은 아니고요."

"괜찮습니다. 여기 온 뒤로 계속 그런 말을 들었으니까요."

국장은 나중에 다시 오겠다는 말을 남기고 자리를 떴다. 톨랜드는 신기하다는 눈으로 레이첼을 다시 돌아보았다.

"국장님 말로는 아버님이 섹스턴 상원의원이라면서요?"

레이첼은 고개를 끄덕였다.

'불행히도요.'

"적진에 침투한 섹스턴의 스파이?"

"전선이 늘 우리가 예상한 곳에 있는 건 아니죠."

어색한 침묵이 흘렀다. 레이첼은 얼른 말을 이었다.

"그런데 세계적으로 유명한 해양학자께서 NASA의 로켓 과학자들과 빙하 위에서 뭘 하고 계시는 거죠?"

톨랜드는 웃었다.

"대통령과 아주 닮은 남자가 저한테 도움을 청했습니다. '꺼져'라고 말하려고 입을 열었는데 나도 모르게 '알겠습니다'라는 말이 나오더군요."

레이첼은 오늘 아침 처음으로 웃음을 터뜨렸다.

"저도 마찬가지예요."

대부분의 유명인은 직접 보면 생각했던 것보다 작은 경우가 많지만, 마이클 톨랜드는 더 커 보였다. 갈색 눈동자는 텔레비전에서 보던 것과 마찬가지로 명민하고 열정적이었으며, 목소리에도 역시 따뜻함과 열기가 담겨 있었다. 나이는 마흔다섯 정도로 보였고, 탄탄하고 그을린 몸매에 흐트러진 검은 머리는 이마 위에 자연스럽게 흘러 내려와 있었다. 턱선은 강인해 보였고, 느긋한 태도에는 자신감이 배어 있었다. 레이첼은 그와 악수를 나눌 때 손바닥에 박혀 있는 거친 못을 느꼈다. 그는 텔레비전에 나오는 전형적인 유명인이 아니라 능숙한 뱃사람이자 현장에서 일하는 과학자였던 것이다.

톨랜드는 쑥스러운 듯 말했다.

"솔직히 말씀드리면, 대통령은 과학적인 지식보다는 언론에 비치는 이미지 때문에 절 영입하셨을 겁니다. 각하는 저한테 다큐멘터리를 찍어 달라고 하셨거든요."

"다큐멘터리? 운석에 대해서요? 하지만 당신은 해양학자잖아요."

"저도 그렇게 말했죠! 한데 각하는 운석 전문 다큐멘터리 작가 중에는 아는 사람이 없다고 하시더군요. 제가 참여하면 이번 발견을 일반인들이 신뢰하는 데 도움이 될 거라면서요. 오늘 기자회견에서 이번 발견을 공표하면서 제 다큐멘터리도 함께 방송하실 생각인 것 같습니다."

'유명 인사를 대변인으로 이용한다는 거로군.'

레이첼은 잭 허니의 능란한 정치적 감각을 느낄 수 있었다. NASA는 일반인들이 이해하기에 너무 어려운 이야기만 한다는 비난을 받곤 했다. 그러나 이번에는 그렇지 않았다. 과학을 알기 쉽게 설명해 주는 전문가, 과학 문제에 관해서라면 미국인들이 누구나 알고 신뢰하는 얼굴을 내세운 것이다.

톨랜드는 돔 저쪽 대각선 방향으로 기자회견 무대가 설치되고 있는 쪽을 가리켰다. 얼음 위에 파란 양탄자가 깔려 있었고, 텔레비전 카메라, 방송용 조명, 마이크가 여러 대 놓인 긴 탁자가 있었다. 누군가 배경에 거대한 성조기를 걸고 있었다.

"저기서 오늘 기자회견을 할 겁니다. 8시에 위성으로 백악관과 직접 연결해서 NASA 국장과 휘하 일류 과학자들이 대통령 담화에 참여하는 겁니다."

'적절한 조치로군.'

레이첼은 생각했다. 잭 허니가 이번 발표에서 NASA를 완전히 배제하지 않는다는 것이 반가웠다.

"그건 그렇고."

레이첼은 한숨을 쉬며 말했다.

"이번 운석이 왜 그렇게 특별한지 이제 누가 좀 알려 주시겠어요?"

톨랜드는 눈썹을 치켜세우며 수수께끼 같은 미소를 지었다.

"사실 이번 운석의 특별한 점은 설명하기보다는 직접 보는 게 가장 좋습니다."

그는 레이첼에게 옆 작업대 쪽으로 따라오라고 손짓했다.

"저기 저 친구가 샘플을 많이 가지고 있습니다."

"샘플이오? 운석 샘플이 있다고요?"

"그럼요. 구멍을 꽤 많이 뚫었거든요. 이번 발견의 중요성을 NASA가 처음 깨닫게 된 것도 최초의 코어 샘플 덕분이었습니다."

무엇을 기대해야 할지 알 수 없었다. 레이첼은 톨랜드를 따라 작업대 쪽으로 향했다. 언뜻 보기에는 아무도 없는 것 같았다. 암석 샘플과 캘리퍼스, 기타 측정 도구가 널려 있는 책상 위에 커피 한 잔이 놓여 있었다. 커피에서는 김이 모락모락 오르고 있었다.

"말린슨!"

톨랜드는 주위를 둘러보며 소리쳤다. 대답이 없었다. 그는 답답하다는 듯 한숨을 쉬며 레이첼을 돌아보았다.

"커피 크림을 찾다가 길이라도 잃었나. 이 친구랑 프린스턴 대학원을 같이 다녔는데요, 자기 기숙사 안에서도 길을 잃곤 했지요. 이런 친구가 천체물리학에서 국가 과학상을 받다니, 알다가도 모를 일이죠."

레이첼은 그제야 퍼뜩 깨달았다.

"말린슨? 그 유명한 코키 말린슨을 말씀하시는 건 아니겠죠?"

톨랜드는 웃었다.

"바로 그 사람입니다."

"코키 말린슨이 여기 와 있어요?"

레이첼은 놀랐다. 중력장에 대한 말린슨의 연구는 국가정찰국 위성 기술자들 사이에서는 전설로 통했다.

"말린슨도 대통령이 뽑은 민간인 과학자 중 한 사람인가요?"

"네. 진짜 과학자 중 하나죠."

'진짜 과학자 중의 과학자지.'

레이첼은 고개를 끄덕였다. 코키 말린슨은 그 누구보다 명석하고 존경받는 과학자였다.

"코키의 가장 신기한 점은 알파 켄타우루스까지의 거리는 밀리미터 단위까지 정확히 읊으면서 자기 넥타이를 매지 못한다는 겁니다."

"난 똑딱이 넥타이를 맨다고!"

가까운 곳에서 콧소리가 섞인 사람 좋은 목소리가 들려왔다.

"멋보다 효율성이야, 마이크. 자네 같은 할리우드 인간들은 그걸 모르지!"

레이첼과 톨랜드는 돌아보았다. 한 남자가 거대한 전자 장비 뒤에서 걸어 나오고 있었다. 땅딸막한 몸집에 동그란 눈동자, 한쪽으로 빗어 넘긴 숱이 적은 머리카락이 퍼그 강아지를 닮은 남자였다. 그는 레이첼과 함께 서 있는 톨랜드를 보더니 우뚝 멈춰 섰다.

"맙소사, 마이크! 자넨 북극까지 와서도 멋진 여자를 만나는군. 나도 진작 텔레비전에 나갔어야 했는데!"

마이클 톨랜드는 눈에 띄게 당황했다.

"섹스턴 요원, 말린슨 박사의 실례를 용서하세요. 좀 주책이 없긴 하지만, 아무 짝에도 쓸모없는 우주에 대한 지식으로 만회하고도 남는 사람이니까요."

코키는 이쪽으로 다가왔다.

"만나게 되어 기쁩니다. 성함을 못 들었는데요."

"레이첼. 레이첼 섹스턴입니다."

"섹스턴?"

코키는 장난스럽게 놀란 척해 보였다.

"설마 그 근시안적이고 타락한 상원의원과 인척 관계는 아니시겠죠!"

톨랜드는 눈살을 찌푸렸다.

"코키, 섹스턴 상원의원은 레이첼 양의 부친이셔."

코키는 웃음을 그치고 어깨를 축 늘어뜨렸다.

"마이크, 내가 여자 운이 없는 건 당연해."

22

 과학상 수상 경력에 빛나는 천체물리학자 코키 말린슨은 레이첼과 톨랜드를 작업 공간으로 데려가서 도구와 암석 샘플을 뒤지기 시작했다. 그의 움직임은 단단히 감겨 금방이라도 튀어오를 듯한 용수철 같았다.
 "좋아."
 그는 흥분으로 떨리는 목소리로 말했다.
 "자, 섹스턴 요원, 지금부터 코키 말린슨의 30초 운석 강의가 시작됩니다."
 톨랜드는 인내심을 가지라는 듯 레이첼에게 윙크를 보냈다.
 "그러려니 하세요. 원래 배우가 되고 싶어 했던 친구입니다."
 "마이크는 존경받는 과학자가 되는 게 꿈이었죠."
 코키는 신발 상자를 뒤지더니 작은 암석 샘플 세 개를 꺼내 책상 위에 나란히 놓았다.
 "이건 지구상의 세 가지 주요 운석 샘플입니다."
 레이첼은 샘플을 보았다. 모두 골프공만 한 울퉁불퉁한 구체였고,

각각 반으로 잘려 단면이 드러나 있었다.

"모든 운석은 니켈-철 합금, 규산염, 황화물이 다양한 비율로 섞여 있습니다. 우리는 금속 대 규산염 비율로 운석을 분류하지요."

코키 말린슨의 강의는 30초 이상 걸릴 것 같다는 예감이 들었다. 그는 윤이 나는 새까만 돌을 가리켰다.

"여기 첫 샘플은 중심이 철로 된 철질 운석입니다. 아주 무겁죠. 이 놈은 몇 년 전 남극에 떨어졌어요."

레이첼은 운석을 찬찬히 바라보았다. 분명 다른 세상에서 온 것 같기는 했다. 표면이 검게 탄 묵직한 회색 쇳덩어리였다.

"그 그을린 표면은 퓨전 크러스트(fusion crust), 즉 탄껍질이라고 합니다. 운석이 대기권을 통과할 때 발생하는 고열의 결과입니다. 모든 운석에는 이렇게 탄 흔적이 있어요."

코키는 얼른 다음 샘플로 넘어갔다.

"다음은 돌과 금속이 섞인 석철 운석입니다."

레이첼은 운석을 관찰했다. 역시 껍질은 불에 타 있었다. 그러나 이번 샘플은 연녹색을 띠고 있었고, 다양한 색깔의 파편을 붙여 놓은 듯한 단면은 마치 만화경 같았다.

"예쁘네요."

"무슨 말씀을, 아름답지요!"

코키는 감람석 함량이 높기 때문에 녹색을 띠는 거라고 설명한 뒤, 마지막 세 번째 샘플을 연극하듯 거창하게 집어 레이첼에게 건넸다.

레이첼은 마지막 운석을 들어 보았다. 이번 샘플은 회색을 띤 갈색이었고 생김새는 화강암과 비슷했다. 지구의 돌보다 더 무겁게 느껴지긴 했지만, 차이가 확연하지는 않았다. 이것이 평범한 돌이 아니라는 유일한 증거는 역시 퓨전 크러스트, 그을린 표면이었다.

코키는 결론을 내리듯 말했다.

"이건 석질 운석입니다. 운석 중에서 가장 흔하죠. 지구상에서 발견되는 운석의 90퍼센트 이상이 이 종류입니다."

레이첼은 놀랐다. 운석이라고 하면 보통 첫 번째 샘플처럼 금속성의 외계 물체 같은 덩어리를 상상했던 것이다. 지금 그녀가 손에 쥐고 있는 운석은 전혀 지구 밖의 물체처럼 보이지 않았다. 그을린 표면을 제외하면 해변에서 흔히 볼 수 있는 돌멩이 같았다.

코키의 눈은 흥분으로 빛나기 시작했다.

"여기 밀른 빙붕에 묻혀 있는 운석은 석질 운석으로, 지금 들고 계시는 것과 비슷합니다. 석질 운석은 지구의 화성암과 거의 비슷해 보이기 때문에 찾아내기가 힘들지요. 보통 장석, 감람석, 휘석 등 가벼운 규산염이 섞여 있습니다. 그리 흥미로울 게 없습니다."

'그러게요.'

레이첼은 고개를 끄덕이며 샘플을 돌려주었다.

"누가 벽난로에 넣어서 태운 돌 같은데요."

코키는 웃음을 터뜨렸다.

"엄청난 난로죠! 아무리 뜨거운 용광로도 운석이 대기권에 충돌하는 순간 발생하는 열에는 미치지 못해요. 완전히 숯 덩어리가 되는 거죠!"

톨랜드는 레이첼에게 조금만 더 참으라는 듯 미소를 지어 보였다.

"지금부터 재미있어집니다."

코키는 레이첼에게서 운석을 받아 들면서 말했다.

"이 작은 놈이 집채만 한 크기라고 생각해 봅시다."

그는 샘플을 머리 위로 들어 올렸다.

"자, 운석이 우주에 있습니다. 이렇게 태양계를 떠돌고 있죠……. 주변 우주는 섭씨 영하 100도."

톨랜드는 운석이 엘즈미어 섬에 떨어지는 광경을 설명하는 코키를 전에도 본 적이 있는지 혼자 킬킬 웃었다.

코키는 샘플을 아래로 내리기 시작했다.

"이놈이 지구 쪽으로 다가오고 있습니다. 아주 가까워졌어요. 이제 지구 중력에 이끌려서…… 점점 가속이 붙고……."

레이첼은 코키가 중력가속도를 흉내 내며 샘플을 차츰 빠르게 움직이는 것을 지켜보았다.

"이제 아주 빨리 움직입니다. 초속 16킬로미터, 시속 5만 8천 킬로미터 이상! 지표면에서 135킬로미터 상공부터 운석은 대기의 저항을 받기 시작합니다."

코키는 샘플을 얼음 쪽으로 내리며 격렬하게 흔들기 시작했다.

"100킬로미터 상공부터는 벌겋게 달아오르기 시작합니다! 대기의 밀도가 증가하고, 저항은 엄청납니다! 운석 표면이 열에 녹으면서 주변 공기도 흰 빛을 발합니다."

코키는 이글거리며 타는 음향효과를 내기 시작했다.

"80킬로미터 상공을 지나면서 운석의 표면 온도는 섭씨 1,800도에 달합니다."

레이첼은 대통령 과학상을 받은 천체물리학자가 유치한 음향효과를 내며 운석을 더욱 격렬하게 흔드는 광경을 어처구니없다는 눈으로 지켜보았다.

"60킬로미터!"

코키는 이제 외치고 있었다.

"이제 운석은 대기권과 충돌합니다. 공기의 밀도가 너무 높아요! 운석의 추락 속도는 중력가속도의 300배 이상으로 급격하게 감속합니다!"

코키는 끼익 하고 브레이크 밟는 소리를 내며 추락 속도를 갑자기 늦추었다.

"운석이 순간적으로 식으면서 빛도 사라집니다. 다크 플라이트(dark flight) 지점에 도착했습니다! 녹아 있던 운석 표면이 굳으면서 검게 그을린 퓨전 크러스트를 형성합니다."

코키가 운석 최후의 순간, 지표면에 충돌하는 순간을 묘사하기 위해 무릎을 꿇자, 톨랜드가 신음 소리를 냈다.

"이제 거대한 운석은 대기권 하부로 비스듬히 늘어갑니다."

코키는 무릎을 꿇은 채 운석을 비스듬히 땅으로 움직였다.

"북극해 쪽으로 향하고 있습니다. 비스듬히 떨어집니다……. 바다를 지나칠 것 같군요. 떨어지다가……."

그는 샘플을 얼음 위에 놓으며 소리쳤다.

"쿵!"

레이첼은 깜짝 놀랐다.

"엄청난 충격이 지표면에 전달됩니다. 운석은 폭발하지요. 파편이 사방으로 튀어 빙글빙글 돌면서 바다를 가로지릅니다."

코키는 보이지 않는 바다를 건너 레이첼의 발쪽으로 운석을 천천히 굴렸다.

"파편 하나가 엘즈미어 섬 쪽으로 계속 날아갑니다."

그는 샘플을 레이첼의 발가락 바로 앞에 놓았다.

"바다를 건너고 땅 위에 올라와서……."

그는 레이첼의 발등 위에서 샘플을 굴리다가 발목 근처에서 멈췄다.

"마침내 밀른 빙하 위에서 멈춥니다. 곧 눈과 얼음이 운석을 덮어서 대기에 의한 침식을 막아 주지요."

코키는 미소 지으며 일어섰다.

레이첼은 입을 떡 벌리고 감탄해서 미소 지었다.

"음, 말린슨 박사님, 설명이 대단히……."

"생생했나요?"

레이첼은 미소 지었다.

"어떤 면에서는요."

코키는 샘플을 다시 그녀에게 건넸다.

"단면을 보세요."

레이첼은 돌 내부를 잠시 살펴보았지만 별다른 것이 보이지 않았다. 톨랜드가 따뜻하고 친절한 목소리로 말했다.

"불빛 쪽으로 기울여서 자세히 보세요."

레이첼은 돌을 눈에 가까이 대고 머리 위에서 비치는 눈부신 할로겐 불빛에 비스듬히 비추어 보았다. 이제 보였다. 돌 안에는 작은 금속성 알갱이가 반짝이고 있었다. 지름이 겨우 1밀리미터 정도 되는 수십여 개의 알갱이가 마치 미세한 수은 방울처럼 단면 전체에 퍼져 있었다.

"그 작은 물방울들은 콘드룰(chondrule)이라는 겁니다. 오직 운석에서만 나타나지요."

레이첼은 눈을 가늘게 뜨고 물방울들을 관찰했다.

"맞아요. 지구의 돌에서는 이런 걸 본 적이 없어요."

"앞으로도 못 볼 겁니다. 콘드룰은 지구상에는 존재하지 않는 암석 구조니까요. 우주 생성 초기 물질로 구성된 것으로 추정되는 아주 오래된 콘드룰도 있습니다. 지금 들고 계시는 것처럼 훨씬 젊은 콘드룰도 있고요. 그 운석의 콘드룰은 1억 9천만 년밖에 안 된 겁니다."

"1억 9천만 년이 젊어요?"

"하, 그럼요! 우주과학에서 보면 그건 어제나 마찬가집니다. 요점은 이 샘플에 콘드룰이 함유되어 있다는 겁니다. 결정적인 운석의 증거죠."

"그렇군요. 콘드룰은 결정적인 증거다. 알겠어요."

"그리고 마지막으로."

코키는 한숨을 내쉬었다.

"퓨전 크러스트와 콘드룰로도 확신할 수 없다면, 마지막으로 운석의 원천을 확인하는 확실한 방법이 있습니다."

"뭐죠?"

코키는 어깨를 으쓱했다.

"암석 편광 현미경, 엑스레이 형광 분광계, 중성자 활성화 분석기, 혹은 유도 결합 플라즈마 분광계를 사용해서 강자성 비율을 측정하는 거지요."

톨랜드는 한숨을 쉬었다.

"유식한 거 자랑하나. 코키의 말뜻은 그냥 암석의 화학성분비를 측정하면 운석인지 아닌지 알 수 있다는 뜻입니다."

"이봐, 바다 친구! 과학은 과학자한테 맡겨 주지 않겠나?"

코키는 투덜대더니 다시 얼른 레이첼 쪽으로 돌아섰다.

"지구상의 암석은 니켈 함량이 극히 높거나 극히 낮습니다. 중간이 없지요. 그러나 운석의 니켈 함량은 중간 범위입니다. 그러니 샘플을 분석해서 니켈 함량이 중간 범위에 들어가면 의심할 여지 없이 운석이라는 것을 알 수 있지요."

레이첼은 답답해졌다.

"알겠습니다, 여러분. 퓨전크러스트, 콘드룰, 중간 범위의 니켈 함량, 이 모든 게 우주에서 왔다는 증거란 말이죠. 알겠어요."

레이첼은 샘플을 코키의 책상 위에 다시 놓았다.

"한데 내가 여기 온 이유는 뭔가요?"

코키는 거창하게 한숨을 내쉬었다.

"NASA가 우리 발밑의 얼음 속에서 찾아낸 운석 샘플을 보고 싶으십니까?"

'빨리 좀 보여 달라고!'

코키는 가슴 주머니에 손을 넣더니 작은 원반 모양의 돌을 꺼냈다. 1센티미터 정도의 오디오 CD처럼 생긴 그것은 방금 본 석질 운석과 구성 성분이 비슷한 것 같았다.

"어제 구멍을 뚫어서 채취한 코어 샘플입니다."

코키는 레이첼에게 돌을 건넸다.

겉보기만으로는 분명 지구를 흔들 만한 발견 같지 않았다. 오렌지빛이 도는 휜색의 무거운 돌이었다. 테두리 일부가 검게 타 있는 것으로 보아 운석 표면의 일부인 것 같았다.

"이건 퓨전 크러스트네요."

코키는 고개를 끄덕였다.

"네. 이 샘플은 운석 표면 가까운 데서 채취한 거라 크러스트가 약간 붙어 있지요."

절편을 비스듬히 불빛에 비추어 보자, 작은 금속성 콘드룰이 보였다.

"콘드룰도 보이는군요."

"좋습니다."

코키는 잔뜩 들떠 긴장한 목소리로 말했다.

"암석 편광 현미경에 넣어 보았더니 니켈 함량도 중간 범위에 들어갔습니다. 절대 지구상의 암석이 아닙니다. 자, 축하합니다. 당신도 지금 들고 계시는 돌이 우주에서 왔다는 걸 확인하셨습니다."

레이첼은 어리둥절해서 고개를 들었다.

"말린슨 박사님, 이건 운석이잖아요. 당연히 우주에서 왔겠죠. 제가 모르는 게 또 있나요?"

코키와 톨랜드는 의미심장한 눈빛을 교환했다. 톨랜드는 레이첼의 어깨에 손을 짚고 속삭이듯 말했다.

"뒤집어 보세요."

레이첼은 디스크 모양의 돌을 뒤집어서 반대면을 보았다. 자신이 무엇을 보고 있는지 깨닫는 데는 얼마 걸리지 않았다. 순간, 엄청난 충격과 함께 모든 것을 알 수 있었다.

'이건 불가능해.'

하지만 레이첼은 돌을 바라보며 '불가능하다'라는 단어의 뜻이 영원히 바뀌었다는 것을 깨달았다. 돌 안에 굳어 있는 형태는 지구상에서는 흔하지만 운석에서는 절대 상상조차 할 수 없는 것이었다.

"이, 이건……."

레이첼은 말이 나오지 않아 잠시 더듬었다.

"이건…… 곤충이잖아요! 운석 안에 곤충 화석이 들어 있어요!"

톨랜드와 코키는 환히 미소 지었다. 코키가 말했다.

"이제 아시겠지요."

순간적으로 솟아오른 온갖 감정의 격랑 때문에 잠시 말문이 막혔지만, 충격 속에서도 이 화석이 한때 살아 있던 생물이라는 것은 분명히 알 수 있었다. 화석화된 형태는 길이가 7, 8센티미터 정도였고, 큰 딱정벌레나 기어 다니는 곤충의 배 부분인 것 같았다. 아르마딜로의 등껍질처럼 여러 개의 판으로 구성된 두꺼운 외피 아래에 마디가 있는 일곱 쌍의 다리가 옹기종기 달려 있었다.

레이첼은 현기증을 느꼈다.

"우주에서 온 곤충이라……."

"이건 등각류입니다. 곤충의 다리는 일곱 쌍이 아니라 세 쌍이지요."

코키의 말도 귀에 들어오지 않았다. 눈앞의 화석을 찬찬히 바라보는 동안, 머릿속에서 온갖 생각이 스쳤다.

"등껍질은 지구의 쥐며느리처럼 여러 개의 판으로 구성되어 있지만, 그와 달리 꼬리처럼 돌출한 두 개의 부속기관을 보면 이 종류에 더 가깝습니다."

레이첼은 이미 코키의 설명은 안중에도 없었다. 곤충이 무슨 종인지는 전혀 중요하지 않았다. 퍼즐 조각이 빠른 속도로 제자리를 찾고 있었다. 대통령의 기밀, NASA의 흥분…….

'운석 안에 화석이 들어 있어! 박테리아나 미생물이 아니라 진화한 생명체가! 이건 지구 밖 우주에 생명이 존재한다는 증거야!'

23

CNN 토론회가 시작된 지 10분쯤 지나자, 섹스턴 상원의원은 조금도 걱정할 필요가 없었다는 생각이 들었다. 토론 상대로서 마저리 텐치를 너무나 과대평가했던 것이다. 냉정하고 명민하다는 평판에도 불구하고, 수석 보좌관은 싸울 만한 상대라기보다는 희생양으로 보는 것이 타당할 것 같았다.

토론 초반에는 텐치가 낙태에 반대하는 섹스턴의 입장을 여성에 대한 편견으로 공격하면서 승기를 잡는 듯했지만, 더욱 몰아붙이려는 순간 경솔한 실수를 저질렀다. 세금을 인상하지 않고 교육 개혁 재원을 어떻게 확보할 것인지 질문하는 과정에서, 텐치는 섹스턴이 NASA를 희생양으로 물고 늘어지고 있다고 비난조로 언급했던 것이다.

안 그래도 토론회 말미에서 NASA 문제를 거론할 생각이었는데, 마저리 텐치가 일찌감치 문을 열어 준 셈이었다.

'바보로군!'

섹스턴은 자연스럽게 화제를 돌렸다.

"NASA 이야기가 나왔으니 말인데, 최근에 또 뭔가 실패했다는 소문에 대해 설명해 주시겠습니까?"

마저리 텐치는 꿈쩍도 하지 않았다.

"그런 소문은 들은 적이 없습니다."

담배 때문에 사포처럼 쉰 목소리였다.

"하실 말씀이 없다고요?"

"그렇습니다."

섹스턴은 의기양양했다. 미디어 업계에서 '할 말이 없다'는 표현은 '유죄를 인정했다'와 비슷한 뜻으로 해석된다.

"알겠습니다. 그럼 대통령과 NASA 국장이 긴급 기밀회동을 가졌다는 소문은 뭡니까?"

이번에는 텐치도 놀란 것 같았다.

"무슨 회동을 말씀하시는지 모르겠군요. 각하께서는 늘 수많은 회의를 하십니다."

"물론 그러시겠지요."

섹스턴은 단도직입적으로 공격하기로 결정했다.

"텐치 씨, 당신은 NASA를 적극 지지하는 입장이십니다. 맞습니까?"

텐치는 섹스턴이 단골로 이용하는 사안은 이제 지겹다는 듯 한숨을 쉬었다.

"저는 미국의 첨단 기술 경쟁력을 유지하는 것이 중요하다고 믿습니다. 군대, 산업, 정보, 통신 분야에서요. NASA도 분명 그런 기술 분야의 일부분이죠."

프로덕션 부스 안에서 가브리엘이 일단 물러나라는 눈빛을 보내는 것이 느껴졌지만, 섹스턴은 이미 승리의 피 맛을 본 상태였다.

"궁금한데요, 대통령이 명백하게 병든 이 기관을 계속해서 지지하고 있는 이유가 당신의 영향력 때문입니까?"

텐치는 고개를 저었다.

"아닙니다. 대통령 역시 NASA가 존재해야 한다고 확고하게 생각하십니다. 대통령께서 모든 결정을 직접 하십니다."

섹스턴은 자신의 귀를 믿을 수가 없었다. 그는 방금 마저리 텐치에게 NASA의 자금 지원에 대한 비난의 화살을 자신이 맞음으로써 대통령의 책임을 어느 정도 가볍게 해 줄 수 있는 기회를 주었다. 한데 텐치는 그 화살을 고스란히 대통령에게 넘긴 것이다.

'대통령께서는 모든 결정을 직접 하십니다.'

텐치는 전망이 좋지 않은 이번 선거에서 발을 빼려는 것 같았다. 놀랄 일은 아니었다. 선거가 끝나고 잠잠해지고 나면, 마저리 텐치도 일자리를 찾아야 할 테니까.

몇 분 동안 섹스턴과 텐치는 공방을 주고받았다. 텐치는 몇 번 화제를 전환하려고 시도했지만, 섹스턴은 NASA 예산 문제를 놓고 그녀를 밀어붙였다.

"의원님, 의원님께서는 NASA의 예산을 삭감하자고 하시는데, 그러면 얼마나 많은 고급 기술 인력이 일자리를 잃는지 아십니까?"

섹스턴은 하마터면 대 놓고 웃을 뻔했다.

'이 여자가 워싱턴 최고의 두뇌라고?'

텐치는 분명 미국 인구분포에 대해 배워야 할 것이 남아 있었다. 열심히 일하는 육체노동자의 엄청난 숫자에 비하면 고급 기술 인력은 아무것도 아니다.

섹스턴은 기회를 놓치지 않았다.

"우리는 수십억 달러를 절약하는 문제를 놓고 이야기하고 있습니다, 마저리. 그 결과 NASA 과학자들이 BMW를 몰고 가서 다른 직장을 찾아야 한다면, 그렇게 하라는 겁니다. 저는 정부 지출은 엄격해야 한다는 신념을 가지고 있습니다."

마저리 텐치는 마지막 한 방에 충격이 심한 듯 잠시 말이 없었다.
CNN 사회자가 끼어들었다.
"텐치 씨? 반론 없으십니까?"
마침내 텐치는 헛기침을 하고 말했다.
"섹스턴 씨가 워낙 강경하게 NASA에 반대하는 입장을 취하셔서 조금 놀랐을 뿐입니다."
섹스턴은 눈을 가늘게 떴다.
'제법인데.'
"저는 NASA를 반대하는 것이 아니고, 그런 비난은 불쾌합니다. NASA의 예산은 대통령이 승인하는 방만한 정부 지출의 한 사례라고 말씀드리는 겁니다. NASA는 50억 달러로 우주선을 건설하겠다고 했는데, 실제로는 120억 달러가 들었습니다. 우주정거장은 80억 달러면 된다고 해 놓고, 이젠 1천억 달러랍니다."
"미국은 세계 지도자입니다. 왜냐하면 우리는 원대한 목표를 세우고 힘든 시기에도 그 목표를 포기하지 않기 때문입니다."
"저는 그런 국가적 자존심 이야기를 납득할 수 없어요, 마지. NASA는 지난 2년 동안 세 번이나 예산을 초과하고 대통령에게 비굴하게 기어가서 실수를 만회해야 하니 돈을 더 달라고 징징댔습니다. 그게 국가적 자존심입니까? 국가적 자존심을 논하고 싶으면 좋은 학교와 전 국민 의료보험 이야기를 하십시오. 기회의 땅에서 자라나는 똑똑한 아이들 이야기를 하십시오. 그게 국가적 자존심입니다!"
텐치는 노려보았다.
"솔직한 질문을 하나 해도 될까요, 의원님?"
섹스턴은 대답 없이 기다렸다.
텐치는 용의주도하게, 갑작스러운 공격성을 띠고 물었다.
"의원님, 현재 NASA가 지출하는 정도에 못 미치는 예산으로는 우주 탐사를 할 수 없다고 말씀드리면, 의원님은 NASA 자체를 없애야 한다고 주장하시겠습니까?"

이 질문은 섹스턴의 무릎을 묵직하게 누르는 돌처럼 느껴졌다. 텐치도 아주 어리석은 여자는 아니었다. 애매한 입장을 취하고 있는 상대가 분명하게 자기 입장을 밝히도록 압박을 가하기 위해 '예/아니요'로만 답변할 수 있는 질문을 기습적으로 던진 것이다.

섹스턴은 본능적으로 명확한 답변을 피하려고 해 보았다.

"적절하게 경영한다면 현재 사용하는 예산보다 훨씬 덜한 돈으로도 얼마든지……."

"섹스턴 의원, 질문에 대답하세요. 우주 탐사는 위험하고 돈이 많이 드는 사업입니다. 제트 여객기 개발과 비슷해요. 제대로 하든지, 그렇게 하지 못하면 포기하든지 둘 중 하나를 선택해야 합니다. 위험이 너무 크니까요. 제 질문은 이겁니다. 의원님이 대통령이 되어서 NASA의 예산을 현행대로 유지하든지 미국 우주 개발 사업을 완전히 접든지 결정을 내려야 하는 상황이 되면, 어떤 선택을 하시겠습니까?"

'젠장.'

섹스턴은 유리창 너머의 가브리엘을 올려다보았다. 그는 그녀의 표정에서 자신도 이미 알고 있는 것을 읽을 수 있었다.

'의원님은 신념을 지닌 분입니다. 분명하게 대응하세요. 장황하게 둘러대지 말고.'

섹스턴은 턱을 치켜들었다.

"네. 저는 그런 결정을 내려야 할 상황이라면 NASA의 현재 예산을 우리 교육 제도에 돌릴 겁니다. 저는 우주보다는 우리 아이들을 택하겠습니다."

마저리 텐치의 얼굴에 믿을 수 없다는 충격이 떠올랐다.

"뭐라 말씀드릴 수가 없군요. 제가 제대로 들은 게 맞습니까? 대통령이 되시면 미국 우주 개발 사업을 철폐하겠다고요?"

분노가 끓어올랐다. 텐치는 섹스턴의 말을 교묘하게 왜곡하고 있었다. 섹스턴은 뭐라 반박하려 했지만, 이미 텐치가 말하고 있었다.

"자, 의원님, 분명하게 다시 묻겠는데, 의원님은 인간을 달에 보낸 기관을 없애겠다고 말씀하셨습니까?"

"우주 개발 경쟁 시대는 끝났습니다! 시대가 바뀌었어요. NASA는 더 이상 미국인들의 일상에 결정적인 역할을 하지 못하는데도, 우리는 계속해서 마치 그렇다는 듯 자금을 대고 있습니다."

"그럼 의원님은 우주가 미래라고 생각하지 않으십니까?"

"우주는 당연히 미래이지만, NASA는 공룡입니다! 저는 우주 탐사를 민간 부문에 맡길 것을 제안합니다. 어느 워싱턴 기술자가 10억 달러나 드는 목성 사진을 찍고 싶을 때마다 미국 납세자들이 지갑을 열어야 할 이유가 없습니다. 미국인들은 어마어마한 돈을 들이고도 별다른 보답을 해 주지 못하는 시대착오적인 기관의 자금을 대기 위해 자녀의 미래를 팔아넘기는 데 지쳤습니다!"

텐치는 극적으로 한숨을 쉬었다.

"별다른 보답을 해 주지 못한다? SETI(지구 밖 문명탐사) 프로그램은 예외였을지 몰라도, NASA는 어마어마한 보답을 해 왔습니다."

섹스턴은 SETI라는 단어가 텐치의 입에서 나온 것에 놀랐다. 엄청난 실수였다.

'상기시켜 줘서 고맙군.'

외계 생명체 탐사 계획은 NASA 최악의 돈 구덩이였다. NASA에서는 '오리진스'로 이름을 바꾸고 몇몇 목표를 정리하여 성형수술을 해 보았지만, 아직 이 사업은 돈을 잃기만 하는 도박이었다.

섹스턴은 기회를 낚아챘다.

"마저리, 당신이 말을 꺼냈으니 SETI에 대해 한마디 하겠습니다."

묘하게도 텐치는 얼른 듣고 싶다는 눈치였다.

섹스턴은 헛기침을 했다.

"대다수의 사람들은 NASA가 벌써 35년째 외계인을 찾고 있다는 걸 모릅니다. 이건 값비싼 보물찾기죠. 수많은 위성 안테나, 거대한 수신기, 어둠 속에 앉아서 빈 테이프만 듣고 있는 과학자들에게 지출되는 수백만 달러의 돈. 이건 당혹스러울 정도로 지나친 자원 낭비입니다."

"그러면 우주에 아무것도 없다는 말씀이신가요?"

"만약 다른 정부 기관이 35년 동안 4,500만 달러를 쓰고도 결과를 단 하나도 내놓지 못했다면, 그 기관은 벌써 오래전에 폐지되었을 겁니다."

섹스턴은 이 발언을 보다 강조하기 위해 잠시 사이를 두었다.

"35년이 지났다면 더 이상 외계 생명체를 기대할 수 없다는 건 분명하다고 생각합니다."

"의원님 생각이 틀렸다면요?"

섹스턴은 눈을 굴렸다.

"아, 맙소사, 텐치 씨, 내 생각이 틀렸다면 내 손에 장을 지지겠소."

마저리 텐치는 누런 눈동자로 섹스턴 의원을 뚫어지게 쳐다보았다.

"그 말씀 기억하겠습니다, 의원님."

그녀는 처음으로 웃음을 보였다.

"시청자 여러분도 모두 기억하실 거라고 생각합니다."

잭 허니 대통령은 10킬로미터 떨어진 집무실 안에서 텔레비전을 끄고 술을 한 잔 따랐다. 마저리 텐치가 장담한 대로, 섹스턴 의원은 미끼를 물었다. 낚싯바늘, 줄, 추까지 덥석 삼킨 것이다.

24

 마이클 톨랜드는 레이첼 섹스턴이 화석이 들어 있는 운석을 쥐고 멍하니 바라보는 모습을 자기 일처럼 흐뭇하게 바라보았다. 세련되고 아름다운 얼굴에는 어린아이처럼 꾸밈없는 놀라움이 떠올라 있었다. 마치 처음으로 산타클로스를 만난 어린 소녀 같았다.
 '당신 기분이 어떤지 나도 알지.'
 톨랜드 역시 불과 48시간 전에 똑같은 충격을 받았다. 그 역시 너무 놀라 말을 할 수가 없었다. 이 운석의 과학적, 철학적 의의는 지금껏 자연에 대해 믿어 왔던 모든 전제를 다시 생각해 보게 할 정도로 놀라웠다.
 톨랜드는 해양학 분야에서 기존에 알려지지 않았던 심해 생명체 몇 종을 발견한 적이 있었지만, 이번 '우주 곤충'은 전혀 차원이 다른 획기적인 발견이었다. 할리우드는 외계 생명체를 '작은 녹색 인간'으로 즐겨 묘사하지만, 우주생물학자와 과학 전문가들은 지구상에 존재하는 곤충의 엄청난 숫자와 적응력으로 미루어 볼 때 외계 생명체 역시 발견된다면 곤충 형태일 가능성이 높다고 추정해 왔다.

곤충은 절지동물문, 즉 딱딱한 외피와 마디가 있는 다리를 가진 생물군에 속한다. 알려져 있는 종이 125만 개 이상이며 아직 분류되지 않은 종도 50만 개에 달한다고 알려져 있는 지구의 '곤충'은 다른 모든 동물의 종수를 합한 것보다 종류가 더 많다. 이것들은 지구상 모든 종의 95퍼센트를 차지하며, 전체 개체수의 40퍼센트에 달한다.

숫자보다 더 놀라운 것은 곤충의 적응력이다. 남극의 얼음 딱정벌레부터 데스밸리의 태양전갈에 이르기까지, 곤충은 극한의 기온, 습도, 심지어 압력 속에서도 행복하게 살아간다. 심지어 우주에서 가장 치명적인 힘으로 알려져 있는 방사능에 노출된 채 살아가는 법도 알고 있다. 1945년 핵실험 이후, 방사능 차폐복 차림으로 피폭 지점을 조사한 공군 장교들은 바퀴벌레와 개미가 아무 일도 없었다는 듯 평소처럼 행복하게 살고 있는 것을 발견했다. 천문학자들은 절지동물은 몸을 보호하는 외골격이 있기 때문에 다른 생명체가 살아갈 수 없는 방사능에 가득 찬 수많은 행성에서도 서식할 수 있겠다고 생각하게 되었다.

'우주생물학자들이 옳았던 것 같군. 외계인은 곤충이었어.'

톨랜드는 생각했다.

레이첼은 다리가 풀리는 느낌이었다.

"믿을 수가 없어요."

레이첼은 손에 든 화석을 뒤집어 보며 말했다.

"한 번도 이런 건……."

톨랜드는 씩 웃었다.

"충격에서 헤어 나오려면 시간이 좀 걸릴 겁니다. 저도 24시간이 지나서야 다리에 힘이 돌아왔거든요."

"새로 오신 분이 있군요."

아시아인 치고 유난히 키가 큰 남자가 이쪽으로 다가오고 있었다.

그가 오자 코키와 톨랜드는 순간적으로 흥이 식는 것 같았다. 마법이 깨지는 듯했다. 남자는 자기소개를 했다.

"웨일리 밍 박사라고 합니다. UCLA 고생물학 학과장입니다."

그는 르네상스 시대 귀족처럼 꼿꼿하고 오만한 태도로 무릎까지 오는 낙타털 코트 밑에 어울리지 않게 맨 나비넥타이를 계속 어루만지고 있었다. 분명 이렇게 외딴 곳까지 왔다고 해서 깔끔한 옷매무새를 포기할 사람은 아닌 것 같았다.

"레이첼 섹스턴입니다."

밍의 보드라운 손을 잡고 악수를 나누면서도, 레이첼의 손은 아직 떨리고 있었다. 밍 역시 대통령이 뽑은 민간인 과학자 중 한 사람인 것 같았다.

"이 화석에 대해 궁금한 게 있으시면 뭐든지 기꺼이 말씀드리겠습니다, 섹스턴 요원."

고생물학자가 말했다. 코키가 투덜거렸다.

"궁금해하지 않는 것도 기꺼이 말씀하시겠지."

밍은 나비넥타이를 다시 만지작거렸다.

"고생물학 중에서도 제 전공 분야는 멸종한 절지동물문과 거미하목입니다. 이 생명체의 가장 인상적인 특징은……."

"다른 행성에서 왔다는 사실이지!"

코키가 다시 끼어들었다. 밍은 눈살을 찌푸리며 헛기침을 했다.

"가장 인상적인 특징은 다윈 체계의 지구 생물 분류학 속에 완벽하게 포함된다는 점입니다."

레이첼은 눈길을 들었다.

'이걸 분류할 수 있다고?'

"계, 문, 종, 이런 체계에 말인가요?"

"맞습니다. 만약 지구에서 발견되었다면 이 종은 등각류 목으로 분류되며 2천 종의 이와 같은 강에 속할 겁니다."

"이라고요? 하지만 이건 크잖아요."

"생물 분류 체계는 크기와 상관없습니다. 애완용 고양이와 호랑이도 같은 계통이죠. 분류는 생리학적 특성을 기초로 합니다. 이 생물은 분명 이 계통입니다. 납작한 몸통, 일곱 쌍의 다리, 쥐며느리, 갯쥐며느리, 바다 이와 구조가 동일한 생식주머니를 가지고 있습니다. 다른 화석을 보면 보다 분명한 특성이……."

"다른 화석요?"

밍은 코키와 톨랜드를 돌아보았다.

"이분은 아직 모르시나?"

톨랜드는 고개를 저었다. 밍의 얼굴이 순간 환해졌다.

"섹스턴 요원, 정말 재미있는 부분을 아직 못 들으셨군요."

코키가 결정적인 소식을 전달하는 기쁨을 빼앗으려는지 얼른 끼어들었다.

"화석이 더 있습니다. 아주 많이."

코키는 커다란 마닐라 봉투 쪽으로 가서 반으로 접은 커다란 종이를 꺼냈다. 그는 종이를 레이첼 앞 책상 위에 펼쳤다.

"우리는 운석 중심에 구멍을 뚫고 엑스레이 카메라를 내려보냈습니다. 이건 단면 투시도입니다."

테이블 위에 놓인 엑스레이 출력물을 바라보는 순간, 레이첼은 자리에 털썩 주저앉을 수밖에 없었다. 운석의 3차원 단면은 수십 마리의 곤충 화석들로 가득 차 있었다.

"고암석학적 기록은 보통 한곳에 밀집해서 발견되는 경우가 많습니다. 진흙 사태가 발생하면 둥지나 전체 서식지를 덮어 버리기 때문에 생물들이 집단으로 묻히는 겁니다."

코키는 씩 웃었다.

"우리는 이 운석 안에 둥지 전체가 보존되어 있다고 생각합니다."

그는 출력물에 나와 있는 곤충 하나를 가리켰다.

"이게 어미입니다."

레이첼은 그 표본을 보고 입을 딱 벌렸다. 몸 길이가 60센티미터는 될 것 같았다.

"아주 큰 이죠?"

코키가 말했다. 레이첼은 우주 어딘가의 머나먼 행성에서 빵 덩어리만 한 이가 돌아다니는 광경을 상상하며 멍하니 고개를 끄덕였다. 밍이 말을 이었다.

"지구의 곤충은 중력 때문에 비교적 크기가 작습니다. 외골격이 지탱할 수 있는 한계 이상으로 자라지 못하지요. 그러나 중력이 낮은 행성에서는 곤충도 훨씬 큰 크기로 진화할 수 있을 겁니다."

"독수리만 한 모기를 상상해 보세요."

코키가 레이첼의 손에서 운석 샘플을 빼앗아 주머니에 넣으며 농담을 던졌다. 밍은 눈살을 찌푸렸다.

"설마하니, 그걸 훔치는 건 아니겠지!"

"뭘 그래. 현장에 8톤이나 더 있잖아."

레이첼의 분석적인 두뇌는 여전히 앞에 놓인 데이터를 바삐 훑고 있었다.

"하지만 우주 생명체가 어떻게 지구상의 생물과 이렇게 비슷할 수 있죠? 아니, 다윈 분류 체계에 들어맞는다고요?"

"완벽하게요. 믿기 힘드시겠지만, 많은 천문학자들은 외계 생명체가 지구 생명과 아주 비슷할 거라고 예측해 왔습니다."

"왜요? 이 종은 완전히 다른 환경에서 온 건데요."

"그걸 범종설이라고 하죠."

코키는 환히 미소 지었다.

"뭐라고요?"

"범종설이란 다른 행성에서 지구에 생명의 씨앗을 뿌렸다는 학설입니다."

레이첼은 일어섰다.

"무슨 말씀인지 모르겠군요."

코키는 톨랜드를 돌아보았다.

"마이크, 원시 바다 전문가는 자네지."

톨랜드는 자기 차례가 돌아와서 기쁜 모양이었다.

"지구는 한때 생명이 없는 행성이었습니다, 레이첼. 그러다 갑자기, 마치 하룻밤 사이에 그런 것처럼 생명이 출현했습니다. 많은 생물학자들은 생명의 출현이 원시 바다를 구성한 원소가 이상적인 비율을 이룬 결과로 마법처럼 생겨난 결과라고 생각합니다. 그러나 실험실에서 이 결과를 재현하는 데 성공한 예가 없기 때문에, 종교학자들은 이 실패를 신이 존재한다는 증거라고 보고, 원시 바다에 신의 손길이 생명을 불어넣지 않았다면 생명은 존재할 수 없다고 주장해 왔습니다."

코키가 말을 이었다.

"하지만 우리 천문학자들은 지구상에 생명이 갑자기 출현한 데 대해 다른 가설을 내놓았습니다."

"범종설이군요."

레이첼은 그제야 말뜻을 이해할 수 있었다. 그런 학설을 들어 본 적은 있었지만, 명칭은 모르고 있었던 것이다.

"운석이 원시 바다에 떨어져서 지구상에 최초로 미생물의 씨앗을 뿌렸다는 학설 말이죠?"

"맞습니다. 운석이 침투해서 생명의 꽃을 피운 겁니다."

"만약 그 학설이 사실이라면, 지구 생명체의 조상과 외계 생명체의 조상은 동일하겠군요."

"이번에도 맞습니다."

'범종설이라…….'

하지만 레이첼은 아직도 이 학설의 보다 깊은 함의를 실감하기 힘들었다.

"그러면 이 화석은 외계 어딘가에 생명이 존재한다는 사실뿐만 아니라 실질적으로 범종설, 즉 지구상의 생명체는 우주에서 왔다는 이론까지 입증하는 셈이군요."

"역시 맞습니다."

코키는 열렬하게 고개를 끄덕였다.

"사실상 우리 모두가 외계인일 수도 있다는 겁니다."

그는 더듬이처럼 손가락 두 개를 머리 위에 세워 보이고 눈동자를 모으며 곤충처럼 혀를 날름거렸다.

톨랜드는 한심하다는 듯 미소를 지으며 레이첼을 보았다.

"이 친구는 인류 진화의 절정이고요."

25

 마이클 톨랜드와 나란히 해비스피어로 돌아오는 도중에도, 레이첼 섹스턴은 여전히 꿈 같은 안개에 휩싸인 기분이었다. 코키와 밍이 바로 뒤를 따랐다.
 "괜찮습니까?"
 톨랜드가 그녀를 바라보며 물었다. 레이첼은 희미하게 미소 지으며 그쪽을 쳐다보았다.
 "고마워요. 그냥…… 너무 엄청난 일이라."
 악명 높은 1996년 NASA의 발견이 떠올랐다. ALH84001, 박테리아의 화석 흔적이 들어 있다고 NASA가 주장했던 화성 운석이었다. 슬프게도 NASA가 의기양양하게 기자회견을 연 지 몇 주 지나지 않아, 민간인 과학자 몇 명이 NASA가 주장한 '생명체의 흔적'이라는 것은 지구의 흙에 오염되어서 생성된 케러젠(kerogen)이라는 증거를 들고 나왔다. 그 일은 NASA의 신뢰도에 결정적인 타격을 주었다. 뉴욕타임스는 기회를 놓치지 않고 NASA의 약자를 '과학적으로 항상 정확하지는 않음(Not Always Scientifically Accurate)'으로 새로 해석해야 한다고 비꼬았다.

그 기사에서 고생물학자 스티븐 제이 굴드는 운석 안에서 발견된 것은 추정의 근거인 화학적 증거일 뿐 구체적인 뼈나 껍질처럼 '확고한' 증거가 아니라는 점이 ALH84001의 문제라고 지적했다.

그러나 레이첼은 이번에는 NASA가 반론할 수 없는 증거를 발견했음을 깨달았다. 아무리 회의적인 시선으로 바라보는 과학자라도 이 화석을 문제 삼고 나서지는 못할 것이다. NASA가 내세우는 것은 희끄무레하게 확대한 미생물 박테리아의 사진 같은 것이 아니었다. 돌 안에 굳어 있는 생명체를 육안으로도 관찰할 수 있는 진짜 운석 샘플을 찾아낸 것이다. 수십 센티미터에 달하는 이!

레이첼은 어렸을 때 '화성에서 온 거미'를 소재로 한 데이빗 보위의 노래를 좋아했던 일을 떠올리고 웃음을 터뜨렸다. 양성적인 매력을 지닌 영국 팝스타가 우주생물학 최고의 순간을 예언했다고 그 누가 짐작이나 했을까.

먼 기억 속의 노랫가락을 떠올리는데, 등 뒤에서 걷던 코키가 레이첼 옆으로 다가섰다.

"마이크가 자기 다큐멘터리 자랑을 하던가요?"

"아뇨. 하지만 듣고 싶네요."

코키가 톨랜드의 등을 때렸다.

"자랑해 봐, 이 친구야. 대통령이 과학 역사상 가장 중요한 순간을 스노클이나 하는 텔레비전 스타에게 넘겨주기로 결정한 이유를 설명하라고."

톨랜드는 툴툴거렸다.

"코키, 그만 좀 하지?"

"그래, 내가 설명할까?"

코키는 두 사람 사이로 비집고 들어왔다.

"이미 알고 계실지도 모르지만, 섹스턴 요원, 대통령은 오늘 밤 기자 회견에서 이번 운석을 전 세계에 공표할 겁니다. 세상 사람들의 대부분은 멍청하기 때문에, 대통령은 마이크를 끌어들여서 이번 일을 멍청이들에게 걸맞게 각색해 달라고 했지요."

"고마워, 아주 잘했어."

톨랜드가 말을 끊고 레이첼을 돌아보았다.

"코키가 하려는 말은, 너무 많은 과학적 자료를 전달해야 하기 때문에 대통령은 운석에 대한 짤막한 영상 다큐멘터리가 대중에게 정보를 전달하는 데 도움이 될 거라고 생각하셨다는 거예요. 국민 대다수는 천체물리학 학위 같은 건 없는 사람들이니까요."

코키가 레이첼에게 말했다.

"우리 대통령이 〈놀라운 바다〉를 남몰래 즐겨 본다는 걸 알고 계셨습니까?"

그는 한심하다는 듯 고개를 저었다.

"잭 허니, 자유세계의 지도자께서는 비서가 녹화해 놓은 마이크의 프로그램을 보면서 긴 하루의 피로를 푸신답니다."

톨랜드는 어깨를 으쓱했다.

"훌륭한 취향이시지. 내가 뭐라고 하겠나?"

레이첼은 대통령의 계획이 얼마나 교묘했는지 깨닫기 시작했다. 정치는 미디어 게임이다. 마이클 톨랜드가 화면에 얼굴을 비추는 것만으로도 기자회견은 열정과 과학적 신뢰감을 확보할 수 있을 것이다. 잭 허니는 NASA 작전을 선전해 줄 적임자를 선발했다. 존경받는 민간인 과학자들은 물론 미국 최고의 텔레비전 과학 해설자의 입에서 나온 말이라면, 회의론자들도 대통령의 데이터에 감히 도전하기는 힘들 것이다.

코키가 말했다.

"마이크는 다큐멘터리에 쓸 민간인 전문가들의 증언을 이미 비디오에 담아 놓았습니다. 내 국가 과학상을 걸고 장담하지만 다음 차례는 당신이에요."

레이첼은 그를 돌아보았다.

"저요? 무슨 말씀이세요? 전 이쪽에는 전혀 전문 지식이 없는데요. 전 정보 담당 연락관일 뿐이에요."

"그럼 대통령은 왜 당신을 여기로 보냈을까요?"

"아직 말씀하지 않으셨어요."

코키의 입가에 재미있다는 듯한 미소가 떠올랐다.

"당신은 데이터를 해석하고 진위를 가리는 백악관 정보 담당 연락관입니다. 그렇죠?"

"네. 하지만 과학 전문가는 아니에요."

"그리고 당신은 NASA가 우주에 돈을 낭비한다는 비판을 선거운동 쟁점으로 활용하고 있는 정치인의 딸이죠?"

레이첼은 그제야 깨달았다. 밍이 끼어들었다.

"당신의 증언은 이 다큐멘터리에 새로운 차원의 신뢰를 부여해 줄 겁니다, 섹스턴 요원. 대통령이 당신을 여기 보냈을 때는, 분명 어떤 방식으로든 참여해 주기를 바랐겠지요."

자신이 이용당할지도 모른다는 윌리엄 피커링의 염려가 다시 떠올랐다.

톨랜드가 시계를 보았다. 그는 해비스피어 한가운데를 가리켰다.

"이제 가 봐야겠는데요. 시간이 다 돼 갑니다."

"무슨 시간요?"

"발굴 시간요. NASA는 운석을 지표면으로 끌어올리고 있습니다. 이제 곧 올라올 겁니다."

레이첼은 깜짝 놀랐다.

"8톤짜리 돌을 꽁꽁 얼어붙은 얼음 60미터 아래에서 끌어낸다고요?"

코키는 들뜬 얼굴로 그녀를 보았다.

"NASA가 이런 발견을 얼음 속에 고이 묻어 놓을 거라고 생각한 건 아니겠죠?"

"그건 아니지만……."

레이첼은 해비스피어 근처에서 대규모 발굴 장비를 본 기억이 없었다.

"운석을 도대체 어떻게 끌어낼 계획인가요?"

코키는 턱을 치켜들었다.

"걱정 마십시오. 이 방에는 로켓 과학자들이 잔뜩 있으니까요!"

"헛소리."

밍은 코웃음을 치고 레이첼을 보았다.

"말린슨 박사는 남의 공을 자기 것처럼 떠벌리기 좋아하는 사람이죠. 솔직히 운석을 꺼내는 방법을 놓고 다들 고민이 많았습니다. 실질적인 해결책을 제시한 건 맹거 박사였지요."

"맹거 박사는 만나지 못했는데요."

톨랜드가 설명했다.

"뉴햄프셔 대학의 빙하학자입니다. 대통령이 선발한 마지막 네 번째 과학자죠. 여기 밍의 말이 맞습니다. 해결책을 제시한 건 그분이지요."

"그렇군요. 그가 무슨 제안을 했는데요?"

"맹거 박사는 여자 분입니다."

밍이 불쾌한 듯 정정했다.

"그 점은 논란의 여지가 있지."

코키가 비꼬았다. 그는 레이첼을 돌아보았다.

"그건 그렇고, 맹거 박사는 당신을 싫어할 겁니다."

톨랜드는 화난 눈으로 코키를 돌아보았다. 코키는 변명하듯 말했다.

"아니, 정말이라니까! 그 여자는 경쟁자를 싫어해!"

"무슨 말씀이시죠? 경쟁자라니요?"

레이첼은 어리둥절했다. 톨랜드가 말했다.

"무시하세요. 코키가 완전히 멍청이라는 사실을 국립과학위원회가 미처 몰랐죠. 당신과 맹거 박사는 잘 지낼 겁니다. 그분도 전문가니까요. 세계 최고의 빙하학자 중 한 사람입니다. 빙하의 흐름을 관찰하기 위해 몇 년 동안 남극에서 지내기도 하셨죠."

"그래? 난 뉴햄프셔 대학이 캠퍼스의 평화와 안정을 되찾기 위해 기부금을 모아서 그녀를 남극에 보낸 거라고 들었는데?"

코키의 말에 밍은 감정이 상한 듯 쏘아붙였다.

"맹거 박사가 거기서 죽을 뻔했다는 거 알고 있나! 폭풍에 갇혀서 길을 잃어 5주 동안 물개 지방으로 연명하다가 발견되었다고."

코키는 레이첼에게 속삭였다.

"찾으러 나선 사람이 아무도 없었거든요."

26

리무진을 타고 CNN 스튜디오에서 섹스턴의 사무실로 가는 길이 가브리엘 애쉬에게는 유난히 길게 느껴졌다. 상원의원은 맞은편에 앉아 창밖을 바라보면서 승리감에 취해 있는 것 같았다.

"오후 케이블 프로그램에 텐치를 내보내다니."

그는 멋진 미소를 지으며 말했다.

"백악관이 잔뜩 당황한 게 틀림없어."

가브리엘은 애매하게 고개를 끄덕였다. 차를 몰고 떠나는 마저리 텐치의 얼굴에는 만족스러운 표정이 떠올라 있었다. 그 표정이 자꾸 마음에 걸렸다.

섹스턴의 개인 휴대전화가 울렸다. 그는 주머니를 뒤져 전화기를 꺼냈다. 대부분의 정치가들이 그렇듯, 상원의원 역시 연락하는 사람들을 중요도 순으로 분류해서 여러 개의 수신번호를 사용하고 있었다. 지금 전화를 걸어 온 사람은 가장 중요한 등급이었다. 가브리엘조차 감히 연락할 수 없는 섹스턴의 개인 전화로 걸려 왔던 것이다.

"세지윅 섹스턴 상원의원입니다."

그는 운율을 살려 가며 이름을 발음했다.

가브리엘은 리무진 소리 때문에 전화 상대의 목소리를 들을 수 없었지만, 섹스턴은 주의 깊게 듣더니 열성적으로 대답했다.

"잘됐군요. 전화 주셔서 정말 기쁩니다. 6시쯤 생각하는데요? 잘됐군요. 여기 워싱턴에 제 아파트가 있습니다. 개인 아파트죠. 편안한 곳입니다. 주소를 알고 계시지요? 기대하고 있겠습니다. 그럼 오늘 저녁에 뵙죠."

섹스턴은 흡족한 얼굴로 전화를 끊었다. 가브리엘이 물었다.

"새로운 의원님 팬인가요?"

"기하급수적으로 증가하고 있어. 이번에는 거물이야."

"그런 것 같군요. 의원님 아파트에서 만나신다고요?"

섹스턴은 남아 있는 유일한 은신처를 지키는 사자처럼 자기 아파트의 성스러운 프라이버시를 지키곤 했던 것이다.

섹스턴은 어깨를 으쓱했다.

"그래. 개인적인 친밀감을 보이고 싶었어. 이 사람은 결정적인 순간에 영향력을 행사할지도 몰라. 이런 개인적인 연줄을 계속 만들어 나가야 해. 이건 전부 신뢰 문제야."

가브리엘은 고개를 끄덕이며 섹스턴의 일정 수첩을 꺼냈다.

"일정표에 넣을까요?"

"필요 없어. 어차피 집에서 하룻밤 지낼 생각이었으니까."

오늘 페이지를 펼친 가브리엘은 이미 섹스턴의 필적으로 'P.E.'라고 적혀 있는 것을 보았다. '개인적인 일정(Personal Event)' 혹은 '은밀한 저녁 시간이 있다' 혹은 '다 필요 없으니 물러가'라는 섹스턴만의 신호였다. 셋 중 정확히 어떤 의미인지는 아무도 몰랐다. 그는 곧잘 이렇게 PE 표시를 해 두고 혼자 아파트에 틀어박혀 수화기를 내려놓고 정치에 관해서는 모든 것을 잊은 듯 오랜 친구들과 함께 브랜디를 홀짝거리곤 했다.

가브리엘은 놀란 눈으로 그를 보았다.

"PE 표시를 해 두신 시간에 업무를 보시겠다는 건가요? 놀랍네요."

"마침 개인적인 시간이 있는 날에 전화를 걸어 왔군. 잠시 이야기를 나눠 봐야지. 무슨 말을 하는지 들어 보고."

가브리엘은 이 수수께끼의 인물이 누구인지 물어보고 싶었지만, 섹스턴은 분명 의도적으로 모호하게 대답하고 있었다. 이런 때는 캐묻지 않는 게 좋다.

자동차가 순환도로에서 빠져나와 섹스턴의 사무실 건물로 향하는 동안, 가브리엘은 섹스턴의 일정에 PE라고 적혀 있는 항목을 다시 내려다보았다. 전화가 걸려 올 거라는 것을 섹스턴이 미리 알고 있었다는 묘한 기분이 들었다.

27

　NASA 해비스피어 한복판의 얼음 위에는 높이가 5미터쯤 되는 삼각대 모양의 복잡한 받침대가 우뚝 서 있었다. 원유 시추 장비와 어설픈 에펠탑 모형을 섞어 놓은 듯한 형태였다. 레이첼은 장비를 찬찬히 살펴보았지만, 이 장비가 거대한 운석을 어떻게 끌어올릴지는 알 수 없었다.
　탑 아래에는 윈치 여러 개가 철판에 박혀 있었고, 철판은 묵직한 볼트로 얼음에 고정되어 있었다. 윈치에 연결된 철선들은 탑 꼭대기의 도르래를 타고 넘어 얼음에 뚫은 좁은 구멍 속에 수직으로 늘어뜨려져 있었다. 덩치 큰 NASA 직원 몇 사람이 번갈아 가며 윈치를 조이고 있었다. 한번 조일 때마다 철선은 마치 닻을 감아 올리듯 서서히 몇 센티미터씩 위로 올라왔다.
　'내가 아직 모르는 게 있는 것 같은데.'
　레이첼은 일행과 함께 발굴 현장으로 다가가며 생각했다. 사람들은 얼음을 그대로 뚫고 운석을 끌어올리려 하는 것 같았다.

"힘을 골고루 줘야지! 젠장!"

가까운 곳에서 마치 전기톱처럼 날카로운 여자 목소리가 소리쳤다.

그쪽을 돌아보니 기름때 묻은 노란 방한복 차림의 작은 여자가 있었다. 레이첼 쪽으로 등을 돌리고 있었지만, 그 여자가 작업을 지휘하고 있다는 것은 쉽게 짐작할 수 있었다. 여자는 클립보드에 메모를 하며 훈련 교관처럼 서성거리면서 연방 소리를 질러 댔다.

"벌써 지쳤다고 징징 짜는 건 아니겠지!"

코키가 불렀다.

"이봐요, 노라. 불쌍한 NASA 애들은 그만 들들 볶고 이리 와서 나랑 놀자고."

여자는 돌아보지도 않았다.

"말린슨이지? 아이처럼 징징대는 목소리만 들어도 알겠군. 사춘기가 지나거든 다시 찾아와."

코키는 레이첼을 돌아보았다.

"노라의 매력 덕분에 우린 늘 따뜻하죠."

맹거 박사는 계속 메모를 하며 대꾸했다.

"다 들려, 우주 소년. 혹시나 내 엉덩이를 훔쳐보고 있다면 이 방한복 때문에 10킬로그램은 더 뚱뚱해 보인다는 걸 알아 줘."

"걱정 마. 내가 당신한테 혹한 이유는 하마 같은 궁둥이가 아니라 아름다운 성품이거든."

"내가 상대를 말아야지."

코키는 다시 웃었다.

"좋은 소식이 있어, 노라. 대통령이 선발한 여성은 당신 혼자가 아닌 것 같아."

"아니겠지. 당신도 뽑혔잖아?"

톨랜드가 끼어들었다.

"노라? 잠깐 인사할 시간이 있을까요?"

톨랜드의 목소리를 듣자, 노라는 즉시 하던 일을 멈추고 돌아섰다. 딱딱한 태도가 순식간에 누그러졌다.

"마이크!"

그녀는 활짝 웃으며 다가왔다.

"몇 시간째 안 보이더군요."

"다큐멘터리를 편집하고 있었어요."

"제 부분은 어때요?"

"아주 멋지게 잘 나왔어요."

"특수효과를 썼다지."

코키가 농담을 던졌다. 노라는 이 말을 무시하고 정중하지만 쌀쌀한 미소를 띤 채 레이첼에게 시선을 주었다. 그녀는 다시 톨랜드를 돌아보았다.

"설마 바람피우는 건 아니죠, 마이크?"

톨랜드는 거친 얼굴을 약간 붉히며 두 사람을 소개했다.

"노라, 이쪽은 레이첼 섹스턴입니다. 정보계에서 일하시는데 대통령 요청으로 여기 왔어요. 부친이 세지윅 섹스턴 상원의원입니다."

이 소개를 들은 노라의 얼굴에 혼란스러운 표정이 떠올랐다.

"도대체 이해는 잘 안 되지만."

노라는 장갑도 벗지 않은 채 형식적으로 레이첼과 악수를 나누었다.

"지구 꼭대기에 오신 걸 환영해요."

레이첼은 미소 지었다.

"고맙습니다."

비록 말투는 거칠었지만, 레이첼은 노라가 장난꾸러기처럼 유쾌한 표정을 하고 있는 것에 놀랐다. 갈색 단발에는 흰 머리가 드문드문 섞여 있었고, 눈동자는 마치 얼음 결정처럼 명민하고 날카로웠다. 레이첼은 강철 같은 자신감이 배어나는 노라의 분위기가 마음에 들었다.
톨랜드가 말했다.
"노라, 레이첼에게 지금 당신이 하는 일을 좀 설명해 주시죠."
노라는 눈썹을 치켜세웠다.
"벌써 서로 이름을 부르는 사이가 됐나요? 세상에."
코키는 한숨을 쉬었다.
"이럴 줄 알았다니까, 마이크."

노라 맹거는 레이첼을 데리고 탑을 한 바퀴 돌며 설명하기 시작했고, 톨랜드와 다른 사람들은 이야기를 나누며 뒤따랐다.
"삼각대 아래 얼음에 뚫은 구멍 보이시죠?"
딱딱하던 노라의 목소리는 자신의 연구에 대한 열정 때문에 아까보다 한층 부드러워져 있었다.
레이첼은 고개를 끄덕이며 얼음에 뚫은 구멍을 내려다보았다. 지름은 각각 30센티미터쯤 되었고, 안에는 철선이 늘어뜨려져 있었다.
"처음 코어 샘플을 뚫고 운석을 엑스레이로 찍을 때 판 구멍이에요. 우리는 강력한 나사를 저 빈 구멍 안으로 늘어뜨려 운석에 박았습니다. 그다음 굵게 꼰 철선을 구멍마다 수십 미터의 길이로 내려보내서 나사 구멍에 걸고 윈치로 끌어올리고 있어요. 이 약해 빠진 남자들 힘으로는 몇 시간이나 걸리겠지만, 어쨌든 계속 올라오고 있습니다."
"잘 이해가 안 되는데요. 운석은 몇천 톤 무게의 얼음 아래에 있다고 들었는데, 그걸 어떻게 들어 올리는 거죠?"
노라는 구조물의 꼭대기를 가리켰다. 가느다란 붉은색 광선이 삼각대 아래의 얼음을 수직으로 가리키고 있었다. 레이첼도 아까 보았지만 단순히 운석이 묻혀 있는 지점을 시각적으로 표시하는 것이라고 생각했다.

"갈륨 비소화 반도체 레이저예요."

노라가 말했다. 좀 더 자세히 살펴보니, 광선 끝부분이 얼음을 녹여 작은 구멍을 내고 저 아래를 비추고 있었다.

"아주 뜨거운 광선이에요. 운석에 열을 가하면서 들어 올리는 거죠."

레이첼은 그제야 단순하고 탁월한 노라의 계획을 이해하고 감탄했다. 노라는 레이저 광선을 아래로 쏘아서 광선이 운석에 닿을 때까지 얼음을 녹이고 있었다. 돌은 밀도가 높아서 레이저에 녹지 않고 열을 흡수하여 주위 얼음을 녹일 정도로 뜨거워진다. NASA 직원들이 뜨거운 운석을 들어 올리면, 열을 받은 돌은 위로 당기는 힘과 결합하여 주위 얼음을 녹이면서 지표면까지 스스로 길을 만들어 내는 것이다. 운석 위쪽에서 녹은 물은 돌 가장자리로 흘러내려 아래쪽 갱도를 다시 채운다.

'뜨거운 칼로 언 버터를 자르는 거로군.'

노라는 윈치를 돌리는 NASA 직원들을 가리켰다.

"발전기로는 이런 힘을 낼 수가 없어서 사람의 힘을 쓰는 거예요."

"무슨 소리! 그냥 우리가 땀 흘리는 걸 보고 싶어서 이러는 겁니다."

NASA 직원이 말했다. 노라가 대꾸했다.

"됐어. 벌써 이틀째 춥다고 징징거렸잖아. 내가 덥게 해 주는 거야. 계속 잡아당겨."

직원들은 웃었다.

"저 원뿔은 뭐죠?"

레이첼은 탑 주위에 아무렇게나 놓여 있는 것처럼 보이는 오렌지색 고속도로 경계용 원뿔을 가리키며 물었다. 아까 돔 주위에도 비슷한 원뿔들이 흩어져 있었다.

"중요한 빙하학적 도구죠. 샤바(SHABA)라고 해요. '여기를 밟으면 발목이 부러진다(Step here and break ankle)'는 뜻의 약어죠."

그녀가 원뿔 하나를 들어 올리자 그 밑에는 빙하 밑으로 끝없이 파 들어간 둥근 구멍이 있었다.

"밟으면 안 되는 지점이에요."

노라는 다시 원뿔을 놓았다.

"우리는 구조적 연속성을 확인하기 위해 빙하 곳곳에 구멍을 뚫었어요. 보통 고고학에서와 마찬가지로, 한 물체가 얼마나 깊이 묻혀 있는지 알면 그 물체가 얼마나 오래 묻혀 있었는지를 알 수 있거든요. 더 깊이 묻혀 있을수록 더 오래된 거예요. 역시 어떤 물체가 얼음 아래에서 발견되었을 때도 그 위에 얼음이 얼마나 많이 쌓였는지를 알아내면 처음 그곳에 묻힌 시점을 알 수 있어요. 코어의 연대 측정이 정확한지 확인하기 위해서, 우리는 여러 지점을 확인해서 그 지역 전체가 하나의 단단한 빙판인지, 지진이나 균열, 눈사태 같은 것으로 영향을 받은 적이 없었는지 알아봅니다."

"그럼 이 빙하는 어떻게 보이나요?"

"흠 하나 없어요. 완벽하게 단단한 빙판이죠. 단층선도, 빙하가 뒤집힌 부분도 없어요. 우리는 이런 운석을 '정적인 낙하물'이라고 불러요. 1716년에 떨어진 이후 외부와 전혀 접촉하지 않은 채 얼음 안에 묻혀 있었던 거예요."

레이첼은 놀라서 다시 물었다.

"정확한 낙하 연도까지 아세요?"

노라는 이 질문에 오히려 놀란 것 같았다.

"내가 여기 불려 온 이유가 그것 때문인데요. 난 얼음을 읽을 수 있어요."

노라는 옆에 쌓인 원기둥 모양의 얼음들을 가리켰다. 반투명한 전봇대처럼 보였고, 밝은 오렌지색 표시가 붙어 있었다.

"이 코어는 얼어 있는 지질학적 기록이에요."

노라는 레이첼을 원기둥 쪽으로 데려갔다.

"잘 살펴보면 얼음 안에 여러 개 층이 있는 게 보여요."

허리를 숙여 보니 과연 원기둥은 각각 발광성과 투명도가 미묘하게 다른 여러 겹의 층으로 이루어져 있었다. 두께는 종잇장처럼 얇은 것부터 6밀리미터에 이르기까지 다양했다.

"겨울에는 얼음 위에 폭설이 내리고, 봄에는 얼음이 부분적으로 녹아요. 그래서 계절마다 새로운 층이 생긴답니다. 맨 위층, 즉 가장 최근의 겨울부터 시작해서 뒤로 거슬러 세어 올라가면 돼요."

"나이테를 세는 것과 같군요."

"그렇게 간단한 건 아니에요, 섹스턴 요원. 수십 미터 두께의 층을 관찰해야 하니까요. 강수량, 공기 오염도 등 기후학적 기록도 대조해야 하죠."

톨랜드와 다른 일행이 옆으로 다가왔다. 톨랜드는 레이첼을 향해 웃었다.

"얼음에 대해 많은 걸 알고 계시죠. 안 그렇습니까?"

그를 보니 묘하게 기뻤다.

"네, 정말 대단하시네요."

톨랜드는 고개를 끄덕였다.

"분명히 말씀드리지만, 1716년이라는 맹거 박사의 추정 연도는 정확합니다. 우리가 도착하기도 전에 NASA 역시 동일한 결론을 냈어요. 맹거 박사가 따로 코어를 뚫어서 연구한 결과 NASA의 추정 연도가 옳다는 걸 확인할 수 있었습니다."

레이첼은 감탄했다. 노라가 말을 받았다.

"우연히도 초창기 탐험가들 역시 1716년에 캐나다 북부 지방 하늘에서 밝은 불덩어리를 보았다는 기록이 남아 있어요. 운석은 탐험 대장의 이름을 따서 정거졸 운석(Jungersol Fall)이라고 불렸습니다."

코키가 덧붙였다.

"코어 연도와 역사적 기록이 일치한다는 것은 우리가 1716년 정거졸이 기록한 것과 동일한 운석의 파편을 보고 있다는 것을 사실상 입증하는 셈이죠."

NASA 직원 중 한 사람이 불렀다.

"맹거 박사님! 맨 앞쪽 고리가 보입니다!"

"견학은 끝났어요, 여러분. 진실이 나타날 시간입니다."

노라는 접는 의자를 놓고 그 위에 올라서더니 있는 힘껏 외쳤다.

"5분 뒤에 올라옵니다, 여러분!"

돔 주위에 있던 모든 과학자들이 마치 저녁 식사 종소리를 들은 파블로프의 개처럼 일제히 하던 일을 멈추고 발굴 지역으로 급히 달려왔다.

노라 맹거는 엉덩이에 손을 얹고 자신의 영역을 둘러보았다.

"자, 이제 타이타닉을 끌어 올려 봅시다."

28

"물러나요!"

노라 맹거는 점점 불어나는 주변 인파를 헤치고 돌아다니며 외쳤다. 일하던 직원들이 흩어졌다. 현장 지휘를 맡은 노라는 철선의 장력과 배열 상태를 점검했다.

"들어 올려!"

NASA 직원 중 한 사람이 외쳤다. 직원들은 윈치를 조였고, 철선은 구멍 밖으로 15센티미터 정도 더 올라왔다.

케이블이 계속 위로 올라오자 군중은 기대감에 사로잡혀 앞으로 조금씩 더 다가갔다. 말린슨과 톨랜드는 마치 크리스마스를 맞은 아이들처럼 옆에 서 있었다. 구멍 건너편에서는 거구의 NASA 국장 로렌스 엑스트럼도 도착해서 발굴 장면을 지켜보고 있었다.

"고리야! 맨 위 고리가 보인다!"

NASA 직원 한 사람이 소리쳤다.

구멍을 따라 올라오던 은색 철선이 노란색 사슬로 변했다.

"2미터 남았다! 규칙적으로 당겨!"

구조물 주위의 군중은 마치 강신회에서 성령의 출현을 기다리듯 기대 어린 침묵에 빠져들었다. 모두들 운석이 처음 모습을 드러내는 것을 보기 위해 잔뜩 긴장하고 있었다.

그때 레이첼은 보았다.

얇아지는 얼음 층 아래로 운석의 형태가 희미하게 모습을 드러내기 시작했다. 타원형의 그림자는 처음에는 희미하고 거무스름했지만, 위쪽의 얼음이 녹으면서 올라올 때마다 점점 더 선명해졌다.

"더 세게 당겨!"

기술자가 소리쳤다. 직원들이 윈치를 더욱 조이자 구조물에서 삐걱거리는 소리가 났다.

"1.5미터 남았어! 골고루 힘을 줘!"

이제 운석이 올라오는 곳의 얼음 표면이 거대한 괴물의 임신한 배처럼 불룩하게 솟기 시작했다. 불룩한 꼭대기에 레이저를 쏜 부분의 얼음이 둥글게 녹으면서 점점 커지는 구멍 속으로 흘러내렸다.

"자궁이 열렸다! 900센티미터!"

누군가 소리쳤다. 긴장감 가득한 웃음소리가 침묵을 깨뜨렸다.

"좋아. 레이저 꺼!"

누군가 스위치를 내렸고, 레이저 광선은 사라졌다.

그러자 장관이 펼쳐졌다.

마치 구석기 시대의 신이 등장하는 것처럼, 거대한 바위가 증기를 내뿜으며 얼음 표면을 가르고 나타났다. 소용돌이치는 안개 속에서 거대한 형체가 얼음을 뚫고 솟아올랐다. 윈치를 조종하던 직원들이 더욱 세게 죄자, 마침내 바위 전체가 얼음을 벗어나 뜨거운 물을 뚝뚝 흘리며 부글거리는 수면 위 공중에 떠올랐다.

레이첼은 최면에 걸린 기분이었다.

철선 끝에 매달린 채 물을 뚝뚝 떨어뜨리고 있는 운석의 울퉁불퉁한 표면이 형광등 불빛에 반짝거렸다. 검게 타고 쭈글쭈글한 표면은 마치 화석화된 거대한 자두 같았다. 표면은 매끈했고 한쪽 끝은 둥글었는데, 이 부분은 아마 대기권을 통과할 때의 마찰로 인해 마모된 것 같았다.

그을린 퓨전 크러스트를 보고 있으니, 운석이 불덩어리로 타오르며 지구를 향해 돌진하는 장면을 생생하게 상상할 수 있었다. 놀랍게도 몇 백 년 전의 일이었다. 이제 그 괴수는 포획되어 철선에 매달린 채 몸에서 물을 뚝뚝 흘리고 있었다.

사냥은 끝났다.

레이첼이 이 극적인 사건의 의미를 진정으로 깨달은 것은 이 순간이었다. 눈앞에 매달려 있는 물체는 다른 세상에서, 수백만 킬로미터 떨어진 곳에서 온 것이었다. 그 안에 갇혀 있는 것은 인간이 이 우주의 유일한 생명체가 아니라는 것을 알려 주는 증거, 아니, 증명이었다. 이 순간의 황홀한 의미가 모든 사람들을 동시에 사로잡은 것 같았다. 바라보던 사람들은 일제히 환성을 터뜨리며 박수를 치기 시작했다. 국장조차 분위기에 휩쓸린 것 같았다. 그는 부하들의 등을 두드리며 축하하고 있었다. 그 모습을 보고 있으려니, 레이첼에게도 NASA를 위해 다행스러운 일이라는 기쁨이 밀려왔다. 그들은 과거 여러 번 불운을 겪었다. 마침내 상황이 바뀌고 있었다. 그들은 이 순간을 누릴 자격이 있었다.

이제 입을 크게 벌리고 있는 얼음 구멍은 해비스피어 한가운데 있는 작은 수영장처럼 보였다. 수심이 60미터나 되는 녹은 얼음물은 발굴 갱도의 얼음벽을 두드리며 찰랑거리다가 마침내 잔잔해졌다. 빙하 표면에서 발굴 갱도의 수면까지는 120센티미터 정도 되었는데, 운석이 들어 있던 빈 공간과 녹을 때 부피가 줄어드는 얼음의 특성 때문에 생긴 차이였다.

노라 맹거는 즉시 구멍 주위에 오렌지색 원뿔을 세웠다. 구멍은 눈에 잘 띄었지만, 호기심 많은 사람이 너무 가까이 다가갔다가 실수로 빠지기라도 하면 대형 사고가 날 수 있기 때문이었다. 채굴 갱도의 벽은 미끄럽고 단단한 얼음이었고 발 디딜 곳도 없어서 다른 사람의 도움 없이 올라오는 것은 불가능했다.

로렌스 엑스트럼은 빙판을 가로질러 이쪽으로 천천히 걸어왔다. 그는 곧바로 노라 맹거에게 다가가 힘차게 악수를 나누었다.

"잘하셨소, 맹거 박사."

"칭찬은 활자로 많이 봤으면 좋겠는데요."

노라가 대꾸했다.

"많이 보시게 될 거요."

국장은 레이첼을 돌아보았다. 그는 한결 행복하고 마음이 놓인 표정이었다.

"자, 섹스턴 요원, 전문적 회의론자도 이제 납득이 되셨나?"

레이첼은 미소 짓지 않을 수 없었다.

"충격을 받았다는 말이 더 어울릴 것 같은데요."

"잘됐군. 그럼 날 따라오시게."

레이첼은 국장을 따라 해비스피어를 가로질러 선박용 컨테이너처럼 보이는 커다란 철제 상자 쪽으로 다가갔다. 상자에는 군용 위장 무늬가 그려져 있었고 PSC라는 글자가 찍혀 있었다.

"여기서 대통령께 보고하게."

엑스트럼이 말했다.

'휴대용 보안 통신 장비군.'

레이첼은 생각했다. 이 이동통신 부스는 전쟁터에서 흔히 사용되는 시설로서, 평화 시 NASA의 임무에 사용되리라고는 상상도 하지 못했다. 엑스트럼 국장이 국방부 출신이었기 때문에 이런 장난감을 동원할 수 있는 것이리라. PSC를 지키는 두 무장 경비의 엄격한 표정으로 미루어 볼 때, 바깥 세계와의 연락은 엑스트럼 국장의 허가를 받고서야 가능한 듯했다.

'나만 통신 수단을 완전히 빼앗긴 게 아닌가 보군.'

엑스트럼은 트레일러 밖의 경비 중 한 사람과 잠시 뭐라고 이야기를 나누더니 레이첼에게 돌아왔다.

"행운을 비네."

그가 말하며 자리를 떠났다.

경비가 트레일러 문을 두드리자, 안쪽에서 문이 열렸다. 기술자 한 사람이 나타나서 레이첼에게 들어오라고 손짓했다. 그녀는 그를 따라 안으로 들어갔다. PSC 내부는 어둡고 좁았다. 단 한 대 있는 컴퓨터 모니터에서 흘러나오는 푸르스름한 빛을 통해 전화 장비, 무전기, 위성 통신 장비 등이 쌓여 있는 선반을 알아볼 수 있었다. 벌써부터 폐쇄공포증이 엄습했다. 공기는 겨울철 지하실처럼 싸늘했다.

"여기 앉으십시오, 섹스턴 요원."

기술자는 바퀴 의자를 가져오더니 레이첼을 평면 모니터 앞에 앉혔다. 그는 그녀 앞에 마이크를 설치하고 커다란 AKG 헤드폰을 머리에 씌워 주었다. 그리고 암호화 패스워드 일지를 확인하더니 옆에 있는 장치의 키를 한참 두드렸다. 레이첼의 앞에 있는 화면에 타이머가 떴다.

00:60초

타이머가 작동을 시작하자, 기술자는 만족스럽게 고개를 끄덕였다.

"1분 뒤 연결됩니다."

그는 돌아서서 나간 뒤 문을 등 뒤로 쿵 닫았다. 밖에서 자물쇠가 잠기는 소리가 들렸다.

'대단하군.'

어둠 속에서 60초가 카운트다운되는 것을 지켜보며 기다리는 동안, 레이첼은 오늘 아침 이후 처음으로 혼자만의 시간을 갖게 되었다는 것을 깨달았다. 아침에 잠에서 깨어났을 때만 해도 어떤 사건들이 기다리고 있는지 짐작조차 하지 못했다.

'외계 생명체라니.'

가장 인기 있는 현대의 신화는 오늘부로 더 이상 신화가 아니었다.

레이첼은 이 운석이 아버지의 선거운동에 얼마나 큰 타격을 줄지 깨닫기 시작했다. NASA에 자금을 지원하는 일이 낙태할 권리, 복지 향상, 의료 보장과 같은 정치적 중요성을 띠는 것은 아니었지만, 아버지는 그것을 선거 쟁점으로 만들었던 것이다. 이제 그는 이로 인해 역풍을 맞게 되었다.

몇 시간이 지나면 미국인들은 NASA의 승리에 다시금 감격에 젖을 것이다. 눈물을 흘리는 몽상가도 있을 것이다. 입을 쩍 벌리는 과학자도 있을 것이다. 아이들은 자유롭게 상상의 날개를 펼칠 것이다. 달러나 센트 같은 시시한 문제는 이 기념비적인 순간에 묻혀 사라질 것이다. 대통령은 불사조처럼 되살아나 영웅으로 거듭날 것이며, 모두가 축하하는 가운데 사업가 같은 상원의원은 미국적인 모험심이라고는 손톱만큼도 없고 돈 몇 푼에 부들부들 떠는 인색한 스크루지처럼 보이게 될 것이다.

컴퓨터가 삑 소리를 냈다. 레이첼은 시선을 들었다.

00:05초

화면이 갑자기 깜빡이더니, 백악관 문장이 흐릿하게 나타났다. 잠시 후 문장이 있던 자리에 허니 대통령의 얼굴이 떴다.

"안녕, 레이첼."

대통령은 장난기 어린 눈빛으로 말했다.

"재미있는 오후를 보냈겠지?"

29

세지윅 섹스턴 상원의원 사무실은 국회의사당 북동쪽 C 스트리트에 있는 필립 A. 하트 상원의원회관에 있었다. 비평가들은 직사각형 흰색 신현대식 건물이 사무용 빌딩보다는 교도소처럼 보인다고 지적하기도 했다. 거기서 일하는 많은 사람들도 그 지적에 공감하고 있었다.

가브리엘 애쉬는 3층 컴퓨터 단말기 앞에서 긴 다리를 성큼성큼 옮기며 서성거리고 있었다. 화면에는 새 이메일이 떠 있었다. 아직 이 편지를 어떻게 해석해야 할지 알 수가 없었다.

처음 두 줄은 다음과 같았다.

세지윅은 CNN에서 무척 인상적이었습니다.
당신에게 전할 정보가 더 있습니다.

지난 2주 동안 가브리엘은 이런 메시지를 여러 번 받았다. 발신인 주소는 가짜였지만, 추적해 보니 'whitehouse.gov' 도메인에서 왔다는 것까지는 확인할 수 있었다. 수수께끼의 정보 제공자는 백악관 내부인인 듯했고, 그는 그간 온갖 소중한 내부 정치 정보를 제공해 주었다. NASA 국장과 대통령이 비밀 회동을 가졌다는 것을 알려 준 것도 그였다.

처음에는 이메일을 경계했다. 하지만 확인해 보니 이메일에서 입수한 정보는 시종일관 정확하고 유익했다. 놀랍게도 여기에는 NASA의 과다 지출에 대한 기밀 정보, 막대한 비용이 들어갈 향후 프로젝트, 외계의 생명체 탐구에 쏟아부은 막대한 자금에 비해 초라한 실적을 보여 주는 데이터, 심지어 NASA 때문에 유권자들이 대통령에게 등을 돌리고 있다고 경고하는 내부의 여론조사 결과까지 담겨 있었다.

가브리엘은 자신의 가치를 더 높이기 위해 백악관 내부자로부터 청하지도 않은 이메일로 도움을 받고 있다는 이야기는 상원의원에게 하지 않았다. 그저 '자신의 정보원' 중 하나가 제공한 것이라며 넘겨주었을 뿐이다. 섹스턴은 정보를 받을 때마다 고마워했고, 정보원이 누구인지는 묻지 않는 것이 좋겠다고 생각하는 듯했다. 아마도 가브리엘이 정보원에게 성적인 호의를 베풀고 있다고 생각할 것이다. 불쾌한 일이었지만, 섹스턴은 그 점에 대해 조금도 신경 쓰지 않는 것 같았다.

가브리엘은 걸음을 멈추고 새로 도착한 메시지를 다시 보았다. 모든 이메일이 함축하고 있는 의미는 분명했다. 백악관 내부의 누군가가 이번 선거에서 섹스턴 상원의원이 이기기를 바라기 때문에 그의 NASA 공격을 지원하고 있는 것이다.

그런데 누가? 왜?

'침몰하는 배에서 탈출하려는 쥐 한 마리겠지.'

가브리엘은 결론을 내렸다. 백악관 직원이 정권이 교체된 뒤 자기 자리를 확보하기 위해 당선이 유력한 후보자 측에 남몰래 줄을 대는 것은 흔히 있는 일이었다. 누군가 섹스턴이 이길 거라는 냄새를 맡고 일찌감치 주식을 사 두려는 것이다.

하지만 지금 화면에 떠 있는 메시지는 신경이 쓰였다. 지금까지 받은 다른 메일과 달랐기 때문이다. 처음 두 줄은 별로 거슬리지 않았다. 문제는 마지막 두 줄이었다.

오후 4시 30분, 이스트 어포인트먼트 게이트.
혼자 오십시오.

정보원은 직접 만나자고 한 적이 한 번도 없었다. 설사 만난다 해도 가브리엘이라면 보다 은밀한 장소를 택했을 것이다.
'이스트 어포인트먼트 게이트라니?'
워싱턴에 있는 이스트 어포인트먼트 게이트는 단 한 곳뿐이다.
'백악관 바로 밖에서 만나자니, 제정신인가?'
이메일로 답장을 보낼 수는 없었다. 지금까지 보냈던 답장은 모두 전송 불가로 되돌아왔던 것이다. 정보원의 계정은 익명이었다. 놀랄 일은 아니었다.
'섹스턴과 상의를 해야 할까?'
가브리엘은 안 된다는 결론을 내렸다. 의원은 지금 회의 중이었다. 게다가 이 이메일에 대해 이야기하려면 지금까지 받은 다른 메일에 대해서도 털어놓아야 했다. 정보원이 대낮에 공공장소에서 만나자고 하는 것은 그녀를 안심시키기 위해서일 것이다. 어쨌든 지난 2주 동안 가브리엘을 도와준 사람이었다. 분명 우리 편일 것이다.
가브리엘은 마지막으로 이메일을 읽은 뒤 시계를 보았다. 약속 시간까지는 한 시간의 여유가 있었다.

30

운석이 얼음 밖으로 나오자 NASA 국장은 초조감이 약간 가시는 기분이었다.

'모든 일이 잘 진행되고 있어.'

그는 돔을 가로질러 마이클 톨랜드의 작업 공간으로 향하면서 생각했다.

'이제 그 무엇도 우리를 막을 수 없어.'

"잘돼 갑니까?"

엑스트럼은 텔레비전 스타 과학자의 등 뒤로 다가가며 물었다.

톨랜드는 컴퓨터에서 고개를 들었다. 피곤하지만 열정적인 얼굴이었다.

"편집은 거의 다 됐습니다. 그쪽 직원들이 찍은 발굴 장면을 넣는 중입니다. 곧 끝납니다."

"잘됐군요."

대통령은 엑스트럼에게 톨랜드의 다큐멘터리를 가능한 한 빨리 백악관으로 전송하라고 했다.

엑스트럼은 이 프로젝트에 톨랜드를 이용하려는 대통령의 생각에 냉소적이었지만, 아직 편집하지 않은 그의 다큐멘터리 필름을 보고 생각이 바뀌었다. 텔레비전 스타의 힘찬 화술은 민간인 과학자들의 인터뷰와 어우러져 박진감 있고 이해하기 쉬운 15분짜리 과학 프로그램을 탄생시켰다. 톨랜드는 NASA가 늘 실패해 왔던 일, 즉 지성 있는 일반 미국인들을 얕보지 않고 그들 수준에 맞춰서 과학적 발견을 설명하는 일을 간단히 해냈다.

"편집이 끝나면 기자회견장 쪽으로 넘겨주시오. 디지털 복사본을 백악관에 보내도록 하겠소."

"알겠습니다, 국장님."

톨랜드는 다시 일에 몰두했다.

엑스트럼은 걸음을 옮겼다. 해비스피어의 북쪽 벽에 도착해서 "기자회견장"이 멋지게 꾸며진 것을 보자 기운이 났다. 얼음 위에는 넓은 파란색 양탄자를 깔고, 그 한가운데 NASA 휘장이 달린 긴 탁자를 놓아두었다. 탁자 위에는 여러 개의 마이크가 놓여 있었고, 그 뒤에는 거대한 성조기가 걸려 있었다. 시각적 효과를 높이기 위해 발굴한 운석은 납작한 썰매로 옮겨 영예로운 자리인 탁자 정면에 놓아두었다.

엑스트럼은 기자회견장이 축제 분위기인 것을 보자 기뻤다. 운석 주위에 많은 직원들이 몰려들어 마치 모닥불을 둘러싼 야영객들처럼 아직도 따뜻한 운석 위로 두 손을 뻗고 있었다.

지금이었다. 엑스트럼은 기자회견장 뒤에 놓여 있는 마분지 상자 쪽으로 걸어갔다. 오늘 아침 그린란드에서 비행기로 공수한 상자들이었다.

"내가 한잔 쏘지!"

국장은 이렇게 외치고 흥분한 직원들에게 캔 맥주를 나누어 주었다.

"이야, 국장님! 고맙습니다! 심지어 차가운데요!"

잘 웃지 않는 엑스트럼도 미소를 지었다.

"얼음 위에 계속 올려놨거든."

다들 웃음을 터뜨렸다. 다른 한 사람이 기분 좋게 얼굴을 찡그리고 캔을 바라보며 외쳤다.

"이거 캐나다 산이잖아요! 국장님 애국심은 어디 갔습니까?"

"예산이 달려. 싼 걸 찾다 보니 이렇게 됐어."

다시 웃음이 터졌다.

"다들 주목!"

NASA의 텔레비전 담당자 한 사람이 메가폰을 들고 소리쳤다.

"이제 방송용 조명으로 바꿉니다. 잠시 앞이 잘 안 보일 겁니다."

"깜깜하다고 키스하면 안 돼요. 이건 온 가족이 다 보는 프로그램입니다."

누군가 외쳤다. 엑스트럼은 화기애애한 분위기를 즐기며 클클 웃었다. 방송 담당자들은 주조명과 부분조명을 마지막으로 조절하고 있었다.

"방송용 조명으로 전환합니다. 5초, 4초, 3초, 2초……."

할로겐 등이 꺼지자 돔의 내부는 일순간 어두워졌다. 몇 초 후 모든 조명이 꺼지자 칠흑 같은 어둠이 돔을 삼켰다. 누군가 장난으로 비명을 질렀다. 그러자 누군가 웃으며 소리쳤다.

"누가 내 엉덩이를 꼬집었어!"

곧 방송용 조명의 강렬한 주조명이 어둠을 꿰뚫었다. 모두 눈을 가늘게 떴다. 해비스피어의 북쪽 4분의 1이 텔레비전 스튜디오로 바뀌어 있었다. 돔의 나머지 부분은 깜깜한 창고가 입을 벌리고 있는 것처럼 보였다. 텅 비어 있는 작업장 위로는 방송용 조명이 둥근 천장에서 반사된 희미한 빛과 긴 그림자만 비출 뿐이었다.

엑스트럼은 그 어둠 속으로 걸어갔다. 자기 팀이 조명을 받고 있는 운석 주위에서 술을 마시는 것을 보자 흐뭇했다. 마치 크리스마스에 아이들이 트리 주위에서 노는 것을 바라보는 아버지 같은 심정이었다.
'누릴 자격이 있어.'
엑스트럼은 생각했다. 앞으로 어떤 재난이 기다리고 있는지는 조금도 알지 못하는 그였다.

31

날씨는 변하고 있었다.

임박한 싸움의 슬픈 조짐처럼, 카타바틱 하강풍은 애처롭게 울부짖으며 델타 포스의 은신처로 몰아쳤다. 델타 원은 바람막이를 씌운 뒤 두 동료가 있는 안으로 들어왔다. 전에도 이런 일을 겪은 적이 있었다. 금방 지나갈 것이다.

초소형 로봇이 생생하게 전해 주는 비디오 화면을 보고 있던 델타 투가 말했다.

"여길 봐."

델타 원은 다가갔다. 해비스피어 내부는 밝은 조명을 받고 있는 무대 근처 돔 북쪽을 제외하고는 캄캄했다. 해비스피어의 나머지 부분은 희미한 실루엣으로만 보일 뿐이었다.

"아무것도 아니야. 오늘 밤 기자회견 때문에 조명을 시험하고 있는 거야."

"조명이 문제가 아니야."

델타 투는 가운데 운석을 발굴하고 물이 고여 있는 검은 구멍을 가리켰다.

"저게 문제라고."

델타 원은 구멍을 살펴보았다. 오렌지색 원뿔이 구멍을 에워싸고 있었고, 고인 수면은 잔잔해 보였다.

"아무것도 안 보여."

"다시 봐."

델타 투는 조이스틱으로 초소형 로봇을 구멍 가까이로 하강시켰다.

캄캄한 물웅덩이를 더욱 자세히 살펴보던 델타 원이 깜짝 놀라며 소리쳤다.

"저게 뭐지?"

델타 스리가 다가와서 보더니 깜짝 놀랐다.

"맙소사, 저게 운석 발굴 구멍인가? 물이 원래 저런 건가?"

델타 원이 대답했다.

"아니야. 절대 그렇지 않아."

32

 레이첼 섹스턴은 워싱턴에서 5천 킬로미터나 떨어진 거대한 금속 상자 안에서도 백악관에 호출된 것과 똑같은 압박감을 느꼈다. 눈앞의 비디오폰 모니터는 백악관 통신실의 대통령 문장 앞에 있는 잭 허니의 모습을 깨끗하게 보여 주었다. 디지털 오디오 연결도 미세하게 지연될 뿐 옆방에 있는 사람과 이야기하는 것처럼 완벽했다.

 대화는 즐겁고 솔직했다. 대통령은 레이첼이 NASA가 발견한 운석과 마이클 톨랜드라는 매력적인 인물을 해설자로 선정한 것에 대해 호의적인 평가를 내리자 예상했으면서도 은근히 기쁜 것 같았다. 그는 온화하면서도 장난스러웠다.

 그러다 대통령은 진지한 표정을 지으며 물었다.

 "자네도 동의하겠지만, 이상적인 세계에서라면 이런 발견은 순수하게 과학적인 사건으로 머물겠지."

 대통령이 말을 멈추고 상체를 앞으로 숙이자 얼굴이 화면을 가득 채웠다.

"그런데 불행히도 우리는 완벽한 세상에서 살고 있지 않아. 그래서 이번 NASA의 성공은 공표하자마자 정치적 쟁점으로 부상할 것이 분명해."

"결정적인 증거와 그것을 보증하는 사람들을 보면, 일반 국민이든 대통령 님의 정적이든 모두 이 새로운 발견을 인정하지 않을 수 없을 것 같습니다만."

허니는 씁쓸하게 웃었다.

"나를 반대하는 사람들도 눈으로 보면 믿겠지. 레이첼, 내가 우려하는 것은 그들이 자기가 보고 있는 것을 좋아하지 않을 거라는 점이야."

레이첼은 대통령이 그녀의 아버지를 입에 올리지 않으려고 무척 조심하고 있다는 것을 알 수 있었다. 그저 '정치적 반대파'라고만 할 뿐이었다.

"그럼 그 반대파들이 정치적인 이유 때문에 음모 이론을 주장하고 나설 거라고 생각하십니까?"

"그게 게임의 본질이라네. 이번 발견이 NASA와 백악관이 꾸민 정치적 사기라는 막연한 의심만 던져 주면 되는 거야. 언론은 NASA가 외계 생명체의 증거를 발견했다는 사실을 잊어버리고 음모의 증거를 폭로하는 데만 초점을 맞추게 되지. 슬프게도 이런 현상은 과학을 위해서도, 백악관과 NASA를 위해서도, 솔직히 국가를 위해서도 좋지 않아."

"그래서 사실을 완전하게 확인하고 존경받는 민간인 과학자들이 입증할 때까지 발표를 미루신 거군요."

"어떤 냉소주의도 끼어들 여지가 없는 완벽한 데이터를 제시하는 것이 내 목적일세. 나는 이번 발견이 마땅히 존중과 축복을 받아야 한다고 생각해. NASA도 그럴 자격이 있고."

레이첼은 뭔가 꺼림칙한 느낌이었다.

'그래서 대통령이 내게 원하는 게 뭐지?'

대통령은 말을 이었다.

"자넨 나를 도울 수 있는 특별한 위치에 있어. 분석가로서의 자네 경험과 내 경쟁자의 딸이라는 사실이 발표 내용의 신뢰성을 크게 높여 주겠지."

실망감이 밀려왔다.

'날 이용하려는 거야. 피커링 국장이 예상한 그대로잖아!'

"그래서 나는 백악관 정보 연락관이자 내 경쟁자의 딸인 자네가 개인적으로 이 운석의 진실성을 보증해 주길 바라네."

'이제 핵심이 나오는군. 허니는 내가 보증해 주기를 바라는 거야.'

레이첼은 잭 허니가 이런 악랄한 정치적 술책은 쓰지 않는 사람일 거라고 생각하고 있었다. 레이첼이 운석을 공개적으로 보증하는 순간, 이 문제는 아버지가 딸의 신뢰성을 공격하지 않고서는 운석에 대한 신뢰성을 공격할 수 없는 사적인 문제가 될 것이다. 늘 '가족 중심'을 외치고 다니는 정치인에게 이건 사형 선고나 다름없었다.

레이첼은 모니터를 들여다보며 말했다.

"솔직히 대통령께서 그런 부탁을 하시다니 놀랍습니다."

대통령은 놀라는 얼굴이었다.

"난 자네가 기꺼이 도와줄 거라고 생각했는데."

"기꺼이요? 아버지와 저의 차이점은 둘째치고라도, 이런 요구는 제가 들어드리기 불가능합니다. 굳이 공개적인 전투를 벌이지 않아도 아버지와 저 사이에는 문제가 너무 많아요. 아무리 싫어도 그분은 제 아버지입니다. 공식석상에서 아버지와 딸이 싸우게 만드는 것은 솔직히 대통령답지 않습니다."

"잠깐!"

허니는 항복한다는 듯 두 손을 저었다.

"누가 공식석상이라고 했지?"

레이첼은 잠시 사이를 두고 답했다.

"8시 정각에 있을 기자회견에 NASA 국장과 함께 참석하라는 말씀인 줄 알았는데요."

오디오 스피커에서 대통령의 폭소가 터져 나왔다.

"레이첼, 날 정말 그런 인간으로 생각하나? 내가 전 국민이 지켜보는 텔레비전에서 자네에게 아버지 등에 칼을 꽂도록 시킬 악당으로 보이나?"

"하지만 방금 말씀하시길……."

"게다가 내가 마땅히 NASA 국장이 누려야 할 영광을 자기 숙적의 딸과 나누도록 할 것 같나? 실망시켜서 미안한데, 레이첼, 이번 기자회견은 과학적인 발표야. 운석이나 화석, 얼음 구조에 대한 자네 지식은 이번 기자회견에 그다지 신뢰성을 보태 주지 못할 것 같네만."

얼굴이 달아올랐다.

"그럼 저에게 어떤 종류의 보증을 원하시는 건가요?"

"자네 위치에 보다 걸맞는 보증이지."

"네?"

"자네는 백악관 정보 연락관이야. 우리 직원들에게 국가적으로 중요한 문제에 대한 정보를 전달하는 사람이지."

"대통령 님의 직원들에게 이번 일을 보증하라는 말씀인가요?"

허니는 아직도 레이첼의 오해가 재미있다는 얼굴이었다.

"바로 그거야. 지금은 백악관 바깥보다도 내부의 회의론이 더 심해. 여기는 거의 폭동 직전이라네. 백악관 내에서 내 신용은 땅에 떨어져 있어. 직원들은 내게 NASA의 예산을 삭감하라고 애원하고 있네. 지금까지 난 그들의 말을 무시해 왔고, 그건 정치적 자살행위였어."

"지금까지는요."

"바로 그거야. 오늘 아침에 이야기했지만, 하필 이런 시기에 운석을 발견했다고 발표하는 것은 정치적 냉소주의자들의 의심을 사기에 충분한데, 지금 백악관 직원들만큼 냉소적인 사람들도 없지. 그렇기 때문에 우리 직원들에게 이번 일을 처음 알릴 만한 사람으로 나는……."

"직원들에게 아직 운석에 대해 알리지 않으셨습니까?"

"수석 보좌관 몇 명 정도만 알고 있어. 이번 발견은 비밀에 붙이는 게 가장 우선순위였다네."

레이첼은 놀랐다. 폭동 직전일 만도 했다.

"하지만 이건 평소 제 업무 내용이 아닙니다. 운석을 정보 관련 보고라고 보기는 어려울 것 같은데요."

"전통적인 의미로는 그렇지만, 어떻게 보면 자네 평소 업무와 비슷한 점이 많아. 정리해야 하는 복잡한 데이터, 정치적으로 얽힌 이해관계……."

"전 운석 전문가가 아닙니다. 백악관 직원들은 NASA 국장에게 설명을 들어야 하지 않을까요?"

"농담하나? 여기 사람들은 그를 싫어해. 우리 직원들은 엑스트럼이 날 속여서 안 좋은 물건을 자꾸 사게 만드는, 뱀처럼 교활한 장사꾼이라고 생각하고 있어."

대통령의 말도 일리가 있었다.

"코키 말린슨은요? 국가 과학상을 받은 천체물리학자인데요. 그가 저보다는 훨씬 자격이 있습니다."

"우리 직원은 모두 과학자가 아니라 정치가들이라네, 레이첼. 자네도 말린슨 박사를 만났겠지. 그는 탁월한 과학자지만, 우물 안 개구리 같은 지식인으로 구성된 내 참모들에게 천체물리학자를 던져 주는 건 사슴 한 무리를 헤드라이트 불빛 속으로 내모는 것과 마찬가지야. 보다 접근하기 쉬운 사람이 필요해. 자네가 적임자야, 레이첼. 내 참모들은 자네가 하는 일을 알고 있고, 자네의 집안을 고려할 때 믿어도 좋은 편견 없는 대변인이라고 생각할 걸세."

레이첼은 대통령의 설득력 있는 말투에 점점 넘어가고 있는 자신을 느꼈다.

"최소한 제가 정적의 딸이라는 게 이번 요구에 영향을 끼쳤다는 점은 인정하시는군요."

대통령은 멋쩍게 웃었다.

"물론 그렇긴 하지. 하지만 자네가 하든 안 하든, 우리 직원들은 어떤 방식으로든 보고를 받게 될 거야. 자넨 케이크가 아니야, 레이첼. 케이크를 꾸미는 장식물이지. 자네는 이 보고를 하기에 가장 적임자인 동시에 내 참모들을 백악관에서 내쫓으려는 사람의 딸이기도 해. 이 두 가지 이유 때문에 자네가 신뢰성을 갖게 되는 거야."

"영업을 하셨으면 잘하셨을 것 같네요."

"사실 하는 중이지. 자네 아버지도 마찬가지고. 솔직히 말해서 난 이 거래를 잘 마무리하고 싶네."

대통령은 안경을 벗고 레이첼의 눈을 바라보았다. 그녀는 아버지에게서 느꼈던 힘을 그에게서도 느꼈다.

"레이첼, 난 자네의 호의를 구하는 걸세. 또 이게 자네 일이라고 믿고 있기도 해. 그래, 어떻게 하겠나? 내 참모들에게 설명해 주겠나?"

레이첼은 작은 PSC 트레일러 안에 꼼짝없이 갇힌 기분이었다.

'집요하게 설득하는군.'

5천 킬로미터나 떨어진 곳에서도, 레이첼은 비디오 화면을 통해 대통령의 강한 의지를 느낄 수 있었다. 마음에 들든 안 들든, 그의 요구는 정당했다.

"조건이 있습니다."

허니는 눈썹을 치켜세웠다.

"뭐지?"

"각하의 참모들은 비공개로 만나겠습니다. 기자 없이. 이건 공식적인 인증이 아니라 비공개적인 보고예요."

"약속하겠네. 이미 아주 은밀한 장소를 마련해 놓았어."

레이첼은 한숨을 쉬었다.

"그럼 좋습니다."

대통령은 환히 웃었다.

"잘됐군."

시계를 본 레이첼은 벌써 4시가 넘었다는 것을 알고 깜짝 놀랐다.

"잠깐만요, 저녁 8시에 기자회견을 하셔야 하는데, 시간이 없어요. 저를 여기 싣고 온 그 끔찍한 기계를 타고 돌아간다고 해도 백악관까지 최소한 두세 시간은 걸릴 겁니다. 제가 준비해야 할 것도 있고요."

대통령은 고개를 저었다.

"내가 설명을 제대로 못 한 모양이군. 지금 그곳에서 화상회의를 통해 설명하면 돼."

"아."

레이첼은 망설였다.

"몇 시에 할까요?"

허니는 빙긋 웃었다.

"지금 당장 하는 게 어떨까? 다들 이미 모여서 커다란 텔레비전 화면만 쳐다보고 있거든. 자넬 기다리고 있어."

레이첼의 몸이 굳었다.

"전 전혀 준비가 안 돼 있습니다. 지금 당장은……."

"사실만 말해 줘. 그게 어렵나?"

"하지만……."

대통령은 스크린 쪽으로 몸을 기울이며 말했다.

"레이첼, 자네는 자료를 취합하고 전달하는 것을 업무로 하는 사람이야. 거기서 일어나고 있는 일에 대해 이야기하기만 하면 돼."

대통령은 비디오 송수신기에 달린 스위치를 끄려다 손을 멈췄다.

"내가 자네를 권좌에 앉혀 놓은 걸 자네도 기뻐할 거라고 생각하네."

레이첼은 이 말뜻을 알 수 없었지만, 너무 늦었다. 대통령은 스위치를 껐다.

눈앞의 화면이 잠시 캄캄해졌다가 다른 영상으로 바뀌었다. 레이첼은 질린 표정으로 화면을 응시했다. 백악관의 대통령 집무실이었다. 사람들이 빼곡히 들어차 서 있을 자리밖에 없었다. 백악관 직원이 모두 참석한 것 같았다. 모두 그녀를 응시하고 있었다. 레이첼은 그제야 자기가 대통령 책상 위에서 그들을 내려다보고 있다는 것을 알았다.

'권좌라는 게 이 말이었군.'

벌써부터 땀이 나기 시작했다.

백악관 직원들의 표정을 보니, 그들 역시 레이첼을 보고 놀란 것 같았다.

"섹스턴 요원?"

날카로운 목소리가 들렸다.

레이첼은 수많은 얼굴 중에서 그 말을 한 사람을 찾아냈다. 맨 앞줄에 앉은 호리호리한 여자였다. 마저리 텐치. 그녀의 특이한 외모는 여러 사람 속에서도 단연 눈에 띄었다.

"와 주셔서 감사합니다, 섹스턴 요원."

마저리 텐치는 느긋한 태도로 말했다.

"대통령께서 당신이 전할 소식이 있다고 하시더군요."

33

고생물학자 웨일리 밍은 개인 작업 공간에 혼자 앉아 어둠을 즐기며 조용히 생각에 잠겨 있었다. 오늘 저녁으로 예정된 기자회견에 대한 기대로 기분은 들떠 있었다. 곧 나는 세계에서 가장 유명한 고생물학자가 된다. 마이클 톨랜드가 다큐멘터리에 자신의 설명을 넣어 주었기를 바라는 마음이었다.

눈앞에 다가온 명성을 음미하고 있던 밍은 발아래 빙판에서 희미한 진동을 느끼고 벌떡 일어섰다. 로스앤젤레스 지진에 길들여진 그의 감각은 아주 미세한 땅의 흔들림에도 민감하게 반응했다. 그러나 밍은 곧 그 진동이 정상적인 현상이라는 것을 알았다.

'얼음이 갈라지는 거겠지.'

그는 숨을 내쉬며 생각했다. 아직 익숙해지지 않은 탓이다. 몇 시간마다 빙하 경계 부분 어디선가 거대한 얼음 덩어리가 갈라져 바닷속으로 떨어지며 내는 폭음이 어둠을 타고 멀리서 전해지고 있었다. 노라 맹거는 이 소리를 멋지게 표현했다.

"새로운 빙산이 태어나고 있어."

자리에서 일어난 밍은 두 팔을 뻗었다. 해비스피어를 둘러보니, 저 멀리 눈부신 텔레비전 주조명 아래에서 축하 파티가 벌어지고 있었다. 파티를 좋아하지 않는 그는 반대 방향으로 향했다.

미로처럼 얽힌 작업 공간은 마치 유령 도시처럼 느껴졌고, 돔 전체에는 무덤 같은 분위기가 감돌고 있었다. 밍은 으스스한 기분이 들어서 긴 낙타털 코트의 단추를 채웠다.

앞쪽에 운석을 발굴한 구멍이 보였다. 인류 역사상 가장 위대한 화석을 꺼낸 지점이었다. 거대한 금속 삼각대는 치워져 있었다. 마치 빙판 주차장에 있는 구덩이를 사람들이 피해 다닐 수 있도록 오렌지색 원뿔로 표시를 해 놓은 듯한 모습이었다. 밍은 구멍 쪽으로 걸어갔다. 그는 안전한 지점에 서서 깊이가 60미터나 되는 차가운 물웅덩이를 들여다보았다. 물은 곧 얼어붙어 누군가 여기 있었다는 흔적을 완전히 없애 버릴 것이다.

물웅덩이는 아름다웠다. 어둠 속에서도.

아니, 특히 어두워서 더 아름답다.

밍은 이 생각에 잠시 망설였다. 그때 문득 이상한 생각이 들었다.

'뭔가 이상해.'

웅덩이의 물을 더 자세히 살펴본 그는 지금까지의 만족감이 갑자기 심한 혼란으로 바뀌는 것을 느꼈다. 그는 눈을 깜빡이며 다시 들여다보았다. 그리고 재빨리 50미터쯤 떨어진 기자회견장에서 파티를 하고 있는 사람들 쪽을 돌아보았다. 이렇게 캄캄하고 멀리 떨어져 있으니 저쪽에서는 그를 볼 수 없을 것이다.

'이걸 누구한테 말해야 하나?'

밍은 물을 다시 들여다보며 뭐라고 말해야 할지 생각했다.

'시각적인 환상을 보고 있는 걸까? 아니면 빛이 묘하게 반사된 건가?'

밍은 확신할 수가 없어서 오렌지색 원뿔을 넘어가 구덩이 가장자리에 쪼그리고 앉았다. 물은 1미터 정도 아래까지 차 있었다. 그는 더 잘 보려고 몸을 앞으로 기울였다. 확실히 뭔가 이상했다. 눈에 안 띌 수가 없었지만, 돔 안의 불이 완전히 꺼지기 전에는 확실하게 보이지 않았다.

밍은 일어섰다. 누구에게든 이야기를 해야 했다. 그는 서둘러 기자회견장 쪽으로 걸음을 옮기기 시작했다. 그러나 그는 몇 걸음 걸어가다가 우뚝 멈춰 섰다.

'세상에!'

상황을 깨달은 그는 눈을 커다랗게 뜨고 다시 얼른 구멍 쪽으로 다가갔다. 그제야 알 수 있었다.

"이럴 수는 없어!"

입 밖으로 불쑥 말이 튀어나왔다.

그러나 밍은 그것이 유일한 설명이라는 것을 알고 있었다.

'잘 생각해. 뭔가 보다 논리적인 이유가 있을 거야.'

그는 신중하게 자신에게 말했다.

그러나 깊이 생각하면 할수록, 밍은 자신이 보고 있는 것을 더욱 확신하게 되었다.

'다른 설명의 여지가 없어!'

NASA와 코키 말린슨이 이렇게 엄청난 것을 미처 보지 못하고 지나갔다는 것이 믿기지 않았다. 그러나 밍은 불만이 없었다.

'이건 웨일리 밍의 발견이야!'

밍은 흥분으로 몸을 떨며 가까운 작업장으로 다가가 비커를 찾았다. 필요한 것은 약간의 물 샘플뿐이었다. 아무도 믿지 못할 것이다!

34

레이첼 섹스턴은 목소리를 떨지 않으려고 노력하면서 화면 속의 군중을 향해 연설하고 있었다.

"백악관 담당 정보 연락관으로서, 제 업무 중에는 세계의 정치적 분쟁 지역을 다니며 위험 상황을 분석해서 대통령과 백악관 직원에게 보고하는 일도 포함되어 있습니다."

머리카락 선 바로 아래 땀이 맺혔다. 레이첼은 땀을 닦아 내며 한마디 예고도 없이 이런 상황에 자신을 밀어 넣은 대통령을 저주했다.

"이렇게 낯선 곳에 와 보기는 처음입니다."

레이첼은 비좁은 트레일러를 딱딱하게 어깨로 가리켜 보였다.

"믿으실지 모르겠지만, 저는 지금 북극권에 있는 90미터 두께의 얼음 위에서 말씀드리고 있습니다."

레이첼은 화면의 얼굴들에서 당혹감과 기대감을 읽을 수 있었다. 대통령 집무실에 불려 온 데는 분명 이유가 있을 거라고 생각했겠지만, 그것이 북극권에서 벌어진 일과 관련이 있다고는 아무도 예상하지 못

했을 것이다.

이마에 다시 땀이 돋기 시작했다.

'정신 차려, 레이첼. 늘 하는 일이잖아.'

"저는 오늘 밤 커다란 영광과 긍지, 흥분에 가득한 마음으로 여러분 앞에 앉아 있습니다."

표정없는 얼굴들.

'젠장. 내가 자청한 일도 아닌데.'

레이첼은 짜증스럽게 땀을 닦아 내며 생각했다.

어머니가 지금 이런 광경을 본다면 뭐라고 할지 알고 있었다.

'어떻게 해야 할지 모를 때는 그냥 진실을 말해 버려!'

이 오래된 속담은 어머니의 기본적인 믿음 중 하나였다. 어떤 결과가 나오든 진실을 말하면 아무리 힘든 상황도 극복할 수 있다는 신념이었다.

레이첼은 심호흡을 하고 허리를 편 뒤 카메라를 똑바로 쳐다보았다.

"죄송합니다, 여러분. 제가 북극권에서 왜 땀을 비 오듯 흘리는지 궁금하시겠죠. 좀 긴장해서 그렇습니다."

눈앞의 얼굴들이 잠시 흔들리는 것 같았다. 어색한 웃음소리도 들렸다.

"게다가 여러분 상관께서 제게 여러분 모두에게 발표하는 데 10초의 여유밖에 주지 않으셨거든요. 제가 대통령 집무실을 처음 방문할 때 기대했던 것은 이런 시련이 아니었습니다."

이번에는 더 많은 웃음이 터졌다.

레이첼은 화면 아래쪽을 내려다보며 말을 이었다.

"게다가 대통령 책상 앞에, 아니, 그것도 모자라 그 위에 올라앉아 있게 될 줄은 상상조차 못 했습니다."

사람들은 웃음을 터뜨리기도 하고 환한 미소를 짓기도 했다. 레이첼은 긴장이 좀 풀리는 것 같았다.

'그냥 직설적으로 말해 버리자.'

"상황은 이렇습니다."

이제 원래 목소리로 돌아온 것 같았다. 편안하고 명쾌한 목소리였다.

"대통령께서 지난 한 주 동안 언론에 나타나지 않았던 것은 선거에 흥미를 잃어서가 아니라, 그보다 훨씬 더 중요한 문제로 몹시 바쁘셨기 때문입니다."

레이첼은 잠시 말을 멈추고 청중을 둘러보았다.

"북극 고지대에 있는 밀른 빙붕에서 과학적으로 매우 중대한 의미를 가진 것이 발견되었습니다. 대통령께서는 오늘 저녁 8시에 기자회견을 갖고 그 사실을 전 세계에 알리실 겁니다. 대통령께서 최근 온갖 어려움을 무릅쓰면서도 통찰력과 확신을 가지고 NASA 편에 섰다는 점을 생각하면 여러분은 자랑스러우실 겁니다. 이제 대통령의 신념이 보답을 받을 때가 온 것 같습니다."

그 순간에 이르러서야 레이첼은 이것이 얼마나 역사적인 순간인지 실감할 수 있었다. 목이 메어 왔지만, 그녀는 꾹 참고 말을 이었다.

"대통령께서는 NASA의 자료를 검토하기 위해 자료의 분석과 검증을 전문으로 하는 정보 연락관인 저를 부르셨습니다. 그래서 저는 여러 전문가와 의논하고 직접 조사도 해 보았습니다. 공무원과 민간인으로 구성된 이들의 전문적 자격은 정치적 영향력을 초월합니다. 지금 여러분께 제시하려는 이 자료의 출처는 사실에 의한 것이며 편견이 개입되지 않았다는 것이 저의 전문적 소견입니다. 개인적인 의견이지만, 대통령께서는 참모들과 전 국민에게 미칠 충격을 우려하여 지난주에 발표할 수도 있었던 소식을 지금까지 미루는 놀라운 자제심과 배려를 보여 주셨습니다."

레이첼은 어리둥절한 눈빛을 주고받는 청중을 둘러보았다. 그들은 모두 그녀에게 다시 시선을 돌리고 집중했다.

"여러분, 잠시 후면 이 발표 내용이 지금까지 이 사무실에서 밝혀진 정보 중에서 가장 흥미진진한 것이라는 점에 모두 동의하실 겁니다."

35

초소형 로봇이 해비스피어 내부를 돌며 델타 포스에게 전송하고 있는 비행 사진은 전위영화제에 출품해도 손색이 없을 것 같았다. 희미한 조명, 반짝이는 운석 발굴 구멍, 옷을 잘 차려입은 채 얼음 위에 엎드려 있는 아시아인, 그의 주위로 거대한 날개처럼 펼쳐진 낙타털 코트. 그는 분명 물의 샘플을 채취하려는 것 같았다.

"막아야 해."

델타 스리가 말했다.

델타 원도 동의했다. 그들에게는 밀른 빙붕의 비밀을 무력으로 보호할 권한이 주어져 있었다.

"어떻게 막지? 저 초소형 로봇에는 무기가 없잖아."

델타 투가 조이스틱을 잡은 채 물었다. 델타 원은 얼굴을 찌푸렸다. 지금 해비스피어 내부를 날고 있는 초소형 로봇은 장시간 비행을 위해 무기를 떼어 낸 정찰용 모델이었다. 집파리만큼 위험할 것이 없었다.

"감독관에게 연락해야겠어."

델타 스리가 말했다.

델타 원은 혼자 발굴 구덩이 가장자리에 위험하게 엎드려 있는 웨일리 밍의 모습을 유심히 들여다보았다. 곁에는 아무도 없었다. 얼음처럼 차가운 물에 빠지면 비명조차 지르지 못한다.

"조종기 줘 봐."

"뭐 하려고?"

조이스틱을 쥔 병사가 물었다. 델타 원이 대꾸했다.

"훈련받은 대로 하려는 거야. 즉흥 작전."

36

 웨일리 밍은 발굴 구멍 옆에 엎드려 오른팔을 수면까지 뻗어 비커에 물을 담으려고 했다. 분명 잘못 본 것은 아니었다. 수면과 얼굴 사이가 1미터도 되지 않는 거리까지 오자, 모든 것이 완벽하게 보였다.
 '정말 믿을 수가 없어!'
 밍은 손끝으로 비커를 쥐고 팔을 좀 더 뻗어 수면까지 닿으려고 애썼다. 겨우 몇 센티미터가 모자랐다.
 밍은 더 이상 팔을 뻗을 수가 없어서 몸을 좀 더 구멍 가까이 내밀었다. 그리고 양쪽 발끝으로 얼음 바닥을 단단히 누르고 왼손으로 구멍 가장자리를 단단히 짚었다. 오른팔을 다시 힘껏 쭉 뻗었다. 수면에 거의 닿았다. 그는 몸을 조금 더 밀어 넣었다.
 '됐어!'
 비커 가장자리가 수면에 닿았다. 밍은 비커에 흘러 들어오는 물을 믿기지 않는 눈으로 쳐다보았다.
 바로 그때 느닷없이 알 수 없는 일이 일어났다. 어둠 속에서 마치 총

알처럼 미세한 금속 조각이 날아 들어온 것이다. 밍이 그것을 보았다 싶은 순간, 물체는 그의 오른쪽 눈을 세게 때렸다.

인간이 눈을 보호하려는 반사 신경은 워낙 본능적인 것이라, 갑자기 움직이면 몸의 균형을 잃는다는 것을 알고 있으면서도 밍은 몸을 움츠리지 않을 수 없었다. 아픔보다 놀라움에서 나온 반응이었다. 밍은 공격당한 눈을 보호하기 위해 얼굴에 가장 가까이 있던 왼손을 반사적으로 들어 올렸다. 그 순간 밍은 실수라는 것을 깨달았다. 완전히 앞으로 쏠린 몸무게를 지탱하던 손이 갑자기 없어지자, 몸이 흔들렸다. 자세를 바로잡으려고 했지만 너무 늦었다. 떨어지지 않기 위해 비커를 버리고 미끄러운 얼음을 움켜잡으려 했지만, 밍은 컴컴한 구덩이 안으로 떨어지고 말았다.

수면까지는 120센티미터밖에 되지 않았다. 하지만 얼음장 같은 물에 머리부터 떨어지는 순간, 마치 시속 80킬로미터 속도로 얼굴을 도로에 부딪히는 느낌이었다. 얼굴을 삼킨 물이 너무나 차가워서 마치 염산을 뒤집어쓴 것 같았다. 순간적으로 공포가 엄습했다.

어둠 속에서 거꾸로 처박힌 밍은 순간 방향감각을 잃었다. 어느 쪽이 수면인지 알 수 없었다. 묵직한 낙타털 코트가 얼음 같은 한기를 막아 주었지만, 그것도 몇 초뿐이었다. 겨우 몸을 바로잡고 공기를 찾아 고개를 내밀었지만, 순간 물이 등과 가슴으로 스며들면서 허파를 찢을 듯한 한기가 몸을 감쌌다.

"도와……줘!"

하지만 공기를 들이마시지 못해 목소리가 거의 나오지 않았다. 허파에서 공기가 다 빠져나간 것 같았다.

"도와……줘!"

자기 자신에게조차 들리지 않는 외침이었다. 밍은 간신히 발굴 구덩이 벽면 쪽으로 가서 기어 올라가려고 해 보았다. 하지만 벽은 수직의 얼음이었다. 붙잡고 지탱할 것이 없었다. 물속에서 부츠로 벽을 차며 디딜 곳도 찾아보았다. 없었다. 그는 팔을 애타게 위로 내밀고 구덩이 가장자리에 손을 뻗었다. 겨우 30센티미터가 모자랐다.

근육이 이미 말을 듣지 않기 시작했다. 밍은 가장자리를 붙잡아 보려고 다리를 더욱 세차게 버둥거리며 몸을 위로 내밀었다. 몸이 납덩어리처럼 무겁게 느껴졌고, 마치 비단뱀이 칭칭 감고 있는 듯 허파가 찌그러진 것 같았다. 물이 스며든 코트는 시시각각 무거워지며 몸을 아래로 끌어내리고 있었다. 코트를 벗으려고 해 보았지만, 무거운 옷감은 몸에 착 달라붙어 꼼짝도 하지 않았다.

"도와……줘!"

공포가 급류처럼 밀려왔다.

익사는 상상할 수 있는 가장 끔찍한 형태의 죽음이라고 어딘가에서 읽은 기억이 났다. 자신이 그것을 경험하게 될 거라고는 꿈에서도 상상해 본 적이 없었다. 근육은 머리의 명령에 협조하기를 거부했다. 이미 밍은 머리만이라도 물 위에 내밀고 있으려고 필사적이었다. 무감각한 손가락이 구덩이 벽면을 긁는 동안에도 젖은 코트는 몸을 아래로 잡아끌고 있었다.

비명은 이미 머릿속에만 있었다.

그때였다.

밍은 물속에 완전히 잠겼다. 죽음이 다가왔다는 것을 의식하는 공포를 경험하리라고는 상상조차 해 본 적이 없었다. 그러나 지금 그는 60미터 깊이의 얼음 구멍 속으로 천천히 빠져 들어가고 있었다. 수많은 생각이 눈앞을 스쳤다. 어린 시절의 추억. 사회생활. 누가 날 발견해 줄까? 아니면 그냥 바닥까지 가라앉아서 얼어붙게 될까. 영원히 이대로 빙하 속에 묻히는 걸까?

허파가 산소를 갈구하고 있었다. 밍은 숨을 참고 수면으로 올라가려고 발을 찼다.

'숨을 쉬어!'

그는 감각이 없는 입술을 꾹 다물고 반사 신경과 싸웠다.

'숨을 쉬어!'

위를 향해 헤엄을 치려고 해 보았지만 허사였다.

'숨을 쉬어!'

이성과 반사 신경 사이의 생명을 건 혈투 속에서, 순간 밍의 호흡 본능이 입을 다무는 능력을 제압했다.

웨일리 밍은 숨을 들이쉬었다.

허파로 밀려 들어오는 물이 민감한 폐포에 닿자, 마치 지글지글 끓는 기름처럼 느껴졌다. 속이 타들어 가는 느낌이었다. 물은 잔인하게도 그를 단번에 죽이지 않았다. 밍은 7초라는 끔찍한 시간 동안 얼음물을 들이마셨다. 한 번 들이마실 때마다 고통은 점점 더 심해졌지만, 몸이 그토록 간절하게 원하는 것은 들어오지 않았다.

마침내 얼음 같은 칠흑 속으로 미끄러져 들어가면서, 밍은 자신이 의식을 잃고 있음을 느꼈다. 고통에서 해방되는 것이 반가웠다. 주변 물속에서 미세한 불빛들이 조각조각 빛을 발하고 있었다. 지금까지 그가 본 중에서 가장 아름다운 광경이었다.

37

백악관의 이스트 어포인트먼트 게이트는 재무성과 동쪽 정원 사이에 있는 이스트 이그제큐티브 가에 있다. 베이루트의 해병대 막사가 공격받은 뒤 보강한 울타리와 시멘트 기둥 때문에, 입구는 출입자를 환영하는 분위기와는 거리가 멀었다.

게이트 바깥에 도착한 가브리엘 애쉬는 점점 신경이 곤두서는 것을 느끼며 시계를 확인했다. 오후 4시 45분이었다. 아직 아무도 나타나지 않았다.

이스트 어포인트먼트 게이트, 오후 4시 30분.
혼자 오십시오.

'왔잖아. 근데 어디 있어?'
가브리엘은 주위를 오가는 관광객들의 얼굴을 둘러보며 눈길이 마주치는 사람이 없나 살폈다. 남자 몇이서 그녀를 아래위로 훑어보고 지나갔다. 여기 나오기로 한 것이 과연 현명한 결정이었나 하는 생각이 들었다. 초소 안에서 백악관 경호원이 자신을 바라보고 있는 것이 느껴졌다. 가브리엘은 정보원이 겁을 먹은 거라고 판단했다. 마지막으로 백악관 쪽의 육중한 울타리 안을 바라본 뒤, 그녀는 한숨을 쉬고 돌아섰다.

"가브리엘 애쉬?"

경호원이 등 뒤에서 불렀다.

가브리엘은 흠칫 놀라 휙 돌아섰다.

'왜?'

초소 안의 남자가 그녀에게 손을 흔들었다. 무표정한 얼굴에 마른 체구였다.

"일행이 기다리고 계십니다."

그는 주 출입문의 자물쇠를 열고 그녀에게 안으로 들어오라고 손짓했다. 발이 움직이지 않았다.

"안으로 들어오라고요?"

경호원은 고개를 끄덕였다.

"기다리시게 해서 죄송하다고 전해 달랍니다."

가브리엘은 열린 문 안을 들여다보았다. 아직도 움직일 수가 없었다.

'어떻게 된 거지?'

전혀 예상치 못했던 상황이었다.

"가브리엘 애쉬 씨 아니십니까?"

경호원이 답답하다는 표정으로 물었다.

"네, 맞습니다만……."

"그럼 빨리 절 따라오십시오."

얼떨결에 가브리엘의 발이 움직였다. 그녀가 조심스럽게 문지방을 넘자, 등 뒤에서 육중한 문이 닫혔다.

38

이틀 동안 햇빛을 보지 못하자 마이클 톨랜드의 생체 시계도 거기에 적응했다. 시계는 늦은 오후를 가리키고 있었지만, 톨랜드의 몸은 아직도 한밤중이라고 고집하고 있었다. 다큐멘터리의 마무리 작업을 끝낸 그는 이제 비디오 파일 전체를 디지털 비디오디스크에 저장한 뒤 어두워진 돔을 가로지르고 있었다. 불이 밝혀진 기자회견장에 도착한 그는 디스크를 기자회견을 담당하는 NASA 방송 기술자에게 건넸다.

"고마워요, 마이크."

기술자는 비디오디스크를 들어 보이며 윙크했다.

"필수 시청 프로그램이란 이런 거죠."

톨랜드는 피곤한 듯 웃었다.

"대통령 마음에 들었으면 좋겠군요."

"분명히 그럴 겁니다. 어쨌든 이제 임무가 끝나셨군요. 느긋하게 앉아서 구경이나 하십시오."

"고맙습니다."

톨랜드는 환하게 불을 밝힌 기자회견장에 서서 NASA 직원들이 캐나다 산 맥주를 놓고 화기애애하게 운석의 발견을 축하하는 모습을 둘러보았다. 톨랜드도 같이 축하하고 싶었지만, 너무 피곤해서 머리가 멍했다. 레이첼 섹스턴이 어디 있나 둘러보았지만, 아직 대통령과 이야기하고 있는 모양이었다.

'대통령은 그녀를 방송에 내보내려는 거야.'

톨랜드는 생각했다. 대통령을 탓할 수는 없었다. 레이첼은 운석 기자회견에 참여하는 대변자로 완벽했다. 외모도 외모였지만, 그녀는 톨랜드가 지금까지 만난 여성에게서 거의 보지 못했던 친화력 있는 태도와 자신감을 가지고 있었다. 물론 그가 만난 대부분의 여자들은 방송국에서 일하는 사람들이었다. 냉혹한 출세주의자이거나 아름다운 외모를 지닌 방송인들에게는 레이첼이 지닌 그런 특성이 결여되어 있었다.

톨랜드는 떠들썩한 NASA 직원들 사이를 조용히 빠져나와서 거미줄처럼 얽힌 돔 내부의 통로를 지나가기 시작했다. 다른 민간인 과학자들은 어디로 사라졌는지 알 수 없었다. 톨랜드의 절반만 피곤하다 해도, 아마 중요한 순간을 앞두고 잠깐 눈을 붙이기 위해 숙소로 들어가 있을 것이다. 저 멀리 사람이 없는 발굴 구덩이 주위에 둥글게 놓인 오렌지색 원뿔들이 보였다. 머리 위의 휑한 돔 천장에서 아득한 기억 속의 목소리들이 메아리치는 듯했다. 톨랜드는 추억들을 떨치려고 애썼다.

'유령들은 잊어버려.'

그는 자신에게 다짐했다. 피곤하거나 혼자 있을 때, 개인적으로 성공을 거두거나 축하해야 하는 순간이면, 유령들은 종종 이렇게 나타나곤 했다.

'지금 그녀가 네 곁에 있어야 하는데.'

목소리는 속삭였다. 어둠 속에 홀로 있으니, 마치 자신이 망각 속으로 끌려 들어가는 기분이었다.

실리아 버치는 대학원 시절의 애인이었다. 어느 밸런타인데이에, 톨랜드는 그녀가 좋아하는 식당으로 그녀를 데려갔다. 웨이터가 실리아에게 가져다준 디저트는 장미 한 송이와 다이아몬드 반지였다. 실리아는 곧바로 알아챘다. 그녀가 눈물을 글썽이며 내뱉은 한마디는 마이클 톨랜드를 그 어느 때보다 행복하게 해 주었다.

"좋아요."

부푼 기대감을 안고, 그들은 실리아가 과학 선생님으로 일하게 된 패서디너 근처의 작은 집을 샀다. 급여는 많지 않았지만, 이제 시작일 뿐이었다. 톨랜드가 늘 꿈꾸던 지질학 연구선을 타게 된 샌디에이고 스크립스 해양연구소와도 가까웠다. 일 때문에 사나흘씩 집을 비워야 했지만 실리아와 다시 만나는 날은 언제나 열정적이고 행복했다.

실리아에게 보여 주기 위해 톨랜드는 바다에 나가 있는 동안 자신이 겪는 모험을 비디오로 찍어서 배 위에서 하는 일에 대한 미니다큐멘터리를 만들기 시작했다. 어느 날, 그는 여행을 마치고 심해 잠수정 유리창을 통해 찍은 저화질 홈비디오를 들고 집에 돌아왔다. 그 누구도 존재한다는 사실을 알지 못하는 기묘한 향화학성 오징어를 사상 최초로 찍은 필름이었다. 카메라를 들고 해설을 하면서, 톨랜드는 잠수정이 터져 나가도록 목소리를 높였다.

"지금까지 발견되지 않은 수천 종의 생명체가 이 심해에 살고 있어! 우린 지금까지 해수면도 채 못 보고 있었던 거야! 아무도 상상하지 못하는 수수께끼가 이 아래 숨어 있어!"

실리아는 남편의 열정과 정확한 과학적 설명에 넋을 잃었다. 한번은 자신이 가르치는 과학 수업 시간에 비디오테이프를 보여 주었는데, 이것은 대단한 인기를 끌었다. 다른 교사들도 빌려 달라고 했고, 학부모들은 복사해 달라고 했다. 모든 사람들이 마이클의 다음 비디오를 손꼽아 기다리는 것 같았다. 실리아에게 좋은 생각이 떠올랐다. 그녀는 NBC에서 일하는 대학 친구에게 전화를 걸어 비디오테이프를 보냈다.

두 달 뒤, 마이클 톨랜드는 실리아에게 잠시 킹먼 해변을 걷자고 했다. 두 사람이 언제나 꿈과 희망을 나누던 특별한 장소였다.

"당신한테 얘기하고 싶은 게 있어."

실리아는 걸음을 멈추고 남편의 손을 잡았다. 파도가 발목 근처에서 찰싹이고 있었다.

"뭐예요?"

톨랜드는 불쑥 말했다.

"지난주에 NBC 방송국에서 전화를 받았어. 나한테 해양 다큐멘터리 시리즈를 진행해 달래. 완벽한 기회야. 내년에 파일럿 프로그램을 하나 만들자는 거야! 믿을 수 있어?"

실리아는 환하게 웃으며 그에게 키스했다.

"난 믿어요. 당신은 잘할 거예요."

6개월 뒤, 두 사람은 카탈리나 섬 근처를 항해하고 있었다. 실리아는 옆구리가 아프다고 호소하기 시작했고, 몇 주가 지나자 통증은 너무 심해졌다. 실리아는 병원으로 가서 진찰을 받았다.

톨랜드가 꿈꾸던 삶은 한순간 지옥 같은 악몽으로 변했다. 실리아는 심한 병에 걸려 있었다.

"악성 림프종이 상당히 진행된 상태입니다. 부인의 나이에는 드문 일이지만, 사례가 없는 것도 아닙니다."

실리아와 톨랜드는 무수한 개인병원과 종합병원을 돌아다니며 전문가와 상담했다. 대답은 항상 같았다. 치료가 불가능하다는 것이었다.

'받아들일 수 없어!'

톨랜드는 즉시 스크립스 연구소를 그만두고 NBC 다큐멘터리도 잊었다. 그는 자신의 모든 에너지와 사랑을 실리아의 간병에 쏟았다. 그녀 역시 품위 있게 통증을 견디며 열심히 싸웠다. 그런 모습은 아내에 대한 톨랜드의 사랑을 더욱 깊어지게 했다. 그는 실리아를 데리고 킹먼 해변을 걷기도 하고, 건강식을 만들어 주기도 하고, 병이 나으면 같이 이런저런 일들을 하자고 계획하기도 했다.

그러니 그린 닐은 오시 않았다.

겨우 7개월 뒤, 톨랜드는 삭막한 병실에서 죽어 가는 아내 곁에 앉아 있었다. 더 이상 얼굴조차 알아볼 수가 없었다. 무자비한 병마와 혹독한 화학요법 때문이었다. 아내는 앙상한 해골만 남아 있었다. 마지막 순간이 가장 힘들었다.

"마이클, 이제 갈 때가 됐어요."

아내는 숨 가쁜 목소리로 말했다. 톨랜드의 눈에 눈물이 고였다.

"당신을 보낼 수 없어."

"당신은 산 사람이에요. 계속 살아가야 해요. 다른 사랑을 찾겠다고 약속해요."

"다른 사랑은 절대 없을 거야."

진심이었다.

"배워야 해요."

실리아는 수정처럼 청명한 6월의 일요일 아침에 세상을 떠났다. 마이클 톨랜드는 닻이 부러지고 나침반도 망가진 채 성난 바다를 표류하는 배와 같은 심정이었다. 몇 주일 동안은 자신을 다스릴 수가 없었다. 친구들이 도우려고 했지만, 자존심 때문에 동정은 참을 수가 없었다.

'선택을 해야 해. 일을 하든가, 죽든가.'

그는 마침내 깨달았다.

결의를 굳힌 톨랜드는 다시 〈놀라운 바다〉 다큐멘터리 일에 매달렸다. 이 프로그램이 문자 그대로 그의 인생을 구했다고 할 수 있었다. 이후 4년 동안 톨랜드의 쇼는 성공을 거두었다. 친구들은 그에게 여자친구를 만들어 주려고 애썼지만, 톨랜드는 손에 꼽을 정도로만 데이트에 응했을 뿐이었고, 그나마도 낭패를 겪거나 서로 실망하고 끝났다. 톨랜드는 마침내 포기하고 바쁜 여행 일정 때문에 인간관계를 맺기 힘든 것이라고 자신을 위안했다. 그러나 그의 가장 친한 친구들은 잘 알고 있었다. 마이클 톨랜드는 아직 마음의 준비가 안 되어 있었다.

눈앞에 나타난 운석 발굴 구덩이가 고통스러운 상념에서 톨랜드를 깨웠다. 그는 추억의 한기를 떨어내고 구덩이 쪽으로 다가갔다. 어둑어둑한 돔 안에서 구멍 안의 녹은 물은 초현실적이고 마술적인 아름다움을 풍기고 있었다. 수면은 달빛에 젖은 호수처럼 빛났다. 마치 누군가 수면에 청녹색 불꽃을 뿌려 놓은 듯 점점이 빛나는 불빛이 그의 시선을 끌었다. 톨랜드는 한참 동안 불빛을 바라보았다.

뭔가 독특한 점이 있었다.

언뜻 보았을 때는 돔 반대쪽 조명 불빛이 반사되는 것 같았다. 그러나 다시 보니 그것이 아니었다. 불빛은 녹색 기운을 띠고 있었다. 마치 물이 살아 있기라도 한 것처럼 깊은 곳에서부터 빛을 발하며 규칙적인 리듬에 맞춰 고동치고 있는 것 같았다.

이상하다는 생각이 든 톨랜드는 좀 더 자세히 보기 위해 원뿔을 넘어 들어갔다.

해비스피어 반대편에서 레이첼 섹스턴은 PSC 트레일러를 나와 어둠 속으로 들어섰다. 그녀는 어둑어둑한 돔 안에서 방향감각을 잃고 잠시 서 있었다. 북쪽에서 방송용 조명만 강렬하게 빛을 내뿜고 있을 뿐, 해비스피어는 마치 입을 커다랗게 벌린 동굴 같았다. 자신을 둘러싼 어둠에 불안해진 그녀는 본능적으로 불이 켜진 기자회견장으로 향했다.

백악관 직원들에게 보고한 결과는 마음에 들었다. 일단 대통령의 갑작스러운 통보에 당황한 마음을 떨쳐 버리고 나자, 자신이 운석에 대해 아는 모든 것을 매끄럽게 전달할 수 있었던 것이다. 그녀가 설명하는 동안 백악관 직원들의 표정은 믿기지 않는다는 충격에서 희망 섞인 믿음, 마침내 경외감 어린 찬탄으로 바뀌었다.

"외계 생명체요? 그게 무슨 뜻인지 압니까?"

한 직원이 외쳤다. 다른 한 사람이 대답했다.

"그래. 우리가 이번 선거에서 이긴다는 뜻이야."

극적으로 꾸며 놓은 기자회견장으로 다가가면서, 레이첼은 임박한 발표에 대해 생각했다. 아버지가 과연 자신의 선거운동을 일격에 무너뜨릴 정도로 강력한 대통령의 기습 공격을 받을 만한 짓을 했는가를 생각해 보지 않을 수 없었다.

대답은 'YES'였다.

아버지에 대해 조금이라도 약한 마음이 들 때면 레이첼은 어머니를 떠올렸다. 그러면 그런 마음이 사라졌다. 캐서린 섹스턴. 세지윅 섹스턴이 그녀에게 안겨 준 고통과 굴욕은 욕을 먹어 마땅했다. 매일 밤 향수 냄새를 풍기며 뻔뻔스러운 얼굴로 집에 들어오던 일, 종교에 대한 가식적인 열의, 캐서린이 자신을 절대 떠나지 않는다는 것을 알고 마음 놓고 저지른 거짓말과 불륜.

'그래, 섹스턴 상원의원은 이런 일을 당해도 싸.'

기자회견장은 흥겨운 분위기였다. 모두 맥주를 들고 있었다. 레이첼은 마치 남학생 파티에 참석한 여학생 같은 기분으로 사람들을 헤치고 들어갔다. 마이클 톨랜드가 어디 있는지 궁금했다.

코키 말린슨이 옆에서 불쑥 나타났다.

"마이크를 찾으세요?"

레이첼은 깜짝 놀랐다.

"아, 아뇨……. 네."

코키는 실망했다는 듯 고개를 저었다.
"이럴 줄 알았지. 마이크는 방금 떠났습니다. 잠시 눈 좀 붙이려고 숙소로 간 것 같아요."
그는 어둑어둑한 돔 저쪽으로 눈길을 주었다.
"얼른 가시면 따라잡을 수 있을 것도 같은데요."
그는 레이첼에게 의미심장한 미소를 보내며 그쪽을 가리켰다.
"마이크는 물만 보면 환장하거든요."
레이첼은 코키의 손가락이 가리키는 돔 가운데 쪽을 보았다. 어둠 속에서 발굴 구덩이 안의 물을 바라보며 서 있는 마이클 톨랜드의 윤곽이 보였다.
"뭐 하는 거죠? 저기는 위험할 텐데."
코키는 씩 웃었다.
"오줌이라도 누나 보죠. 가서 밀어 버립시다."
레이첼과 코키는 어두운 돔을 가로질러 구덩이 쪽으로 향했다. 가까이 다가가며 코키가 불렀다.
"이봐, 바다 사나이! 수영복은 잊어버렸나?"
톨랜드는 돌아섰다. 어둠 속이었지만, 레이첼은 그의 표정이 유난히 심각하다는 것을 알아볼 수 있었다. 마치 아래쪽에서 빛이 올라오는 것처럼, 얼굴은 묘하게 빛을 받고 있었다.
"괜찮아요, 마이크?"
레이첼이 물었다.
"아뇨."
톨랜드가 물을 가리켰다.
코키는 원뿔을 넘어서 톨랜드가 있는 구멍 가장자리로 다가갔다. 레이첼도 원뿔 옆을 지나 구덩이로 갔다. 구멍 안을 들여다본 레이첼은 수면 위에 청녹색 불빛이 반짝이는 것을 보고 놀랐다. 마치 네온 가루가 물에 떠서 녹색으로 고동치는 것 같았다. 너무나 아름다운 광경이었다.

톨랜드는 빙하 바닥에서 얼음 조각을 집어 들어 물에 던졌다. 얼음이 닿는 순간 물은 녹색 물방울을 튀기며 인광을 발했다.

"마이크, 저게 뭔지 안다고 말해 줘."

코키가 불안한 얼굴로 말했다. 톨랜드는 미간을 찌푸렸다.

"정확히 알고 있어. 문제는 저게 도대체 왜 여기 있느냐는 거야."

39

"저건 편모충이야."

톨랜드는 빛을 발하는 물을 응시하며 말했다. 코키가 얼굴을 찌푸렸다.

"편…… 뭐? 쉬운 말로 해 봐."

레이첼은 마이클 톨랜드가 농담할 기분이 아니라는 것을 눈치챘다.

"어떻게 이런 일이 가능한지 모르겠는데, 이 물에는 생물 발광 쌍편모충이 들어 있어."

"생물 발광 뭐라고요?"

이번에는 레이첼이 물었다.

'지금 영어로 얘기하는 건 맞아?'

"루시페린이라는 발광성 촉매를 산화시킬 수 있는 단세포 플랑크톤이지요."

'이것도 영어라고?'

톨랜드는 숨을 내쉬고 친구를 향했다.

"코키, 혹시라도 우리가 저 구멍에서 꺼낸 운석 표면에 살아 있는 생물이 있을 가능성이 있나?"

코키는 웃음을 터뜨렸다.

"마이크, 농담하는 거야?"

"농담이 아니야."

"그럴 가능성은 전혀 없어! 저 돌에 외계 생명체가 살아 있는 채로 붙어 있을 가능성이 티끌만큼이라도 있었다면, NASA가 운석을 대기와 접촉하도록 발굴했을 리가 없잖아."

톨랜드는 조금 안심한 표정이었지만, 곧 더욱 심각한 의문이 그의 얼굴을 스쳤다.

"현미경으로 봐야 정확히 알 수 있겠지만, 이건 염색식물(Pyrrophyta) 문에 속하는 생물 발광 플랑크톤으로 보여. 어원은 불꽃 식물이라는 뜻이지. 북극해에는 이런 플랑크톤이 가득해."

코키는 어깨를 으쓱했다.

"그런데 왜 이게 우주에서 왔느냐고 물었지?"

"운석은 빙하 속에, 눈이 녹아서 생긴 민물 속에 묻혀 있었으니까. 저 구멍 속의 물은 빙하가 녹은 물이고 3세기 동안 얼어 있었어. 해양 생물이 어떻게 저 안에 들어가 있었지?"

톨랜드의 지적에 긴 침묵이 흘렀다.

레이첼은 구덩이 가장자리에 서서 지금 자신이 바라보고 있는 것을 이해하려고 애썼다.

'운석 발굴 구덩이 안에 생물 발광 플랑크톤이 있다. 이게 대체 무슨 뜻이지?

"저 아래 어딘가에 갈라진 틈이 있는 게 분명해. 그렇지 않고서는 불가능해. 플랑크톤은 얼음이 갈라진 틈을 타고 바닷물과 함께 스며 들어온 거야."

레이첼은 이해할 수 없었다.

"스며들어요? 어디서요?"

그녀는 바다 쪽에서 아이스로버를 타고 한참 달려왔던 일을 떠올렸다.

"해안은 여기서 적어도 3킬로미터는 떨어져 있잖아요."

코키와 톨랜드가 동시에 그녀를 이상하다는 듯 쳐다보았다. 코키가 말했다.

"바다는 우리 발밑에 있어요. 이 빙판은 그 위에 떠 있는 거예요."

레이첼은 영문을 알 수가 없어서 두 사람을 멍하니 바라보았다.

"떠 있어요? 우리는 빙하 위에 있는 것 아닌가요?"

톨랜드가 대답했다.

"네, 빙하 위 맞습니다. 하지만 육지는 아니에요. 빙하는 때로 육지 밖으로 흘러내려 바다 위로 퍼지기도 합니다. 얼음은 물보다 가볍기 때문에 빙하는 거대한 얼음 뗏목처럼 대양 위를 떠다니게 되지요. 그게 바로 빙붕입니다. 떠다니는 빙하."

그는 잠시 말을 멈췄다.

"사실 지금 우리는 육지에서 1.5킬로미터 정도 떨어진 바다 위에 있는 겁니다."

레이첼은 순간 놀라서 긴장했다. 주위 환경을 상상해 보니 북극해 바로 위에 서 있다는 사실이 더럭 겁이 났다.

톨랜드는 그녀의 긴장감을 느낀 듯했다. 그는 괜찮다는 듯 얼음을 굴러 보였다.

"걱정 마세요. 이 얼음의 두께는 90미터나 되고, 그중 60미터가 컵 안의 얼음처럼 물 아래에 잠겨서 빙붕을 안정시켜 주니까요. 이 위에 고층 건물을 지어도 됩니다."

레이첼은 그래도 믿을 수가 없어서 힘없이 고개를 끄덕였다. 어쨌든 플랑크톤이 어디서 왔는가에 대한 톨랜드의 추측은 이해할 수 있었다.

'얼음 안에 바다까지 이어지는 틈이 있는데, 플랑크톤이 그 틈을 타고 구멍까지 흘러 들어왔다는 거지. 그럴 수 있어.'

그러나 한 가지 모순이 마음에 걸렸다. 노라 맹거는 빙하가 단단하다는 것을 증명하기 위해 수십 군데 구멍을 뚫어 확인했던 것이다.

레이첼은 톨랜드를 보았다.

"빙하가 흠 없이 완벽하다는 것이 모든 층서연대기록의 기본이라고 생각했는데요. 맹거 박사가 이 빙하에는 갈라진 틈이나 균열이 전혀 없다고 하지 않았나요?"

코키가 얼굴을 찌푸렸다.

"얼음여왕이 실수한 것 같은데."

'너무 크게 말하면 안 될걸. 등에 얼음송곳을 맞을지도 모른다고.'

레이첼은 생각했다.

톨랜드는 턱을 쓰다듬으며 인광을 발하는 생물을 쳐다보았다.

"문자 그대로 다른 해석의 여지가 없어. 균열이 있는 게 분명해. 대양 한가운데 있는 빙붕의 무게 때문에 플랑크톤이 풍부한 바닷물이 구멍으로 빨려 올라오고 있는 거야."

'엄청난 균열이군.'

레이첼은 생각했다. 만약 이 얼음의 두께가 90미터고, 구멍의 깊이가 60미터라면, 구멍 밑으로 30미터나 되는 단단한 얼음층에 균열이 이어지고 있다는 뜻이다.

'노라 맹거가 시험용으로 뚫은 구멍에는 전혀 틈이 보이지 않았는데.'

톨랜드는 코키에게 말했다.

"부탁이 있어. 가서 노라를 찾아봐. 그녀가 우리한테 아직 말하지 않은 뭔가 있기를 바랄 뿐이야. 밍도 찾아봐. 이 발광체가 뭔지 알려 줄 수 있을지도 몰라."

코키는 걸음을 옮겼다.

"서둘러."

톨랜드는 다시 구멍을 바라보며 그의 등 뒤에 대고 말했다.

"생물이 발하는 빛이 점점 약해지고 있으니까."

레이첼은 구멍을 바라보았다. 확실히 녹색빛이 아까만큼 반짝이지 않았다.

톨랜드는 파카를 벗고 구멍 옆 얼음 위에 엎드렸다. 레이첼은 어리둥절해서 바라보았다.

"마이크?"

"염수가 흘러 들어오는지 알아봐야겠어요."

"코트도 없이 얼음 위에 엎드려서요?"

"네."

톨랜드는 배를 땅에 대고 구멍까지 기어갔다. 그는 코트 한쪽 소매를 구멍 가장자리에 걸치고 반대쪽 소매 끝이 수면에 닿을 때까지 구멍 아래로 늘어뜨렸다.

"이건 세계적인 해양학자들이 사용하는 대단히 정확한 염도측정법입니다. '젖은 재킷 맛보기'라는 기법이죠."

바깥 빙붕 위에서, 델타 원은 다시 구멍 주위에 모인 사람들 위로 망가진 초소형 로봇을 비행시키기 위해 조종간과 씨름하고 있었다. 아래쪽 대화 내용으로 미루어 볼 때, 상황이 빠른 속도로 돌아가고 있다는 것을 알 수 있었다.

"감독관에게 연락해. 심각한 문제가 생겼어."

40

가브리엘 애쉬는 어린 시절 여러 번 백악관 투어에 참여하면서 언젠가 자신도 대통령이 사는 궁전에서 일하면서 미국의 미래를 좌지우지하는 엘리트 팀의 일원이 되고 싶다는 꿈을 꾸곤 했다. 그러나 지금 이 순간만은 백악관이 아니라면 어디든 가고 싶다는 생각뿐이었다.

이스트 게이트의 대통령 경호원은 가브리엘을 화려한 홀로 안내했다.

'도대체 익명의 정보원은 무엇을 보여 주려는 걸까?'

가브리엘을 백악관에 불러들인다는 것은 미친 짓이었다.

'남의 눈에 띄면 어떡하지?'

가브리엘은 최근 섹스턴 의원의 오른팔로 언론에 제법 얼굴이 알려져 있었다. 틀림없이 누군가 알아볼 것이다.

"애쉬 씨?"

가브리엘은 고개를 들었다. 친절한 얼굴의 홀 담당 경비가 환영한다는 미소를 지었다.

"저쪽을 보십시오."

그가 손으로 가리켰다.

가브리엘이 그가 가리키는 쪽을 돌아보는 순간, 눈이 멀 듯한 플래시가 터졌다.

"감사합니다."

경비는 그녀를 책상으로 안내하고 펜을 건넸다.

"방명록에 서명해 주십시오."

그는 묵직한 가죽 바인더를 그녀 앞으로 밀었다.

가브리엘은 기록부를 보았다. 앞에 펼쳐진 페이지는 텅 비어 있었다. 백악관을 방문하는 모든 사람의 비밀을 보장하기 위해 각자 단독 페이지에 서명하게 되어 있다는 이야기를 들은 기억이 났다. 그녀는 자신의 이름을 적었다.

'이게 무슨 은밀한 만남이야.'

가브리엘은 금속 탐지기를 통과한 뒤 가볍게 신체 검색도 받았다. 경비는 미소 지었다.

"즐거운 방문되시길 바랍니다, 애쉬 씨."

대통령 경호원을 따라 타일이 깔린 복도를 15미터쯤 걸어가니, 두 번째 보안검색대가 나왔다. 여기서는 다른 경비가 방금 코팅 기계에서 나온 방문객 출입증을 만들고 있었다. 그는 출입증에 구멍을 뚫고 목줄을 건 뒤 가브리엘에게 건넸다. 비닐은 아직도 따뜻했다. 신분증에는 15초 전에 복도 저쪽에서 찍은 사진이 붙어 있었다.

가브리엘은 감탄했다.

'누가 정부를 비효율적인 기관이라고 했지?'

그들은 계속 걸었다. 경호원은 가브리엘을 백악관의 건물 보다 깊숙한 곳까지 데려갔다. 한 걸음 내딛을 때마다 더욱 초조해졌다. 수수께끼의 초대장을 보낸 사람은 이번 만남을 은밀하게 하려는 생각이 없는 것 같았다. 가브리엘은 출입증을 발급받았고, 방명록에 서명했으며,

지금은 투어에 참여한 일반인들이 모이는 백악관 1층을 보란 듯이 활보하고 있었다.

가이드가 관광객들에게 말하고 있었다.

"여기는 차이나 룸입니다. 낸시 레이건이 한 세트에 952달러에 구입한 붉은 대두리 도자기가 있는 곳이지요. 1981년에는 과시적인 소비라는 논란을 불러일으켰던 작품입니다."

대통령 경호원은 관광객 옆을 지나 거대한 대리석 계단 쪽으로 가브리엘을 안내했다. 다른 한 무리의 관광객들이 계단을 올라가고 있었다.

"다음으로 가실 곳은 300제곱미터의 이스트 룸입니다. 애비게일 애덤스가 존 애덤스의 빨래를 널었던 곳이지요. 그다음에는 제임스 매디슨과 협상하기 위해 방문한 각국 정상들에게 돌리 매디슨이 술을 진탕 먹이곤 했던 레드 룸을 지나가시게 됩니다."

관광객들이 웃음을 터뜨렸다.

가브리엘은 계단을 지나고 밧줄과 통행 차단물을 넘은 뒤 더욱 은밀한 구역으로 들어섰다. 책이나 텔레비전에서만 보던 방이었다. 호흡이 가빠졌다.

'맙소사, 여기가 맵 룸(Map Room)이구나!'

관광객은 들어온 적이 없는 곳이었다. 나무판을 댄 벽을 바깥쪽으로 밀면 세계 지도가 겹겹이 나오게 되어 있었다. 루즈벨트가 제2차 세계대전을 지휘하던 곳이자, 찜찜하게도 클린턴이 모니카 르윈스키와의 불륜을 시인한 방이기도 했다. 가브리엘은 그 생각을 얼른 머릿속에서 지웠다. 무엇보다 맵 룸은 웨스트 윙, 즉 백악관을 움직이는 진짜 실세들이 일하는 구역으로 들어가는 통로였다. 이곳으로 오게 되리라고는 상상조차 하지 못했다. 가브리엘은 젊은 인턴이나 보다 일상적인 업무를 담당하는 부서에서 일하는 사무관 정도가 이메일을 보내고 있으리라고 생각했다. 한데 지금 보니 그렇지 않은 것 같았다.

'난 웨스트 윙으로 들어가고 있어.'

경호원은 양탄자가 깔린 복도 끝까지 그녀를 안내하더니 명판이 붙어 있지 않은 문 앞에 서서 노크를 했다. 가브리엘의 심장이 쿵쿵거렸다.

"열려 있습니다."

안에서 목소리가 들려왔다.

경호원은 문을 열고 가브리엘에게 들어가라고 손짓했다.

가브리엘은 안으로 들어섰다. 커튼이 내려져 있었고, 방은 어둑어둑했다. 어둠 속 책상 앞에 앉아 있는 사람의 윤곽이 희미하게 보였다.

"애쉬 씨? 어서 오십시오."

담배 연기 너머에서 목소리가 들려왔다.

눈이 어둠에 익숙해지면서, 가브리엘은 눈에 익은 얼굴을 차츰 알아보았다. 너무 놀라 온몸의 근육이 굳었다.

'나한테 이메일을 보냈던 게 이 사람이라고?'

"와 주셔서 감사합니다."

마저리 텐치가 차가운 목소리로 말했다.

"텐치…… 씨?"

갑자기 숨이 가빠 왔다. 가브리엘은 말을 더듬었다.

"마저리라고 부르세요."

못생긴 여인은 용처럼 콧구멍으로 담배 연기를 뿜어내며 일어섰다.

"지금부터 우리는 최고의 친구가 될 사이니까요."

41

노라 맹거는 톨랜드, 레이첼, 코키와 나란히 발굴 구덩이 옆에 서서 칠흑 같은 운석 구멍 안을 바라보고 있었다.

"마이크, 당신은 미남이지만 제정신이 아니군요. 생물 발광체가 어디 있어요?"

톨랜드는 비디오라도 찍어 놓아야 했다고 후회했다. 코키가 노라와 밍을 찾으러 간 사이, 발광체는 급속도로 희미해지기 시작했고 몇 분 안에 모든 반짝임은 사라졌다.

톨랜드는 얼음 조각을 다시 물에 던져 보았지만 아무 일도 일어나지 않았다. 녹색 물방울은 튀지 않았다. 코키가 물었다.

"어디로 간 거야?"

이유는 짐작할 수 있었다. 자연계에서 가장 독창적인 자기방어기제 중 하나인 생물 발광은 플랑크톤이 위험에 처했을 때 나타나는 자연스러운 반응이다. 플랑크톤은 자기보다 큰 생물에게 잡아먹힐 위험에 처해 있다는 것을 감지하면 그보다 더 큰 포식자를 끌어들여서 원래 공격자를 물리치기 위해 빛을 발하기 시작한다. 이번 경우, 얼음의 균열을 통해 스며 들어온 플랑크톤은 갑자기 민물 환경에 처하자 죽어 가면서 빛을 발한 것이다.

"죽은 것 같습니다."

노라는 코웃음을 쳤다.

"살해당한 거예요. 부활절 토끼가 헤엄쳐 들어가서 먹었나 보죠."

코키는 그녀를 쏘아보았다.

"나도 발광체를 봤어, 노라."

"환각제라도 먹었나?"

"우리가 왜 이런 일에 거짓말을 하겠어?"

"남자들은 늘 거짓말을 하잖아."

"다른 여자랑 잤을 때는 그렇지만 발광 플랑크톤 문제에 대해서는 안 그래."

톨랜드가 한숨을 쉬었다.

"노라, 당신도 이 얼음 아래 바다에 플랑크톤이 산다는 건 알고 있잖아요."

그녀는 톨랜드를 쏘아보며 답했다.

"마이크, 내 전문 분야에 대해 아는 척하지 말아요. 분명히 말하지만, 북극 빙붕 아래에는 200종 이상의 규조류가 살고 있어요. 그 외에도 독립영양 편모충 14종, 종속영양 편모충 20종, 종속영양 쌍편모충 40종, 다모류, 단각류, 요각류, 크릴새우, 물고기를 포함한 후생동물 여러 종이 살고 있죠. 질문 있나요?"

톨랜드는 미간을 찌푸렸다.

"확실히 북극 동물군에 대해서는 당신이 나보다 더 많이 아시지요. 우리 발아래에 수많은 생명체가 존재한다는 점에도 동의하시고요. 한데 우리가 발광 플랑크톤을 봤다는 사실에 대해서는 왜 그렇게 회의적이십니까?"

"왜냐하면 이 구멍은 밀폐돼 있으니까요, 마이크. 이건 닫힌 담수 환경이에요. 해양 플랑크톤은 여기 들어올 수가 없어요!"

"물에서 짠맛이 났습니다. 아주 약간이지만 분명 났어요. 어떻게든 해수가 이 안에 들어오고 있습니다."

노라는 빈정거리듯 말했다.

"그래요, 소금 맛이 났겠죠. 땀이 잔뜩 밴 낡은 파카 소매를 한번 핥아 보고 PODS 밀도검사와 열다섯 개의 개별적인 코어 샘플이 부정확하다고 결정하셨군요."

톨랜드는 젖은 파카 소매를 증거로 내밀었다. 노라는 구멍을 들여다보았다.

"마이크, 당신 파카 소매를 핥기는 싫어요. 플랑크톤 떼가 무슨 이유로 그 균열이라는 것을 타고 들어왔는지 물어봐도 될까요?"

"열 때문이 아닐까요? 열은 많은 바다생물을 끌어들입니다. 우린 운석을 발굴할 때 열을 사용했어요. 플랑크톤이 순간적으로 더 따뜻한 환경을 찾아 균열을 타고 들어온 게 아닐까 싶습니다."

코키는 고개를 끄덕였다.

"논리적으로 들리는데."

"논리적이라고요?"

노라는 눈동자를 굴렸다.

"국가과학상에 빛나는 물리학자와 세계적으로 유명하신 해양학자 치고는 상당히 둔하시군요. 장담하지만 균열 같은 것은 없었을뿐더러, 혹시 있었다 해도 해수가 이 구멍 안으로 들어온다는 것이 물리적으로 불가능하다는 생각은 안 해 보셨나요?"

그녀는 한심하다는 듯 경멸어린 시선으로 두 사람을 응시했다. 코키가 입을 열었다.

"하지만 노라……."

"여러분! 우리는 해수면 위에 서 있어요."

노라는 발로 얼음을 굴렀다.

"무슨 말인지 모르겠어요? 이 빙판은 해수면 30미터 위에 있다고요. 이 빙붕 끝의 높은 절벽 기억나요? 우린 바다보다 더 높은 곳에 있단 말입니다. 이 구멍으로 이어지는 균열이 있다 해도, 물은 이 구멍에서 밖으로 흘러나가지 안으로 들어오지는 않아요. 그걸 중력이라고 하는 겁니다."

톨랜드와 코키는 서로 마주 보았다. 코키가 말했다.

"젠장, 그 생각을 못 했네."

노라는 물로 가득 찬 구멍을 가리켰다.

"수면 높이가 전혀 변하지 않는 것도 미처 못 봤죠?"

톨랜드는 바보가 된 기분이었다. 노라의 말이 전적으로 옳았다. 균열이 있다 해도, 물은 밖으로 새어 나가지 안으로 들어오지 않을 것이다. 톨랜드는 무슨 말을 해야 할지 몰라 한참 동안 아무 말 없이 서 있었다.

그는 마침내 한숨을 쉬었다.

"그렇군요. 얼음에 금이 갔다는 가정은 분명 말이 안 되는 것 같습니다. 하지만 우리는 물에서 생물 발광을 봤어요. 그렇다면 여기가 닫힌 환경이 아니라는 결론을 내릴 수밖에 없습니다. 당신의 연대측정 자료 대부분은 빙하가 균열이 없는 단단한 덩어리라는 전제에서 출발하는 것인데……."

"전제요?"

노라는 이제 눈에 띄게 신경이 거슬리는 것 같았다.

"이건 나만의 자료가 아니에요, 마이크. NASA도 똑같은 결론을 냈습니다. 이 빙하가 단단하다는 건 우리 모두가 확인한 겁니다. 균열 같은 건 없어요."

톨랜드는 돔 건너편 사람들이 모여 있는 기자회견장을 보았다.

"원인이 무엇이든, 확실하게 하려면 일단 국장에게 알려서……."

"이건 말도 안 돼!"

노라는 외쳤다.

"분명히 말해 두지만 이 기반 빙하는 흠집 하나 없이 깨끗해요. 혀로 핥아서 소금 맛을 봤다거나 말도 안 되는 환각을 봤다는 이유로 내 코어 데이터의 신빙성을 의심받고 싶지는 않네요."

그녀는 휑 하니 근처 자재를 쌓아 놓은 곳으로 다가가서 도구를 주워 들기 시작했다.

"제가 제대로 물 샘플을 떠서 이 물에는 해양 플랑크톤이 없다는 걸 입증해 드리죠. 산 놈이든 죽은 놈이든!"

레이첼과 일행은 노라가 살균 피펫을 줄에 매달아 구덩이 안에서 물샘플을 채취하는 모습을 지켜보았다. 노라는 소형 망원경을 닮은 작은 장치에 물 몇 방울을 떨어뜨렸다. 그런 다음 접안렌즈를 들여다보며 장치를 돔 반대쪽에서 비치는 불빛 쪽으로 향하게 했다. 잠시 후 그녀는 욕설을 내뱉었다.

"젠장!"

노라는 장치를 한번 흔들고 다시 들여다보았다.

"빌어먹을! 이 굴절계가 어디 잘못된 게 분명해!"

"소금물인가요?"

코키가 약 올리듯 물었다. 노라는 미간을 찌푸렸다.

"약간. 염도가 3퍼센트라고 나와요. 이럴 리가 없어. 염분은 전혀 없어야 하는데."

노라는 샘플을 근처의 다른 현미경으로 가져가서 다시 검사했다. 그녀는 신음 소리를 냈다.

"플랑크톤입니까?"

톨랜드가 물었다. 노라의 목소리는 이제 침착했다.

"G. 폴리헤드라예요. 우리 빙하학자들이 빙붕 아래 바다에서 흔히 보는 플랑크톤 중 하나죠."

그녀는 톨랜드를 돌아보았다.

"지금은 죽었어요. 염도 3퍼센트의 바닷물 환경에서는 오래 살지 못하는 것 같아요."

네 사람은 잠시 할 말을 잃은 채 깊은 구덩이 옆에서 서 있었다.

레이첼은 이 모순된 결과가 이번 발견 전반에 어떤 영향을 끼치게 될지 궁금했다. 운석의 발견이라는 대단한 사건에 비교하면 사소해 보이는 모순이었지만, 정보 분석가인 레이첼은 이보다 더 사소한 결함으로도 거대한 이론 전체가 무너지는 것을 본 적이 있었다.

"여긴 무슨 일이지?"

낮고 굵은 목소리가 들려왔다.

모두들 올려다보았다. NASA 국장의 곰 같은 몸집이 어둠 속에서 나타났다.

"구멍 속의 물에 사소한 문제가 있습니다. 그걸 해석하려는 중입니다."

톨랜드가 말했다. 코키는 들뜬 듯한 목소리로 말했다.

"노라의 얼음 데이터가 엉터리였다는데요."

"신났군."

노라가 중얼거렸다.

국장은 숱이 많은 눈썹을 내리깔며 다가왔다.

"얼음 데이터의 어떤 부분이 잘못된 거요?"

톨랜드는 확신할 수 없다는 듯 한숨을 내쉬었다.

"운석 구멍에 3퍼센트 염수가 들어 있습니다. 운석이 순수한 민물 빙하 속에 갇혀 있었다는 빙하학 보고서와 상반되는 내용이지요."

그는 잠시 사이를 두었다.

"플랑크톤도 나왔습니다."

엑스트럼은 거의 화가 난 듯한 표정이었다.

"그건 불가능해. 이 빙하에는 균열이 없소. PODS 스캔 결과에서 확인했어. 이 운석은 단단한 얼음 기반 안에 밀봉된 상태로 있었던 거요."

레이첼은 엑스트럼의 말이 맞다는 것을 알고 있었다. NASA의 밀도 조사에 따르면 얼음층은 돌처럼 단단했다. 운석 주위 사방으로 수십 미터가 얼음층이었다. 균열은 없었다. 그러나 밀도 조사가 어떻게 이루어졌을지 상상해 보니, 문득 이상한 생각이 떠올랐다.

엑스트럼은 계속 말하고 있었다.

"게다가 맹거 박사의 코어 샘플도 빙하가 단단하다는 걸 입증했소."

"맞아요!"

노라는 굴절계를 책상 위에 던지며 말했다.

"이중으로 입증한 사실이에요. 빙하에는 단층선도 없어요. 염분과 플랑크톤이 도대체 왜 들어가 있는지 설명할 길이 없다는 거죠."

"아뇨, 한 가지 가능성이 있어요."

레이첼은 불쑥 말했다. 자신의 대담한 목소리에 그녀 자신도 놀랐다. 과학자들의 토론을 듣고 있노라니 그녀 자신도 전혀 생각지 못했던 기억이 떠올랐던 것이다.

모두가 믿기지 않는다는 얼굴로 그녀를 쳐다보고 있었다. 레이첼은 미소를 지었다.

"염분과 플랑크톤이 있을 수밖에 없는 타당하고 논리적인 이유가 한 가지 있어요."

그녀는 톨랜드에게 짓궂은 시선을 주었다.

"솔직히 마이크, 당신이 미처 이 생각을 못 했다는 게 놀랍네요."

42

"플랑크톤이 빙하 안에 얼어 있었다고요?"

코키 말린슨은 레이첼의 설명을 전혀 납득할 수 없는 기색이었다.

"무시하려는 건 아니지만, 보통 생물이 얼면 죽습니다. 한데 플랑크톤은 반짝이고 있었잖아요?"

하지만 톨랜드는 레이첼에게 대단하다는 눈빛을 보냈다.

"아니, 일리가 있어. 환경에 따라 생명 활동을 중단하는 종도 많이 있거든. 내 프로그램에서도 그런 현상을 다룬 적이 있어."

레이첼은 고개를 끄덕였다.

"호수에서 얼어붙었다가 날이 풀리면 다시 헤엄을 치는 창꼬치라는 물고기를 소개하셨죠. 사막에서 완전히 건조한 상태로 수십 년을 버티다가 다시 비가 내리면 원래 부피대로 돌아오는 '물곰'이라는 미생물에 대해서도 말씀하셨어요."

톨랜드는 웃었다.

"정말 내 프로그램을 보신 겁니까?"

레이첼은 쑥스러워서 어깨만 으쓱했다. 노라가 물었다.
"그래서 무슨 말씀을 하시고 싶은 거죠, 섹스턴 요원?"
톨랜드가 대신 대답했다.
"왜 진작 그 생각을 못 했을까. 레이첼은 프로그램에서 내가 소개했던 생물 중에 겨울에는 북극 얼음 속에 얼어서 동면하다가 여름이 되어 얼음 두께가 얇아지면 다시 헤엄치기 시작하는 플랑크톤을 말한 겁니다."
톨랜드는 잠시 말을 멈추었다.
"내가 프로그램에서 소개했던 좋은 생물 발광과는 관계가 없지만, 어쩌면 비슷한 동면 상태였을지도 모릅니다."
레이첼은 마이클 톨랜드가 자신의 생각을 긍정적으로 받아들이자 신이 나서 말을 이었다.
"플랑크톤이 얼어 있었다면 우리가 여기서 본 모든 게 다 설명이 돼요. 과거 언젠가 이 빙하에 균열이 생겼고, 그 균열을 통해 플랑크톤이 풍부한 해수가 스며 들어와서 그대로 얼었을 수도 있어요. 이 빙하에 해수가 얼어붙은 부분이 들어 있었다면 어떨까요? 얼어붙은 플랑크톤이 들어 있는 얼어붙은 해수가 있었다면? 운석을 달구어서 얼음 위로 끄집어내는 과정에서 해수가 얼어붙은 부분을 통과했다고 생각해 보세요. 얼어 있던 해수가 녹으면서 플랑크톤은 동면에서 깨어나고 민물은 소량의 염분을 함유하게 되겠죠."
"아, 세상에!"
노라는 한심하다는 듯 소리쳤다.
"갑자기 다들 빙하학자라도 되셨나!"
코키 역시 회의적인 표정이었다.
"하지만 해수가 얼어붙은 부분이 있었다면 PODS가 밀도 분석을 했을 때 나타나지 않았을까요? 해수 얼음과 민물 얼음은 밀도가 다르니까요."

"거의 비슷하지 않나요."

레이첼이 말했다. 노라가 대꾸했다.

"3퍼센트는 상당한 차이예요."

"네, 실험실에서는 그렇겠죠. 하지만 PODS는 우주 190킬로미터 상공에서 측정하잖아요. 거기 설치된 컴퓨터는 보다 확실한 차이를 감지하도록 설계되어 있어요. 얼음이냐, 진창이냐, 혹은 화강암이냐 석회암이냐."

레이첼은 국장을 돌아보았다.

"PODS가 우주에서 밀도를 측정할 때의 해상도는 해수 얼음과 민물 얼음의 밀도 차를 감지할 정도는 아니라고 생각하는 게 옳지 않을까요?"

국장은 고개를 끄덕였다.

"맞아. 3퍼센트 차이는 PODS의 오차 범위 이내지. 위성은 아마 해수 얼음과 민물 얼음을 동일한 것으로 인식할걸세."

톨랜드는 이제 흥미가 동하는 것 같았다.

"그렇다면 발굴 갱도 안의 수면 높이가 일정한 것도 설명이 되죠."

그는 노라를 보았다.

"아까 갱도 안에 있던 플랑크톤 종이 뭐라고 하셨더라……."

"G. 폴리헤드라. G. 폴리헤드라가 얼음 속에서 동면할 수 있는지 궁금하시겠죠? 기쁘시겠지만 맞아요. G. 폴리헤드라는 빙붕 주변에서 무리로 발견되고, 생물 발광을 하고, 얼음 안에서 동면할 수 있어요. 다른 질문 없나요?"

모두 시선을 교환했다. 노라의 어조로 보아서는 '하지만'이라는 단어가 따라 나올 것 같았지만, 말의 내용은 레이첼이 제시한 가설을 입증할 뿐이었다.

톨랜드가 입을 열었다.

"그럼 가능하다는 이야기죠? 이 가설이 이치에 맞는다고 생각하십니까?"

"그럼요. 당신들 지능지수가 모자란다면."

레이첼은 그녀를 쏘아보았다.

"뭐라고 하셨어요?"

노라 맹거는 레이첼의 시선을 똑바로 받아넘겼다.

"당신들 업계에서는 대충 알고 있는 게 위험하지 않나요? 빙하학에서도 마찬가지예요."

노라는 주위 네 사람을 차례로 둘러보았다.

"마지막으로 분명히 말씀드릴게요. 섹스턴 요원 말대로 해수가 얼어붙은 부분은 존재해요. 빙하학자들은 이걸 공극(interstice)라고 부르죠. 하지만 공극은 해수 주머니 모양이 아니라 사람 머리카락 정도 굵기밖에 안 되는 잔가지가 사방으로 뻗은 형태를 취하는 경우가 많아요. 이 정도 깊이의 웅덩이에서 3퍼센트 정도의 염도가 나오려면, 운석이 엄청나게 빽빽한 공극층을 통과해야 했을 거예요."

엑스트럼은 얼굴을 찌푸렸다.

"그래서 그게 가능한 거요, 그렇지 않은 거요?"

"말도 안 돼요."

노라는 단호하게 대꾸했다.

"절대 불가능해요. 그런 공극층이 있었다면 내 코어 샘플에도 염수 얼음이 발견되었을 거예요."

레이첼이 물었다.

"코어 샘플은 무작위적으로 위치를 정해서 뚫은 것 아닌가요? 혹시라도 코어의 위치가 우연히 바닷물이 있는 위치를 피해 갔을 가능성은 없을까요?"

"나는 운석 바로 위쪽을 뚫었어요. 주위 몇 미터 지점에서도 여러 개의 코어 샘플 구멍을 뚫었고요. 더 이상 가까운 곳은 없어요."

"혹시나 해서 물어본 거예요."

"해수 공극은 계절적인 얼음, 즉 매년 얼었다가 녹는 곳에서만 나타나요. 밀른 빙붕은 단단한 얼음, 즉 산에서 형성되어 덩어리째 흘러 내려오다가 빙하가 깨지는 지역을 만나 조각나서 바다로 떨어진 얼음이에요. 얼어붙은 플랑크톤이 이 수수께끼의 현상을 설명하는 데 손쉬운 가설일지는 몰라도, 난 이 빙하 안에는 얼어붙은 플랑크톤이 없다고 보증할 수 있어요."

일동은 침묵에 잠겼다.

얼어붙은 플랑크톤이라는 가설이 단호한 반박을 받기는 했지만, 체계적인 데이터 분석에 익숙한 레이첼의 두뇌는 이 반론을 받아들일 수 없었다. 그녀는 빙하 안에 얼어붙은 플랑크톤이 있다는 것이 수수께끼에 대한 가장 단순한 해답이라는 것을 직감적으로 알고 있었다.

'단순성의 법칙이지.'

그녀는 생각했다. 국가정보원 교관들이 무의식 속에 각인시켜 준 법칙이었다. 다양한 해석이 존재할 때는 가장 단순한 해석이 정답인 경우가 많다.

만약 빙하 코어 자료가 틀렸을 경우 노라 맹거는 잃을 것이 많은 사람이었다. 노라가 플랑크톤을 보고 빙하가 단단하다는 자신의 주장이 실수였다는 것을 깨달았으면서도 책임을 회피하려는 것이 아닌가 하는 생각이 들었다.

레이첼은 말했다.

"저는 방금 백악관 전체 직원들에게 이 운석이 정거졸이라는 유명한 운석에서 떨어져 나온 1716년 이후 외부의 영향을 전혀 받지 않은 채 불순물이 없는 빙하 안에서 밀폐된 상태로 발견되었다고 설명했어요.

한데 이제 이 사실에는 의문의 여지가 있군요."

NASA 국장은 심각한 얼굴로 침묵을 지켰다.

톨랜드가 헛기침을 했다.

"저도 레이첼의 말에 동의해야겠습니다. 물 안에는 해수와 플랑크톤이 있었어요. 이유가 무엇이든, 이 갱도는 밀폐된 환경이 아닙니다. 그렇다고 말할 수가 없어요."

코키는 불편한 표정이었다.

"음, 여러분, 천체물리학자라서 관점이 좀 다를 수도 있겠지만, 우리 분야에서는 실수를 하면 보통 수십억 년 단위가 빗나가죠. 플랑크톤과 해수가 조금 섞였다는 게 그렇게 중요한 겁니까? 아니, 운석을 둘러싼 얼음이 완벽하냐 아니냐 여부가 운석 자체에 영향을 끼치지는 않잖아요. 화석은 분명 있습니다. 그 화석이 진짜라는 것을 의심하는 사람은 아무도 없고요. 얼음 코어 자료에서 조금 실수가 있었다 해도 아무도 신경 쓰지 않을 겁니다. 다른 행성에 생명이 존재한다는 증거를 발견했다는 사실에만 관심을 가질 거라고요."

레이첼이 말했다.

"죄송합니다만 말린슨 박사님, 데이터를 직업적으로 분석하는 사람으로서 저는 동의할 수 없습니다. NASA가 오늘 밤 제시하는 자료에 미세한 허점이라도 있다면 발견의 신빙성 자체가 의심받을 가능성이 있어요. 화석의 진위 여부를 포함해서요."

코키가 입을 딱 벌렸다.

"무슨 말씀입니까? 저 화석은 반론의 여지가 없잖아요!"

"알고 있어요. 여러분도 아시고요. 하지만 NASA가 얼음 코어 자료에 문제가 있다는 것을 알면서도 오늘 기자회견을 진행한다면, 장담하지만 일반인들은 NASA가 또 무슨 거짓말을 했는지 의문을 갖기 시작할 겁니다."

노라가 눈을 번득이며 앞으로 나섰다.

"내 코어 자료에는 문제가 없어요."

그녀는 국장을 돌아보았다.

"이 빙붕 안 어디에도 해수 얼음이 없다는 걸 절대적으로 확실하게 증명할 수 있습니다."

국장은 오랫동안 그녀를 응시했다.

"어떻게?"

노라는 계획을 설명했다. 설명이 끝나자, 레이첼도 논리적인 주장으로 들린다는 것을 인정하지 않을 수 없었다.

하지만 국장은 미덥지 않은 것 같았다.

"확실한 결과를 보장할 수 있다는 거요?"

"100퍼센트 보장합니다. 운석 갱도 근처에 빌어먹을 해수 얼음이 1그램이라도 있다면, 직접 눈으로 보실 수 있을 겁니다. 몇 방울 크기만 있어도 기계에는 타임스퀘어처럼 환한 불이 들어올 테니까요."

군인처럼 짧게 깎은 국장의 머리 아래에 깊은 주름이 졌다.

"시간이 별로 없소. 기자회견은 두 시간 후요."

"20분 안에 돌아올 수 있어요."

"얼마나 멀리 나가야 한다는 거요?"

"그리 멀지 않아요. 200미터 정도만 나가면 됩니다."

엑스트럼은 고개를 끄덕였다.

"안전하다는 건 확신하시오?"

"조명탄을 들고 가겠습니다. 마이크도 같이 갈 거고요."

톨랜드가 퍼뜩 고개를 들었다.

"제가요?"

"그럼요, 마이크! 줄로 몸을 묶을 거예요. 바람이 세게 불면 붙잡아 줄 튼튼한 팔이 필요하니까요."

"하지만……."

"노라 말이 맞아."

국장은 톨랜드를 돌아보며 말했다.

"노라가 간다면 혼자 보낼 수는 없소. NASA 직원을 몇 명 붙여 주고 싶지만, 솔직히 이 플랑크톤이 문제가 되는지 아닌지 확실해지기 전까지는 우리끼리만 알고 있었으면 좋겠소."

톨랜드는 마지못해 고개를 끄덕였다.

"저도 가고 싶어요."

레이첼이 나섰다. 노라가 코브라처럼 고개를 휙 돌렸다.

"절대 안 돼요."

국장이 좋은 생각이라도 났는지 입을 열었다.

"그러고 보니 일반적인 4인조 팀을 구성하는 게 더 안전할 것 같소. 두 사람이 갔다가 마이크가 실족하면 당신 힘으로는 잡아 줄 수 없을 테니까. 두 사람보다는 네 사람이 훨씬 안전하지."

그는 코키 쪽을 보았다.

"당신이나 밍 박사 둘 중 한 사람이 가는 게 좋겠군."

엑스트럼은 해비스피어를 둘러보았다.

"한데 밍 박사는 어디 간 거지?"

"한동안 못 봤습니다. 낮잠이라도 자는 모양이지요."

톨랜드가 말했다. 엑스트럼은 코키를 돌아보았다.

"말린슨 박사, 같이 나가라고 강요하는 건 아니지만……."

"뭐 어때요? 이렇게 호흡이 척척 맞는데."

"안 돼요!"

노라가 외쳤다.

"네 사람이 가면 속도만 떨어질 거예요. 마이크와 둘만 가겠어요."

"혼자는 못 갑니다."

국장은 결정을 짓는 듯한 어조로 말했다.
"수색팀이 4인조로 이루어지는 데는 이유가 있소. 최대한 안전하게 해야 합니다. NASA 역사상 가장 중요한 기자회견을 두 시간 앞두고 사고가 나는 건 절대 있어서는 안 될 일이오."

43

무거운 공기가 드리운 마저리 텐치의 사무실에 앉아 있으니 알 수 없는 불안감이 엄습했다.
'이 여자가 내게 뭘 원하는 거지?'
사무실에 놓인 유일한 책상 뒤에서 의자 등받이에 몸을 기댄 텐치의 차가운 표정에는 가브리엘의 불안감을 즐기기라도 하는 듯한 쾌감이 떠돌고 있었다.
"담배 연기가 거슬리세요?"
텐치는 담배를 새로 꺼내 두드리며 물었다.
"아뇨."
가브리엘은 거짓말을 했다. 어쨌거나 텐치는 대답도 기다리지 않고 불을 붙이고 있었다.
"당신과 그쪽 후보는 이번 선거운동에서 NASA에 상당한 관심을 보였죠."
"사실입니다."

가브리엘은 분노를 숨기지 않고 쏘아붙였다.

"당신의 창의적인 도움 덕분이었지요. 설명해 주십시오."

텐치는 순진한 척 입을 내밀었다.

"내가 왜 당신 이메일로 NASA에 대한 공격 자료를 보냈는지 그 점을 알고 싶으신가요?"

"당신이 보내 준 자료는 대통령에게 타격을 주었습니다."

"단기적으로는, 그랬죠."

텐치의 의미심장한 말투에 가브리엘은 불안해졌다.

"그건 무슨 뜻이죠?"

"진정해요, 가브리엘. 내 이메일이 상황에 큰 영향을 끼치지는 않았으니까. 섹스턴 의원은 내가 개입하기 훨씬 전부터 NASA를 공격하고 있었어요. 난 그가 주장을 보다 명확하게 하고 자신의 입장을 확고하게 하도록 도움을 줬을 뿐이고요."

"입장을 확고하게 한다고요?"

"바로 그겁니다."

텐치는 누런 이를 드러내며 미소 지었다.

"오늘 오후 CNN에서도 아주 효과적으로 그렇게 하셨지요."

가브리엘은 애매한 입장을 취하지 못하도록 몰아붙였던 텐치의 질문에 대해 의원이 보였던 반응을 떠올렸다.

'네, 저는 NASA를 철폐하기 위한 조치를 취할 겁니다.'

섹스턴은 궁지에 몰렸지만 강력한 답변으로 빠져나왔다. 올바른 대응이었다.

'과연 그랬나?'

텐치의 만족스러운 표정을 본 가브리엘은 뭔가 자신이 모르는 정보가 있다는 것을 깨달았다.

텐치는 갑자기 의자에서 일어섰다. 호리호리한 체격이 좁은 공간을 가득 채웠다. 그녀는 담배를 입술에 문 채 벽장 금고 쪽으로 다가가서 두꺼운 서류 봉투를 꺼내더니 다시 책상으로 돌아와서 앉았다.

가브리엘은 불룩한 봉투에 시선을 주었다.

텐치는 마치 로열 플러시를 들고 있는 도박사처럼 봉투를 무릎 위에 얹고 미소를 지었다. 승리에 대한 기대감을 즐기듯이 누런 손가락 끝이 봉투 모서리를 계속 튕기는 소리가 귀에 거슬렸다.

단지 자신의 죄의식 때문이라는 것을 알면서도, 봉투를 보는 순간 가브리엘은 혹시 자신이 상원의원과 정사를 가졌다는 증거라도 들어 있는 게 아닌가 하는 걱정부터 더럭 들었다. 그러나 업무 시간이 끝난 뒤 섹스턴의 상원의원실에서 문을 잠근 채 벌어진 일이었다. 백악관이 증거를 가지고 있었다면 벌써 터뜨렸을 것이다.

'의심을 할지는 몰라도 증거는 없을 거야.'

가브리엘은 생각했다.

텐치는 담배를 눌러 껐다.

"애쉬 양, 알고 있는지 모르겠지만 당신은 1996년 이래로 워싱턴 정가 막후에서 치열하게 벌어지고 있는 전투 한복판에 뛰어들었어요."

이 첫 마디는 가브리엘이 전혀 예상하지 못했던 말이었다.

"무슨 말씀이신지?"

텐치는 다시 새 담배에 불을 붙였다. 얇은 입술이 담배 주위로 오므라들었고, 담배 끝은 붉게 빛났다.

"우주 상용화 추진 법안(SCPA)에 대해 알고 있나요?"

들어 본 적이 없었다. 가브리엘은 무슨 말인지 몰라 어깨를 으쓱했다.

"그래요? 당신 후보의 입장을 감안한다면 놀랍네요. 우주 상용화 추진법은 1996년 워커 상원의원이 발의한 겁니다. 기본적으로 인간을 달에 보낸 이후 의미 있는 성과를 전혀 거두지 못한 NASA의 실패를 거론하고 있어요. 우주를 보다 효과적으로 개발할 수 있도록 NASA의

자산을 민간 항공우주회사에 즉각 매각하여 민영화하고 자유시장 체제에서 경쟁하게 하여 NASA가 납세자에게 지우는 부담을 덜자는 주장이었습니다."

가브리엘은 NASA를 비판하는 사람들이 민영화를 대안으로 제시하는 것을 들어 본 적이 있었지만, 공식적인 법안 형태로 상정된 적이 있다는 사실은 모르고 있었다.

"이 상용화 법안은 네 번이나 국회에 상정되었습니다. 우라늄 생산과 같이 공공사업을 성공적으로 민영화한 법안들과 비슷하죠. 의회는 우주 상용화 법안을 네 번 다 통과시켰습니다. 고맙게도 그때마다 백악관이 거부권을 행사했죠. 잭 허니도 두 번이나 거부했어요."

"그래서 요점이 뭔가요?"

"요점은 섹스턴 상원의원이 대통령이 되면 틀림없이 지지할 법안이라는 겁니다. 섹스턴은 기회만 오면 당장 NASA의 자산을 민간회사에 매각하려 할 거예요. 간단히 말해서 당신 후보는 세금으로 우주 탐사 사업을 하는 것보다는 민영화를 지지하실 분입니다."

"제가 아는 한 상원의원님은 우주 상용화 추진 법안에 대해 공개적으로 입장을 밝히신 적이 없습니다만."

"맞습니다. 하지만 의원님의 정책은 잘 알고 계실 테니, 설사 지지하더라도 놀라시진 않겠죠."

"자유 시장 체제는 효율성을 증대시키는 경우가 많습니다."

"맞다고 대답하신 걸로 알겠습니다."

텐치는 그녀를 응시했다.

"유감이지만 NASA의 민영화는 한심한 생각입니다. 이 법안이 등장한 이후 모든 백악관 행정부가 거부권을 행사한 데는 수많은 이유가 있어요."

"우주 민영화에 반대하는 주장도 들어 봤습니다. 염려하시는 부분도 충분히 이해합니다."

텐치는 가브리엘 쪽으로 몸을 내밀었다.

"그래요? 어떤 논리를 들어 보셨는지요?"

가브리엘은 불편한 듯 자세를 고쳐 앉았다.

"음, 주로 학계의 근심이었죠. 가장 자주 들었던 이야기는 NASA를 민영화하면 우주에 대한 과학 지식의 탐구 대신 이윤을 낼 수 있는 사업이 중심이 될 거라는 논리였습니다."

"사실이에요. 우주과학은 한순간에 사라질 겁니다. 민간회사는 우주를 순수하게 연구하기보다는 소행성 채굴사업이나 우주 관광객 호텔 건설, 상용 위성발사 서비스 같은 데 돈을 쓸 테니까요. 아무 경제적 이익도 없는데 민간회사에서 무엇 때문에 수십억 원을 들여 우주의 기원을 탐구하겠어요?"

"그렇겠죠. 하지만 학문적 탐구를 지원하는 국가 재단 같은 것을 설립할 수도 있지 않겠습니까?"

"그런 시스템은 이미 있어요. NASA가 바로 그겁니다."

가브리엘은 입을 다물었다. 텐치는 말을 이었다.

"이윤을 위해 과학을 포기하는 것은 부차적인 문제입니다. 민간 부문이 마음대로 우주에 진출하도록 허용했을 때 발생할 수 있는 엄청난 혼란과 비교한다면 말이죠. 서부 개척시대를 다시 보게 될지도 몰라요. 개척자들이 달과 소행성을 자기 영토라고 주장하고 무력으로 이를 지키려고 할 수도 있습니다. 밤하늘에 깜빡이는 네온 광고판을 세우게 해 달라고 청원하는 회사들이 있다고 들었어요. 쓰레기를 우주공간에 쏘아 올려서 지구 궤도에 쓰레기 뭉치가 돌아다니게 하겠다는 우주호텔과 관광업체도 보았습니다. 바로 어제는 죽은 사람을 지구 궤도에 쏘아 올려서 우주를 공동묘지로 만들자는 사업계획서를 읽기도 했답니다. 통신위성이 시체와 부딪히는 광경을 상상할 수 있겠어요? 지난주에는 백만장자 CEO를 내 사무실에서 만났는데, 근접소행성에 로켓을 발사해서 지구궤도 근처까지 끌고 와서 귀중한 광물을 채취하자고 하더군요. 소행성을 지구 궤도 근처까지 끌고 오는 일이 얼마나 엄청난 전지구적 참사를 불러일으킬 수 있는지 설명을 해야 했다고요! 애쉬 양, 이 법안이 통과되면 줄지어 우주로 향하는 사람들은 로켓 과학자들이 아닐 겁니다. 돈만 많고 생각은 천박한 사업가들뿐일 거예요."

"설득력 있는 논리네요. 의원님께서도 법안에 표를 던져야 할 상황이 되면 보다 신중하게 생각하시리라 믿어요. 한데 이 문제가 저와 무슨 상관이 있다는 겁니까?"

텐치는 담배를 문 채 눈을 가늘게 떴다.

"수많은 사람들이 우주에서 돈을 많이 벌겠다고 나서고 있고, 모든 규제를 철폐하고 문을 개방하자는 정치적 로비도 증가하고 있어요. 대통령의 거부권은 사실상 민영화를 막는, 우주의 무정부상태를 막는 마지막 방어벽입니다."

"그렇다면 잭 허니 대통령께 법안을 거부하라고 권하고 싶네요."

"그쪽 후보가 선출되면 그렇게 신중하지 않을 거라는 점이 걱정인데요."

"다시 말씀드리지만, 의원님께서는 법안에 거부권을 행사할 입장이 되면 보다 신중하게 모든 문제를 심사숙고하실 겁니다."

텐치는 그래도 믿기지 않는다는 표정이었다.

"섹스턴 의원이 언론 광고에 얼마나 많은 돈을 쓰는지 알아요?"

느닷없는 질문이었다.

"그런 수치는 다 공개되어 있습니다만."

"한 달에 300만 달러가 넘습니다."

가브리엘은 어깨를 으쓱했다. 비슷한 수치였다.

"그런가요."

"엄청난 돈이에요."

"의원님은 돈이 많으시니까요."

"네, 계획을 잘 세우셨죠. 아니, 결혼을 잘하셨다고 해야 하나."

텐치는 잠시 말을 멈추고 연기를 뿜어냈다.

"부인 캐서린 일은 유감이에요. 의원님도 충격이 크셨겠지요."

누가 봐도 연기라는 것이 분명한, 비극적인 한숨이 흘러나왔다.

"아주 오래된 일은 아니지 않나요?"

"요점을 말씀하시지 않으면 이만 가 보겠습니다."

텐치는 허파를 짜내는 듯한 기침을 한번 한 뒤 서류 봉투로 손을 뻗었다. 그녀는 스테이플로 찍은 작은 서류철을 꺼내 가브리엘에게 건넸다.

"섹스턴의 재무 기록입니다."

가브리엘은 놀라서 서류를 훑어보았다. 기록은 몇 년 전부터 소급된 것이었다. 섹스턴의 개인적인 재정 상황까지는 잘 몰랐지만, 가짜가 아니라는 것은 직감할 수 있었다. 은행 계좌, 신용카드 거래 내역, 대출, 주식, 부동산, 채무, 이익과 손실 등이 모두 들어 있었다.

"이건 사적인 자료인데요. 어디서 구하셨나요?"

"그건 당신이 상관할 바가 아니고요. 어쨌든 이 수치를 잘 보시면, 섹스턴 의원의 재산은 지금 쓰고 있는 어마어마한 돈에 못 미친다는 걸 분명히 알 수 있을 거예요. 부인이 죽은 뒤, 의원님은 부인의 유산 대부분을 잘못된 투자와 유흥으로 탕진하고 예비선거에서 확실한 승리를 거두기 위해 다 써 버렸습니다. 의원은 6개월 전에 파산했어요."

이건 허풍일 수밖에 없었다. 파산했는지는 몰라도, 씀씀이는 그렇지 않았던 것이다. 섹스턴은 매주 광고 시간을 더 많이 사들이고 있었다. 텐치는 말을 이었다.

"당신의 후보는 현재 대통령보다 네 배나 더 많은 돈을 선거운동에 지출하고 있어요. 개인적인 돈도 없는데."

"후원금이 많이 들어오고 있어요."

"네, 일부는 합법적이겠지요."

가브리엘은 고개를 얼른 치켜들었다.

"뭐라고요?"

텐치는 책상 위로 몸을 내밀었다. 숨결에서 니코틴 냄새가 풍겼다.

"가브리엘 애쉬, 한 가지 질문을 할 텐데요, 대답하기 전에 아주 깊이 생각하셔야 합니다. 대답 여부에 따라 당신은 앞으로 몇 년을 감옥에서 지낼 수도 있으니까요. 섹스턴 의원이 NASA가 민영화되면 수십억의 이익을 얻게 될 항공회사로부터 어마어마한 불법 선거자금을 받고 있다는 걸 알고 있나요?"

가브리엘은 텐치를 바라보았다.

"그건 당치도 않아요!"

"이 활동에 대해 전혀 모르고 있었다는 말인가요?"

"의원님이 그렇게 어마어마한 규모의 뇌물을 받고 있다면 제가 모를 리 없습니다."

텐치는 차갑게 미소 지었다.

"가브리엘, 섹스턴 의원이 당신과 많은 것을 나눈 사이라는 건 잘 알고 있어요. 하지만 당신은 그 사람에 대해 모르는 것이 아주 많군요."

가브리엘은 일어섰다.

"하실 말씀은 끝난 걸로 알겠습니다."

"천만에요."

텐치는 봉투 안에 있던 나머지 서류를 꺼내 책상 위에 펼쳤다.

"이제 겨우 시작인데요."

44

해비스피어의 대기실에서 NASA의 마크 나인 미세기후조절 방한복을 껴입고 있으니 마치 우주인이 된 듯한 기분이었다. 검은 원피스 후드 방한복은 마치 공기를 넣은 스쿠버복 같은 모양이었다. 속이 빈 홈 속에 빡빡한 젤을 채워 넣어 춥거나 더운 환경에서 체온을 조절해 주는 이중형상기억소재였다.

레이첼은 몸에 딱 맞는 후드를 머리에 뒤집어쓰면서 NASA 국장에게 시선을 보냈다. 그는 보초처럼 말없이 문간에 서 있었다. 이번 임무가 마음에 들지 않는 기색이 역력했다.

노라 맹거는 모든 사람들의 복장을 챙겨 주면서 혼자 욕설을 내뱉고 있었다. 그녀는 코키에게 방한복을 던져 주며 말했다.

"아주 땅딸막한 사이즈가 있군."

톨랜드는 이미 옷을 반쯤 껴입고 있었다.

레이첼이 지퍼를 완전히 올리자, 노라는 옆구리의 조절판을 찾아 커다란 스쿠버 탱크를 닮은 은색 통에서 꼬불꼬불 나온 주입 튜브와 연결했다.

"숨을 들이마셔 봐요."

노라는 밸브를 열며 말했다.

쉿 소리와 함께 젤이 방한복 안에 들어오는 것이 느껴졌다. 형상기억소재가 팽창하고 방한복이 몸에 밀착되면서 안에 입은 옷을 눌렀다. 고무장갑을 낀 채 물에 손을 집어넣는 느낌이었다. 머리에 쓴 후드가 팽창해서 귀를 누르자 모든 소리가 먹먹하게 들려왔다.

'누에고치 안에 들어 있는 것 같아.'

"마크 나인의 가장 큰 장점은 패딩이에요. 엉덩이로 넘어져도 아무 느낌이 안 날 정도예요."

그럴 만했다. 마치 매트리스 안에 갇힌 기분이었다.

노라는 레이첼이 허리에 찬 벨트에 얼음도끼, 밧줄 연결고리, 카라비너 등의 공구를 달아 주었다. 레이첼은 장비를 바라보며 물었다.

"200미터밖에 안 나가는데 이걸 다 가져가야 해요?"

노라는 눈을 가늘게 떴다.

"갈 거예요, 말 거예요?"

톨랜드는 레이첼에게 안심하라는 듯 고개를 끄덕여 보였다.

"그냥 만일을 위해 조심하는 것뿐입니다."

코키는 재미있다는 얼굴로 주입 탱크를 연결해서 방한복을 부풀렸다.

"커다란 콘돔을 입은 기분인데."

노라는 한심하다는 듯 한숨을 쉬었다.

"총각 주제에, 무슨 기분인지 알기나 하나."

톨랜드는 레이첼 옆에 앉았다. 그는 묵직한 부츠를 신고 아이젠을 다는 그녀에게 넌지시 미소를 보냈다.

"정말 가고 싶습니까?"

레이첼의 안전이 걱정되어 배려해 주는 말투였다.

그녀는 점점 더해 가는 불안감을 비치지 않으려고 애쓰며 자신 있게 고개를 끄덕였다.

'200미터면 멀지도 않잖아.'

"폭풍우 치는 바다가 아니면 시시하다고 생각하시는 분도 있는데요."

톨랜드는 아이젠을 달며 웃었다.

"난 이렇게 얼어 있는 물보다 액체 상태의 물이 더 마음에 듭니다."

"난 둘 다 싫어요.. 어렸을 때 얼음 밑에 빠진 적이 있거든요. 그 뒤로 물을 보면 무서워요."

톨랜드는 이해한다는 눈빛으로 그녀를 보았다.

"저런, 안됐군요. 이번 일이 끝나면 저랑 같이 고야 호에 타 보시죠. 물에 대한 생각이 달라지실 겁니다. 장담해요."

레이첼은 톨랜드의 초대에 놀랐다. 고야 호는 톨랜드의 연구선으로서 〈놀라운 바다〉에 등장해서 잘 알려지기도 했지만, 바다에서 가장 특이하게 생긴 배로도 유명했다. 고야 호에 오른다는 건 레이첼에게는 무서운 일이었지만, 그래도 놓칠 수 없는 기회였다.

"지금 뉴저지 해안에서 20킬로미터 떨어진 곳에 정박해 있습니다."

톨랜드는 아이젠 죔쇠와 씨름하면서 말했다.

"어울리지 않는 곳 같은데요."

"그렇지 않아요. 대서양 연안은 놀라운 곳입니다. 한창 새 다큐멘터리를 찍을 준비를 하고 있는데 무례하게도 대통령이 방해하더군요."

레이첼은 웃었다.

"무슨 다큐멘터리예요?"

"스피르나 모카란과 메가플럼에 대한 겁니다."

레이첼은 얼굴을 찌푸렸다.

"괜히 물었네요."

톨랜드는 아이젠을 다 설치한 뒤 고개를 들었다.

"정말로 거기서 몇 주 동안 촬영할 겁니다. 워싱턴은 저지 해안에서 멀지 않아요. 집에 돌아가면 들르십시오. 평생 물을 무서워하면서 살 이유가 없어요. 우리 동료들이 레드 카펫이라도 깔아 드릴 겁니다."

노라 맹거가 고함을 질렀다.

"나갈 거예요, 말 거예요? 양초랑 샴페인이라도 가져다줘요?"

45

가브리엘 애쉬는 지금 마저리 텐치의 책상 위에 펼쳐져 있는 서류를 어떻게 해석해야 할지 알 수 없었다. 복사한 편지, 팩스, 통화 녹취록 등 모든 것이 섹스턴 상원의원이 민간 우주항공 회사와 은밀한 대화를 나누었다는 주장을 뒷받침하는 것 같았다.

텐치는 가브리엘에게 해상도가 좋지 않은 흑백사진 두 장을 내밀었다.

"이건 처음 보시는 사진일 텐데요?"

가브리엘은 사진을 보았다. 첫 사진은 섹스턴 상원의원이 지하 주차장 같은 곳에서 택시에서 내리는 장면이었다.

'섹스턴은 택시를 타지 않는데.'

가브리엘은 두 번째 사진을 보았다. 섹스턴이 주차해 놓은 흰 미니 밴에 올라타는 장면이었다. 밴 안에서는 늙은 남자 한 사람이 기다리고 있는 것 같았다.

"누구죠?"

가브리엘은 사진이 위조일지도 모른다고 생각하고 물었다.

"SFF의 거물이죠."

가브리엘은 자신의 귀를 의심했다.

"우주 개척 재단(Space Frontier Foundation) 말인가요?"

SFF는 민간우주항공회사들의 '연합' 같은 단체로서 우주항공업체, 경영자, 벤처자본가 등 우주로 진출하려는 모든 민간 법인을 대변하는 곳이었다. 대체로 NASA에 비판적이었으며, 미국 우주사업은 민간회사의 우주사업 참여를 막는 불공정한 사업 관행을 저지르고 있다고 주장하고 있었다.

텐치가 말했다.

"SFF는 현재 100여 개 대기업을 대변하고 있지요. 우주 상용화 추진법이 비준되기만을 손꼽아 기다리는 아주 돈 많은 대기업도 있습니다."

가브리엘은 생각해 보았다. SFF가 선거운동을 공개적으로 지지하고 있는 이유는 당연했지만, 섹스턴은 논란의 여지가 많은 로비 전략 때문에 그들을 너무 가까이하지 않고 거리를 두고 있었다. 최근 SFF는 NASA를 사실상 '불법독점기업'이라고 주장하면서, 적자 경영에도 불구하고 계속 유지되고 있는 것은 민간 기업에 대한 불공정한 경쟁을 대변한다는 요지의 사설을 싣기도 했다. SFF에 따르면 AT&T가 통신위성을 쏘아 올릴 때마다 몇몇 민간우주항공회사가 5천만 달러라는 적절한 가격에 입찰했다. 한데 항상 NASA가 끼어들어 2,500만 달러를 제시해서 사업을 가로채고는 실제 제작에 들어가면 다섯 배나 많은 비용을 쓴다는 것이었다! NASA는 적자 경영을 통해 우주사업을 독점하고 있으며, 납세자들이 그 비용을 지불하고 있다. SFF의 변호사들은 이렇게 주장했다.

"이 사진은 당신 후보가 민간 우주기업을 대변하는 단체와 비밀회동을 가지는 장면입니다."

텐치는 탁자 위의 다른 몇몇 서류를 가리켰다.

"우리는 회원사에게 기업의 순자산과 맞먹는 거액의 돈을 모금해서 섹스턴 상원의원이 관리하는 계좌로 입금하라는 SFF 내부 문건도 가지고 있어요. 사실상 이들 민간 우주국은 섹스턴을 백악관으로 밀어 넣는 데 돈을 걸고 있는 셈이죠. 섹스턴이 당선되면 상용화 법안을 통과시키고 NASA를 민영화시키겠다고 약속한 것으로밖에 해석할 수 없습니다."

가브리엘은 미심쩍은 눈으로 서류 더미를 바라보았다.

"상대 후보가 불법 선거자금을 받았다는 증거를 가지고 있으면서도 비밀로 하고 있었다니, 그걸 믿으란 말인가요?"

"그럼 뭘 믿겠어요?"

가브리엘은 텐치를 노려보았다.

"당신의 탁월한 조종술을 감안할 때, 어느 야심찬 백악관 직원이 데스크톱 컴퓨터로 만들어 낸 가짜 서류와 사진으로 내게서 무슨 진술을 얻어 내려는 것 같다는 게 가장 논리적인 답변 같네요."

"그것도 가능한 일이긴 하죠. 하지만 아닙니다."

"아니에요? 그럼 이 기업 내부 문건은 다 어떻게 얻은 겁니까? 이 많은 회사에서 이 모든 증거를 훔쳐 낸다는 건 백악관의 역량을 넘어서는 일 같은데요."

"맞아요. 이 정보는 제보를 통해 들어온 겁니다."

가브리엘은 잠시 어안이 벙벙했다.

"제보는 많이 들어와요. 대통령께서 대통령직을 유지하기를 바라는 강력한 정치적 동맹이 많이 있으니까요. 당신 후보는 온갖 예산을 다 깎겠다고 하고 있는데, 그중 많은 기관이 바로 여기 워싱턴에 있죠. 섹스턴 의원은 FBI의 예산 증액을 서슴없이 정부 과잉지출의 한 예로 들 정도니까요. 국세청에도 비난의 화살을 날렸고요. 양쪽 기관 다 별로 기분이 좋지는 않을 겁니다."

이제야 알아들을 수 있었다. FBI와 국세청 내부인이라면 이런 종류의 정보를 얻어 낼 방법이 있을 것이다. 대통령의 재선을 위해 백악관에 제보했을지도 모른다. 그러나 섹스턴 의원이 불법 선거자금 모집에 개입했다는 사실은 믿을 수가 없었다.

"저는 전혀 믿을 수 없습니다만, 만약 이 자료가 정확하다면 왜 언론에 공개하지 않았죠?"

"왜라고 생각하세요?"

"불법적으로 확보한 자료니까요."

"우리가 자료를 어떻게 확보했는지는 중요하지 않아요."

"중요하지요. 청문회에서 증거로 채택될 수 없으니까요."

"무슨 청문회요? 그냥 신문에 자료를 살짝 흘리기만 하면 '믿을 만한' 정보통을 통해 확보한 사진과 자료라고 실어 줄 텐데. 섹스턴은 무죄가 증명되기 전까지는 유죄인 것으로 취급당하겠죠. 열렬하게 반NASA 입장을 취해 온 것도 그가 뇌물을 받았다는 정황으로 보일 거예요."

사실이라는 것은 알고 있었다.

"좋아요. 그럼 왜 아직 정보를 흘리지 않은 건가요?"

"흑색선전이니까요. 대통령은 상대 후보를 비방하지 않겠다고 약속하셨고, 가능한 한 그 약속을 지키려고 노력하십니다."

'하, 어련히도.'

"너무나 고결하신 대통령께서 사람들이 흑색선전이라고 생각할까 봐 이 자료를 공개하지 않으신다는 건가요?"

"국가를 위해서도 좋지 않아요. 수십 개 민간기업이 얽혀 있고, 그중 많은 기업은 정직한 사람들이 일하는 곳입니다. 미국 상원의 위상을 떨어뜨리고 국가적 사기 진작에도 좋지 않아요. 부정직한 정치인이 모든 정치인에게 상처를 주는 겁니다. 미국인들은 지도자를 신뢰해야 해요. 추한 수사가 벌어질 것이고, 미국 상원의원 한 사람과 여러 유력 항공회사 중역들이 감옥에 가게 되겠죠."

텐치의 논리는 합당했지만, 가브리엘은 아직 믿을 수가 없었다.

"그런데 이런 일이 저와 무슨 관계가 있다는 거죠?"

"간단하게 말해서 에쉬 씨, 우리가 이 서류를 공개하면 당신 후보는 불법선거자금 모금으로 기소되어 상원의원직을 박탈당하고 분명 감옥에 가야 할 겁니다."

텐치는 잠시 사이를 두었다.

"하지만……."

가브리엘은 수석 보좌관의 눈에서 뱀처럼 교활한 빛을 보았다.

"하지만, 뭐죠?"

텐치는 담배 연기를 길게 내뿜었다.

"하지만 당신이 우리를 도와주면 그 모든 걸 막을 수가 있어요."

음산한 침묵이 사무실 안을 내리눌렀다.

텐치는 심하게 기침을 했다.

"가브리엘, 이 정보를 당신에게 공개하기로 결정한 것은 세 가지 이유 때문입니다. 첫째, 잭 허니는 정부의 안정을 개인적인 이익보다 우선으로 생각하는 고결한 정치인이라는 점을 보여 주기 위해서. 둘째, 당신 후보가 당신이 생각하는 것처럼 신뢰할 수 있는 사람이 아니라는 것을 알려 주기 위해서. 셋째, 지금 내가 하는 제의를 당신이 받아들이도록 하기 위해서예요."

"무슨 제의죠?"

"올바른 일을 할 기회를 주고 싶어요. 애국적인 일. 본인이 알지 모르겠지만, 당신은 워싱턴의 온갖 추악한 스캔들을 막을 수 있는 독특한 위치에 있답니다. 지금 내가 하려는 부탁을 들어준다면, 대통령의 팀에 당신 자리를 내줄 수도 있어요."

'대통령의 팀에 자리를 내줘?'

자신의 귀를 믿을 수가 없었다.

"텐치 씨, 무슨 생각을 하시는지는 몰라도, 협박이나 압력, 모욕은 불쾌합니다. 제가 상원의원의 선거운동본부에서 일하는 것은 제가 그의 정치관을 믿기 때문이에요. 잭 허니가 이런 식으로 정치적 영향력을 행사하려고 한다면, 저는 그와 연관되는 데 전혀 관심이 없습니다! 섹스턴 상원의원에 대해 뭔가 정보를 갖고 계시다면 언론에 흘리세요. 솔직히 전 이 모든 게 사기라고 생각합니다."

텐치는 한심하다는 듯 한숨을 내쉬었다.

"가브리엘, 당신 후보의 불법선거자금 모금은 사실이에요. 유감입니다. 당신이 그를 신뢰한다는 건 알고 있어요."

그녀는 목소리를 낮추었다.

"핵심을 말씀드리죠. 피치 못할 상황이 되면 대통령과 저도 선거자금 문제를 공개해야겠지만, 대단히 추악한 상황이 벌어질 겁니다. 주요 미국 대기업들이 연루된 추문이에요. 수많은 무고한 시민들이 그 대가를 치르겠죠."

그녀는 담배 연기를 길게 들이마시고 내뿜었다.

"대통령과 내가 원하는 건…… 상원의원의 도덕성을 다른 방식으로 까발리는 겁니다. 무고한 사람들이 다치지 않는 방식으로."

텐치는 담배를 내려놓고 두 손을 접었다.

"간단히 말해서, 난 당신이 상원의원과 정사를 가진 사실을 공개적으로 인정해 주었으면 해요."

가브리엘의 온몸이 굳었다. 텐치의 목소리는 확신에 가득 차 있었다.

'불가능한 일이야.'

가브리엘은 알고 있었다. 증거가 없었다. 성관계는 단 한 번이었고, 문이 잠긴 섹스턴 상원의원의 사무실 안이었다.

'증거는 없을 거야. 그냥 떠보는 거야.'

가브리엘은 평정한 목소리를 유지하기 위해 애를 썼다.

"넘겨짚으시는군요, 텐치 씨."

"뭘요? 당신이 정사를 가졌다는 걸? 당신이 당신 후보에게 등을 돌릴 거라는 걸?"

"둘 다요."

텐치는 빙긋 웃으며 일어섰다.

"음, 그럼 사실들 중 하나를 지금 확인해 볼까요?"

그녀는 다시 벽장 금고로 향하더니 붉은 서류 봉투를 들고 돌아왔다. 백악관 직인이 찍혀 있었다. 텐치는 죔쇠를 풀고 봉투를 기울여 내용물을 가브리엘 앞에 쏟아부었.

수십 장의 컬러사진이 책상 위에 쏟아지는 것을 보면서, 가브리엘은 자신의 경력 전체가 무너지는 것을 느꼈다.

46

해비스피어 바깥에서 빙하 아래로 휘몰아치는 카타바틱 풍은 톨랜드에게 익숙한 바닷바람과 전혀 달랐다. 바다에서는 조류와 기압 전선의 영향으로 바람이 형성되며 주기적으로 세어졌다 약해지기를 반복한다. 그러나 카타바틱은 단순한 물리학 법칙의 노예다. 무거운 찬바람이 빙하가 흐르는 경사면을 타고 마치 해일처럼 몰려오는 것이다. 이 바람은 톨랜드가 경험한 가장 거센 질풍이었다. 하강풍의 속도가 20노트 정도라면 선원이 늘 꿈꾸는 바람이겠지만, 지금처럼 80노트 속도로 불어온다면 육지 사람들에게도 대재앙을 불러올 수 있다. 잠시 서서 몸을 뒤로 기울인다 해도 강력한 바람 덕분에 몸이 똑바로 서 있을 것 같았다.

빙붕이 완만한 경사를 이루고 있었기 때문에 급류처럼 몰아치는 바람이 더욱 위험하게 느껴졌다. 얼음 바닥은 3킬로미터 떨어진 바다 쪽으로 살짝 기울어 있었다. 핏불 라피도 아이젠에는 날카로운 스파이크가 튀어나와 있었지만, 조금이라도 발을 잘못 디디면 강풍에 휩쓸려 끝없는 얼음 사면을 미끄러져 내려갈 것만 같아 두려웠다. 노라 맹거가 빙하에서의 안전수칙에 대해 2분 동안 간략하게 강의를 했지만, 그 정도로는 한참 부족하다는 생각이 들었다.

노라는 해비스피어에서 방한복을 입을 때 가벼운 T자 모양의 도구를 팀원들의 벨트에 하나씩 매어 주며 말했다.

'피라냐 얼음도끼예요. 표준 날, 바나나 날, 반원형 날, 관형 날, 망치, 까뀌. 누구 한 사람이 미끄러지거나 돌풍에 휘말리면, 한 손으로 도끼머리를 잡고 다른 한 손으로 자루를 잡은 다음 바나나 날을 얼음에 박고 그 위로 넘어져서 아이젠을 박는다는 것만 기억해 두세요.'

노라 맹거는 이렇게 주의를 주며 각자의 몸에 야크 밧줄걸이를 연결해 주었다. 일동은 모두 고글을 쓰고 캄캄한 오후의 바깥으로 나섰다.

지금 네 사람은 각각 10미터 거리를 두고 밧줄로 몸을 묶은 채 한 줄로 서서 경사면을 내려가고 있었다. 노라가 맨 앞에 섰고, 코키, 레이첼이 뒤를 따랐으며, 톨랜드가 맨 끝에서 따라갔다.

해비스피어에서 멀어질수록, 톨랜드의 불안감은 점점 커졌다. 공기를 넣어 부풀린 방한복은 따뜻했지만, 마치 어느 먼 행성 위를 좌표도 없이 걷고 있는 우주여행자 같은 기분이었다. 달은 두껍게 하늘을 내리누르고 있는 적란운 뒤로 숨어 있었고, 빙하 위에는 칠흑 같은 어둠이 깃들어 있었다. 카타바틱은 시시각각 더 강해지며 톨랜드의 등을 떠밀고 있었다. 고글을 통해 광대한 황야에 눈이 익숙해지고 나니, 그제야 이곳의 진정한 위험을 실감할 수 있었다. NASA의 안전수칙이 어떻든, 톨랜드는 국장이 두 명 대신 네 명의 목숨까지 앗아 갈 수 있는 모험을 감행한 것이 놀라웠다. 특히 같이 보낸 두 명은 상원의원의 딸과 저명한 천체물리학자다. 톨랜드는 레이첼과 코키의 안전을 걱정하지 않을 수 없었다. 배를 지휘하는 선장으로서, 그는 주위 사람들의 안전에 책임감을 느끼는 데 익숙했다.

"내 뒤만 따라와요!"

노라가 강풍 속에서 소리쳤다.

"썰매만 따라가면 돼요."

노라가 실험 장비를 운반하는 알루미늄 썰매는 대형 조립식 썰매(Flexible Flyer)와 비슷했다. 지난 며칠 동안 노라가 빙하에서 사용했던 실험 장비와 안전장치들은 이미 실려 있었다. 배터리, 조명탄, 강력한 조명 등 모든 장비 위에는 안전한 비닐 방수포가 덮여 있었다. 짐이 무거웠지만, 길고 곧은 활주부는 어려움 없이 얼음 위로 미끄러졌다. 경사각이 작아서 거의 눈에 띄지 않을 정도였지만, 썰매는 혼자서 아래로 움직였다. 노라는 마치 알아서 길을 찾아가는 썰매를 따라가듯이 줄만 조금씩 움직여서 방향을 바꾸어 주었다.

해비스피어가 점점 멀어지는 것을 느낀 톨랜드는 뒤를 돌아보았다. 겨우 50미터 정도 떨어져 있었지만, 희끄무레한 돔 지붕은 어둠에 묻혀 거의 윤곽이 보이지 않았다.

"돌아갈 때 길을 찾을 수 있을까요? 해비스피어가 거의 보이지 않는……."

톨랜드의 말은 노라의 손에서 쉿 소리를 내며 타오르는 조명탄 소리에 묻혀 끊겼다. 갑자기 타오른 빨간색과 흰색이 섞인 불빛이 반경 10미터를 환히 밝혀 주었다. 노라는 바닥에 쌓인 눈 위에 발뒤꿈치로 구멍을 판 뒤, 바람이 불어오는 방향으로 눈을 쌓아 방풍벽을 만들었다. 그녀는 조명탄을 구멍 안에 박았다.

"초현대식 빵부스러기예요."

"빵부스러기요?"

레이첼은 갑작스러운 불빛에 손으로 눈을 가리며 물었다. 노라가 외쳤다.

"핸젤과 그레텔요. 조명탄은 한 시간 동안 타요. 돌아올 때까지는 충분한 시간이에요."

　노라는 이 말을 남기고 다시 앞장서서 빙하를 내려가기 시작했다. 그녀의 모습이 캄캄한 어둠 속으로 사라졌다.

47

가브리엘 애쉬는 마저리 텐치의 사무실을 뛰쳐나오다가 어느 사무관을 넘어뜨릴 뻔했다. 눈앞에 보이는 것이라고는 팔다리가 뒤엉킨 사진 속의 모습뿐이었다. 쾌감에 젖은 얼굴들.

사진을 어떻게 찍었는지는 알 수 없었지만, 가짜가 아니라는 것은 누구보다 잘 알고 있었다. 장소는 섹스턴의 사무실이었고, 마치 천장에 달린 몰래카메라로 찍은 사진 같았다.

'하느님 맙소사.'

가브리엘과 섹스턴이 상원의원의 책상 위에 흩어진 서류들 위에 널브러져 성관계를 가지는 장면이 찍힌 사진도 한 장 있었다.

마저리 텐치는 맵 룸 밖에서 가브리엘을 따라잡았다. 그녀는 사진을 담은 붉은 봉투를 들고 있었다.

"반응으로 보아 진짜인 모양이죠?"

대통령의 수석 보좌관은 이 상황을 즐기는 것 같았다.

"이걸 보고 아까 보여 드린 다른 데이터도 사실이라고 믿어 주었으면 하네요. 출처가 같으니까요."

복도를 걷는데 온몸이 달아오르는 것이 느껴졌다.

'도대체 출구는 어디 있는 거야?'

텐치는 긴 다리로 어렵지 않게 보조를 맞추어 따라왔다.

"섹스턴 상원의원은 당신 둘이 업무적인 관계라고 세상 사람들에게 맹세했지요. 텔레비전에서 한 말은 그럴듯하더군요."

텐치는 기분 좋게 어깨 너머를 가리켰다.

"기억을 되살려 드려야 한다면 내 사무실에 테이프도 있습니다만."

기억을 되살릴 필요도 없었다. 가브리엘은 그 기자회견을 잘 기억하고 있었다. 섹스턴은 진심에서 우러나온 듯한 확고한 말투로 소문을 부정했다.

텐치는 전혀 실망하지 않은 목소리였다.

"유감스러운 일이지만, 섹스턴 상원의원은 미국 국민들을 똑바로 쳐다보면서 새빨간 거짓말을 했습니다. 국민들도 알 권리가 있어요. 알게 될 거고요. 내가 꼭 그렇게 할 겁니다. 남은 문제는 어떻게 알리느냐죠. 우리는 당신 입으로 밝히는 것이 가장 좋다고 생각해요."

가브리엘은 기겁을 했다.

"내가 내 후보를 망가뜨리는 데 협조할 거라고 생각하십니까?"

텐치의 얼굴이 굳었다.

"난 품위 있는 방법을 찾으려고 노력하는 중이에요, 가브리엘. 당신이 고개를 들고 사실을 말해 주면 많은 사람들이 얼굴을 붉히는 사태를 막을 수 있습니다. 정사를 가졌다는 사실을 인정하는 진술서에 서명만 해 주면 돼요."

가브리엘은 우뚝 멈췄다.

"뭐라고요?"

"네. 당신의 진술서는 우리가 상원의원과 조용히 협상할 수 있는 무기가 되어 줄 겁니다. 내 제안은 간단해요. 당신이 진술서에 서명하면 이 사진은 절대 밖으로 새어 나갈 일이 없을 겁니다."

"진술서에 서명을 하라고요?"

"제대로 된 절차상으로는 법정진술서가 필요하지만, 이 안에는 공증인이 있으니……."

"미쳤군."

가브리엘은 다시 걷기 시작했다.

텐치는 가브리엘 옆에서 따라 걸으며 보다 화난 목소리로 말했다.

"섹스턴 상원의원은 어떤 방식으로든 추락하게 되어 있어요. 난 아침 신문에서 당신의 벌거벗은 엉덩이를 보는 일 없이 조용히 이 일을 덮을 기회를 주려는 겁니다! 대통령은 점잖은 분이라 이런 사진이 공개되는 것을 원치 않아요. 진술서를 쓰고 정사를 가졌다는 사실을 인정한다면, 모든 사람이 약간의 체면이라도 부지할 수 있어요."

"난 그런 식으로 나 자신을 팔지 않아요."

"흠, 당신 후보는 그러고 있습니다만. 그는 위험한 사람이고 법을 어기고 있어요."

"법을 어기고 있다고요? 남의 사무실에 침입해서 불법적으로 사진을 찍어 간 건 당신들이에요! 워터게이트란 말 들어 봤어요?"

"이런 정보를 수집한 건 우리와는 아무 상관이 없는 일이에요. 이것 역시 SFF 선거운동자금과 관련된 정보를 제공한 곳에서 보낸 거니까요. 누군가 당신 둘을 아주 주의 깊게 지켜보고 있는 모양이죠."

가브리엘은 아까 출입증을 발급받았던 보안검색대 앞을 쏜살같이 지났다. 그녀는 출입증을 찢은 뒤 눈을 커다랗게 뜨고 있는 경비에게 던졌다. 텐치는 계속 따라왔다.

"빨리 결정해야 할 거예요, 애쉬 씨."

텐치는 거의 출구까지 다 와서 말했다.

"나에게 상원의원과 잤다는 것을 인정하는 진술서를 가져오지 않으면, 대통령께서는 오늘 저녁 8시에 국민들에게 모든 것을 다 털어놓을 수밖에 없어요. 섹스턴의 자금 상황, 당신과 찍은 사진, 전부 다. 섹스턴이 당신들의 관계에 대해 거짓말을 하는 것을 보면서도 옆에 가만히 서 있는 장면을 국민들이 본다면, 당신은 그 자리에서 섹스턴과 함께 파멸하게 될 거예요."

가브리엘은 문을 보고 곧장 그쪽으로 걸어갔다.

"오늘 밤 8시까지 내 책상에 갖다줘요, 가브리엘. 잘 생각해요."

텐치는 밖으로 나가는 그녀에게 사진이 든 봉투를 넘겼다.

"이건 가져가요. 우린 많으니까."

48

레이첼 섹스턴은 깊어 가는 밤의 어둠 속에서 빙하를 내려가면서 한기가 엄습하는 것을 느꼈다. 머릿속에서 불길한 영상들이 떠돌고 있었다. 운석, 발광 플랑크톤, 노라 맹거가 얼음 코어 분석에서 실수를 저질렀을지도 모른다는 점.

노라는 운석 바로 위쪽과 근처에 샅샅이 코어를 뚫어서 확인했으니 단단한 민물 얼음 기반이 틀림없다고 주장했다. 빙하에 플랑크톤을 함유한 해수 공극이 있었다면, 그녀가 보았을 것이다.

'그랬겠지?'

하지만 레이첼의 직감은 자꾸만 가장 단순한 해답 쪽으로 이끌리고 있었다.

'이 빙하 안에는 얼어붙은 플랑크톤이 있어.'

10분 동안 네 개의 조명탄을 세우고 난 뒤, 일행은 해비스피어에서 약 250미터 떨어진 지점까지 나왔다. 노라가 느닷없이 멈췄다.

"이 지점이에요."

그녀는 우물을 뚫을 지점을 귀신같이 알아내는 수맥 풍수꾼처럼 말했다.

레이첼은 돌아서서 등 뒤의 사면을 올려다보았다. 해비스피어는 희미한 달빛 속에서 사라진 지 오래였지만, 일렬로 늘어선 조명탄 불빛은 또렷이 보였다. 가장 먼 조명탄 불빛이 희미한 별빛처럼 깜빡이며 위안을 주었다. 조명탄 불빛은 완벽하게 계산된 활주로처럼 완벽한 일직선을 그리고 있었다. 레이첼은 노라의 기술에 감탄했다.

"썰매를 앞세우는 이유가 이거예요."

노라는 레이첼이 조명탄 불빛에 감탄하는 것을 보고 말했다.

"활주부가 직선이니까요. 썰매가 중력으로 이끌려 내려가도록 내버려 두면 직선 궤적을 유지하게 되죠."

톨랜드가 외쳤다.

"편리하군요. 망망대해에도 이런 수법이 있으면 좋겠습니다."

'여기가 망망대해지.'

레이첼은 발아래에 있을 바다를 떠올리며 생각했다. 그 순간 가장 멀리 있던 조명탄이 눈길을 끌었다. 마치 뭔가 불빛 앞을 지나치는 것처럼 빛이 잠깐 사라졌다. 그러나 잠시 후 빛은 다시 나타났다. 레이첼은 더럭 겁이 났다.

"노라!"

그녀는 바람 소리보다 더 크게 소리쳤다.

"여기 혹시 북극곰이 산다고 하지 않았나요?"

노라는 마지막 조명탄을 준비하느라 못 들었는지, 레이첼의 말을 무시했다. 톨랜드가 외쳤다.

"북극곰은 물개를 먹습니다. 인간이 자기 영역을 침범할 때만 공격하지요."

"하지만 여긴 북극곰 서식지 아닌가요?"

북극과 남극 중 어디에 곰이 살고 어디에 펭귄이 사는지 기억나지 않았다.

"맞습니다. 사실 북극이라는 이름(Arctic)도 곰 때문에 지어진 겁니다. 그리스어로 곰을 뜻하는 단어가 아르크토스(Arktos)거든요."

'하필.'

레이첼은 초조하게 어둠 속을 응시했다. 톨랜드가 말을 이었다.

"남극에는 북극곰이 없잖아요. 그래서 안티-아르크토스(Anti-arktos)라고 한답니다."

"고마워요, 마이크. 북극곰 이야기는 그만하세요."

그는 웃었다.

"미안해요."

노라는 눈에 마지막 조명탄을 꽂았다. 아까처럼 네 사람은 다시 불그스레한 불빛에 휩싸였다. 검은 방한복 차림이라 다들 곰 인형 같았다. 조명탄에서 발산하는 둥근 불빛 너머 세상은 전혀 보이지 않았다. 마치 검은 장막이 둥글게 그들을 감싸고 있는 것 같았다.

레이첼과 일행이 주위를 둘러보는 동안, 노라는 발을 단단히 디디고 조심스럽게 손을 움직여 썰매를 일행이 서 있는 지점까지 몇 미터 끌어 올렸다. 그런 뒤 줄을 팽팽하게 잡은 채 바닥에 쭈그리고 앉아 썰매의 브레이크를 내렸다. 뾰족한 스파이크 네 개가 얼음에 박히자 썰매는 더 이상 움직이지 않았다. 노라는 다시 일어서서 몸에서 눈을 털었다. 허리에 감긴 줄이 느슨해졌다.

"좋아요. 이제 일할 시간입니다."

노라는 바람이 불어 가는 쪽 끝으로 썰매 옆을 돌아 장비 위에 덮은 천막을 고정시킨 줄을 풀기 시작했다. 레이첼은 노라에게 약간 딱딱하게 대했다는 생각이 들어 도움이 되려고 썰매 뒤쪽 천막을 풀기 시작했다.

"맙소사, 안 돼!"
노라가 고개를 치켜들며 소리쳤다.
"절대 안 돼요!"
레이첼은 놀라서 물러섰다.
"바람이 불어오는 쪽은 풀면 안 돼요! 방수포 안에 바람이 들어간다고요! 바람 맞은 우산처럼 천막이 통째로 날아가 버려요."
레이첼은 물러섰다.
"죄송해요. 전……."
노라는 노려보았다.
"당신과 우주 소년을 여기 데려오는 게 아니었어."
'아무도 안 오는 게 나았지.'
레이첼은 생각했다.

'아마추어들.'
화가 부글부글 끓어오른 노라는 코키와 섹스턴을 딸려 보낸 국장을 원망했다.
'이 바보들 때문에 죽게 생겼군.'
지금은 남의 뒤치다꺼리나 하고 있을 때가 아니었다.
"마이크, GPR을 썰매에서 내려야 하는데 도와줘요."
톨랜드는 노라를 도와 지표투과 레이더(Ground Penetrating Radar)를 풀고 얼음 위에 내려놓았다. 소형 제설차 날 세 개를 알루미늄 뼈대에 평행하게 고정시킨 모양이었다. 장비 전체의 길이는 1미터도 되지 않았고, 썰매 위에 실려 있는 전류 감쇠기와 선박용 배터리가 케이블로 연결되어 있었다.
"그게 레이더예요?"
코키가 바람 속에서 소리쳤다.

노라는 말없이 고개를 끄덕였다. GPR은 PODS보다 해수 얼음을 더 잘 감지한다. GPR 송신기가 전자기파를 얼음으로 보내면, 지하의 구성 물질에 닿은 전자기파는 결정구조에 따라 각기 다른 각도로 반사된다. 순수한 물은 납작한 격자 형태로 언다. 그러나 해수의 결정구조는 나트륨 함량에 따라 서로 뒤엉키거나 끊긴 격자를 형성하기 때문에 GPR 반사파는 불규칙하며 숫자도 현격히 줄어든다.

노라는 기계의 전원을 올렸다.

"지금부터 반사파로 발굴갱도 주위의 빙판 단면도를 찍을 거예요. 기계에 내장된 소프트웨어가 빙하의 단면도를 그려서 출력해 줄 거예요. 해수 얼음이 있으면 그 부위는 검게 나타날 겁니다."

톨랜드는 놀란 것 같았다.

"출력? 여기서 출력이 가능하단 말입니까?"

노라는 GPR에서 아직 방수천으로 덮인 장치까지 연결된 케이블을 가리켰다.

"출력하는 수밖에 없어요. 컴퓨터 화면은 배터리 전력을 너무 많이 소모하기 때문에, 현장 빙하학자들은 열전사 프린터로 데이터를 출력해요. 컬러는 좋지 않지만, 영하 20도 이하에서는 레이저 토너가 얼어붙어요. 알래스카에서 힘들게 배운 거예요."

노라는 거의 풋볼 경기장 세 개 정도 떨어져 있는 운석 구멍 주위를 검사할 수 있도록 송신기를 배치하면서 일행에게 GPR이 놓여 있는 경사면 아래쪽으로 비켜서라고 지시했다. 그러나 캄캄한 어둠 속에서 해비스피어가 있는 방향을 돌아보니 아무것도 보이지 않았다.

"마이크, GPR 송신기를 운석 채굴 구멍과 나란히 배치해야 하는데 조명탄 불빛 때문에 잘 안 보이는군요. 조명탄 불빛이 미치지 않는 곳까지 조금 더 올라가야겠어요. 내가 조명탄 불빛과 일직선이 되도록 팔을 들 테니까, 그걸 보고 당신이 GPR 위치를 조정해 주세요."

톨랜드는 고개를 끄덕이고 레이더 옆에 무릎을 꿇었다.

노라는 아이젠을 얼음에 꾹꾹 박으며 바람에 맞서 몸을 굽힌 채 해비스피어 쪽으로 올라가기 시작했다. 오늘 카타바틱은 생각보다 훨씬 심했다. 폭풍이 오고 있었다. 상관없다. 몇 분이면 끝나는 일이었다.

'내가 옳다는 걸 보여 주고 말 거야.'

노라는 해비스피어 쪽으로 20미터쯤 올라갔다. 불빛이 끝나는 경계선에 이르자 밧줄이 팽팽해졌다.

노라는 빙하 쪽을 돌아보았다. 어둠에 시야가 적응되자, 왼쪽으로 몇 도 가량 비스듬히 이어진 조명탄 불빛들이 보였다. 노라는 자신의 몸이 불빛과 나란해지도록 위치를 옮겼다. 그런 다음 팔을 컴퍼스처럼 쭉 뻗고 정확한 방향을 가리키도록 돌아섰다.

"불빛과 나란히 섰어요!"

노라는 외쳤다. 톨랜드는 GPR 장치를 조절하고 손을 흔들었다.

"됐습니다!"

노라는 해비스피어로 돌아가는 길을 알려 주는 불빛에 감사하며 마지막으로 위쪽을 올려다보았다. 한데 뭔가 이상한 것이 보였다. 순간 가장 가까운 조명탄 불빛이 완전히 사라진 것이다. 조명탄이 꺼졌나 걱정하기도 전에, 불꽃은 다시 나타났다. 상황을 모르는 사람이라면, 분명 불꽃 앞으로 뭔가 지나갔다고 생각할 것이다. 그러나 밖에는 아무도 없다. 국장이 죄책감이 들어서 NASA 팀을 뒤이어 내보내지 않았다면. 하지만 왠지 그럴 것 같지는 않았다.

'아무것도 아닐 거야. 그냥 한순간 바람이 불어서 불꽃이 약해진 거겠지.'

노라는 GPR 쪽으로 돌아왔다.

"다 됐어요?"

톨랜드는 어깨를 으쓱하며 물었다.

"그런 것 같은데요."

노라는 썰매 위에 있는 조종 장치로 다가가서 단추를 눌렀다. 날카로운 기계음이 울려 나오더니 갑자기 그쳤다.

"좋아요. 됐습니다."

"다 된 겁니까?"

코키가 물었다.

"준비 작업이 오래 걸리지, 실제 촬영은 몇 초면 끝나요."

열전사 프린터는 이미 썰매 위에서 웅웅거리며 인쇄를 시작하고 있었다. 투명 비닐 덮개를 씌운 프린터가 돌돌 말린 무거운 인쇄용지를 천천히 뱉어 내고 있었다. 노라는 인쇄가 끝날 때까지 기다렸다가 덮개 밑으로 손을 넣어 용지를 꺼냈다.

'보여 줄 거야. 소금물은 한 방울도 없다는 걸 모두 알게 되겠지.'

그녀는 일행이 볼 수 있도록 불빛 쪽으로 인쇄물을 가져갔다.

노라가 장갑 낀 손에 용지를 움켜쥐고 불빛 옆에 서자 모두 옆으로 다가왔다. 그녀는 심호흡을 한번 한 뒤 용지를 펼쳐 내용을 살폈다. 종이 위의 그림을 본 노라의 얼굴이 파랗게 질렸다.

"맙소사!"

노라는 자신의 눈을 믿을 수가 없었다. 예상대로 물이 가득 찬 운석 갱도의 단면이 또렷이 찍혀 나왔다. 그러나 갱도 중간쯤에 둥둥 떠 있는 사람 모양의 흐릿한 형체는 꿈에도 상상하지 못했던 영상이었다. 온몸의 피가 얼어붙는 것 같았다.

"맙소사…… 갱도 안에 시체가 있어요."

모두가 깜짝 놀라 할 말을 잃고 쳐다보았다.

유령 같은 윤곽은 머리를 아래로 한 채 좁은 구덩이 안에 떠 있었다. 시체 주위에 부풀어 있는 망토 같은 것이 마치 수의처럼 기괴한 분위기를 뿜어내고 있었다. 노라는 그 망토가 무엇인지 그제야 깨달았다.

GPR이 잡아 낸 윤곽은 시체의 무거운 코트였다. 눈에 익은 길고 빽빽한 낙타털 외에 다른 것을 상상할 수 없었다.

"밍 박사예요. 미끄러진 게 틀림없어요."

노라는 속삭이듯 말했다.

그러나 그녀는 갱도에서 밍의 시체를 발견하게 된 것보다 더 큰 충격이 기다리고 있을 거라고는 꿈에도 생각지 못했다. 구덩이 아래쪽을 살펴보던 노라는 뭔가 다른 것을 발견해 냈다.

'갱도 아래 얼음이……'

노라는 뚫어지게 쳐다보았다. 처음에는 GPR 검사가 잘못된 거라고 생각했다. 그러나 영상을 보다 자세히 들여다보는 동안, 마치 그들 주위로 몰려오는 폭풍처럼 불길한 깨달음이 노라를 엄습했다. 그녀는 돌아서서 좀 더 자세히 들여다보았다. 종이 모서리가 바람에 펄럭거렸다.

'하지만…… 이럴 수는 없어!'

갑자기 진실이 망치처럼 머리를 때렸다. 마치 온몸이 파묻히는 듯한 충격이었다. 이미 밍에 대한 생각은 안중에도 없었다.

노라는 그제야 깨달았다.

'갱도 안의 바닷물!'

그녀는 불빛 옆 눈 위에 무릎을 꿇었다. 숨도 제대로 쉴 수가 없었다. 그녀는 종이를 손에 꽉 쥔 채 몸을 떨기 시작했다.

'맙소사……. 이건 상상조차 못 했어.'

순간 분노가 치밀어 올랐다. 노라는 NASA 해비스피어 쪽으로 고개를 휙 돌렸다.

"이 나쁜 자식들!"

그녀는 외쳤다. 목소리가 바람을 타고 흩어졌다.

"이 빌어먹을 자식들!"

겨우 50미터 떨어진 어둠 속에서, 델타 원은 크립토크 장치를 입에 대고 감독관에게 단 두 마디를 전했다.

"그들이 알아냈습니다."

49

 어리둥절한 마이클 톨랜드는 아직도 눈 위에 무릎을 꿇고 있는 노라의 떨리는 손에서 GPR 용지를 빼앗아 들었다. 밍의 시체를 본 그는 충격을 받았지만 생각을 가다듬고 눈앞의 이미지를 해독하기 시작했다.
 그림은 수면에서 60미터 깊이 지점의 갱도 단면이었다. 밍의 시체가 갱도 안에 떠 있었다. 톨랜드의 시선은 더 아래로 내려갔다. 뭔가 이상한 점이 있었다. 검은색 해수 얼음 기둥이 갱도 바로 아래에서 수직으로 바다까지 이어지고 있었다. 수직으로 뻗어 있는 해수 얼음 기둥은 거대했다. 지름이 갱도 구멍과 같았다.
 "맙소사!"
 톨랜드의 어깨 너머에서 레이첼이 소리쳤다.
 "운석 발굴 갱도가 빙붕 전체를 관통해서 바다로 이어진 것 같아요!"
 톨랜드는 못 박힌 듯 그 자리에 서 있었다. 이것이 유일한 해답이라는 것을 알고 있었지만, 차마 이성으로 받아들이기 힘들었다. 코키 역시 마찬가지로 놀란 것 같았다.

노라가 외쳤다.

"누군가 빙붕 아래에서 구멍을 뚫었어요! 누가 얼음 밑에서 의도적으로 돌을 밀어 올려 집어넣은 거예요!"

그녀의 눈은 분노로 이글거렸다.

톨랜드의 이상주의적인 가슴은 이 말을 거부하고 싶었지만, 과학자로서 판단할 때 노라의 말이 옳을 가능성이 높았다. 밀른 빙붕은 잠수함이 들어갈 만한 공간이 있는 바다 위에 떠 있다. 물속에서는 물체의 무게가 가벼워지기 때문에, 톨랜드의 1인용 연구선 트리톤보다 크지 않은 소형 잠수정이라도 쉽게 무기고에 운석을 실어 나를 수 있었을 것이다. 잠수함은 바다에서 접근해서 빙붕 아래로 잠수한 뒤 얼음으로 구멍을 뚫었을 것이다. 그런 다음 지지대나 풍선 같은 것을 이용해서 구멍 위로 운석을 밀어 넣으면 된다. 운석이 자리를 잡은 뒤에는 운석이 지나간 자리에 바닷물이 들어차서 얼기 시작했을 것이다. 운석이 다시 떨어지지 않을 정도로 구멍이 좁아지면, 잠수함은 지지대를 거두고 사라지면 된다. 대자연이 알아서 남은 터널을 메워 주고 모든 사기의 흔적을 지워 줄 테니까.

"하지만 왜 그랬을까요?"

레이첼은 톨랜드에게서 인쇄물을 받아 들고 살펴보았다.

"무슨 이유로 그런 짓을 할까요? GPR은 제대로 작동되는 게 맞나요?"

"그럼요. 게다가 인쇄물이 인광성 박테리아가 물에 있는 이유를 완벽하게 설명해 주고 있어요."

톨랜드는 노라의 논리가 소름 끼칠 정도로 논리적이라는 것을 인정하지 않을 수 없었다. 인광성 쌍편모충은 본능적으로 갱도를 타고 올라왔다가 운석 밑에서 갇혀 얼었고, 노라가 운석에 열을 가했을 때 그 아래의 얼음이 녹으면서 플랑크톤도 풀려났다. 플랑크톤은 해비스피어 안쪽 수면까지 헤엄쳐 올라왔지만, 소금물이 없어지자 거기서 죽고만 것이다.

코키가 외쳤다.

"이건 미친 짓이야! NASA는 외계 화석이 들어 있는 운석을 확보했어요. 그걸 어디서 발견했는지가 중요합니까? 뭐하러 굳이 빙붕 아래 묻는 수고까지 했느냐고요?"

"누가 알겠어요."

노라가 대꾸했다.

"하지만 GPR 관측기는 거짓말을 하지 않아요. 우린 속은 거예요. 저 운석은 정거졸 운석의 일부가 아니에요. 최근에 얼음 밑으로 끼워 넣은 거라고요. 작년 이후로. 그 이전이었다면 플랑크톤은 죽었을 테니까!"

노라는 이미 GPR 장비를 썰매에 싣고 끈으로 조이고 있었다.

"돌아가서 누군가에게 알려야 해요! 대통령이 지금 잘못된 데이터를 공표하려 하고 있다고요! NASA가 그를 속였어요!"

"잠깐!"

레이첼이 외쳤다.

"한 번만이라도 더 측정을 해 봐야 하지 않을까요? 전혀 앞뒤가 맞지 않아요. 누가 믿겠어요?"

"다들 믿을 거예요."

노라는 썰매를 준비하며 대답했다.

"해비스피어에 들어가서 운석 갱도 바닥에서 코어 샘플을 채취해서 바닷물 얼음이라는 걸 보여 주면, 모두가 믿을 거라고 보장해요!"

노라는 썰매의 브레이크를 풀고 다시 해비스피어 쪽으로 방향을 돌렸다. 그녀는 아이젠을 얼음에 박고 놀랄 정도로 손쉽게 등 뒤에서 썰매를 끌며 경사를 올라가기 시작했다. 단단히 각오한 태도였다.

"갑시다!"

노라는 줄로 몸을 묶은 일행을 이끌고 동그랗게 불을 밝힌 영역 밖으로 향했다.
"NASA가 여기서 무슨 수작을 부리고 있는지는 몰라도, 이런 식으로 이용당하는 건……."
그때 마치 눈에 보이지 않는 힘이 이마를 강하게 내리치기라도 한 듯, 노라 맹거의 목이 뒤로 휙 꺾였다. 그녀는 고통에 찬 신음 소리를 내뱉으며 비틀거리다 뒤로 쓰러졌다. 동시에 코키가 비명을 지르며 마치 뒤에서 누가 어깨를 잡아당긴 것처럼 돌아섰다. 그는 얼음 위에 쓰러진 채 아픔에 몸부림쳤다.

레이첼은 손에 쥔 인쇄물, 밍, 운석, 얼음 아래의 기괴한 터널 따위는 모조리 잊어버렸다. 방금 뭔가 작은 물체가 관자놀이를 아슬아슬하게 빗나가 귀를 스치고 지나갔던 것이다. 그녀는 본능적으로 무릎을 꿇으면서 톨랜드를 잡아당겼다.
"무슨 일이야!"
레이첼이 생각할 수 있는 것은 폭풍뿐이었다.
'빙하에서 떨어져 나온 얼음 조각이 스친 걸 거야.'
그러나 코키와 노라를 쓰러뜨릴 정도라면 우박이 시속 수백 킬로미터의 속도로 떨어져야 한다. 이상하게도 공깃돌만 한 물체들이 갑자기 레이첼과 톨랜드에게 집중적으로 쏟아지며 주변의 얼음을 튀기고 있었다. 레이첼은 배를 깔고 엎드려서 아이젠을 얼음에 단단히 박고 몸을 숨길 수 있는 유일한 지점 쪽으로 기어가기 시작했다. 썰매였다. 톨랜드가 잠시 후 몸을 숙인 채 허겁지겁 옆으로 뛰어들었다.
톨랜드는 무방비 상태로 얼음 위에 쓰러져 있는 노라와 코키를 내다보았다.
"줄을 당겨서 이쪽으로 끌고 옵시다!"

그는 외치며 줄을 붙잡고 끌어당기기 시작했다.

그러나 줄은 썰매에 감겨 있었다.

레이첼은 인쇄용지를 마크 나인 벨크로 주머니에 대충 쑤셔 넣은 뒤 썰매 활주부에 얽힌 줄을 풀기 위해 엉금엉금 기어 썰매 쪽으로 갔다. 톨랜드도 바로 뒤따랐다.

마치 대자연이 코키와 노라를 버리고 이번에는 레이첼과 톨랜드를 겨냥한 듯, 우박이 갑자기 썰매 위에 쏟아지기 시작했다. 썰매 방수포를 강타한 우박 하나가 다시 튀어 레이첼의 코트 소매에 떨어졌다.

그것을 본 순간, 레이첼의 몸이 굳었다. 당혹감은 공포로 바뀌었다.

'인조 우박이야.'

소매 위에 떨어진 얼음 구슬은 커다란 체리만 한 크기의 완벽한 타원형이었다. 표면은 매끄럽고 윤이 났으며 테두리에 이음매가 있었다. 마치 기계로 찍어 낸 구식 소총 납탄 같은 모양이었다. 이 둥근 탄알은 분명 인간이 만든 것이었다.

얼음탄.

군사 기밀을 다루는 레이첼은 새롭게 실험중인 'IM(Improvised Munitions)', 즉 즉석 병기에 대해 잘 알고 있었다. 눈을 뭉쳐 얼음탄을 만드는 극지용 라이플, 모래를 녹여 유리탄을 만드는 사막용 라이플, 뼈를 부러뜨릴 정도의 힘으로 물을 뿜어내는 수상 총기. 주변에서 활용할 수 있는 자원을 이용하여 문자 그대로 현장에서 실탄을 만들어 내는 즉석 병기는 무거운 실탄을 운반하지 않고도 병사에게 탄약을 무제한으로 공급할 수 있기 때문에 통상적인 무기보다 엄청난 장점을 가지고 있었다. 지금 이쪽으로 날아오고 있는 얼음탄은 라이플 개머리에 얼음을 넣어 즉석에서 압착해서 만드는 것이었다.

정보계에서 흔히 그렇듯, 많이 알면 알수록 더욱 무서운 시나리오를 머릿속에 그릴 수 있게 된다. 이 순간 역시 예외는 아니었다. 차라리 몰랐으면 싶은 심정이었다. 그러나 즉석 병기에 대해 알고 있는 레이첼이 내릴 수 있는 결론은 단 하나뿐이었다. 지금 그들을 공격하고 있는 것은 실험적인 즉석 병기를 현장에서 사용할 수 있도록 허가를 받은 유일한 군대, 즉 미국 특수부대였다.

기밀 작전을 수행하는 부대가 여기 있다는 깨달음은 더욱 무시무시한 깨달음을 낳았다. 이 공격에서 살아남을 가능성은 거의 없다는 사실이었다.

바로 그때 얼음탄 하나가 썰매 위의 장비 사이에 난 구멍을 뚫고 레이첼의 배를 강타했다. 푹신한 마크 나인 방한복 차림이었지만, 마치 눈에 보이지 않는 프로 권투 선수의 주먹에 맞은 듯한 충격이 왔다. 눈 앞에 별이 반짝였다. 레이첼은 뒤로 비틀거리며 썰매 위의 장비를 붙잡았다. 마이클 톨랜드는 노라의 밧줄을 놓고 얼른 레이첼을 부축하려고 달려들었지만 너무 늦었다. 레이첼은 썰매 위의 장비를 잡은 채 뒤로 넘어졌다. 그녀와 톨랜드는 얼음 위에 쓰러졌고 전자 장비가 그 위로 무너졌다.

"이건…… 실탄이에요."

순간적으로 숨을 쉴 수가 없었다. 레이첼은 헐떡이며 말했다.

"도망쳐요!"

50

가브리엘 애쉬는 페더럴 트라이앵글 역을 출발하는 워싱턴 메트로 레일 지하철이 조금이라도 더 빨리 백악관에서 멀어지기를 바랐다. 그녀는 사람 없는 칸의 구석에 앉아 차창 밖의 어둠 속으로 물체들이 흐릿하게 스쳐 지나가는 걸 바라보았다. 마저리 텐치의 커다란 붉은 봉투가 10톤짜리 쇳덩이처럼 그녀의 무릎을 내리눌렀다.

'섹스턴 의원과 이야기를 해야 해!'

기차는 이제 섹스턴의 사무실 건물 쪽으로 속도를 내고 있었다.

'빨리!'

불빛이 스쳐 지나가는 어둑어둑한 지하철 안에 앉아 있으니 마치 환각 상태에 빠진 듯한 기분이었다. 머리 위의 흐릿한 불빛은 마치 디스코장의 조명처럼 느릿하게 돌아가고 있었다. 답답한 터널이 마치 깊은 계곡처럼 사방을 에워싸고 있었다.

'이건 현실이 아니라고 말해 줘.'

레이첼은 무릎 위에 놓인 봉투를 응시했다. 그녀는 죔쇠를 풀고 안에 손을 넣어 사진 한 장을 꺼냈다. 기차 안의 불빛이 잠시 흔들리면서 충격적인 영상을 환히 비춰 주었다. 섹스턴 의원이 나체로 사무실에 누워 만족스러운 얼굴로 카메라를 똑바로 쳐다보고 있었고, 그늘이 져 있는 가브리엘의 윤곽이 그 옆에 나체로 누워 있었다.

가브리엘은 몸을 떨며 사진을 봉투 안에 도로 집어넣고 허겁지겁 다시 잠갔다.

'끝났어.'

기차가 터널을 빠져나와 앙팡 플라자 근처의 지상 선로로 올라가자마자, 가브리엘은 휴대전화를 꺼내 의원의 개인 휴대전화 번호를 눌렀다. 음성메시지가 응답했다. 가브리엘은 다시 의원 사무실로 전화했다. 비서가 받았다.

"가브리엘이에요. 의원님 계십니까?"

비서는 화가 난 것 같았다.

"어디 있었어요? 의원님이 찾으셨는데."

"회의가 오래 걸렸어요. 지금 당장 의원님과 통화해야겠어요."

"아침까지 기다려야 해요. 지금 웨스트브룩에 계십니다."

웨스트브룩 플레이스 아파트는 섹스턴이 워싱턴에서 거주하는 곳이었다.

"개인 전화도 받지 않으시던데요."

"오늘 밤은 P.E.로 해 두셨어요. 일찍 퇴근하셨습니다."

가브리엘은 얼굴을 찡그렸다.

'개인적인 용무란 말이지.'

너무 정신이 없어서 섹스턴이 오늘 밤은 혼자 집에 있겠다고 한 것도 잊고 있었다. 섹스턴은 개인적인 용무로 못 박아 둔 시간에 방해받는 것을 특히 싫어했다.

'건물에 불이 났을 때만 내 집 문을 두드리라고. 그게 아니라면 다음

날 아침에 연락해.'

그는 이렇게 말하곤 했다. 가브리엘은 지금이 건물에 불이 난 상황이나 다름없다고 판단했다.

"저 대신 연락해 주세요."

"그건 불가능해요."

"심각한 일이에요. 난……."

"아뇨, 문자 그대로 불가능하다고요. 호출기를 책상 위에 두고 나가시면서 오늘 밤은 절대 방해받지 않고 싶다고 하셨으니까요. 단호하셨어요."

그녀는 덧붙였다.

"평소보다 더하셨다니까요."

'젠장.'

"알겠어요."

가브리엘은 전화를 끊었다. 지하철에서 구내방송이 흘러나왔다.

"랑팡 플라자, 모든 라인과 연결되는 역입니다."

가브리엘은 눈을 감고 상념을 몰아내려고 애썼지만 가슴을 억누르는 영상은 계속 밀려왔다. 상원의원과 자신의 적나라한 사진들, 섹스턴이 뇌물을 받고 있다는 정황을 포착한 서류들. 텐치의 쇳소리가 귓가에 들려오는 듯했다.

'올바른 일을 하세요. 진술서에 서명해요. 정사를 인정하세요.'

기차는 역에 끽 하고 멈추었다. 가브리엘은 사진이 언론에 실리면 상원의원이 어떻게 나올지 생각해 보려고 했다. 처음 머릿속에 떠오른 생각은 충격적이고 민망했다.

'섹스턴은 거짓말을 할 거야.'

진정 내 후보에 대해 내가 직감적으로 이렇게 느끼는 걸까?

'그래. 거짓말을 할 거야. 아주 능란하게.'

가브리엘이 정사를 인정하지 않아서 사진이 언론에 실리면, 상원의원은 분명 잔인한 위조 사진이라고 주장하고 나설 것이다. 현대는 디지털 사진 편집의 시대다. 인터넷에 접속해 본 사람이라면 누구라도 유명 인사의 머리를 감쪽같이 다른 사람의 몸에 붙인, 심지어 정사를 벌이고 있는 포르노 스타의 몸에 붙인 가짜 사진들을 본 적이 있을 것이다. 가브리엘은 이미 상원의원이 텔레비전 카메라를 똑바로 쳐다보면서 정사에 대해 설득력 있게 거짓말을 늘어놓는 것을 목격한 적이 있었다. 이번에도 틀림없이 자신의 정치 인생을 망가뜨리기 위해 꾸민 서툰 조작극이라고 주장할 것이 분명했다. 분노에 가득 찬 말투로, 어쩌면 대통령 본인이 조작극을 지시했다고 암시할지도 모른다.

'백악관이 증거를 공개하지 않은 것도 놀랄 일이 아니지.'

첫 폭로가 그랬듯 이 사진 역시 역풍을 불러올 것이다. 생생한 사진이었지만 결정적인 증거가 될 수는 없었다.

한 가닥 희망이 솟았다.

'백악관은 이 사진이 진짜라는 걸 증명할 수 없어!'

텐치가 가브리엘에게 행사한 전략은 단순하고 잔인했다.

'정사를 인정하든지, 섹스턴이 감옥에 들어가는 것을 보든지 양자택일해.'

순간 모든 것이 명료해졌다. 백악관은 어떻게든 가브리엘이 직접 정사를 인정하게 해야 했던 것이다. 그렇지 않으면 사진은 아무 가치도 없으니까. 갑자기 솟아난 자신감이 기분을 밝게 해 주었다.

기차가 멈추고 문이 열리는 동안, 가브리엘의 머릿속에서 아련하게 다른 문이 열리고 느닷없이 새로운 희망의 가능성이 보였다.

'어쩌면 뇌물에 대해 텐치가 말한 건 거짓말일지도 몰라. 결국 내가 직접 본 건 뭐가 있지? 복사한 은행 서류, 섹스턴이 주차장에 있는 흐릿한 사진뿐, 결정적인 것은 아무것도 없어.'

모두 위조일 가능성도 있었다. 진짜 섹스 사진에 가짜 재정 관련 서류를 슬쩍 끼워 넣어 전체를 믿게 하는 전략이었을 수도 있었다. 이는 '연상 입증'이라는 전략으로서, 모호한 개념을 대중에게 설득시키기 위해 정치인들이 늘 사용하는 수법이었다.

'섹스턴은 죄가 없어.'

가브리엘은 스스로에게 말했다. 백악관은 너무나 필사적인 나머지 가브리엘에게 겁을 주어 정사를 인정하게 만들자는 도박을 벌인 것이다. 그들은 가브리엘이 섹스턴을 공개적으로 떠나기를 바랐다.

'할 수 있을 때 빠져나가요.'

텐치가 말했다.

'오늘 밤 8시까지.'

극한의 압박 판매 전략이었다.

'모두 들어맞아. 단 한 가지만 빼면……'

텐치가 가브리엘에게 NASA를 공격하는 이메일을 보냈다는 점은 유일하게 아귀가 들어맞지 않는 조각이었다. 이 편지는 섹스턴의 반 NASA 입장을 공고하게 만들어서 이를 NASA 쪽에서 오히려 무기로 사용하려고 했다는 점을 암시하고 있었다.

'과연 그럴까?'

가브리엘은 이메일에도 완벽한 해답이 있다는 사실을 깨달았다.

'이메일이 텐치가 보낸 것이 아니었다면?'

텐치가 직원 중에서 가브리엘에게 정보를 흘린 배신자를 찾아내고 그를 해고한 뒤 마지막 이메일만 써서 만남을 요청했을 가능성도 있었다.

'날 함정에 빠뜨리기 위해 NASA의 정보를 의도적으로 흘린 것처럼 행동했을 수도 있어.'

랑팡 플라자에 정차했던 기차는 치익 소리를 내며 문닫을 준비를 하고 있었다.

가브리엘은 플랫폼을 내다보았다. 머릿속으로 온갖 생각이 스쳐 지나갔다. 과연 앞뒤가 맞는 생각인지, 그냥 희망사항인지 확신할 수는 없었지만, 상황이 어떻든 일단은 지금 당장 상원의원과 이야기를 해야 했다. 오늘 밤이 P.E.라도 상관없었다.

가브리엘은 사진이 든 봉투를 꽉 쥔 채 문이 닫히려는 순간 서둘러 기차에서 내렸다. 새로 갈 곳이 있었다.

웨스트브룩 플레이스 아파트였다.

51

싸우느냐, 도망치느냐.

생물학자로서 톨랜드는 생명체가 위험을 감지하면 엄청난 생리학적 변화가 일어난다는 것을 알고 있었다. 대뇌피질에 아드레날린이 급격히 분비되어 심장박동수가 올라가고, 두뇌는 생명체가 내리는 결정 중에 가장 역사가 깊고 본능적인 결정을 내리게 된다. 싸울 것이냐, 도망칠 것이냐.

본능은 도망치라고 말하고 있었지만, 이성은 자신의 몸이 아직 노라 맹거와 묶여 있다는 것을 알려 주었다. 어차피 도망칠 곳도 없었다. 몇 킬로미터 반경 안에 몸을 숨길 수 있는 곳은 해비스피어뿐이었지만, 정체불명의 공격자들은 빙하 위 높은 곳에 자리 잡고 도망칠 길을 차단하고 있었다. 등 뒤에는 광활한 빙판이 3킬로미터가량 부채꼴 모양으로 펼쳐져 있었고, 그 끝은 혹한의 바다로 이어지는 낭떠러지였다. 몸을 숨길 곳이 없기 때문에 그 방향으로 도망치는 것은 곧 죽음을 의미했다. 그런 이유가 아니더라도 다른 사람들을 놓아두고 갈 수는 없었다. 노라와 코키는 아직도 레이첼과 톨랜드에게 밧줄로 연결된 채 훤히 노출된 지점에 쓰러져 있었다.

레이첼 곁에서 몸을 숙이고 있는 동안에도, 얼음탄은 넘어진 썰매 옆면을 계속 때리고 있었다. 톨랜드는 혹시 무기나 조명탄 발사총, 무전기 등이 없는지 땅에 흩어진 장비들을 뒤졌다.

"도망쳐요!"

레이첼은 호흡이 제대로 돌아오지 않은 목소리로 외쳤다.

그때 이상하게도 우박처럼 쏟아지던 얼음탄이 뚝 그쳤다. 휘몰아치는 바람 속에서도, 밤공기는 갑자기 평온해졌다. 마치 폭풍이 예상보다 일찍 물러간 듯한 분위기였다.

썰매 뒤에서 조심스럽게 밖을 내다본 톨랜드는 지금껏 보지 못한 소름 끼치는 광경을 목격했다.

유령 같은 형체 세 개가 스키를 타고 점점 어두워지는 둥근 불빛 속으로 소리 없이 미끄러져 내려왔다. 셋 다 흰색 방한복 차림이었다. 스키 폴은 가지고 있지 않았지만, 톨랜드가 생전 구경도 못한 대형 라이플을 들고 있었다. 스키 역시 특이했다. 스키라기보다는 길쭉한 롤러블레이드에 가까운, 짧고 초현대적인 모양이었다.

세 사람은 전투에서 이미 이겼다고 생각한 듯 이쪽에서 가장 가까운 사냥감 옆에 침착하게 멈춰 섰다. 의식을 잃은 노라 맹거였다. 톨랜드는 떨리는 무릎을 꿇고 몸을 일으켜 썰매 뒤쪽을 훔쳐보았다. 손님들은 으스스한 전자 고글 너머로 톨랜드를 돌아보았다. 관심이 없다는 태도였다.

당분간은.

델타 원은 의식을 잃고 얼음 위에 누워 있는 여자에 대해 전혀 죄책감을 느끼지 않았다. 그는 이유를 묻지 않고 명령만 수행하는 훈련을 받은 사람이었다.

여자는 두껍고 검은 방한복 차림이었고 얼굴 한쪽은 붉게 부풀어 있었다. 호흡은 가쁘고 약했다. 얼음탄이 자국을 남기고 기절시킨 것이다.

이제 마무리할 때였다.

델타 원이 의식을 잃은 여자 옆에 꿇어앉는 동안, 나머지 동료들은 다른 표적을 향해 라이플을 겨누었다. 하나는 근처 얼음 위에 의식을 잃고 쓰러져 있는 작은 체구의 남자, 다른 하나는 두 목표물이 숨어 있는 뒤집어진 썰매였다. 쉽게 당장 일을 끝낼 수도 있었지만, 어차피 나머지 셋은 무기를 갖고 있지 않았고 도망칠 곳도 없었다. 전부 한 번에 해치우려고 덤벼드는 것은 부주의한 짓이다.

'절대적으로 필요한 상황이 아니라면 초점을 분산시키지 말 것. 한 번에 하나씩 적을 상대할 것.'

델타 포스는 정확히 훈련받은 대로 한 번에 한 사람씩 죽일 생각이었다. 어떻게 죽었는지 흔적을 남기지 않는 것이 중요했다.

델타 원은 의식을 잃은 여자 옆에 꿇어앉은 채 장갑을 벗고 눈을 한 줌 쥐더니 그대로 뭉쳐 여자의 입에 넣고 목구멍까지 밀어 넣기 시작했다. 그는 입을 눈으로 가득 채우고 기도까지 막히도록 꾹꾹 눌렀다. 여자는 3분 내로 죽을 것이다.

러시아 마피아가 발명한 이 수법은 바이라야 스머트, 즉 백색 죽음이라는 뜻이었다. 피해자는 목구멍의 눈이 녹기 훨씬 전에 질식해서 죽는다. 그러나 죽은 뒤에도 체온이 남아 있기 때문에 눈은 녹게 된다. 누군가 살인을 의심한다 해도, 살인 무기나 폭행의 증거를 즉시 밝혀내기 어렵다. 누군가 언젠가 알아낸다 해도 시간을 벌 수 있다. 얼음탄은 주변 환경과 어우러져 눈에 묻힐 것이고, 여자의 머리에 난 상처는 그냥 얼음에 심하게 넘어져서 생긴 것으로 보일 것이다. 이 정도 강풍이라면 놀랄 일도 아니다.

다른 세 사람도 무장해제해서 같은 방식으로 죽인다. 그런 다음 시체를 썰매에 싣고 정상 경로에서 몇 백 미터 떨어진 곳까지 싣고 가서 서로 몸을 다시 묶고 일렬로 정렬해 놓는다. 몇 시간 뒤 네 사람은 혹한과 저체온증으로 인한 시체로 발견될 것이다. 시체를 발견한 사람은 어쩌다가 이렇게 정상 경로를 벗어났는지 의아해하겠지만, 죽었다는 사실은 놀랍지 않을 것이다. 조명탄은 다 타 버렸고 극한의 날씨였으니 밀른 빙붕에서 길을 잃으면 빠른 시간에 목숨을 잃을 수밖에 없다.

델타 원은 여자의 목구멍에 눈을 다 집어넣었다. 나머지를 처리하기에 앞서, 델타 원은 여자의 몸을 묶은 밧줄을 끌렀다. 나중에 다시 묶어야겠지만, 지금은 썰매 뒤에 있는 두 사람이 여자를 안전한 곳으로 끌어낼 생각을 못 하도록 하고 싶었다.

마이클 톨랜드는 방금 아무리 나쁜 마음을 먹더라도 상상조차 할 수 없는 기괴한 살인을 목격했다. 노라 맹거를 밧줄에서 푼 뒤, 세 사람은 코키를 향했다.

'어떻게든 해야 해!'

코키는 의식을 되찾고 신음 소리를 내며 일어나 앉으려 하고 있었다. 그러나 군인 한 사람이 그를 다시 밀어 눕히고 몸 위에 걸터앉은 다음 무릎으로 두 팔을 얼음에 내리눌렀다. 코키는 아파서 비명을 질렀지만 그 소리도 휘몰아치는 바람 소리에 묻혀 버렸다.

극한의 공포에 사로잡힌 톨랜드는 뒤집어진 썰매에서 쏟아진 내용물을 필사적으로 헤집었다.

'뭔가 있을 거야! 무기! 뭐라도!'

그러나 보이는 것은 얼음 관찰 장비뿐이었고, 대부분은 얼음탄에 맞아 알아보기 힘들 정도로 망가져 있었다. 옆에서 레이첼이 얼음도끼로 몸을 지탱하며 힘들게 일어나 앉으려고 했다.

"도망쳐요, 마이크……."

톨랜드는 레이첼의 손목에 묶인 도끼를 보았다. 저게 무기가 될 수 있을 것이다. 그나마. 하지만 무장한 세 남자에게 작은 도끼로 덤벼들어서 성공할 가능성이 얼마나 될까.

자살행위다.

일어나 앉는 레이첼의 등 뒤로 뭔가 눈에 띄었다. 큼직한 비닐 봉투였다. 그 안에 조명탄이나 무전기가 있기를 기도하며, 톨랜드는 레이첼 옆으로 기어가 봉투를 움켜쥐었다. 안에는 잘 접은 큼직한 폴리에스테르 천이 들어 있었다. 쓸모없는 것이었다. 톨랜드의 연구선에도 비슷한 것이 있었다. 개인용 컴퓨터 정도의 무게인 기후 측정 장비를 운반하는 작은 풍선으로, 헬륨 탱크가 없으면 무용지물이었다.

코키가 발버둥치는 소리는 점점 더 커지고 있었고, 톨랜드는 오랫동안 느껴 보지 못했던 극한의 무기력함을 느꼈다. 극한의 절망감. 극한의 상실감. 사람이 죽기 직전에 눈앞에 일생 동안 겪었던 일들이 펼쳐진다는 진부한 표현처럼, 톨랜드의 눈앞에 오랫동안 잊고 있었던 어린 시절의 풍경이 되살아났다. 순간 그는 산페드로에서 항해를 하며 늙은 선원의 소일거리였던 삼각돛 날기를 배우고 있었다. 매듭을 지은 밧줄에 몸을 묶고 바다 위에 매달려서 정신없이 웃으며 마치 종루에 매달린 어린아이처럼 물 밑으로 내려갔다 올라왔다 하는 놀이로, 바람을 한껏 받은 삼각돛과 바닷바람의 변덕에 운명을 내맡기는 장난이었다.

톨랜드의 시선이 다시 손에 든 풍선으로 향했다. 그는 자신의 두뇌가 운명에 굴복한 것이 아니라 해법을 찾으려 했음을 깨달았다.

삼각돛 날기!

코키는 계속 군인들에게 저항하며 버둥거리고 있었다. 톨랜드는 풍선을 감싼 봉투를 열었다. 대단한 기대는 할 수 없었지만, 여기 이대로 있다가는 네 사람 다 꼼짝없이 목숨을 잃는다. 톨랜드는 깔끔하게 접은 풍선을 움켜쥐었다. 죔쇠에는 이렇게 적혀 있었다.

경고 : 10노트 이상의 바람에서는 사용하지 말 것.

'집어 치워!'
톨랜드는 풍선이 펼쳐지지 않도록 꽉 쥔 다음, 비스듬히 몸을 지탱하고 있는 레이첼에게 기어갔다. 그는 어리둥절한 눈으로 바라보는 레이첼의 곁에 바싹 붙으며 외쳤다.
"이걸 잡아요!"
톨랜드는 레이첼에게 접은 풍선을 건넨 뒤 자신의 카라비너와 풍선의 죔쇠를 연결했다. 그런 다음 옆으로 몸을 굴려 레이첼의 카라비너에도 풍선의 죔쇠를 끼워 넣었다.
톨랜드와 레이첼은 이제 엉덩이를 맞붙이고 하나로 연결되었다.
두 사람 사이로 늘어진 밧줄이 눈밭을 가로질러 몸부림치는 코키에게 연결되었다가 10미터 더 떨어진 노라 맹거 옆에서 풀려 있었다.
'노라는 이미 죽었어. 어쩔 도리가 없어.'
공격자는 몸부림치는 코키 위에 걸터앉아 눈을 한 줌 뭉쳐 코키의 목구멍에 넣으려 하고 있었다. 시간이 없었다.
톨랜드는 접은 풍선을 레이첼에게서 받아 들었다. 천은 휴지처럼 가볍고 사실상 찢어지지 않는 재질이었다.
'어차피 이판사판이야.'
"잡아요!"
"마이크? 뭐 하려는……."
톨랜드는 접은 풍선을 머리 위로 휙 던졌다. 울부짖는 바람이 마치 허리케인 속의 낙하산처럼 풍선을 부풀렸다. 금방 공기가 찬 풍선은 요란한 소리를 내며 확 펴졌다.
 허리에 찬 벨트가 아플 정도로 휙 끌려갔다. 순간 그는 카타바틱의 어마어마한 힘을 과소평가했다는 것을 깨달았다. 눈 깜짝할 사이에 그와 레이첼은 반쯤 공중에 떠서 빙하 위로 질질 끌려가고 있었다. 잠시 후 코키 말린슨과 연결된 밧줄 역시 팽팽해졌다. 20미터 저쪽에서 겁에 질린 친구의 몸이 군인 한 사람을 뒤로 넘어뜨리며 그들의 손에서 벗어났다. 코키는 피가 끓어오르는 듯한 비명을 지르며 얼음 위로 끌려오기 시작했다. 그의 몸은 뒤집어진 썰매를 아슬아슬하게 비껴난 뒤 약간 속도를 늦추며 안쪽으로 방향을 바꾸었다. 노라 맹거와 연결되었던 두 번째 밧줄이 힘없이 늘어져서 코키 옆으로 따라오고 있었다.
 '어쩔 수 없어.'
 톨랜드는 마음을 다잡았다.
 세 사람의 몸은 팔다리가 얽힌 인간 마리오네트처럼 빙하 위를 미끄러졌다. 얼음탄이 옆을 스쳐 갔지만, 톨랜드는 군인들이 기회를 놓쳤다는 것을 알았다. 흰 옷을 입은 군인들은 환한 조명탄 불빛 속에서 빛나는 점처럼 등 뒤로 멀어지고 있었다.
 그러나 톨랜드는 두터운 방한복 아래에서 연방 얼음 조각이 튀는 것을 느꼈다. 도망쳤다는 안도감도 잠시였다. 눈앞으로 3킬로미터도 채 떨어지지 않은 지점에서 밀른 빙붕이 갑자기 끊기고 아스라한 낭떠러지가 나타날 것이다. 그 너머 30미터 아래로는 북극해의 무시무시한 파도가 철썩거리고 있었다.

52

마저리 텐치는 미소 띤 얼굴로 백악관 통신실로 향하고 있었다. 이곳은 위층 통신 불펜에서 작성된 보도자료를 배포하는 컴퓨터로 운영되는 방송 시설이었다. 가브리엘과의 만남은 순조롭게 끝났다. 가브리엘이 정사를 인정하는 진술서를 쓸 정도로 겁을 먹었는지는 알 수 없었지만, 시도해 볼 만한 가치는 충분했다.

'가브리엘이 현명하다면 실토하고 발을 빼야지.'

불쌍한 가브리엘은 섹스턴이 얼마나 엄청난 파국을 맞게 될지 전혀 모르고 있었다.

몇 시간 후에 있을 대통령의 운석 관련 기자회견은 섹스턴의 입지를 완전히 흔들어 놓을 것이다. 이 점은 확실했다. 여기에 가브리엘 애쉬가 협조만 한다면 섹스턴은 치명타를 맞고 치욕적으로 물러나게 될 것이다. 아침에 가브리엘의 진술서와 섹스턴이 정사를 부정하는 인터뷰 영상을 나란히 언론에 배포하면 된다.

연속 두 방이었다.

결국 정치에서는 단순히 선거에서 이기는 것뿐만이 아니라 얼마나 결정적으로 이기느냐가 중요하다. 자신의 정책을 실행해 갈 수 있는 추동력을 얻을 수 있느냐가 중요한 것이다. 역사적으로 아슬아슬하게 간신히 백악관에 입성한 대통령이 많은 것을 성취한 예는 없었다. 시작부터 허약한 지지기반 때문에 힘을 쓸 수가 없고, 의회도 그 사실을 절대 잊지 않게 해 주는 것이다.

섹스턴의 선거운동 자체가 완전히 파국을 맞는 것이 최선의 상황이었다. 두 번의 공격으로 정책과 도덕성, 양쪽에 치명타를 가하는 것이다. 워싱턴에서 '상하 이단 공격'이라고 일컬어지는 이 전략은 원래 군사작전 기법에서 유래한 것이다.

'적이 양면에서 싸우도록 하라.'

상대 후보에 대한 부정적인 정보를 손에 넣으면, 또 다른 정보를 얻을 때까지 기다렸다가 동시에 언론에 터뜨린다. 이러한 양날 공격은 단독 공격보다 언제나 더 효과적인데, 특히 정책과 인간성이라는 두 가지 서로 다른 측면을 노린다면 금상첨화다. 정치적인 공격에 반격하려면 논리가, 인간성에 대한 공격에 반격하려면 가슴이 필요한데, 두 가지를 동시에 부정한다는 것은 거의 불가능한 일에 가깝다.

오늘 밤 섹스턴 상원의원은 어마어마한 NASA의 승리라는 정치적 악몽에서 허겁지겁 빠져나오려고 노력해야 할 것이다. 유력한 여성 부하직원이 자신을 거짓말쟁이라고 폭로한 상황에서 NASA에 대한 입장까지 방어해야 한다면 더욱 깊은 수렁에 빠질 수밖에 없다.

통신실 입구에 도착한 텐치는 전투를 앞둔 흥분으로 생생하게 살아 있는 느낌이었다. 정치는 전쟁이다. 그녀는 심호흡을 한번 하고 시계를 보았다. 오후 6시 15분이었다. 이제 첫 번째 발포를 할 때다.

그녀는 들어섰다.

통신실은 작았다. 공간이 부족해서가 아니라 그 이상 넓을 필요가 없어서였다. 세상에서 가장 효율적인 대중방송매체 중 하나인 이곳에서 일하는 직원은 겨우 다섯 명뿐이었다. 지금은 다섯 명 모두가 마치 출발 신호를 기다리는 수영 선수처럼 각자 맡은 전자 장비 앞에 앉아서 만반의 준비를 하고 있었다.

'준비는 다 돼 있군.'

텐치는 직원들의 의욕적인 눈빛을 읽을 수 있었다.

이 작은 사무실이 두 시간 안에 전 세계 문명화된 인구의 3분의 1 이상과 연락할 수 있다는 사실은 언제 생각해도 놀라웠다. 대형 텔레비전 방송사부터 작은 지방신문에 이르기까지 문자 그대로 수만 개에 달하는 전 세계 뉴스 매체에 전자 장비로 연결되어 있는 백악관 통신실은 버튼 몇 개만 누르면 세상과 접촉할 수 있는 곳이었다.

팩스 방송 컴퓨터는 메인 주에서 모스크바에 이르는 라디오, 텔레비전, 신문사, 인터넷 미디어에 보도자료를 배포한다. 이메일 대량 발송 프로그램은 온라인 뉴스 매체를 담당한다. 자동 전화 발신 장비가 수천 개 뉴스 공급업체에 전화를 걸어서 녹음된 소식을 전한다. 웹 페이지도 미리 정해진 포맷에 따라 끊임없이 실시간으로 속보를 공급한다. CNN, NBC, ABC, CBS, 기타 해외 방송사 등 '실시간 뉴스 공급'이 가능한 매체는 온갖 영역에서 소식을 받아 공짜로 생방송을 전한다. 그러나 대통령 긴급 담화라고 하면 한창 방송되던 뉴스도 즉각 중단된다.

완벽한 침투력이었다.

텐치는 부대를 검열하는 장군처럼 말없이 뉴스 책상으로 다가가서 마치 권총의 실탄처럼 모든 전송 장비 앞에서 대기 중인 '속보 보도자료' 인쇄물을 집어 들었다.

내용을 읽던 텐치는 속으로 웃지 않을 수 없었다. 평소 기준대로라면 방송을 알리는 보도자료는 정식 발표라기보다는 광고에 가까웠다. 그러나 대통령은 방송실에 최대한의 효과를 이끌어 내라고 특별히 지시했다. 직원들은 지시를 충실하게 따랐다. 서술은 완벽했다. 핵심 단어가 풍부했고, 내용은 간결했다. 치명적인 조합이었다. 뉴스 매체가 수신 메일을 거르기 위해 돌리는 '키워드 스니퍼' 프로그램도 이 통신문에서는 여러 개의 키워드를 포착해 낼 것이다.

발신인 : 백악관 방송실
주제 : 긴급 대통령 담화
미합중국 대통령은 오늘 저녁 동부표준시로 8시에 백악관 기자실에서 긴급 기자회견을 가질 예정입니다. 담화문의 주제는 기밀입니다. 기존의 채널로 생방송이 송출될 예정입니다.

텐치는 책상 위에 서류를 내려놓고 방송실을 둘러보며 직원들을 격려하는 뜻으로 고개를 끄덕였다. 그들은 의욕적이었다.
텐치는 담배에 불을 붙이고 잠시 연기를 뿜어내며 기대감을 고조시켰다. 마침내 그녀는 씩 웃었다.
"자, 여러분, 시작하세요."

53

 레이첼 섹스턴의 머릿속에서 논리적인 이성은 완전히 증발해 버렸다. 운석이나 주머니에 들어 있는 수수께끼의 GPR 출력물, 밍, 빙붕 위에서 펼쳐진 끔찍한 공격 따위는 이미 안중에도 없었다. 오직 한 가지 생각뿐이었다.
 '살아남아야 한다.'
 얼음은 마치 끝없이 이어진 매끄러운 고속도로처럼 발밑을 스치고 있었다. 공포로 몸에 감각이 없는 것인지, 푹신한 방한복 덕분에 느낄 수 없는 것인지 알 수 없었지만, 어쨌든 아픔은 느껴지지 않았다. 아무것도 느껴지지 않았다.
 아직은.
 레이첼은 허리 부분이 같이 묶여 있는 톨랜드와 어색하게 얼굴을 맞대고 나란히 누운 자세를 취하고 있었다. 저 앞 어딘가에서는 바람에 팽팽하게 부푼 풍선이 마치 경주용 자동차 뒤에 묶인 낙하산처럼 펄럭거리고 있었다. 코키는 마치 고장난 트레일러처럼 이리저리 요동치며 뒤따라 끌려오고 있었다. 처음 공격을 받았던 지점의 조명탄은 이미 시야에서 사라져 보이지 않았다.

풍선이 가속을 거듭하면서 나일론 마크 나인 방한복이 얼음에 스치는 소리는 더욱 날카로워졌다. 얼마나 빨리 움직이고 있는지는 알 수 없었지만, 바람은 최소한 시속 100킬로미터로 불고 있었고, 발아래 마찰이 없는 활주로는 시시각각 더욱 빠르게 스쳐 가고 있었다. 튼튼한 마일라 풍선은 찢어지거나 떨어져 나갈 기미를 보이지 않았다.

'풍선에서 떨어져 나와야 해.'

레이첼은 생각했다. 그들은 무시무시한 적을 피해 또 다른 적 쪽으로 달려가고 있었다.

'바다는 이제 1킬로미터 정도밖에 남지 않았을 거야!'

얼음 같은 물을 생각하니 무서운 기억이 되살아났다.

바람은 더욱 거세게 불었고, 속도는 더해 갔다. 저 뒤 어딘가에서 코키가 겁에 질려 비명을 질렀다. 이 속도라면 몇 분 안에 낭떠러지를 지나 차가운 바다로 떨어지게 된다.

톨랜드도 허리에 묶은 죔쇠를 필사적으로 만지고 있는 것을 보니 비슷한 생각을 하고 있는 것 같았다.

"끌러지지가 않아요! 당기는 힘이 너무 세요!"

톨랜드가 외쳤다. 잠시라도 바람이 잦아들면 줄이 느슨해져서 고리를 뺄 수 있을 것도 같았지만, 카타바틱은 인정사정없이 한결같은 기세로 몰아치고 있었다. 레이첼은 몸을 비틀고 발 끝에 붙은 아이젠 스파이크를 얼음에 박았다. 수탉 꼬리처럼 얼음 조각이 길게 바람에 날렸다. 속도가 아주 약간 줄었다.

"지금이에요!"

레이첼은 발을 떼며 외쳤다.

순간 풍선에 붙은 줄이 약간 느슨해졌다. 톨랜드는 줄을 아래로 당겨 느슨해진 틈을 타 죔쇠를 벨트에서 끄르려고 해 보았다. 어림도 없었다.

"다시!"

그가 외쳤다.

이번에는 둘 다 몸을 반대로 꼬고 발 끝을 얼음에 박았다. 길게 두 줄로 얼음 조각이 날았다. 이번에는 줄이 눈에 띄게 느슨해졌다.

"지금!"

두 사람은 톨랜드의 신호에 맞춰 동시에 발을 놓았다. 풍선이 다시 위로 솟는 순간, 톨랜드는 엄지손가락을 카라비너 죔쇠에 박아 넣고 고리를 비틀었다. 이번에는 한결 아슬아슬했지만 아직도 줄이 좀 더 느슨해져야 했다. 노라가 최고급이라고 자랑하던 조커 안전핀은 특히 쇠고리가 이중으로 되어 있어서 조금이라도 힘이 주어진 상태에서는 절대 풀 수 없도록 되어 있었다.

'안전핀 때문에 죽겠군.'

레이첼은 삐딱하게 생각해 보았지만 전혀 재미있지 않았다. 톨랜드가 소리쳤다.

"한 번 더!"

레이첼은 온몸의 힘과 희망을 동원하여 최대한 몸을 비튼 뒤 양쪽 발가락을 얼음에 박았다. 그녀는 등을 구부리며 온몸의 무게를 발가락 끝에 실으려고 노력했다. 톨랜드도 두 사람의 배가 거의 맞닿을 정도로 몸을 비틀어서 벨트와 풍선을 묶은 줄을 최대한 당겼다. 톨랜드는 발가락을 박았고, 레이첼도 몸을 더욱 비틀었다. 진동이 다리를 타고 올라왔다. 발목이 부러질 것 같았다.

"조금만 더! 조금만 더……."

톨랜드는 속도가 줄어들자 안전핀을 풀기 위해 몸을 비틀었다.

"거의 다 됐어요."

레이첼의 아이젠이 부러졌다. 부츠에서 떨어져 나간 금속 조각은 밤의 어둠 속으로 구르며 코키를 넘어갔다. 순간 풍선이 앞으로 휙 쏠렸고, 레이첼과 톨랜드의 몸이 한쪽으로 기울었다. 톨랜드는 안전핀을 놓쳤다.

"젠장!"

마일라 풍선은 잠시 붙잡혀서 화가 나기라도 한 듯 한결 거센 기세로 앞으로 돌진하며 바다 쪽으로 그들을 질질 끌고 갔다. 레이첼은 절벽이 다가오고 있다는 걸 알았다. 그러나 30미터 아래 북극해로 떨어지기 전에도 위험이 도사리고 있었다. 세 개의 거대한 눈 언덕이 그들 앞에 서 있었다. 푹신한 마크 나인 방한복이 보호해 주기는 했지만, 빠른 속도로 눈 언덕에 부딪혀서 그 위를 넘어간다는 것은 생각만 해도 두려웠다.

레이첼은 필사적으로 풍선을 떼어 낼 방법을 생각해 보았다. 바로 그때 얼음이 규칙적으로 부딪히는 소리가 들려왔다. 가벼운 금속이 얼음에 속사포처럼 부딪히는 소리였다.

도끼다.

겁에 질린 나머지 얼음도끼가 벨트에 매달려 있다는 사실을 잊고 있었던 것이다. 가벼운 알루미늄 도끼가 다리 옆에서 같이 튀며 딸려 오고 있었다. 그녀는 풍선에 매달린 밧줄을 올려다보았다. 여러 겹을 꼬아 만든 두껍고 무거운 나일론 밧줄이었다. 레이첼은 튕기고 있는 도끼 쪽으로 손을 뻗었다. 그녀는 손잡이를 잡은 뒤 신축성 있는 줄에 매달린 도끼를 끌어 올렸다. 그리고 옆으로 비스듬히 누운 채 팔을 머리 위로 올려 톱 모양의 날을 두꺼운 밧줄에 갖다 댔다. 그녀는 팽팽한 밧줄을 어색하게 톱질하듯 썰기 시작했다.

"맞아요!"

톨랜드가 소리치며 자신의 도끼를 찾았다.

레이첼은 옆으로 누운 채 미끄러지면서 팔을 위로 뻗은 자세로 계속 줄을 잘랐다. 줄은 튼튼했지만 질긴 나일론 가닥들이 조금씩 잘라지기 시작했다. 톨랜드도 자기 도끼를 잡고 몸을 비틀어 팔을 머리 위로 올린 뒤 같은 지점을 아래쪽에서 썰기 시작했다. 바나나 날이 목공처럼 일렬로 움직이며 서로 부딪혔다. 밧줄은 양쪽에서 닳기 시작했다.

'할 수 있어. 끊어질 거야!'

레이첼은 생각했다.

갑자기 은색 마일라 풍선이 마치 상승 기류를 만난 듯 위로 솟구쳤다. 아니, 레이첼은 상승 기류가 아니라 땅이 튀어나온 부분을 만났다는 걸 깨달았다.

여기다.

눈 언덕.

시야에 들어온 흰 벽은 눈 깜짝할 사이에 몸 아래에 있었다. 옆구리에 충격이 전해지면서 숨이 탁 막히고 손에서 도끼가 빠져나갔다. 마치 줄이 얽힌 채 장애물을 만난 수상스키 선수처럼, 레이첼은 자신의 몸이 둔덕 위로 질질 끌려 올라간 뒤 허공에 내쳐지는 것을 느꼈다. 몸이 무시무시한 속도로 위로 날았다. 둔덕 사이의 골이 발아래 저 멀리에 펼쳐져 있었지만, 닳은 밧줄은 끊어지지 않고 레이첼과 톨랜드의 몸을 끌어올려 첫 번째 둔덕을 훌쩍 넘었다. 순간 눈앞에 기다리고 있는 것이 보였다. 둔덕 두 개, 짧은 고원을 지나면 곧장 바다로 이어지는 낭떠러지였다.

공포로 말문이 막혔다. 레이첼 대신 목소리를 내기라도 하듯, 코키 말린슨의 날카로운 비명이 허공을 갈랐다. 등 뒤에서 따라오다가 첫 번째 둔덕을 만난 것이다. 이제 세 사람 다 공중을 날고 있었다. 풍선은 마치 사냥꾼의 쇠사슬을 끊으려고 발버둥치는 야생동물처럼 위로 치솟았다.

갑자기 총성 같은 날카로운 소리가 머리 위에서 밤공기를 갈랐다. 도끼로 자르던 밧줄이 끊어져, 너덜너덜한 한쪽 끝이 레이첼의 얼굴에 떨어졌다. 그들은 아래로 떨어지고 있었다. 머리 위에서 마일라 풍선은 통제력을 잃고 나선을 그리며 바다로 향했다.

레이첼과 톨랜드는 카라비너와 안전벨트에 얽힌 채 다시 육지로 굴렀다. 두 번째 눈 둔덕이 다가오는 것을 보고, 레이첼은 충격에 대비했다. 두 번째 언덕을 다 넘기도 전에 옆면에 부딪쳤지만, 푹신한 방한복 차림이었고 곧 내리막을 만났기 때문에, 충격이 덜했다. 눈에 보이는 것이라고는 엉킨 팔다리와 얼음뿐이었지만, 레이첼은 자신의 몸이 경사를 내려가 한복판의 얼음 골로 향하는 것을 느꼈다. 속도는 느려지고 있었지만 아주 약간이었다. 곧 그녀와 톨랜드는 다시 경사를 올라가고 있었다. 꼭대기에 도착하자 다시 몸무게가 느껴지지 않았다. 그때 레이첼은 이 반대편 경사를 내려가고 나면 마지막 평지에 다다른다는 것을 깨달았다. 밀른 빙하가 끝나는 마지막 25미터였다.

절벽 쪽을 향해 미끄러지면서, 레이첼은 밧줄로 연결된 코키가 뒤로 질질 끌리는 것을 느낄 수 있었다. 셋 다 속도가 느려지고 있었다. 그러나 너무 늦었다는 것도 알고 있었다. 빙하 끝이 그들 앞으로 달려왔다. 레이첼은 절망적으로 비명을 질렀다.

그때였다.

얼음 모서리가 발밑에서 미끄러졌다. 레이첼이 마지막으로 기억한 것은 자신이 떨어지고 있다는 사실이었다.

54

N 스트리트 NW 2201번지에 위치한 웨스트브룩 플레이스 아파트는 워싱턴에서 가장 정확한 주소라는 점을 자랑하는 곳이었다. 가브리엘은 금박을 입힌 회전문을 급히 지나 대리석이 깔린 로비로 들어섰다. 귀가 멀 듯한 폭포 소리가 메아리치고 있었다.

안내 데스크의 도어맨은 그녀를 보고 놀란 표정이었다.

"애쉬 씨? 오늘 밤에 오시는 줄은 몰랐는데요."

"늦었어요."

그녀는 급히 방명록에 서명했다. 머리 위의 시계는 저녁 6시 22분을 가리키고 있었다.

도어맨은 머리를 긁었다.

"의원님이 손님 명단을 주셨는데, 애쉬 씨는……"

"제일 열심히 일을 돕는 사람들은 늘 잊히게 마련이잖아요."

가브리엘은 억지 미소를 보내고 도어맨의 옆을 지나 엘리베이터로 향했다. 도어맨은 불편한 표정이었다.

"전화를 해 보겠습니다."

"고마워요."

가브리엘은 엘리베이터를 타고 위층으로 올라가며 생각했다.

'상원의원의 전화기는 꺼져 있을걸.'

가브리엘은 9층에서 엘리베이터를 내린 뒤 우아한 복도를 지났다. 복도 끝 섹스턴의 집 문밖에는 덩치 큰 개인 경호원이 앉아 있었다. 지루한 기색이었다. 가브리엘은 경호원이 서 있는 것을 보고 놀랐지만, 경호원은 더욱 놀란 것 같았다. 가브리엘이 다가가자 그는 벌떡 일어났다.

"알아요, 알아."

가브리엘은 복도를 절반쯤 지나며 외쳤다.

"방해받고 싶어 하지 않으신다는 거. 오늘 밤은 개인 용무로 해 두셨죠."

경호원은 동감이라는 듯 고개를 끄덕였다.

"절대 손님을 들이지 말라고 아주 엄격하게……."

"비상 상황이에요."

경호원은 문간을 막아섰다.

"의원님은 개인적인 만남을 갖고 계십니다."

"그래요?"

가브리엘은 겨드랑이에 낀 붉은 봉투를 꺼내서 백악관 문장을 경호원의 눈앞에 내밀었다.

"대통령 집무실에서 오는 길이에요. 이 정보를 의원님께 전달해야 해요. 얼마나 오랜 친구와 정을 나누고 계시는지는 몰라도 몇 분 정도 기다리시게 하는 거야 어떻겠어요. 들여보내 주세요."

경호원은 봉투에 찍힌 백악관 문장을 보더니 약간 물러섰다.

'이걸 열게 하지 말라고.'

가브리엘은 생각했다.

"봉투를 놓고 가십시오. 제가 전하겠습니다."

"무슨 소리예요? 백악관에서 직접 전하라는 지시를 받았어요. 즉각 의원님과 이야기하지 않으면 내일 아침엔 우리 둘 다 새 일자리를 찾아봐야 할 거예요. 아시겠어요?"

경호원은 깊은 갈등에 사로잡힌 것 같았다. 가브리엘은 섹스턴이 오늘은 절대 손님을 들이지 말라고 특히 엄격하게 지시했다는 것을 눈치챌 수 있었다. 마지막 수법을 써야 했다. 그녀는 백악관 봉투를 경호원의 얼굴에 들이대며 목소리를 잔뜩 낮추어 모든 워싱턴 경호 요원들이 가장 두려워하는 단어를 내뱉었다.

"당신은 상황을 모르고 있어요."

정치인의 개인 경호원은 절대 상황을 알 수가 없고, 경호원들은 그 사실을 싫어한다. 명령대로 해야 하는 상황인지, 뻔한 위기를 어리석게 무시했다는 이유로 해고당할 수도 있는 상황인지 아무것도 모르는 피고용인에 불과하기 때문이다.

경호원은 침을 삼키고 백악관 봉투를 다시 보았다.

"좋습니다. 하지만 의원님께는 당신이 명령했다고 말씀드릴 겁니다."

그는 열쇠로 문을 열었고, 가브리엘은 그의 마음이 바뀌기 전에 얼른 그 옆을 지나쳤다. 아파트에 들어선 그녀는 등 뒤에서 조용히 문을 닫고 다시 잠갔다.

현관에 들어서자 홀 반대쪽 섹스턴의 서재에서 두런거리는 목소리가 들려왔다. 남자들의 목소리였다. 오늘 밤의 개인적인 용무는 아까 섹스턴의 통화에서 짐작했던 것처럼 개인적인 만남은 아닌 것 같았다.

서재 쪽으로 걸음을 옮기던 가브리엘은 대여섯 벌의 비싼 남자용 코트가 걸려 있는 열린 벽장 앞을 지나쳤다. 모두 울과 트위드였다. 서류 가방도 바닥에 놓여 있었다. 일거리는 밖에 두고 들어간 모양이었다.

벽장 앞을 곧장 지나치려고 하는데, 서류 가방 하나가 시선을 사로잡았다. 명판에는 회사 로고가 뚜렷하게 찍혀 있었다. 선명한 빨간색 로켓 모양이었다.

가브리엘은 멈춰 서서 무릎을 꿇고 앉아 읽었다.

'스페이스 아메리카 주식회사.'

어리둥절한 그녀는 다른 가방들도 확인했다.

'빌 우주항공사, 마이크로코즘 주식회사, 로터리 로켓 회사, 키슬러 우주항공사.'

마저리 텐치의 쇳소리가 머릿속에서 울려 퍼졌다.

'섹스턴이 민간 우주항공사에서 뇌물을 받는 걸 알고 있나요?'

심장박동이 빨라지기 시작했다. 가브리엘은 상원의원의 서재로 이어지는 어둑어둑한 복도 쪽을 바라보았다. 목소리를 내서 자신이 있다는 것을 알려야 한다는 걸 알고 있었지만, 그녀는 자신도 모르는 사이에 소리 없이 앞으로 다가가고 있었다. 문간에서 몇 미터 떨어진 곳까지 다가간 가브리엘은 어둠 속에 조용히 서서 안쪽의 대화에 귀를 기울이기 시작했다.

55

 델타 스리는 노라 맹거의 시체와 썰매를 수습하기 위해 뒤에 남았고, 다른 두 군인은 사냥감을 쫓아 서둘러 빙하를 내려가기 시작했다.
 그들이 신은 스키는 엘렉트로트레드 모터 스키였다. 일반에 유통되는 패스트랙 모터 스키와 비슷한 군사기밀용 일렉트로트레드는 기본적으로 탱크에 사용되는 트랙바퀴를 축소시킨 형태로서 스노모빌을 발에 신은 것과 같았다. 오른손 장갑 안쪽 검지와 엄지 끝에 부착된 압력판을 눌러 주면 속도를 조절할 수 있다. 발에 붙어 있는 강력한 겔 배터리는 방한 효과는 물론 소리 없이 달리도록 해 준다. 뿐만 아니라 트랙 바퀴가 경사를 미끄러져 내려갈 때 중력에 의해 생성되는 운동에너지를 흡수하여 다음 경사를 올라갈 때를 대비해서 자동적으로 배터리를 충전시키도록 되어 있었다.
 델타 원은 바람을 등지고 몸을 앞으로 숙인 채 전방의 빙하를 살피며 바다를 향해 달려가고 있었다. 야간 투시경은 해병대가 사용하는 패트리어트 모델과는 차원이 달랐다. 그가 쓰고 있는 것은 40×90밀리미터 렌즈 6매, 확대경 3매, 슈퍼 롱 레인지 적외선 장치를 장착한 핸즈프리형 모델이었다. 보통은 녹색이지만 이 모델은 차가운 청색 기운이 도는 투명 유리를 통해 바깥세상이 보인다. 극지처럼 빛의 반사가 심한 지형에서 사용하도록 특수 고안된 색깔이었다.

첫 눈 둔덕에 도착하자, 고글을 통해 사람이 방금 둔덕 위를 올라갔다 내려온 흔적이 눈 위에 몇 군데 네온 화살표처럼 밝은 줄무늬로 보였다. 도망친 세 사람은 풍선을 떼어낼 생각을 못 했거나 떼어내지 못했던 것 같았다. 어느 쪽이든 마지막 둔덕까지 풍선을 풀지 못했다면 지금쯤 바닷속 어딘가에 있을 것이다. 델타 원은 사냥감이 입고 있는 방한복이 물속에서 어느 정도 생존 시간을 늘려 준다는 걸 알고 있었지만, 사정없는 해류는 그들을 먼 바다로 끌고 갈 것이다. 익사는 피할 수 없다.

확신은 있었지만, 델타 원은 눈으로 보지 않고 짐작하는 것을 삼가도록 훈련받은 사람이었다. 시체를 직접 눈으로 확인해야 했다. 그는 자세를 낮추고 손가락을 눌러 첫 번째 오르막을 올랐다.

마이클 톨랜드는 꼼짝도 않고 누운 채 온몸을 살펴보았다. 만신창이였지만 뼈는 부러지지 않은 것 같았다. 젤이 가득 찬 마크 나인이 심각한 부상을 막아 준 것이 분명했다. 눈을 뜨자 천천히 정신이 또렷해졌다. 모든 것이 더 부드럽고 더 조용했다. 바람은 아직 울부짖고 있었지만, 아까처럼 광포하지는 않았다.

'낭떠러지에서 떨어졌는데?'

정신을 집중하자, 자신이 직각 방향으로 레이첼 섹스턴의 몸 위에 쓰러져 있다는 것을 알 수 있었다. 두 사람의 잠긴 카라비너가 서로 얽혀 있었다. 아래에서 레이첼이 숨을 쉬는 것이 느껴졌지만, 얼굴은 볼 수 없었다. 그는 그녀의 몸에서 굴러 내려왔다. 근육이 거의 말을 듣지 않았다.

"레이첼……?"

자기 입술에서 소리가 나왔는지도 확신할 수 없었다.

톨랜드는 절벽에서 떨어지기 직전의 상황을 어렴풋이 떠올렸다. 풍선이 위로 솟구치고, 밧줄이 끊어지고, 몸이 눈 둔덕 반대편으로 떨어지고, 마지막 둔덕을 넘고, 절벽까지 끌려왔다. 얼음이 끝나 가고 있었다. 톨랜드와 레이첼은 떨어졌지만, 이상하게도 추락은 짧았다. 바다로 떨어지는 대신 3미터쯤 밑에 있던 다른 얼음판 위에 떨어진 그들은 조금 미끄러지다가 뒤에 딸려 오는 코키의 몸무게 때문에 멈췄다.

톨랜드는 고개를 들고 바다 쪽을 바라보았다. 멀지 않은 곳에서 얼음이 끝나고 깎아지른 절벽이 시작되고 있었다. 그 너머에서 파도 소리가 들려왔다. 톨랜드는 캄캄한 빙하 쪽을 다시 올려다보았다. 20미터 저쪽에 허공에 매달려 있기라도 한 듯 높은 얼음벽이 치솟아 있었다. 비로소 톨랜드는 상황을 깨달았다. 그들은 주 빙하를 미끄러져 내려와서 낮은 얼음지대로 떨어진 것이었다. 하키 링크만 한 이 빙판은 부분적으로 붕괴되어 언제라도 바다로 떨어져 나갈 준비를 하고 있었다.

'분리빙하군.'

톨랜드는 지금 자신이 누워 있는 위태로운 얼음판을 바라보며 생각했다. 그것은 거대한 발코니처럼 빙하에 매달린 채 튀어나와 있는 사각형 빙판이었다. 얼음판 뒷부분만 빙하에 연결되어 있었는데, 언제까지나 붙어 있을 것 같지는 않았다. 낮은 지대와 밀른 빙붕 사이의 경계선에는 폭이 거의 1미터나 되는 깊은 균열이 있었다. 얼마 지나지 않아 중력이 이길 것이다.

균열보다 더 무서운 것은 얼음 위에 구겨진 채 움직이지 않는 코키 말린슨이었다. 코키는 여전히 밧줄로 팽팽하게 연결된 채 10미터 저쪽에 누워 있었다.

톨랜드는 일어서려고 해 보았지만, 아직 레이첼과 연결되어 있었다. 그는 자세를 바꾸어 얽힌 카라비너를 풀기 시작했다.

레이첼은 힘없이 일어나 앉으려고 애쓰며 어리둥절한 목소리로 물었다.

"우리가…… 떨어지지 않았나요?"

"더 낮은 빙판 위에 떨어졌어요."

톨랜드는 겨우 레이첼에게서 고리를 떼어내고 말했다.

"코키를 도와줘야겠습니다."

톨랜드는 힘들게 일어나려 했지만 다리가 말을 듣지 않았다. 그는 밧줄을 잡고 힘을 주었다. 그러자 코키는 얼음을 가로질러 이쪽으로 미끄러져 오기 시작했다. 여러 번 당긴 끝에 코키의 몸은 근처까지 끌려왔다.

코키 말린슨은 엉망진창이었다. 고글은 어디 갔는지 없었고 뺨에는 심한 상처가 나 있었으며 코에서는 피가 흐르고 있었다. 죽었을지도 모른다는 두려움이 엄습한 순간, 코키는 몸을 굴리더니 화난 눈으로 톨랜드를 쳐다보았다.

"맙소사! 도대체 방금 무슨 짓을 한 거야?"

톨랜드는 안도의 한숨을 내쉬었다.

레이첼은 일어나 앉아 찡그린 얼굴로 주위를 둘러보았다.

"여기서…… 나가야 해요. 얼음판이 금방이라도 떨어져 나갈 것 같은데요."

그 점은 톨랜드도 동감이었다. 문제는 어떻게 나가느냐 하는 점이었다.

해결책을 고민할 시간이 없었다. 귀에 익은 날카로운 기계음이 머리 위 빙하 쪽에서 들려오기 시작했다. 위를 올려다본 톨랜드는 흰 옷 차림의 군인 두 사람이 스키를 타고 손쉽게 둔덕을 올라와 동시에 멈추는 것을 보았다. 두 사람은 막다른 골목에 몰린 상대의 말을 즐기듯 바라보는 체스 선수처럼 잠시 그대로 선 채 사냥감을 지켜보고 있었다.

델타 원은 세 사람이 아직 살아 있는 것을 보고 놀랐다. 그러나 이것도 얼마 가지 않는다는 것을 알고 있었다. 그들은 이미 바다로 추락하기 시작한 얼음장 한 조각 위에 떨어져 있었다. 아까 그 여자처럼 무장해제해서 죽일 수도 있겠지만, 그보다 훨씬 깨끗한 해결책이 눈앞에 있었다. 시체조차 찾을 수 없다.

얼음 덩어리를 내려다보던 델타 원은 빙붕과 간신히 붙어 있는 얼음 덩어리 사이에 마치 쐐기처럼 벌어지기 시작한 균열 쪽으로 시선을 주었다. 세 사람이 앉아 있는 얼음판은 극히 위험하게 튀어나와 있었다. 당장이라도 떨어져서 바다로 추락하기 직전이었다.

'지금 당장 떨어져도 이상할 게 없지.'

빙붕에서는 몇 시간 간격으로 고막을 찢는 굉음이 밤공기를 울린다. 빙붕에서 얼음이 떨어져 나와 바다로 떨어지는 소리였다. 누가 이상하게 생각하겠는가?

사냥을 준비할 때면 늘 동반되는 아드레날린의 익숙한 열기를 느끼며, 델타 원은 비상용품 배낭에 손을 넣어 묵직한 레몬 모양의 물건을 꺼냈다. 군사 작전팀에게 정규적으로 지급되는 이 충격탄은 눈부신 빛과 고막을 찢는 충격파를 발산해서 적을 일시적으로 혼란시키는 '비살상' 수류탄이었다. 그러나 오늘 밤 이 수류탄은 당연히 살상용이었다.

그는 얼음 가장자리에 자리를 잡고 어느 정도 깊이까지 균열이 이어질지 생각해 보았다. 5미터? 10미터? 상관없었다. 어떻든 그의 계획은 효과를 발휘할 것이다.

델타 원은 수많은 실전을 통해 얻어진 침착한 태도로 10초 후에 터지도록 수류탄의 다이얼을 설정한 뒤 안전핀을 빼고 균열 안에 던졌다. 폭탄은 어둠 속으로 가라앉아 사라졌다.

그런 다음 델타 원과 동료는 눈 둔덕 꼭대기로 올라가서 기다렸다. 볼 만한 광경이 벌어질 것이다.

정신이 혼미한 상태에서도 레이첼 섹스턴은 공격자가 방금 균열 속에 무엇을 떨어뜨렸는지 쉽게 짐작할 수 있었다. 마이클 톨랜드도 짐작했는지, 단순히 레이첼의 눈에 어린 공포를 읽었기 때문인지는 알 수 없지만, 그 역시 창백한 얼굴로 그들이 앉아 있는 거대한 얼음판을 겁에 질린 눈으로 바라보았다. 무슨 일이 벌어질지 깨달은 것 같았다.

적란운 속에서 번개가 번쩍이듯, 레이첼 밑의 얼음판이 안에서 번쩍 빛을 발했다. 으스스한 흰 빛이 사방으로 퍼졌고 100미터 주위의 빙하들이 하얗게 빛났다. 충격은 그다음에 왔다. 지진 같은 우르릉거림이 아니라 고막을 찢고 속을 울렁거리게 하는 충격파였다. 얼음을 찢고 올라온 충격이 몸까지 전해졌다.

빙붕과 그들을 지탱하는 얼음판 사이에 쐐기라도 박힌 듯, 절벽은 굉음을 내며 갈라지기 시작했다. 레이첼과 톨랜드의 겁에 질린 시선이 마주쳤다. 가까이 있던 코키도 비명을 질렀다.

바닥이 떨어지기 시작했다.

순간 수백만 킬로그램의 얼음 덩어리 위에 몸이 붕 뜨는 것 같았다. 다음 순간, 그들은 빙산을 미끄러져 얼음 같은 바닷물을 향해 곤두박질쳤다.

56

밀른 빙붕에서 거대한 빙판이 미끄러져 내려가기 시작하자, 얼음과 얼음이 마찰하는 굉음이 고막을 찌르고 물기둥이 치솟았다. 물에 닿은 빙판은 속도가 느려졌고, 잠시 붕 떴던 몸도 다시 빙판 위에 떨어졌다. 톨랜드와 코키도 옆에 세게 떨어졌다.

얼음장이 추락하던 기세를 몰아 바다로 가라앉는 동안, 레이첼은 마치 너무 긴 줄을 매달고 땅으로 추락하는 번지점퍼처럼 거품을 일으키는 해수면이 위로 치솟아 올라오는 것을 볼 수 있었다. 점점…… 점점…… 이제 수면이었다. 어린 시절의 악몽이 되살아났다. 얼음, 물, 어둠. 거의 근원적인 공포였다.

얼음판 표면이 수면 아래로 들어갔고, 혹한의 북극해가 가장자리를 넘어 들어오기 시작했다. 바다가 사방을 감싸고 있었다. 마치 빨려 들어가는 기분이었다. 굳은 맨얼굴에 튀는 소금물이 피부를 태우는 것 같았다. 의지하고 있던 얼음 바닥은 자취를 감추었다. 그러나 방한복 안의 젤 덕분에 몸이 물 위에 떴다. 레이첼은 다시 수면으로 올라오려고 애쓰며 들이마신 소금물을 뱉어 냈다. 두 남자도 밧줄로 서로 묶인 채 옆에서 허우적거리고 있었다. 레이첼이 겨우 자세를 바로잡은 순간 톨랜드가 외쳤다.

"다시 올라옵니다!"

말이 떨어지기가 무섭게, 레이첼은 발아래 물이 음산하게 치솟아 올라오는 것을 느꼈다. 얼음판은 마치 방향을 바꾸려는 거대한 기관차처럼 물 밑에서 굉음을 내며 멈추더니 다시 곧장 위로 올라오기 시작했다. 물속에 잠긴 거대한 빙판이 다시 빙하를 긁으며 올라오기 시작하자 저 아래 심연으로부터 낮은 주파수의 굉음이 바다를 뚫고 올라왔.

얼음판은 어둠 속에서 빠르게 올라오며 점점 속도를 더했다. 레이첼은 몸이 위로 올라가는 것을 느꼈다. 주변에서 대양이 넘실거리는 가운데, 얼음이 다시 그녀의 몸을 받치기 시작했다. 균형을 잡아 보려고 버둥거렸지만 소용없었다. 얼음은 수백만 리터의 바닷물과 함께 그녀의 몸을 위로 솟구쳐 올렸다. 거대한 얼음장은 수면 위에 뜬 채 무게중심을 잡을 때까지 비틀거렸다. 레이첼은 거대하고 평평한 얼음장 위에서 허리까지 물에 잠긴 채 버둥거리고 있었다. 얼음 표면에서 흘러 내려가는 물살이 레이첼의 몸을 휩쓸어 가장자리까지 끌고 갔다. 납작 엎드린 레이첼의 눈에 다가오는 얼음 가장자리가 보였다.

'꽉 붙잡아!'

어린 시절 얼어붙은 연못에 빠졌을 때 어머니가 부르던 목소리가 들려왔다.

'붙잡아! 놓치면 안 돼!'

몸에 묶은 벨트에 갑작스럽게 힘이 가해지는 바람에, 허파 안에 남아 있던 공기까지 다 빠져나갔다. 레이첼은 가장자리를 겨우 몇 미터 남겨 놓고 우뚝 멈췄다. 몸이 그 자리에서 빙글 돌았다. 아직 밧줄로 연결된 코키의 몸도 10미터 저쪽에서 같이 멈췄다. 서로 반대방향으로 미끄러져 내려가다가 서로 붙잡힌 모양이었다. 물이 흘러 내려가고 점점 얕아지자, 코키 옆에서 또 다른 검은 형체가 나타났다. 그는 손과 무릎을 짚고 엎드린 채 코키의 밧줄을 붙잡고 바닷물을 토해 내고 있었다.

마이클 톨랜드였다.

마지막 남은 물이 빙산에서 완전히 흘러 내려가자, 레이첼은 겁에 질린 채 조용히 누워 바다의 소리에 귀를 기울였다. 문득 극한의 추위가 덮치는 것을 느낀 그녀는 손과 무릎을 짚고 엎드렸다. 빙산은 아직 거대한 얼음 조각처럼 앞뒤로 흔들리고 있었다. 레이첼은 아픔을 참으며 정신없이 다른 일행 쪽으로 기어갔다.

저 위 밀른 빙붕에서 델타 원은 북극해에 새로 생긴 판형의 빙산 주위에 바닷물이 철썩이는 광경을 야간 투시경으로 지켜보고 있었다. 바다에 빠진 사람은 보이지 않았지만, 놀랄 일은 아니었다. 바다는 캄캄했고, 사냥감이 입은 방한복과 모자도 검은색이었다.

거대한 얼음판 표면은 바다에 떠서 출렁거리고 있었기 때문에 초점을 맞추기가 어려웠다. 얼음판은 강한 연안 해류에 밀려 빠른 속도로 바다를 향해 떠내려가고 있었다. 다시 바다로 시선을 돌리려는 순간, 예상치 못했던 것이 눈에 띄었다. 얼음 위에 검은 점 세 개가 있었다.

'시체인가?'

델타 원은 다시 초점을 맞추려고 애썼다.

"뭐가 보이나?"

델타 투가 물었다.

델타 원은 아무 말 없이 확대경 초점을 맞추었다. 그는 세 개의 사람 윤곽이 희끄무레한 빙산 위에 한데 엉켜 움직이지 않는 것을 확인하고 깜짝 놀랐다. 살았는지 죽었는지는 알 수 없었다. 상관없었다. 살아 있다면 아무리 방한복을 입었다 해도 몇 시간 안에 죽는다. 이미 몸이 젖었고 폭풍이 몰려오고 있었다. 그들은 지구상에서 가장 극한의 바다로 떠내려가고 있다. 시체조차 발견할 수 없을 것이다.

"그냥 그림자야."

델타 원은 절벽에서 돌아섰다.

"기지로 돌아가자."

57

세지윅 섹스턴 상원의원은 벽난로 위 선반에 쿠르부아지에 술잔을 올려놓은 채 잠시 불을 때며 생각을 가다듬었다. 서재에 같이 앉아 있는 여섯 사람은 조용히 기다리고 있었다. 작은 회의는 끝났다. 이제 섹스턴 상원의원이 자기선전을 할 차례였다. 그들도 알고 있었고, 그도 알고 있었다.

정치는 장사다.

'신뢰를 쌓아라. 내가 그들의 문제를 이해하고 있다는 걸 보여 줘라.'

섹스턴은 그들 쪽으로 돌아서며 말했다.

"아실지 모르겠지만, 전 지난 몇 개월 동안 여러분과 같은 입장에 있는 많은 사람들을 만났습니다."

그는 미소 지으며 의자에 앉아 그들과 눈높이를 맞췄다.

"하지만 그 문제를 제 집으로 들고 오신 것은 여러분이 처음입니다. 여러분은 그만큼 특별한 분들이고, 그런 여러분을 만나게 된 건 저의 영광입니다."

섹스턴은 손을 포개고 방 안을 한 바퀴 둘러보며 손님들 한 사람 한 사람과 눈을 맞추었다. 그런 다음 첫 번째 상대에게 초점을 맞추었다. 카우보이 모자를 쓴 덩치 큰 남자였다.

"휴스턴 우주산업, 와 주셔서 반갑습니다."

텍사스 사투리를 쓰는 낮은 목소리가 투덜거리듯 대꾸했다.

"난 이 도시가 싫소."

"이해합니다. 워싱턴은 당신을 공정하게 대해 주지 않았으니까요."

텍사스인은 모자 챙 아래에서 섹스턴을 바라보며 아무 말도 하지 않았다. 섹스턴은 말을 이었다.

"12년 전 당신은 연방 정부에 한 가지 제안을 했습니다. 겨우 50억 달러로 우주정거장을 지어 주겠다고요."

"그랬소. 아직도 청사진을 가지고 있소."

"한데 NASA가 나서서 미국 우주정거장은 NASA의 프로젝트가 되어야 한다고 정부를 설득했지요."

"그렇소. NASA는 10년 전에 건설을 시작했소."

"10년이라. 한데 우주정거장은 아직 제 기능도 다 못 할 뿐 아니라 당신이 제시한 금액의 20배나 되는 비용을 썼습니다. 한 사람의 납세자로서 정말 한심하기 짝이 없어요."

동의한다는 뜻의 중얼거림이 여기저기서 일었다. 섹스턴은 다시 여러 사람과 시선을 맞추었다. 그는 모든 사람을 상대로 말을 이었다.

"이 중에서도 여러 회사가 편당 5천만 달러밖에 안 되는 예산으로 민간 우주선을 건설하겠다고 제안하신 것도 잘 알고 있습니다."

좌중은 고개를 끄덕였다.

"그러나 NASA는 그보다 낮은 편당 3,800만 달러를 제안해서 프로젝트를 따냈습니다. 실제 비용은 편당 1억 5천만 달러를 넘었지만요."

"그런 식으로 우리를 우주산업에서 소외시키는 겁니다."

한 사람이 말했다.

"400퍼센트라는 손해를 보면서도 우주선 사업을 계속할 수 있는 기업이 있다면 민간 기업은 경쟁 자체를 할 수가 없습니다."

"그런 기업과는 경쟁할 필요가 없어야 하지요."

섹스턴의 대답에 모두 고개를 끄덕였다.

섹스턴은 바로 옆에 앉은 근엄한 기업가에게 고개를 돌렸다. 관련 자료를 관심 있게 읽었던 기업가였다. 섹스턴의 선거운동에 자금을 지원하는 많은 기업가들과 마찬가지로, 이 남자 역시 전직 군사기술자로서 낮은 연봉과 정부의 관료주의에 환멸을 느끼고 군을 뛰쳐나와 항공업계로 뛰어든 사람이었다.

섹스턴은 고개를 저으며 말했다.

"키슬러 우주항공사는 유효탑재량 1킬로그램당 겨우 4천 달러의 비용으로 발사할 수 있는 로켓을 설계하고 제작했습니다. NASA가 들인 비용은 1킬로그램당 2만 달러였지요."

섹스턴은 극적인 효과를 주기 위해 잠시 사이를 두었다.

"그런데도 귀하는 고객을 유치하지 못하고 있습니다."

"어떻게 고객을 유치하겠습니까? 지난주 NASA는 모토롤라 통신위성을 쏘아 올리는 데 1킬로그램당 겨우 1,600달러를 불렀습니다. 정부가 900퍼센트의 손해를 보고 위성을 발사한단 말입니다!"

섹스턴은 고개를 끄덕였다. 납세자들은 자기도 모르는 사이에 경쟁사보다 열 배나 비효율적인 기관에 보조금을 지불하고 있는 것이다. 그는 한층 어두워진 목소리로 말했다.

"NASA가 우주산업에서 경쟁자들의 숨통을 조이려고 열심히 노력하고 있다는 건 확실해졌습니다. 그들은 시장 가격보다 훨씬 낮은 가격을 불러서 민간 우주항공업체를 몰아내고 있어요."

"우주산업계의 월마트요."

텍사스 남자가 말했다.

'아주 좋은 비유로군. 기억해 놓아야겠어.'

섹스턴은 생각했다. 월마트는 새로운 시장에 진입할 때 가격을 시장가 이하로 책정함으로써 현지 유통업체를 모조리 몰아내는 것으로 악명이 높다. 텍사스 남자가 말을 이었다.

"이제 내가 낸 영업세 수백만 달러를 이용해서 연방이 내 고객을 훔쳐 가는 데는 신물이 났소."

"무슨 말씀인지 압니다. 이해합니다."

깔끔한 정장 차림의 남자가 말했다.

"기업광고 제한 정책이 로터리 로켓을 죽이고 있소. 광고 제한 관련 법률은 어처구니가 없을 정도요!"

"백번 공감합니다."

섹스턴은 우주선에 광고물 부착을 금지하는 연방 명령을 통과시킨 것도 NASA가 우주산업을 독점하기 위한 한 방편이었다는 것을 알고 충격을 받은 적이 있었다. 자동차 레이스 운전자들은 기업 후원이나 로고 광고를 통해 자금을 확보하지만, 민간우주항공사의 우주선에는 오로지 '미국'이라는 단어와 제조사명만 부착하도록 되어 있었다. 연간 광고비가 1,850억 원에 달하는 국가에서 민간우주항공사의 금고로 들어가는 광고비는 한 푼도 없었다.

한 남자가 대꾸했다.

"이건 강도짓이오. 우리 회사는 내년 5월에 미국 최초로 관광용 우주선 모델을 선보이려고 하는데 그때까지 버틸 수 있기만 바랄 뿐이오. 우린 엄청난 언론 홍보를 기대하고 있소. 나이키는 우주선 외벽에 나이키 로고와 '저스트 두 잇!' 이라는 문구만 부착해 주면 700만 달러를 내놓겠다고 했소. 펩시에서는 '펩시 : 새로운 세대의 선택'에 그 두 배를 제시했소. 한데 연방법상 우주선에 광고를 부착하면 그 우주선을 쏘아 올릴 수가 없는 거요."

섹스턴이 대답했다.

"맞습니다. 제가 당선되면 광고 제한 관련 법률을 철폐하도록 노력하겠습니다. 약속드립니다. 우주 역시 지구상의 그 어떤 곳과 마찬가지로 자유롭게 광고를 할 수 있어야 합니다."

섹스턴은 청중을 바라보며 시선을 맞추고 한층 엄숙한 목소리로 말을 이었다.

"그러나 NASA의 민영화를 가로막는 가장 큰 장애물은 법률이 아니라 일반 여론이라는 점을 우리 모두 알아야 합니다. 대부분의 미국인은 아직도 미국 우주 프로그램에 대해 낭만적인 시각을 가지고 있습니다. 아직도 NASA가 꼭 필요한 정부 기관이라고 믿는 겁니다."

"빌어먹을 할리우드 영화 때문이야!"

한 사람이 말했다.

"NASA가 소행성으로부터 지구를 지켰다는 식의 영화가 도대체 얼마나 많았소? 젠장, 그건 선전이오!"

섹스턴은 할리우드에서 NASA 관련 영화가 많이 쏟아져 나오는 것은 단순히 경제학의 문제라는 것을 알고 있었다. 톰 크루즈가 제트기 조종사로 등장해서 엄청난 인기를 끌었던 '탑건'이 사실상 미국 해군을 홍보하는 역할을 해 준 이후, NASA는 할리우드를 민간 홍보 기관으로 활용할 수 있다는 걸 깨달았다. NASA는 우주선 발사대, 통제실, 훈련소와 같은 엄청난 보유 시설을 조용히 공짜로 영화 촬영에 대여해 주기 시작했다. 다른 곳에서 엄청난 촬영비를 지불하는 데 익숙했던 제작자들은 NASA 스릴러 영화를 '공짜' 세트에서 찍고 수백만 달러를 절약할 수 있는 기회를 덥석 물었다. 물론 할리우드는 NASA가 승인해 주는 대본만 촬영할 수 있었다.

라틴계 남자가 투덜거렸다.

"일종의 세뇌입니다. 영화는 그렇다 치고 홍보용 기획이 더 큰 문제예요. 노인을 우주에 보내요? 이번에는 여성으로만 구성된 우주선을 계획하고 있다면서요? 전부 홍보용 아닙니까!"

섹스턴은 한숨을 쉬고 비극적인 어조로 말했다.

"사실입니다. 80년대에 교육부가 파산하면서 NASA가 교육에 투자할 수 있는 예산 수백만 달러를 낭비하고 있다고 비판했을 때 무슨 일이 있었는지는 말씀드리지 않아도 아시겠지요. NASA는 자기들이 교육 친화적이라는 점을 입증하기 위한 홍보 전략을 짰지요. 공립학교 교사를 우주에 보냈습니다."

섹스턴은 잠시 사이를 두었다.

"크리스타 매콜리프라는 이름은 모르는 분이 없으실 겁니다."

방안은 침묵에 잠겼다.

"여러분."

섹스턴은 벽난로 앞에서 극적으로 멈춰 서며 말했다.

"이제 미국인들도 우리의 미래를 위해 진실을 이해할 때가 왔다고 믿습니다. NASA가 우리를 하늘로 데려다주기는커녕 우주 탐사를 방해하고 있다는 사실을 이해할 때가 되었습니다. 우주는 다른 산업과 다를 것이 없어요. 민간 부문을 이처럼 통제하고 있다는 것은 범죄에 가깝습니다. 속도를 따라가기 힘들 정도로 매주 폭발적으로 발전하고 있는 컴퓨터 산업을 보십시오! 왜 그렇겠습니까? 컴퓨터 산업은 자유시장경제 체제이기 때문입니다. 효율성과 비전이 있는 기업에게는 이윤으로 보답을 해 줍니다. 컴퓨터 산업이 정부 통제 체제였다고 생각해 보세요. 우리는 아직도 원시시대에 살고 있을 겁니다. 우주산업은 정체되어 있습니다. 우주 탐사는 원래 주인인 민간 부문에 돌려주어야 합니다. 미국인들은 경제성장과 일자리 창출, 꿈의 실현에 놀라게 될 겁니다. 나는 자유시장경제 체제가 우주산업 부문을 한 단계 도약시켜 줄 것이라고 믿습니다. 만약 당선된다면, 최후의 미개척지로 이어지는 잠긴 문을 활짝 여는 것을 개인적인 사명으로 삼겠습니다."

섹스턴은 코냑 잔을 들어 올렸다.

"친애하는 여러분, 여러분은 오늘 제가 여러분의 신뢰를 받을 만한 가치가 있는 사람인지 확인하러 오셨습니다. 제가 그 신뢰를 얻어 가는 중이라면 좋겠군요. 회사를 세울 때 투자자가 필요한 것과 마찬가지로, 대통령을 만드는 데도 투자자가 필요합니다. 주주가 배당금을 기대하듯이, 정치적 투자자 역시 배당금을 기대하실 겁니다. 오늘 밤 여러분께 드리고 싶은 말씀은 간단합니다. 제게 투자하시면, 절대 잊지 않겠습니다. 절대로. 우리의 목표는 단 하나입니다."

섹스턴은 잔을 내밀고 건배를 제의했다.

"여러분의 도움이 있다면, 저는 곧 백악관에 입성하게 될 것입니다. 그리고 여러분은 여러분의 꿈을 실현하게 되실 겁니다."

가브리엘 애쉬는 겨우 5미터 떨어진 어둠 속에서 돌처럼 굳은 채 서 있었다. 서재에서는 크리스털 잔이 경쾌하게 맞부딪히는 소리와 벽난로의 불길이 타닥거리는 소리가 흘러나왔다.

58

젊은 NASA 기술자 한 사람이 허겁지겁 해비스피어를 가로질러 달려왔다.

'끔찍한 일이 일어났어!'

그는 기자회견장 근처에서 엑스트럼 국장을 찾아냈다.

기술자는 숨을 헐떡이며 달려오면서 외쳤다.

"국장님, 사고가 났습니다!"

엑스트럼은 다른 문제에 깊이 신경을 쓰고 있었던 것처럼 멍한 표정으로 돌아보았다.

"뭐라고 했지? 사고? 어디서?"

"발굴 갱도에서요. 시체가 떠올랐습니다. 웨일리 밍 박사요."

엑스트럼의 얼굴에는 표정이 없었다.

"밍 박사? 하지만……."

"끌어냈습니다만 너무 늦었습니다. 죽었습니다."

"맙소사. 빠진 지 얼마나 됐지?"

"한 시간 정도 된 걸로 보입니다. 미끄러져서 바닥까지 가라앉았다가, 몸이 부풀어서 다시 떠오른 것 같습니다."

엑스트럼의 불그스름한 피부가 시뻘겋게 변했다.

"빌어먹을! 자네 말고 또 누가 알고 있나?"

"아무도 모릅니다. 저희 둘뿐입니다. 둘이서 건져 내기는 했는데, 일단 국장님께 먼저 말씀드리는 것이……."

"잘했어."

엑스트럼은 무겁게 한숨을 내쉬었다.

"밍 박사의 시체를 즉시 치우게. 아무 말도 하지 말고."

기술자는 어리둥절한 얼굴이었다.

"하지만, 어……."

엑스트럼은 청년의 어깨에 손을 얹었다.

"잘 들어. 비극적이고 정말 유감스러운 사고야. 때가 되면 내가 알아서 적절하게 수습하겠네. 하지만 지금은 때가 아니야."

"시체를 숨기라는 말씀이십니까?"

엑스트럼의 차가운 북유럽계 눈동자가 청년을 위압적으로 응시했다.

"생각해 봐. 지금 모든 사람들에게 알려 봤자 무슨 소용이 있겠나? 기자회견은 한 시간밖에 안 남았어. 인명 사고가 났다는 소식이 들리면 발표가 빛이 바랠뿐더러 사기도 바닥에 떨어질 거야. 밍 박사는 부주의로 실수를 저질렀어. NASA가 그 대가를 치를 생각은 조금도 없네. 민간인 과학자들이 이미 우리가 받아야 할 주목을 충분히 빼앗은 상황에서, 이제 저들이 엉성하게 저지른 실수 때문에 영광에 그늘까지 드리우게 할 수는 없어. 밍 박사의 사고는 기자회견이 끝날 때까지 비밀로 한다. 알겠나?"

젊은이는 창백한 얼굴로 고개를 끄덕였다.

"시체를 치우겠습니다."

59

 바다를 수없이 접한 마이클 톨랜드는 대양이 일말의 가책이나 주저도 없이 사람의 목숨을 빼앗아 간다는 것을 잘 알고 있었다. 거대한 얼음판 위에 녹초가 되어 누워 있는 그의 시야에 멀어져 가는 밀른 빙붕의 희끄무레한 윤곽이 어렴풋이 보였다. 엘리자베스 군도 연안을 흐르는 강력한 북극 해류는 북극 빙하를 중심으로 거대한 원을 그리며 북부 러시아 대륙 연안까지 나선형으로 흘러간다. 그것은 중요하지 않았다. 거기까지 흘러가려면 어차피 몇 달이나 걸릴 테니까.
 '이제 30분이나 더 버틸 수 있을까. 길어 봐야 40분이겠지.'
 톨랜드는 젤이 가득 찬 방한복마저 없었다면 이미 죽은 목숨이었다는 것을 알고 있었다. 고맙게도 마크 나인 방한복이 몸을 젖지 않게 해주었다. 혹한의 날씨에서 생명을 유지하는 데는 이 점이 가장 중요하다. 방한복 안에서 돌고 있는 젤은 추락의 충격을 막아 주었을 뿐 아니라, 남아 있는 체온을 유지하는 데도 도움을 주고 있었다.
 곧 저체온증이 나타날 것이다. 피가 가장 중요한 기관을 보호하기 위해 인체 중심으로 모이면서 팔다리의 감각이 없어지기 시작할 것이다. 다음에는 맥박과 호흡이 느려지고 두뇌로 공급되는 산소가 부족해지면서 환각이 나타날 것이다. 그런 다음 인체는 남은 체온을 마지막으로 보존하기 위해 심장과 호흡기를 제외한 모든 기관에 열 공급을 끊게 된다. 무의식 상태가 뒤따른다. 마지막으로 심장과 호흡기를 담당하는 뇌가 완전히 기능을 멈춘다.

톨랜드는 레이첼에게 시선을 보냈다. 그녀를 살리기 위해 뭔가 할 수 있었으면 하는 바람이었다.

감각이 서서히 사라지기 시작하는 것은 상상했던 것만큼 고통스럽지 않았다. 이건 고마운 진통제와 같았다.

'자연의 모르핀이군.'

레이첼은 빙판이 무너지면서 고글을 잃어버리는 바람에 냉기로 눈을 뜰 수조차 없었다.

옆의 얼음 위에 누워 있는 톨랜드와 코키가 보였다. 톨랜드는 애석하다는 눈빛으로 그녀를 쳐다보고 있었다. 코키는 움직이고 있었지만 통증이 심한 것 같았다. 오른쪽 광대뼈가 부서져서 피투성이였다.

몸이 격렬하게 떨리고 있었다. 레이첼은 머릿속으로 애타게 해답을 찾았다.

'누구일까? 왜일까?'

그러나 점차 몸이 무거워지면서 생각도 흐려졌다. 아무것도 해석할 수가 없었다. 마치 눈에 보이지 않는 힘이 잠으로 이끌고 있는 듯, 몸의 기능이 서서히 마비되는 것이 느껴졌다. 레이첼은 애써 맞서 싸웠다. 속에서 격렬한 분노가 타오르기 시작했고, 레이첼은 그 분노를 애써 부채질했다.

'그들은 우리를 죽이려고 했어!'

레이첼은 무시무시한 바다를 바라보며 그들의 성공을 실감했다.

'우린 이미 죽은 목숨이야.'

밀른 빙붕에서 펼쳐진 치명적인 게임에 얽힌 모든 진실을 알아낼 때까지 살아남을 수 없으리라는 것은 알고 있었지만, 레이첼은 범인을 알 수 있을 것 같았다.

가장 많은 것을 얻는 것은 엑스트럼 국장이었다. 그들을 빙하로 내보낸 것도 그였다. 그는 국방성과 특수부대에 인맥을 가지고 있었다.

하지만 얼음 밑에 운석을 집어넣어서 엑스트럼이 얻은 것이 무엇일까? 이익을 볼 만한 다른 사람은 누구일까?

잭 허니가 떠올랐다. 그는 과연 공모자일까, 자기도 모르게 얽힌 장기 말에 불과할까?

'허니는 아무것도 몰라. 그는 결백해.'

대통령도 분명 NASA에게 속았을 것이다. 허니는 이제 한 시간만 있으면 NASA의 발표를 공표하게 되어 있었다. 네 명의 민간인 과학자가 보증하는 비디오 다큐멘터리까지 내놓을 것이다.

네 명의 '죽은' 민간인 과학자가.

지금 기자회견을 막을 방법은 없었지만, 레이첼은 이번 공격을 지시한 사람이 누구든 절대 무사하지 못할 것이라고 맹세했다.

레이첼은 있는 힘을 다 짜내 일어나 앉았다. 팔다리가 화강암 같았고, 관절은 팔다리를 구부릴 때마다 아픔을 호소했다. 그녀는 천천히 무릎을 꿇고 평평한 얼음 위에서 몸을 지탱했다. 머리가 빙글빙글 돌았다. 주위는 온통 요동치는 바다뿐이었다. 곁에 누운 톨랜드가 묻는 듯한 눈으로 그녀를 올려다보았다. 아마 기도를 드리기 위해 무릎을 꿇는 거라고 생각하는 것 같았다. 차라리 기도를 드리는 쪽이 지금 레이첼이 하려는 일보다 구원받을 가능성이 높아 보였지만, 그녀가 무릎을 꿇은 것은 그 때문이 아니었다.

레이첼의 오른손이 허리를 더듬어서 아직도 벨트에 묶여 있는 얼음도끼를 찾았다. 뻣뻣한 손가락이 손잡이를 감쌌다. 그녀는 도끼를 거꾸로 들고 T자를 거꾸로 세운 모양으로 얼음 위에 놓았다. 그런 다음 온 힘을 다 동원하여 도끼를 얼음에 박았다. 쿵. 한 번 더. 쿵. 혈관 안에 도는 피가 차가운 당밀처럼 느껴졌다. 쿵. 톨랜드는 어리둥절한 표정으로 올려다보고 있었다. 레이첼은 다시 도끼를 내리쳤다. 쿵.

톨랜드는 팔꿈치를 세우고 몸을 일으키려 애썼다.

"레이······첼?"

그녀는 대답하지 않았다. 온 힘을 다 쏟아부어야 했다. 쿵. 쿵.

"이렇게 북쪽에서······ SAA가······ 들을 수 있을 거라고······."

톨랜드가 더듬더듬 말했다. 레이첼은 놀라서 그를 돌아보았다. 해양학자인 톨랜드라면 지금 그녀가 무엇을 하려고 하는지 짐작할 수 있다는 생각을 미처 못 했던 것이다.

'좋은 생각이야. 하지만 난 SAA를 호출하려는 게 아니야.'

그녀는 계속 두드렸다.

SAA는 냉전시대의 유물로서 현재는 전 세계 해양학자들이 고래의 울음소리를 듣는 데 사용하고 있는 해저음파관측망(Suboceanic Acoustic Array)의 약자다. 해저에서는 음파가 수백 킬로미터까지 전달되기 때문에, 전 세계 95개 해저 마이크로 구성된 SAA 관측망은 지구상의 바다에서 들리는 소리를 놀랄 정도로 높은 비율로 감지할 수 있다. 불행히도 이 외딴 북극까지는 관측망이 미치지 못했지만, 레이첼은 해저의 소리에 귀를 기울이는 다른 장치들이 있다는 것을 알고 있었다. 대부분의 사람들은 그 존재조차 알지 못하는 장치들이었다. 레이첼은 계속 두드렸다. 메시지는 간단하고 명료했다.

쿵. 쿵. 쿵.

쿵······ 쿵······ 쿵······

쿵. 쿵. 쿵.

이 행동으로 목숨을 건질 수 있을 거라는 헛된 기대는 없었다. 이미 서릿발 같은 무기력함이 온몸을 죄어들고 있었다. 이제 30분 정도 버틸 수 있을까. 구조대가 올 가망은 없었다. 그러나 이건 구조를 요청하는 것이 아니었다.

쿵. 쿵. 쿵.

쿵…… 쿵…… 쿵……

쿵. 쿵. 쿵.

"이제…… 시간이……."

톨랜드가 말했다.

'우리를 위해서 이러는 게 아니야. 내 주머니 안에 있는 정보 때문에 이러는 거야.'

레이첼은 생각했다. 레이첼은 자신의 마크 나인 방한복 벨크로 주머니 안에 들어 있는 결정적인 GPR 단서를 떠올렸다.

'이 GPR 문서를 어떻게든 국가정보국 국장의 손에 전달해야 해. 빨리.'

정신이 오락가락하는 상태였지만, 레이첼은 자신의 메시지를 듣는 사람이 있다고 확신했다. 80년대 중반 NRO(국가정찰국)는 SAA를 30배나 더 강력한 장비로 교체했다. 바다의 소리를 들려주는 NRO의 1,200만 달러짜리 귀, 전 지구를 다 포괄하는 클래식 위저드였다. 몇 시간 안으로 영국 멘위드 힐에 위치한 NRO/NSA 감지국 안의 크레이 슈퍼컴퓨터가 북극해의 수중 마이크에서 감지된 불규칙한 신호를 포착해서 SOS 신호라는 것을 해독해 내고 좌표를 알아낸 뒤 그린란드의 툴레 공군기지에 있는 구조기를 급파할 것이다. 비행기는 빙산 위에서 세 구의 시체를 발견할 것이다. 얼어붙은 시체 세 구. 한 사람은 NRO 요원이다. 요원의 주머니 안에는 특이한 열전사 용지가 들어 있을 것이다.

GPR 인쇄물.

노라 맹거의 마지막 유산.

구조팀이 인쇄물을 살펴보면, 운석 아래에 수수께끼의 터널이 있다는 것이 드러날 것이다. 거기서부터 어떤 일이 벌어질지는 알 수 없었지만, 적어도 이 비밀이 여기 얼음 위에서 그들과 함께 영원히 묻히지는 않을 것이다.

60

 처음 백악관에 입성한 모든 대통령들은 과거 백악관에서 사용되었던 소중한 물건들이 들어 있는 창고 세 곳을 둘러보게 된다. 경비가 삼엄한 이 창고에는 책상, 은제품, 옷장, 침대를 비롯해 조지 워싱턴까지 거슬러 가는 역대 대통령들이 사용했던 갖가지 물건들이 보관되어 있다. 처음 입성하는 대통령은 여기서 마음에 드는 물건을 골라서 임기 동안 백악관 내에서 가구로 사용한다. 백악관 안에서 영구적으로 사용되는 가구는 링컨 침실의 침대뿐이었다. 그런데 아이러니하게도 정작 링컨은 그 침대에서 잔 적이 없었다.
 잭 허니가 지금 앉아 있는 집무실 안의 책상은 한때 그의 우상이었던 해리 트루먼이 사용하던 것이었다. 이 책상은 현대적인 기준에서는 작지만 '책임은 여기에 머문다'는 사실, 행정부가 저지른 잘못에 대한 궁극적인 책임이 자신에게 있다는 사실을 매일같이 허니에게 일깨워 주고 있었다. 허니는 책임을 명예로 받아들였고 어떠한 노력을 해서라도 주어진 책무를 다해야 한다는 사명감을 부하직원들에게 심어 주기 위해 노력하고 있었다.

"대통령 님?"

비서가 사무실을 들여다보며 불렀다.

"방금 기다리시는 전화가 왔습니다."

허니는 손을 저었다.

"고마워."

그는 전화기에 손을 뻗었다. 이번 전화는 보다 은밀하게 하고 싶었지만, 지금 당장은 프라이버시라는 것을 기대할 수가 없었다. 메이크업 전문가 두 사람이 날파리처럼 따라다니면서 얼굴과 머리를 만지작거리고 있었고, 책상 바로 앞에는 텔레비전 팀이 방송 준비를 하고 있었다. 보좌관과 홍보전문가들은 끝없이 사무실을 들락날락거리며 전략을 의논하고 있었다.

'한 시간 남았군.'

허니는 개인전화기에 불이 들어온 버튼을 눌렀다.

"로렌스? 듣고 있나?"

"네."

NASA 국장의 음성은 생각에 잠긴 초연한 목소리였다.

"거긴 다 잘돼 가고 있나?"

"폭풍이 다가오고 있지만, 직원들 말로는 위성 신호에는 영향이 없을 거라고 합니다. 순조롭게 진행 중입니다. 한 시간 남았습니다."

"좋아. 분위기는 좋겠지?"

"아주 좋습니다. 다들 들떠 있습니다. 사실 방금 맥주도 한잔했습니다."

허니는 웃었다.

"반가운 소리군. 이봐, 기자회견을 하기 전에 전화해서 꼭 감사 인사를 하고 싶었네. 오늘 밤은 엄청난 밤이 될 거야."

국장은 잠시 말을 끊더니 그답지 않게 머뭇거리는 목소리로 덧붙였다.

"그럴 겁니다. 우리는 아주 오랫동안 이 순간을 기다려 왔습니다."

허니는 망설였다.

"피곤하게 들리는데."

"햇빛과 진짜 침대가 그립습니다."

"한 시간만 더 참게. 카메라를 보고 웃어 주고 순간을 즐겨. 곧 워싱턴으로 데려다 줄 비행기를 보내겠네."

"고대하겠습니다."

국장은 다시 침묵을 지켰다.

수완 좋은 협상가인 허니는 남의 말을 듣고 행간을 읽는 데 익숙했다. 국장의 목소리는 어딘가 이상했다.

"정말 거기는 아무 문제 없나?"

"그럼요. 모든 장비가 준비를 마쳤습니다."

국장은 얼른 화제를 바꾸고 싶은 것 같았다.

"마이클 톨랜드의 다큐멘터리 최종본 보셨습니까?"

"방금 봤어. 아주 멋지게 잘 만들었더군."

"네. 그를 부른 건 잘하셨습니다."

"아직도 민간인들을 개입시켰다고 나한테 화가 나 있나?"

"하, 그럼요."

국장은 평소처럼 힘 있는 목소리로 사람 좋게 투덜거렸다. 이 말을 듣자 허니의 기분도 나아졌다.

'엑스트럼은 괜찮군. 좀 피곤해서 그렇겠지.'

"좋아. 그럼 한 시간 뒤에 위성으로 만나세. 멋진 소식을 전하자고."

"알겠습니다."

"이봐, 로렌스?"

허니는 한층 낮고 엄숙한 목소리로 말했다.

"자넨 거기서 정말 엄청난 일을 해냈어. 절대 잊지 않겠네."

델타 스리는 해비스피어 밖의 강풍 속에서 노라 맹거의 뒤집어진 썰매를 바로 세우고 장비를 싣느라 고생하고 있었다. 모든 장비를 다 실은 뒤, 그는 비닐 보호막을 덮고 그 위에 맹거의 시신을 걸쳐서 묶었다. 썰매를 탐사로 밖으로 끌고 나갈 준비를 하고 있는데 두 동료가 빙하 위를 달려 돌아왔다.

"계획이 바뀌었다."

델타 원이 바람 소리 너머로 소리쳤다.

"나머지 셋이 낭떠러지로 떨어졌어."

델타 스리는 놀라지 않았다. 이 말이 무엇을 뜻하는지도 알고 있었다. 네 구의 시신을 사고처럼 빙붕에 배치하자는 델타 포스의 계획을 더 이상 실행에 옮길 수 없다는 의미였다. 시체 한 구만 남겨 두면 해답보다 더 많은 의문을 낳을 것이다.

"청소해?"

델타 원은 고개를 끄덕였다.

"내가 조명탄을 회수할 테니까 자네 둘은 썰매를 치워."

델타 원이 과학자들이 걸어온 길을 조심스럽게 되짚어 가면서 사람이 지나갔다는 흔적을 완전히 없애는 동안, 델타 스리와 파트너는 장비를 실은 썰매를 끌고 빙하를 내려갔다. 그들은 눈 둔덕을 힘들게 넘어간 뒤 마침내 밀른 빙붕 끝의 낭떠러지에 도착했다. 살짝 한 번 밀자 노라 맹거와 썰매는 소리 없이 미끄러져 북극해로 곤두박질쳤다.

'깔끔하게 청소했군.'

델타 스리는 자신들이 남긴 스키 자국까지 바람이 완전히 지워 주는 것을 보며 흡족한 기분으로 기지로 돌아갔다.

61

핵잠수함 샬럿 호는 닷새째 북극해에 주둔하고 있었다. 샬럿 호가 이곳에 있다는 것은 극비사항이었다.

LA급 잠수함인 샬럿 호는 '소리를 듣되 소리를 내지 않는' 것을 목표로 설계되었다. 42톤의 터빈 엔진에는 진동을 완전히 차단하기 위해 스프링으로 완충 장치가 되어 있었다. 스텔스 기능이 요구되기는 했지만, 이 LA급 잠수함의 발자국은 지구상의 어떤 정찰 잠수함보다 더 컸다. 선수부터 선미까지의 길이가 110미터에 달하는 동체는 NFL 풋볼 경기장에 갖다 놓으면 양쪽 골포스트를 부수고도 한참 더 밖으로 튀어나올 정도였다. 미 해군 최초의 홀랜드 급 잠수함보다 일곱 배나 길었고, 완전히 잠수한 상태에서의 부피가 물 6,927톤에 해당했으며 35노트라는 놀라운 속도로 항해할 수 있었다.

샬럿 호는 통상 위쪽에서 쏘는 수중음파탐지기를 왜곡시켜서 지상 레이더망을 완전히 벗어나게 해 주는 수온약층 바로 아래에서 항해했다. 탑승원 148명, 최고 잠수 수심이 450미터에 달하는 이 잠수정은 최첨단 잠수함의 대표 주자였고 미 해군의 든든한 해양 일꾼이었다. 샬럿 호는 증발식 전기분해 산소공급기, 원자로 두 기, 자동화된 공급 체계 덕분에 수면 위로 올라오지 않고 지구를 21바퀴 돌 수 있는 능력이 있었다. 승무원의 배설물은 다른 배도 대부분 그렇듯 27킬로그램짜리 뭉치로 압착해서 바다에 버리는데, 이 거대한 배설물 덩어리는 농담처럼 '고래 똥'이라고 불리고 있었다.

수중 음파탐지실의 발진기 스크린 앞에 앉아 있는 기술자는 세계 최고 중 한 사람이었다. 그의 두뇌는 소리와 파형의 사전이라고 할 수 있었다. 그는 러시아제 잠수함 프로펠러 수십 종과 해양 생물의 소리 수백 종을 구별할 수 있었고 심지어 일본 정도로 멀리 떨어져 있는 해저 화산의 위치도 알아낼 수 있었다.

그러나 지금 그는 단조롭고 반복적인 반사파 소리에 귀를 기울이고 있었다. 쉽게 식별할 수 있었지만 전혀 예상하지 못했던 소리였다.

"음파탐지기에서 지금 정말 믿기지 않는 소리가 나오는데."

그는 조수에게 헤드폰을 넘겨주며 말했다. 헤드폰을 쓴 조수의 얼굴에 놀랍다는 표정이 스쳤다.

"맙소사. 이건 정말 확실하네요. 어떻게 하죠?"

음파탐지 기술자는 이미 함장에게 전화를 걸고 있었다.

잠수함 함장이 음파탐지실에 도착하자, 기술자는 그 음향을 작은 스피커에 연결시켰다.

함장은 표정 없는 얼굴로 귀를 기울였다.

쿵. 쿵. 쿵.

쿵…… 쿵…… 쿵…….

소리는 점점 느려졌고, 패턴은 보다 느슨해졌다. 그리고 점점 희미해졌다.

"좌표는?"

함장이 물었다. 기술자는 헛기침을 했다.
"한데, 이건 해수면에서 나는 소리입니다. 우현으로 5킬로미터쯤 떨어진 위치입니다."

62

 가브리엘 애쉬는 후들거리는 다리를 간신히 지탱하며 섹스턴 상원의원의 서재 밖 어두운 복도에 서 있었다. 움직이지 않고 오래 서 있었기 때문이라기보다는, 지금 들려오는 대화 내용으로 인한 환멸 때문이었다. 옆방에서는 회의가 계속되고 있었지만, 더 이상 들을 필요는 없었다. 진실은 고통스러울 정도로 분명했다.
 '섹스턴 상원의원은 민간 우주항공사로부터 뇌물을 받고 있어요.'
 마저리 텐치의 말은 사실이었다.
 배신당했다는 혐오감이 온몸을 관통했다. 지금까지 가브리엘은 섹스턴을 믿었다. 그를 위해 싸웠다.
 '어떻게 이런 짓을 할 수 있지?'
 상원의원이 사생활을 보호하기 위해 공개적으로 거짓말을 하는 것은 보아 왔지만, 이건 정책 문제였다. 법을 어기는 문제다.
 '아직 선출되지도 않았는데, 벌써부터 백악관을 팔아넘기다니!'
 가브리엘은 자신이 더 이상 상원의원을 지지할 수 없다는 것을 알고 있었다. NASA 민영화 법안을 실현시키겠다고 약속한다는 것은 법률과 민주주의 정치 체제에 대한 경멸이었다. 모든 사람을 위한 최선의 선택이라고 본인이 믿는다 해도, 미리 대 놓고 그런 결정을 팔아넘긴다는 것은 정부의 견제와 균형을 깨뜨리고 의회와 보좌관, 유권자, 로비스트 들의 설득력 있을지도 모를 논리를 무시하는 행위였다. 무엇보다 NASA의 민영화를 미리 보장한다는 것은 일종의 내부자 거래와 마찬가지로 돈 있는 사람들, 내부자들이 사전 정보를 이용하여 정직한 일반 투자자들을 희생시키고 수많은 사욕을 취할 수 있는 길을 열어 주는 것이나 다름없었다.

가브리엘은 역겨운 기분으로 자신이 어떻게 해야 하는지 생각했다.

등 뒤에서 전화벨이 날카롭게 울리며 복도의 정적을 깨뜨렸다. 가브리엘은 깜짝 놀라 돌아섰다. 현관 쪽 벽장 안에서 나는 소리였다. 손님의 코트 주머니 안에서 휴대전화가 울리고 있었다.

"실례하겠소, 여러분. 제 전화요."

서재 안에서 텍사스 남자의 남부 사투리가 들려왔다.

남자가 일어서는 소리가 들렸다.

'이쪽으로 오고 있어!'

가브리엘은 휙 돌아서서 양탄자 위를 달려 들어왔던 길로 나갔다. 복도를 반쯤 지난 뒤 왼쪽으로 꺾어서 어두운 주방에 몸을 숨기자마자, 남자가 서재를 나와 복도를 걷기 시작했다. 가브리엘은 어둠 속에서 꼼짝하지 않았다.

남자는 눈치채지 못하고 지나갔다.

두근거리는 심장박동 소리 위로 벽장 안에서 옷을 뒤지는 소리가 들렸다. 마침내 텍사스 남자가 전화를 받았다.

"응? ……언제? ……그래? 들어 봐야겠군. 고마워."

남자는 전화를 끊고 다시 서재로 돌아가며 외쳤다.

"여러분! 텔레비전을 켜 보시오. 잭 허니가 오늘 밤 긴급 기자회견을 하는 모양이오. 8시에. 모든 채널에서. 중국에 선전포고를 하는 게 아니라면 국제 우주정거장이 바다에 추락한 게 틀림없소."

"그런 일이 생기면 축배라도 들어야지요!"

누군가 외쳤다. 다들 웃음을 터뜨렸다.

주방이 빙글빙글 도는 느낌이었다.

'저녁 8시에 기자회견이라고?'

텐치의 말은 허풍이 아니었다. 그녀는 가브리엘에게 저녁 8시까지 정사를 인정하는 진술서를 보내라고 했다.

'너무 늦기 전에 상원의원과 거리를 둬요.'

텐치는 그렇게 말했다. 가브리엘은 내일 신문에 정보를 흘리기 위해 저녁 8시라는 단서를 둔 거라고 짐작했지만, 이제 보니 백악관은 직접 추문을 공개하기로 결정한 모양이었다.

'긴급 기자회견?'

그러나 생각하면 할수록 이상했다.

'대통령이 이런 추문을 공개하려고 생방송으로 기자회견을 해? 그것도 직접?'

서재의 텔레비전이 켜졌다. 귀에 거슬리는 요란한 소리였다. 뉴스 아나운서의 목소리는 흥분에 들떠 있었다.

"오늘 밤 대통령의 깜짝 기자회견이 무엇 때문인지, 백악관이 사전 정보를 주지 않았기 때문에 추측이 난무하고 있습니다. 대통령이 최근 선거운동에서 자취를 감춘 것으로 미루어 볼 때 재선 포기 선언을 하는 것이 아니냐고 생각하는 정치분석가도 있습니다."

서재 안에서 희망 어린 환호가 일었다.

'말도 안 돼.'

가브리엘은 고개를 저었다. 백악관이 손에 넣은 섹스턴에 대한 온갖 부정적인 정보로 미루어 볼 때, 대통령이 오늘 밤 항복할 리는 없었다.

'이번 기자회견은 다른 문제 때문이야.'

이미 그것이 무엇인지 경고를 받았다고 생각하니 속이 메슥거렸다.

가브리엘은 점점 더 다급해지는 마음에 시계를 보았다. 한 시간도 채 남지 않았다. 그녀는 결정을 내려야 했고, 누구와 이야기해야 하는지도 정확하게 알고 있었다. 그녀는 겨드랑이에 사진이 든 봉투를 단단히 끼고 조용히 아파트를 나섰다.

복도를 지키던 경호원은 안심한 것 같았다.

"안에서 환호성이 들리더군요. 당신이 좋은 소식을 전했나 보죠?"

가브리엘은 고개만 약간 끄덕해 보이고 엘리베이터로 향했다.

밖으로 나오니 점점 깊어 가는 밤거리가 유난히 황량해 보였다. 가브리엘은 택시를 잡아타며 자신이 지금 무슨 짓을 하려고 하는지 잘 알고 있다고 다짐하려 애썼다.

"ABC 방송국으로 갑시다. 급해요."

그녀는 택시 기사에게 말했다.

63

 마이클 톨랜드는 얼음 위에 비스듬히 누운 채 더 이상 감각이 없는 팔에 머리를 얹고 있었다. 눈꺼풀이 무거웠지만 눈을 감지 않으려고 애썼다. 그가 마지막으로 눈에 담게 된 세상은 오직 삐딱하게 기울어진 바다와 얼음뿐이었다. 모든 진실이 겉보기와는 달랐던 하루를 이렇게 마무리하는 것도 적절한 것 같았다.
 바닷물에 떠 있는 얼음 뗏목 위에는 으스스한 정적이 내려앉기 시작했다. 레이첼과 코키는 둘 다 조용해졌고, 얼음을 두드리던 소리도 멈췄다. 빙하에서 멀리 떠내려올수록 바람도 잠잠해졌다. 톨랜드의 몸도 차츰 조용해져 가고 있었다. 모자가 귀를 단단히 덮고 있었기 때문에 그 자신의 숨소리만 머릿속에서 더 크게 울렸다. 호흡은 차츰 느려지고 얕아졌다. 마치 배를 버리고 도망치는 선원들처럼, 의식을 유지하기 위해 본능적으로 혈액이 팔다리 끝에서 신체 주요 장기로 몰릴 때 느껴지는 압박감도 더 이상 물리칠 기력이 없었다.
 '어차피 이길 수 없는 싸움이야.'

그는 알고 있었다.

묘하게도 더 이상 아픔이 느껴지지 않았다. 그 단계는 이미 지나쳤다. 이제는 그저 둥둥 뜬 기분이었다. 감각도 없고, 몸은 가벼웠다. 눈을 깜빡이는 반사 신경이 작동을 멈추기 시작하자 시야도 흐려졌다. 각막과 수정체 사이를 흐르는 체액도 계속 얼어붙고 있었다. 톨랜드는 이제 부연 달빛 속에서 흐릿하게 흰 윤곽만 보이는 밀른 빙붕 쪽을 응시했다.

그의 영혼은 패배를 인정하고 있었다. 그는 생사의 경계선에서 저 멀리 바다의 파도를 바라보았다. 주위에서는 바람이 울부짖고 있었.

그때 톨랜드는 환각을 보기 시작했다. 의식을 잃기 몇 초 전 그가 본 환각은 구조대가 아니었다. 따뜻하고 편안한 공간도 아니었다. 그가 마지막으로 본 환상은 끔찍한 것이었다.

빙산 옆 바다에서 거대한 괴수가 음산한 소리를 내며 수면을 뚫고 올라오고 있었다. 전설 속의 바다 괴물처럼 매끄럽고 검고 잔혹한 몸통 주위로 바닷물이 거품을 내고 있었다. 톨랜드는 눈을 깜빡이려고 애썼다. 시야가 약간 선명해졌다. 괴수는 작은 보트를 밀치는 상어처럼 빙산 옆으로 다가와서 부딪쳤다. 물에 젖어 번들거리는 거대한 몸뚱이가 그를 내려다보았다.

흐릿한 영상조차 사라지자 남은 감각은 소리뿐이었다. 금속 부딪히는 소리, 이로 얼음을 갉아먹는 소리, 가까이 다가오는 소리, 사람들을 끌고 가는 소리.

'레이첼······.'

톨랜드는 자신의 몸이 거칠게 끌려가는 것을 느꼈다.

그리고 모든 것이 사라졌다.

64

　가브리엘 애쉬는 ABC 뉴스 3층 제작국으로 달려 들어갔다. 하지만 이 방에 있는 사람들은 그녀보다 더 빨리 움직이고 있었다. 제작국은 하루 24시간 내내 열기가 넘치는 곳이었지만, 지금 유리 칸막이 안은 마치 한창 거래 중인 주식시장 같았다. 미치광이 같은 눈을 한 편집자들은 서로 칸막이 너머로 고함을 지르고, 기자들은 팩스를 흔들어 대며 책상에서 책상으로 돌아다니면서 문구를 대조하고, 정신없는 인턴사원들은 짬짬이 스니커즈와 마운틴 듀로 식사를 해결하며 심부름을 하고 있었다.

　가브리엘이 ABC에 온 것은 욜랜다 콜을 만나기 위해서였다.

　보통 욜랜다는 제작국에서도 가장 주가가 높은 곳에 가면 만날 수 있었다. 중요한 결정을 내리기 위해 조용히 생각할 공간이 필요한 사람들에게 주는 유리벽으로 된 개인 사무실이었다. 그러나 오늘 밤은 욜랜다도 현장의 북새통 속에 있었다. 그녀는 가브리엘을 보더니 특유의 유난한 환호성을 질렀다.

"가브리엘!"

욜랜다는 동양풍의 공단 드레스와 거북 등껍질 무늬 안경 차림이었다. 늘 그렇듯 무게가 몇 파운드는 나갈 듯한 색색깔의 화려한 장신구를 주렁주렁 걸고 있었다. 욜랜다는 손을 흔들며 뒤뚱뒤뚱 다가왔다.

"안아 보자!"

욜랜다 콜은 워싱턴 ABC 뉴스 방송국에서 16년째 뉴스 편집자로 일하고 있었다. 얼굴에는 주근깨가 많았고 몸집은 땅딸막했으며 머리숱은 점점 적어지고 있었지만, 사람들은 애정을 담아 그녀를 "엄마"라고 불렀다. 넉넉한 성품과 유머감각 속에는 기삿거리를 얻어 내기 위해서라면 인정사정도 없고 세상 물정에 환한 여인이 숨어 있었다. 가브리엘은 워싱턴에 도착한 직후 참석한 여성 정치인 조언자 세미나에서 욜랜다를 처음 만났다. 가브리엘의 출신 배경과 워싱턴에서 여자로서 살아가는 것이 얼마나 힘든지에 대해 이야기를 나누던 그들은 둘 다 엘비스 프레슬리를 좋아한다는 공통점을 발견했다. 그 이후 욜랜다는 가브리엘의 보호자 역할을 자처하며 인맥을 쌓는 데 도움을 주었다. 요즘도 가브리엘은 매달 한 번쯤 들러서 안부를 묻고 있었다.

가브리엘은 욜랜다를 꼭 껴안았다. 욜랜다의 활기에 벌써 마음이 가벼워지는 것 같았다.

욜랜다는 뒤로 물러서서 가브리엘을 훑어보았다.

"갑자기 백 살은 먹은 것 같은데! 어떻게 된 거야?"

가브리엘은 목소리를 낮추었다.

"문제가 생겼어요, 욜랜다."

"소문으로는 그렇지 않던데. 네 후보가 잘나가고 있다면서."

"조용히 이야기할 곳이 있을까요?"

"지금은 곤란해. 대통령이 30분 뒤에 기자회견을 가질 예정인데, 아직 무슨 내용인지 감도 못 잡았어. 당장 정치 전문가를 섭외해야 해서 정신없이 바빠."
"제가 기자회견 주제를 알고 있어요."
욜랜다는 못 믿겠다는 듯 안경 위로 가브리엘을 빤히 바라보았다.
"가브리엘, 백악관 내부에 있는 우리 특파원들도 이번 일에 대해서만은 아무것도 몰라. 그걸 섹스턴 선거운동본부가 미리 알고 있다는 거야?"
"아뇨, 제가 알고 있다는 거예요. 5분만 주세요. 다 이야기해 드릴게요."
욜랜다는 가브리엘이 들고 있는 백악관 인장이 찍힌 붉은 봉투를 보았다.
"그건 백악관 내부문건이군. 어디서 났어?"
"오늘 오후 마저리 텐치와 은밀하게 만났어요."
욜랜다는 그녀를 한참 바라보았다.
"이쪽으로 와."
가브리엘은 유리벽으로 둘러싸인 욜랜다의 조용한 사무실 안에서 상원의원과의 하룻밤 정사와 텐치의 사진 증거 등을 모든 것을 신뢰하는 친구에게 털어놓았다.
욜랜다는 활짝 미소 짓더니 고개를 저으며 웃음을 터뜨렸다. 워싱턴 언론계에 워낙 오래 있다 보니 놀라운 소식이 없는 모양이었다.
"아, 가브리엘. 나도 너랑 섹스턴이 뭔가 관계가 있었으려니 하는 느낌은 들었어. 놀랄 일은 아니야. 그는 그 방면으로 유명하고, 넌 미인이니까. 사진은 정말 안됐군. 하지만 나라면 별 걱정 안 하겠는데."
'걱정을 안 하겠다니?'
가브리엘은 텐치가 섹스턴이 우주항공사에서 불법선거자금을 받았다고 말했으며 방금 자신도 우연히 SFF 회의를 엿들어서 사실을 확인했다고 설명했다. 하지만 욜랜다의 얼굴에는 전혀 놀라거나 걱정하는 기색이 없었다. 하지만 가브리엘이 지금부터 어떻게 할 생각이라고 말하자 표정이 달라졌다.

욜랜다는 걱정스러운 얼굴이었다.

"가브리엘, 네가 미국 상원의원과 잤고 그가 거짓말을 하는 것을 알면서도 가만히 옆에 서 있었다는 진술서를 넘겨주느냐 마느냐 하는 건 네가 알아서 할 문제야. 하지만 분명히 말하는데 그건 너한테 좋지 않은 결정이야. 그게 네게 어떤 의미를 가질 수 있는지 아주 오래, 깊이 생각해 볼 필요가 있어."

"제 말 안 들으셨어요? 그럴 시간이 없다고요!"

"듣고 있었어. 시간이 급하건 어쩌건, 절대 해서는 안 될 일이 있어. 미국 상원의원을 성추문으로 팔아넘겨서는 안 돼. 그건 자살행위야. 대통령 후보를 그런 식으로 끌어내리고 나면, 당장 차를 타고 워싱턴에서 가능한 한 멀리 도망가는 게 좋을 거야. 네 이름엔 낙인이 찍혀. 많은 사람들이 특정 후보를 대통령 자리에 올려놓기 위해 많은 돈을 쓰고 있어. 이건 엄청난 돈과 권력이 달린 문제야. 살인을 할 수도 있는 그런 권력 말이야."

가브리엘은 침묵을 지켰다. 욜랜다는 말을 이었다.

"개인적으로 내가 볼 때는, 텐치가 널 당황하게 해서 어리석은 짓을 하게 만들려고 수작을 부린 것 같아. 정사를 인정하고 혼자 빠져나가게 하려고 말이야."

욜랜다는 가브리엘이 들고 있는 붉은 봉투를 가리켰다.

"너와 섹스턴이 맞다고 인정하기 전까지 거기 있는 사진은 아무 의미가 없어. 백악관도 자기들이 이 사진을 흘려 봤자, 섹스턴이 가짜라고 주장하면서 대통령에게 반격을 가할 거라는 점을 잘 알고 있어."

"저도 그 점은 생각했지만, 선거운동자금 뇌물 문제는······."

"가브리엘, 생각해 봐. 백악관이 뇌물 혐의를 아직 공개하지 않았다는 건 공개할 의향이 없다는 뜻일 거야. 대통령은 흑색선전을 강경하게 반대하고 있으니까. 내 추측에는 항공우주 관련 스캔들을 터뜨리는 대신 텐치를 시켜서 너한테 겁을 주어 성추문을 자백하게 하려는 게 아닌가 싶어. 네가 네 후보의 등을 찌르도록 말이야."

가브리엘은 생각해 보았다. 욜랜다의 말도 일리가 있었지만, 그래도 뭔가 이상했다. 가브리엘은 유리창 너머 분주한 뉴스실을 가리켰다.

"욜랜다, 저 사람들은 대통령 기자회견을 준비하고 있어요. 대통령이 뇌물이나 성추문을 공개할 생각이 아니라면, 도대체 뭘 발표하려는 걸까요?"

욜랜다는 어안이 벙벙한 것 같았다.

"잠깐, 넌 이번 기자회견이 너와 섹스턴 문제에 대한 것일 거라고 생각했니?"

"아니면 뇌물 문제 때문이거나, 둘 다일 수도 있겠죠. 텐치가 오늘 저녁 8시까지 진술서를 가져오지 않으면 대통령이 기자회견을……."

욜랜다의 웃음소리가 유리벽 안을 쩌렁쩌렁 울렸다.

"아, 세상에! 잠깐만! 너 때문에 죽겠구나!"

가브리엘은 농담할 기분이 아니었다.

"뭐예요!"

"가브리엘, 들어 봐."

욜랜다는 연방 웃으며 간신히 말을 이었다.

"이것만큼은 내 말을 믿어. 난 16년 동안 백악관을 상대한 사람이지만, 잭 허니가 섹스턴 상원의원의 선거자금 출처가 미심쩍다거나 너랑 잤다거나 하는 문제를 놓고 전 세계 언론을 불러 모았을 리는 없어. 그런 정보는 네가 흘려 줘야지. 대통령이란 사람이 성추문이나 모호한 선거자금법 위반 문제를 놓고 징징거리기나 하려고 정규 프로그램까지 결방시킨다고? 그래 봤자 인기가 오를 리 만무하잖아."

"모호해요? 수백만 달러의 광고비가 걸린 우주 관련 법안에 대한 결정을 대 놓고 팔아넘기는 게 모호한 문제라니요!"

"섹스턴이 그렇게 하고 있다고 확신해?"

욜랜다의 목소리가 보다 딱딱해졌다.

"전국 방송에 나가서 치마 속까지 뒤집어 보여 줄 정도로 확신하느냐고? 생각해 봐. 요즘 세상에는 무슨 일이든 하려면 동지가 많이 필요하고 선거자금은 복잡한 문제야. 섹스턴의 회담은 합법일 수도 있어."

"그는 법을 어기고 있어요."

가브리엘은 말하면서도 의구심이 들었다.

'정말 그랬나?'

"마저리 텐치가 널 그렇게 믿게 했을 수도 있지. 후보들은 언제나 대기업에서 뒷돈을 받아. 아름다운 관습은 아니지만, 그렇다고 완전히 불법도 아니야. 솔직히 법적인 문제는 대부분 돈이 어디서 오느냐가 아니라 후보가 그 돈을 어떻게 쓰느냐에 달려 있어."

가브리엘은 혼란스러운 기분으로 망설였다.

"가브리엘, 백악관이 오늘 오후에 널 갖고 논 거야. 그들은 네가 네 후보를 배신하게 하려 했고, 넌 지금까지 그들의 말을 믿지 않았어. 신뢰할 만한 사람이 필요하다면, 나라면 마저리 텐치 같은 사람의 농간에 속아 넘어가기 전에 섹스턴과 먼저 상의하겠어."

욜랜다의 전화가 울렸다. 그녀는 전화를 받더니 고개를 끄덕이고 몇 마디 "응, 응" 대답하면서 메모를 했다. 그녀는 마침내 말했다.

"재미있군. 곧 갈게. 고마워."

욜랜다는 전화를 끊고 한쪽 눈썹을 치켜세우며 돌아보았다.

"가브리엘, 넌 걱정할 게 없을 것 같은데. 내 예상대로야."

"무슨 말이에요?"

"아직 구체적인 정보는 없지만, 여기까지는 확실해. 대통령의 기자회견은 성추문이나 선거운동자금과는 관계가 없어."

한 줄기 희망이 솟았다. 욜랜다의 말을 믿고 싶은 심정이었다.

"어떻게 아셨어요?"

"내부자 한 사람이 기자회견은 NASA 관련 문제라고 전해 왔어."

가브리엘은 벌떡 일어섰다.

"NASA요?"

욜랜다는 한쪽 눈을 깜빡했다.

"오히려 너한테 잘된 일인 것 같은데. 허니 대통령이 섹스턴에게서 압박감을 느낀 나머지 국제 우주정거장에서 손을 떼기로 결정한 것으로 보이거든. 그렇다면 전 세계 언론사에 알린 것도 이해가 되지."

'우주정거장에서 손을 뗀다고 기자회견을 열어?'

가브리엘은 상상할 수 없었다.

욜랜다는 일어섰다.

"오늘 오후 텐치의 수작? 아마 대통령이 안 좋은 소식을 발표하기 전에 어떻게 섹스턴을 걸고 넘어져 볼까 하고 마지막으로 농간을 부린 거겠지. 대통령의 실패에서 관심을 돌리는 데는 성추문만큼 효과적인 게 없거든. 어쨌든 가브리엘, 이제 일하러 가야겠다. 너한테 하고 싶은 말은 이것뿐이야. 커피 한 잔 따라서 여기 조용히 앉아. 그리고 텔레비전을 켜고 다른 사람들과 같이 즐겨. 이제 겨우 20분 남았구나. 대통령이 오늘 추문을 다룰 가능성은 추호도 없어. 전 세계가 지켜보고 있어. 무슨 발표든 진지한 문제일 거야."

그녀는 다시 안심하라는 듯 윙크했다.

"봉투는 나한테 줘."

"뭐라고요?"

욜랜다는 명령하듯 손을 내밀었다.

"이번 일이 끝날 때까지 내 책상 안에 넣고 잠가 둘게. 네가 바보짓을 할까 봐 그래."

가브리엘은 마지못해 봉투를 건넸다.

욜랜다는 사진을 책상 서랍에 조심스럽게 넣고 잠근 뒤 열쇠를 주머니에 넣었다.

"나한테 고마워하게 될 거야, 가브리엘. 맹세해."

그녀는 가브리엘의 머리를 장난스럽게 흩뜨리며 밖으로 나갔다.

"마음 놓고 있어. 좋은 소식일 거야."

가브리엘은 유리 칸막이 안에 혼자 앉아 욜랜다의 쾌활한 태도를 떠올리며 기분을 북돋으려고 애썼다. 그러나 머릿속에 떠오르는 것은 오늘 오후 마저리 텐치의 얼굴에 떠올랐던 만족스러운 냉소였다. 대통령이 전 세계를 상대로 무슨 발표를 하려는지 상상할 수는 없었지만, 섹스턴 상원의원에게 희소식이 아닐 거라는 점만은 분명했다.

65

레이첼 섹스턴은 산 채로 불태워지는 느낌이었다.
'불이 비처럼 내리고 있어!'
눈을 뜨려고 애썼지만, 흐릿한 형체와 눈부신 빛만 보일 뿐이었다. 주변에서는 온통 비가 내리고 있었다. 이글거리는 뜨거운 비가 맨살을 두드리고 있었다. 그녀는 옆으로 비스듬히 누워 있었고, 몸 아래에서 뜨거운 타일 바닥이 느껴졌다. 레이첼은 위에서 떨어지는 뜨거운 액체를 조금이라도 피해 보려고 태아처럼 몸을 둥글게 움츠렸다. 화학약품 냄새가 났다. 염소 냄새 같았다. 기어서 도망치려고 해 보았지만, 몸이 움직이지 않았다. 힘센 손이 그녀의 어깨를 누르고 있었다.
'놔 줘! 불에 타는 것 같단 말이야!'
본능적으로 다시 도망치려고 해 보았지만, 이번에도 강한 손이 그녀를 눌렀다.
"그대로 계십시오."
남자 목소리였다. 억양이 미국인이었고, 프로다운 냉정한 기운이 느껴졌다.

"곧 끝날 겁니다."

'뭐가 끝난다는 거지? 아픔이? 내 생명이?'

레이첼은 눈의 초점을 맞추려고 애썼다. 조명이 강렬했다. 작은 방이라는 것을 느낄 수 있었다. 답답한 방, 천장도 낮았다.

"몸이 타고 있어요!"

비명을 질렀지만, 입에서는 속삭임만 나왔다. 남자는 다시 말했다.

"괜찮습니다. 미지근한 물이에요. 절 믿으십시오."

레이첼은 자신이 물에 젖은 속옷 외에 아무것도 입고 있지 않다는 것을 깨달았다. 하지만 민망한 기분은 들지 않았다. 다른 궁금증으로 머리가 가득 차 있었다.

기억이 급류처럼 밀려왔다. 빙붕, GPR, 공격.

'누구지? 여긴 어디지?'

모든 기억의 조각을 끼워 맞추려고 해 보았지만, 두뇌는 고장난 기계처럼 멍하기만 했다. 혼란 속에서 한 가지 생각이 떠올랐다.

'마이클과 코키…… 두 사람은 어디 있을까?'

레이첼은 흐릿한 초점을 다시 맞추어 보았다. 옆에서 내려다보고 있는 남자들밖에 보이지 않았다. 모두 똑같은 파란 점프슈트 차림이었다. 말을 하고 싶었지만, 입에서 단어가 만들어지지 않았다. 피부가 타는 듯한 감각이 서서히 물러가고 근육 깊은 곳에서 아픔이 지진파처럼 밀려왔다.

남자가 말했다.

"참으십시오. 피가 근육 조직 속으로 다시 흘러가야 합니다."

의사 같은 말투였다.

"팔을 최대한 움직여 보세요."

마치 망치로 온몸의 근육을 두드리는 듯한 아픔이 레이첼을 덮쳤다.

가슴이 답답해서 숨을 쉬기도 힘들었다.
"팔다리를 움직여 보세요. 아픈 건 참으시고요."
레이첼은 시도해 보았다. 조금이라도 움직일 때마다 관절에 칼을 쑤셔 넣는 듯한 아픔이 느껴졌다. 떨어지는 물도 다시 뜨거워졌다. 다시 피부를 태우는 느낌이었다. 극심한 통증은 계속되었다. 이제 더 이상 못 참겠다고 생각한 순간, 누군가 주사를 놓아 주었다. 통증이 차츰 누그러지며 금방 물러가는 것 같았다. 진동도 느려졌다. 레이첼은 다시 숨을 쉴 수 있었다.
마치 핀과 바늘로 찌르는 듯한 새로운 감각이 몸을 타고 퍼졌다. 온몸을 찌르는 아픔은 점점 예리해졌다. 수백만 개의 미세한 바늘이 콕콕 찌르는 아픔은 몸을 움직일 때마다 더욱 심해졌다. 레이첼은 움직이지 않으려고 애썼지만, 강력한 물살이 계속해서 몸을 때리고 있었다. 옆에 선 남자는 그녀의 팔을 잡고 계속 움직이게 했다.
'젠장, 아프단 말이야!'
레이첼은 싸울 힘도 없었다. 탈진감과 아픔으로 눈물이 흘러내렸다. 그녀는 눈을 질끈 감아 버렸다.
마침내 핀과 바늘이 물러가기 시작했다. 위에서 떨어지던 빗줄기도 멈췄다. 다시 눈을 떴을 때는, 시야가 좀 더 분명해졌다.
바로 그때 레이첼은 그들을 보았다. 반쯤 벌거벗은 코키와 톨랜드가 곁에 누워 흠뻑 젖은 채 떨고 있었다. 얼굴에 나타난 고통스러운 표정을 보니, 그들도 비슷한 경험을 견디고 있다는 것을 알 수 있었다. 마이클 톨랜드의 갈색 눈동자는 번들거렸고 핏발이 서 있었다. 그는 레이첼을 보더니 푸르스름한 입술을 떨며 약하게 미소를 지어 보였다.
레이첼은 자신을 둘러싼 기괴한 장소를 살펴보고 싶어서 일어나 앉으려고 했다. 세 사람은 작은 샤워실 바닥에 반쯤 벌거벗은 채 누워 팔다리를 덜덜 떨고 있었다.

66

강한 손이 그녀를 일으켰다.

레이첼은 힘 센 사람들이 그녀의 몸을 닦고 담요로 감싸 주는 것을 느꼈다. 그들은 그녀를 병원 침대 같은 곳에 눕히고 팔과 다리, 발을 열심히 마사지했다. 다시 팔에 주사가 놓였다.

"아드레날린."

누군가 말했다.

약물이 살아 있는 생물처럼 혈관을 따라 돌며 근육에 힘을 불어넣는 것이 느껴졌다. 뱃속은 아직도 북처럼 차고 공허하게 느껴졌지만, 레이첼은 피가 서서히 팔다리로 돌아가는 것을 느낄 수 있었다.

'저승에서 돌아왔구나.'

레이첼은 눈의 초점을 맞추려고 애썼다. 남자들은 곁에 누워서 담요로 몸을 감고 부들부들 떨고 있는 톨랜드와 코키에게도 마사지를 하고 주사를 놓아 주었다. 이 수수께끼의 남자들이 방금 그들의 목숨을 구해 준 것이 분명했다. 남자들 대부분은 옷을 입은 채 샤워실을 들락거려서인지 흠뻑 젖어 있었다. 그들이 누구인지, 어떻게 레이첼 일행을 늦기 전에 찾아냈는지는 이제 중요하지 않았다.

'우린 살아 있어.'

"여기가…… 어디죠?"

말을 하는 단순한 행위가 깨질 듯한 두통을 불러왔다.

마사지하던 남자가 대답했다.

"여기는 LA급 잠수정 의무실……."

"전체 차렷!"

누가 외쳤다. 레이첼은 주변이 갑자기 시끄러워지는 것을 느끼고 일어나 앉으려고 했다. 파란 옷을 입은 남자 중 한 사람이 그녀를 일으켜 앉혀 주고 담요를 다시 둘러 주었다. 레이첼은 눈을 비볐다. 방에 누군가 성큼성큼 들어서는 것이 보였다.

강인해 보이는 흑인 남자였다. 잘생기고 위엄 있는 분위기였다. 제복은 카키색이었다.

"쉬어."

그는 명령한 뒤 레이첼에게 다가와서 옆에 멈춰 서더니 검고 강한 눈빛으로 그녀를 내려다보았다.

"미해군 샬럿 호 함장 해롤드 브라운입니다. 당신은?"

'미 해군 샬럿 호.'

레이첼은 어디선가 많이 들어 본 이름이라고 생각했다.

"섹스턴, 레이첼 섹스턴입니다."

남자는 어리둥절한 것 같았다. 그는 가까이 다가와서 좀 더 찬찬히 그녀를 들여다보았다.

"맙소사, 당신이군요."

영문을 알 수가 없었다.

'날 알아?'

분명 모르는 남자였지만, 얼굴에서 가슴에 찬 명찰로 시선을 내리자 닻을 붙잡은 독수리 주위에 '미해군'이라고 적혀 있는 낯익은 문장이 보였다.

샬럿이라는 이름이 귀에 익은 이유를 알 수 있었다.

"탑승하신 것을 환영합니다, 섹스턴 요원. 우리 배가 보낸 정찰보고서를 수없이 분석하신 분이군요. 누구신지 압니다."

"한데 이쪽 바다에서 뭘 하고 계셨나요?"

레이첼은 더듬더듬 물었다. 함장의 얼굴이 약간 굳었다.

"섹스턴 요원, 그 질문은 제가 드리고 싶습니다만."

톨랜드도 느릿느릿 일어나며 뭔가 말하려는 듯 입을 벌렸다. 레이첼은 단호하게 고개를 저어서 말렸다.

'지금 여기서는 안 돼.'

레이첼은 톨랜드와 코키가 무엇보다 먼저 운석과 공격에 대해 말하고 싶어 할 거라는 점을 알고 있었지만, 해군 잠수함 승조원들 앞에서 입 밖에 낼 문제는 아니었다. 정보계에서는 어떤 위기 상황이 닥치더라도 보안이 최우선이었다. 운석 관련 상황은 여전히 일급 기밀이었다.

"NRO 국장 윌리엄 피커링에게 연락해야겠습니다. 지금 즉시, 기밀로."

함장은 자기 배에서 명령을 듣는 것이 익숙하지 않은지 한쪽 눈썹을 치켜세웠다.

"전해 드려야 할 기밀 정보가 있어요."

함장은 한참 동안 그녀를 응시했다.

"일단 체온부터 회복하고 나면 NRO 국장과 연락하게 해 드리겠습니다."

"긴급한 문제입니다. 저는……."

레이첼은 문득 입을 다물었다. 방금 약장 벽에 붙은 벽시계가 눈에 띄었던 것이다.

19:51

레이첼은 눈을 깜빡이며 시계를 뚫어지게 보았다.

"저 시계가 맞나요?"

"여긴 해군 함정입니다. 우리 시계는 정확합니다."

"그럼 저게 동부 시각인가요?"

"동부표준시로 오후 7시 51분. 우리는 노포크에서 왔습니다."

'맙소사! 겨우 오후 7시 51분이라고?'

레이첼은 어안이 벙벙했다. 의식을 잃은 뒤로 엄청난 시간이 흐른 것 같은 느낌이었다.

'아직 8시가 되기 전이라고? 대통령은 아직 운석 발표를 하지 않았을 거야! 막을 시간이 있어!'

레이첼은 곧장 침대에서 내려와 담요를 둘렀다. 다리가 후들거렸다.

"대통령께 지금 즉시 말씀드릴 게 있어요."

함장은 어리둥절한 표정을 지었다.

"어디 대통령 말씀입니까?"

"미 합중국 대통령이지요!"

"윌리엄 피커링과 통화하고 싶다고 하셨습니다만."

"시간이 없어요. 대통령께 직접 말씀드려야겠어요."

함장의 거대한 체구가 문간을 막아서고 있었다. 그는 움직이지 않았다.

"제가 아는 한 대통령께서는 중요한 기자회견 생방송을 앞두고 계십니다. 개인적인 전화를 받으실 것 같지는 않습니다만."

레이첼은 후들거리는 다리로 가능한 한 똑바로 서서 함장의 눈을 똑바로 쳐다보았다.

"함장님께 기밀 취급 권한이 없으니 직접 말씀드릴 수 없습니다만,

대통령은 심각한 실수를 하려고 하십니다. 즉시 들으셔야 할 정보가 있어요. 지금 당장. 절 믿어 주세요."

함장은 오랫동안 그녀를 쳐다보았다. 그는 얼굴을 찌푸리더니 다시 시계를 보았다.

"9분이라. 이렇게 짧은 시간 안에 백악관까지 보안 통신선을 확보할 수는 없습니다. 보안확보가 안 되는 무선전화밖에 이용할 수 없겠군요. 게다가 안테나를 사용할 수 있는 수심으로 이동해야 하는데 그러려면 몇 분……."

"지금 당장 가요! 빨리!"

〈2권에서 계속됩니다.〉

옮긴이 **유소영**

포항 출생으로 서울대학교 해양학과를 졸업했다. 스릴러와 SF, 역사소설을 좋아하며, 전문가들로부터 꼼꼼한 리서치로 정확한 번역을 한다는 높은 평가를 받고 있다. 주요 작품으로는 《어필》《어소시에이트》《법의관》《본 컬렉터》《돌원숭이》《사라진 마술사》《격리병동》《운명의 서》《12번째 카드》《얼터드 카본》《데드맨 플라이》 외 다수가 있다.

디셉션 포인트 ❶

초판 1쇄 발행   2010년 9월 17일
초판 9쇄 발행   2025년 1월 15일

지은이 | 댄 브라운
옮긴이 | 유소영
발행인 | 강봉자 · 김은경

펴낸곳 | (주)문학수첩
주　소 | 경기도 파주시 회동길 503-1, 3층(문발동 633-4) 출판문화단지
전　화 | 031) 955-9088(대표번호), 031) 955-9534(편집부)
팩　스 | 031) 955-9066
등　록 | 1991년 11월 27일 제16-482호

홈페이지 | www.moonhak.co.kr
이메일 | moonhak@moonhak.co.kr

ISBN 978-89-8392-367-7 (세트)
　　　978-89-8392-368-4 04840

* 파본은 구매처에서 바꾸어 드립니다.